El TERCER LAGO

Marta Huelves (Madrid, 1969) es escritora y divulgadora de Historia, y combina su pasión por la escritura con el trabajo de investigación y documentación en todos sus proyectos. Ha publicado novela corta y relatos de carácter histórico. Lectora metódica y apasionada, colabora con medios digitales y páginas web como revisora y articulista.

Su admiración y curiosidad por la cultura asturiana, donde pasa algunas temporadas desde hace años, la empujaron a escribir las novelas *La memoria del tejo* y *El tercer lago*, publicadas en Maeva Noir con gran éxito de crítica y lectores. Publica ahora *Flor de agua*, la tercera novela de la serie del Oriente Astur.

Si tienes un club de lectura o quieres organizar uno, en nuestra web encontrarás guías de lectura de algunos de nuestros libros. **www.maeva.es/guias-lectura**

PEFC
PEFC/14-38-00308

Este libro se ha elaborado con papel procedente de bosques gestionados de forma sostenible, reciclado y de fuentes controladas, avalado por el sello de PEFC, la asociación más importante del mundo para la sostenibilidad forestal.

EMBOLSILLO apuesta para frenar la crisis climática y desea contribuir al esfuerzo colectivo y permanente de proteger y preservar el medio ambiente y nuestros bosques con el compromiso de producir nuestros libros con materiales sostenibles.

MARTA HUELVES

Autora de *La memoria del tejo*

El TERCER
LAGO

Crimen y leyenda en el corazón

de las montañas de Asturias

E**M**BOLSILLO

ISBN: 978-84-18185-90-8
Depósito legal: M-13380-2025

Diseño de cubierta: MAURICIO RESTREPO sobre imágenes de IStock
Fotografía de la autora: © EDUARDO FERNÁNDEZ DEL POZO, @ocas0
Impreso por CPI Black Print (Barcelona)
Impreso en España / *Printed in Spain*

A Lucía
A Paula
Sois mi Tierra Prometida

Los escenarios
de la novela

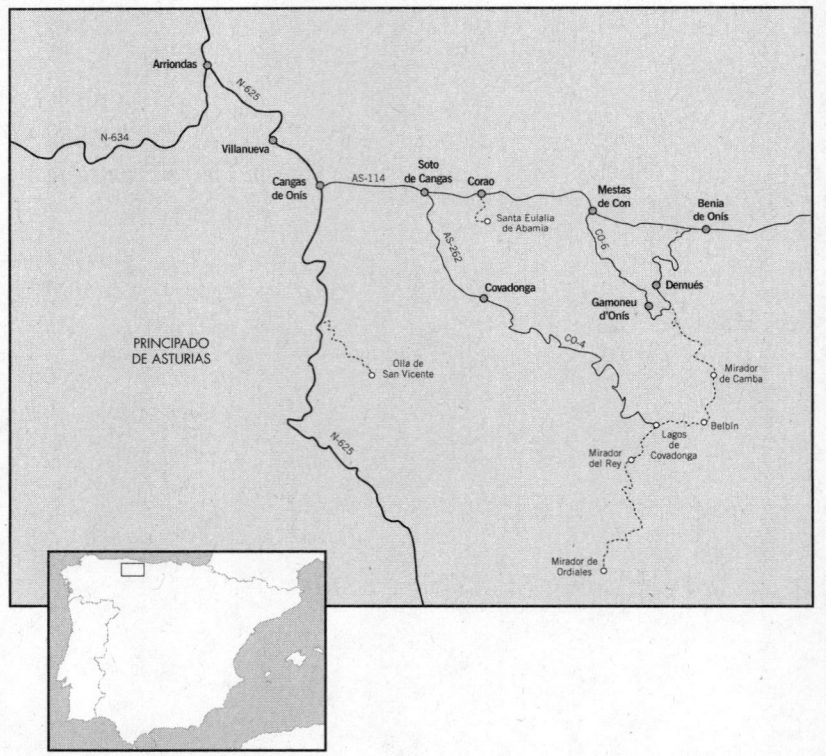

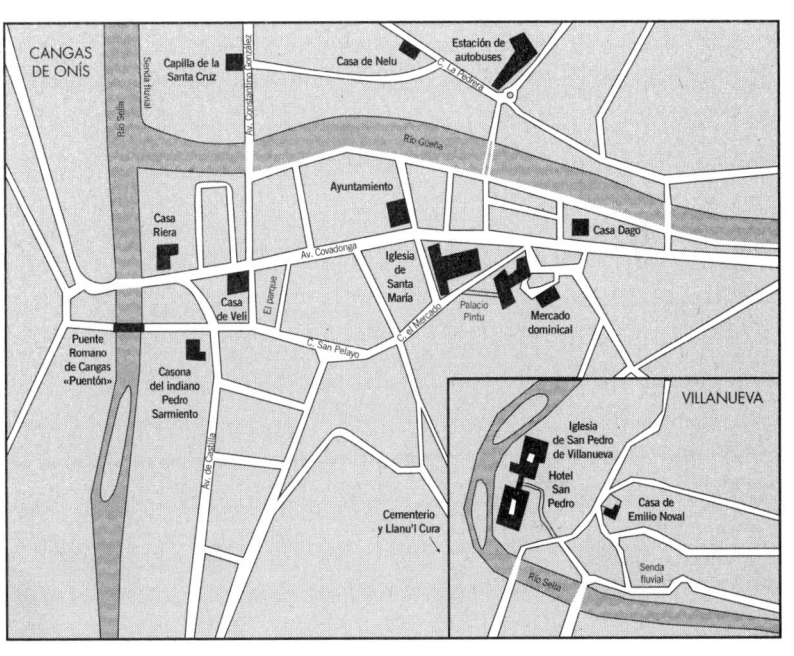

Déxame tiempu pa recordate
que nos picos d'europa nun hay en tres partes,
que nos picos d'europa nun hay en tres partes,
nin tenemos más patria qu'estes montañes
nin más fronteres que les del aire.

De *Los Picos D'Europa*
ANABEL SANTIAGO

¿Qué es la supervivencia?
Una infinita capacidad de sospecha.

El topo
JOHN LE CARRÉ

Cuatro años atrás

LA VOZ DEL hombre rebasó el límite de la cortesía en la conversación. La de la mujer también. Un grito. Otro, y otro más. Primero el hombre, luego ella. Primero ella, luego él. Un portazo y un nuevo grito. Reproches. La mayoría de las frases estaban salpicadas de insultos.

Se escucha el sonido de una cisterna. Una voz infantil. Otro portazo. Una voz juvenil y el sonido de las ruedas de una maleta sobre el pavimento. Abrir y cerrar cajones. Arrastrar sillas. Subir cremalleras. Un nuevo enfrentamiento antes de abandonar la vivienda. Más reproches. Gritos. Aspavientos. El llanto del crío conmueve al hombre y repugna a la adolescente.

Adioses. Hastanuncas.

La puerta del garaje se eleva. La del maletero del coche se cierra con un golpe cuyo eco confunde la procedencia del sonido. Se cierra la puerta del conductor. Riña para ver quién ocupa el asiento del copiloto. Gana el niño. La adolescente se acomoda detrás. El hombre observa desde la ventana. Ruido de motor.

Noche.

La conductora enfila la carretera.

Luz. Oscuridad. Luz. Oscuridad. Luz. Oscuridad.

Las farolas desaparecen y se abre ante ellos el bosque. La carretera zigzaguea cuesta abajo.

A la derecha, a la izquierda.

La mujer habla sola. Insulta hacia la negrura de la noche. Frena. Estira molesta de la falda. Reprende al niño. Acelera. Mira por el retrovisor. Reprende a la chica. Maldice. Nombra al hombre. Maldice. Llora.

Un jabalí cruza la carretera. Ella lo ve. Frena. Grita. Se espanta. Gira el volante y golpea al animal. Gira el volante hacia el lado contrario. Las ruedas chirrían. El niño y la adolescente gritan. El coche se sale de la carretera. Una de las ruedas se hunde en el badén. Ella pierde el control. El vehículo avanza a toda velocidad hacia el precipicio.

Acordarse de Dios es lo último que ella hace antes de incrustar el coche en el barranco. Gritos. Ruido de cristales rotos. Y…

Silencio.

Silencio.

Silencio.

La noche aún durará unas horas.

Silencio

Un hilo de voz rompe el silencio.

Fais-moi sortir d'ici!

(¡Sacadme de aquí!)

Oriente del Principado de Asturias

Finales de noviembre
Cangas de Onís

EVELINA CHASQUEÓ LA lengua y alzó los ojos al cielo.
¡Ah!, la niebla.

Asomada a la ventana inspiró solo una pequeña bocanada de aire, lo suficiente como para determinar con precisión de sabueso el perfume de la madrugada; de la mañana, más bien.

El reloj marcaba las ocho en punto.

Hora de ir a trabajar.

Cuando atravesó el portal, la humedad que emanaba del río Sella se le ciñó a la cara como un velo de novia. Entonces comprobó que no era niebla. Mezclada con el humo —restos del incendio que había consumido varias hectáreas de matorral los días anteriores—, conservaba el sabor de la madera calcinada. Sintió que la pena le subía hasta la garganta, y a través de la neblina adivinó el perfil de las montañas y su imperceptible silueta. Si hubiera heredado la maestría de su padre con el lápiz, las habría dibujado de memoria, aunque el espesor era tal que apenas distinguía el contorno de la calle.

Chasqueó de nuevo la lengua, se ajustó el cuello del abrigo y recorrió los escasos metros que la separaban de su vehículo. El trayecto sería breve, como todos los martes, jueves y sábados de cada mes. Atravesó la avenida de

13

Castilla y se incorporó a la N-625, dirección Arriondas. La carretera nacional era la ruta más rápida para salvar los tres kilómetros que había hasta la vivienda en la que trabajaba como empleada de hogar en la vecina parroquia de Villanueva.

La casa de la familia Noval.

¡Los Noval, nada menos!

Mientras recorría las calles, Cangas de Onís se desperezaba. La niebla parda la acompañaba en su rutina. La vivienda se encontraba fuera del pequeño núcleo rural de Villanueva y se accedía a ella por un camino sin asfaltar.

Evelina, o más bien Veli, ya que prefería el diminutivo de su nombre, estacionó el coche a tientas, y a tientas abrió el portón trasero y extrajo una bolsa de deporte en la que no había nada que recordara ni de lejos una actividad deportiva. Aunque sí de limpieza: una bata, un par de guantes y las pantuflas de lana, bien calentitas.

Un último vistazo al coche antes de dirigirse hacia la casa.

Una puerta metálica con pretensión de muralla a la manera de un castillo fortificado salvaguardaba la casona de piedra. Era un vecindario tranquilo en el que convivían grandes propiedades rehabilitadas, con casuchas de tejados rojos y maderas roídas por el paso de los años. Cuando el señor Noval decidió perimetrar la finca y obstruir la entrada con un portón de casi dos metros de altura, se convirtió en la comidilla de los vecinos, poco habituados a la desconfianza. «Cosas de Francia», cavilaban entre ellos por aquello de señalar el recelo como fruto de las costumbres del país donde había vivido la familia.

Una vez superado el elemento disuasorio, una intensa sensación de acogida sorprendía al contemplar el jardín delantero. Debido a la escasa visibilidad, la mujer avanzó con desconfianza por el césped cuidado, blandengue y salpicado aquí y allá de piedras extraídas del río Sella y decoradas con dibujos, cuyo significado se le escapaba. Pasó muy cerca del impresionante fresno, una presencia que imprimía carácter a la parcela, y del joven cerezo, capricho de Mónica, la hija del propietario.

La noche anterior, poco antes de la hora de la cena, Emilio Noval contemplaba el cielo emborronado que se extendía sobre el jardín como un edredón mullido. Las gotas de vapor de agua se condensaban deslizándose por el perfil de las montañas en una avanzadilla de la niebla. Alguien quemaba rastrojos. El aire olía a ceniza, lo que estimulaba su nariz con un molesto picor. El foco del incendio boqueaba tras consumir parte del matorral, pero todavía emitía fogonazos anaranjados que teñían las nubes.

Dos pasos más allá, la mujer volvió a dudar bajo el muro de piedra sobre el que se alzaba una típica casa asturiana de dos pisos, corredor sobre machones y galería. La empleada sacó las llaves del bolsillo y se percató de que el portón del garaje estaba abierto. Reconoció el coche del señor Noval. Algo extraño, dada la hora. Lo normal era que, cuando ella llegaba, él ya hubiera salido. Algunas veces, pocas, se cruzaban un momento en la entrada. Él la saludaba con la mano y mostraba una gran sonrisa que le rellenaba los mofletes, y enseguida salía disparado calle abajo, haciendo chirriar las ruedas del vehículo contra la gravilla.

«O se le pegaron las sábanas», pensó como algo natural el hecho de quedarse en la cama un día de niebla.

«O está enfermo.»

«O está acompañado.»

Enseguida descartó la visión del señor Noval en compañía de un hombre o una mujer. Aquello no era de su incumbencia. Su trabajo se limitaba a limpiar la casa y a preparar la comida. Ver, oír y callar.

El relente de la noche invitó a Emilio a resguardarse, primero bajo el alero y después en el interior de la casa. Lo molestaban sobremanera las noches de niebla.

Evelina entró en la vivienda y cerró la puerta con ganas, dejó fuera la niebla y experimentó una sensación de bienestar semejante a la que procura un suspiro. Al momento percibió el olor, la fragancia delicada de la nuez moscada. La boca se le llenó de saliva y en su cerebro se iluminó la imagen de una lasaña, de una masa de croquetas tiernas y untuosas. Aspiró el olor hasta llenar los pulmones. «Bechamel.» Pronunció bajito la palabra varias veces y a su memoria acudió el recuerdo del primer día de trabajo en la casa.

Veli iba recomendada por su vecina, la señora Pura, la del Cuetu. En la casa de los Noval necesitaban una asistenta con mano en la cocina y hacendosa. Y allí se presentó, hecha un manojo de nervios que desapareció como por encanto cuando se encontró en la cocina a Emilio Noval. El hombre iba ataviado con un delantal y aferraba una sartén en la que daba vueltas a una masa cremosa de croquetas con un apetecible tono dorado.

—Rállame un poco de nuez moscada —recordó que le había pedido nada más entrar en la cocina.

—Señor Noval, no conozco la nuez moscada.

—Mira. —Emilio Noval se retiró de la lumbre y se lavó las manos. Era un hombre moreno, delgado y fibroso. Nada destacable. De espaldas habría pasado desapercibido a ojos de cualquiera, sin embargo, poseía un rostro tremendamente atractivo y era de los que sostenía la mirada sin parpadear, como si escrutara la reacción en la otra persona.

El señor Noval sacó del especiero un frasco que contenía un puñado de bolas de un color a medio camino entre el gris y el marrón, que a ella le recordaron a las canicas de madera con las que jugaba de niña.

—En realidad, no es una nuez —le había advertido Noval mientras espolvoreaba sobre la masa de croquetas el resultado del rallado. Y al instante aquella cocina se convirtió en el escenario de un cuento de *Las mil y una noches*.

Jamás en la vida había olido algo tan maravilloso.

Ante la sonriente cara de Emilio, Veli tocó el cielo.

Emilio consultó el teléfono móvil y lo abandonó con desidia sobre la mesa. Se ató el delantal, batió un par de huevos y se preparó una tortilla francesa para cenar. Instalado en el cuarto de estar y para diluir la soledad, decidió ambientar la triste tortilla con música. Encendió el equipo y seleccionó un vinilo. Mala decisión. Los melancólicos rifts *del* Rambling on my mind *en la guitarra de Clapton, su músico favorito, lo enervaron. Apenas aguantó unos cuantos acordes antes de apagar el equipo. No estaba de humor, y decidió que cenaría en silencio.*

La empleada del hogar sacó la bata, los guantes y las pantuflas de la bolsa de deportes y se dirigió a la cocina. Un solo plato en el fregadero le indicó que el señor Noval había cenado sin la compañía de su hija.

Salió al pasillo y se colocó la bata. Comprobó de un vistazo que las puertas del aseo y de la despensa estaban abiertas. Observó entonces que la del cuarto de estar permanecía inusualmente cerrada. Con un hormigueo muy desagradable que le recorrió todo el cuerpo, avanzó un paso, dos, tres. Se detuvo ante la escalera de madera que accedía al piso superior y apoyó el pie en el primer peldaño. El escalón crujió con el peso y ella contuvo el aliento.

—¡Señor Noval! —gritó con voz firme.

Esperó unos segundos durante los que no obtuvo respuesta.

—¡Mónica!

Llamó a la hija, convencida de que no se encontraba en la casa. Quizá fuera una apreciación subjetiva, pero el silencio la descolocó. En el corazón de Veli se encendió una alarma que le erizó la piel. Algo no encajaba.

La cena fue breve e incómoda. La discusión con su hija le había dado dolor de cabeza. Emilio salió del cuarto y depositó el plato sucio en el interior del fregadero. Ya de regreso, se detuvo en el salón y localizó su ordenador, olvidado sobre uno de los sillones. Acababa de recordar que al día siguiente era martes y que la asistenta iría a la casa. Podría pedirle que cocinara uno de esos arroces que se le daban tan bien. Encendió el portátil. En ese momento, un golpe seco procedente del exterior lo distrajo, pero continuó sin darle importancia.

Veli reparó en que el ordenador de Emilio se mantenía en equilibrio sobre el brazo del sillón y lo situó sobre la mesita. Al hacerlo, se percató del parpadeo de una luz roja. En la pantalla aparecieron varios ficheros. Una nota recordaba las citas pendientes; nombres de clientes, nada interesante. Decidió entonces adentrarse por el pasillo y la intensidad del olor a especias aumentó. El silencio hacía que se revolviera por dentro.

Un golpe en la ventana provocó que se girase alarmada. Comprobó, con el corazón acelerado, que el gato del vecino se paseaba tranquilamente por el alféizar. La incertidumbre se encendió como un neón en plena noche hasta conseguir incomodarla. «No te preocupes tanto, Veli —se dijo a sí misma—. Seguro que la cría pasó la noche con su amiga y Emilio salió temprano.»

La mujer controló el breve temblor de la mano al empujar el picaporte. Entró en el cuarto. La niebla suspendida en el exterior mantenía la habitación en penumbra. Las sombras perfilaban la vitrina de cristal y el cuadro de un bodegón colgado de la pared. Todo estaba recogido.

Emilio regresó al cuarto de estar con una botella de vino dulce en la mano. Se sirvió un vaso y lo dejó sobre la mesita auxiliar.

Olfateó y se relamió. Le apetecía saborear antes de acostarse ese vino especiado que importaba de Francia. Minutos después escuchó el timbre de la puerta. «Mónica tiene llave, aunque con la bronca de antes y la espantada, lo mismo la ha olvidado», pensó al tiempo que su cerebro elaboraba una explicación para aquella inesperada visita. El timbrazo se repitió. Antes de abrir, descorrió la cortina y echó un vistazo. La niebla que comenzaba a posarse en el suelo lo emborronaba todo. Dudó un momento antes de reconocer a la figura que esperaba detrás del cristal, y abrió la puerta.

Veli tardó unos segundos en acomodar la vista a la falta de luz y en reconocer a Emilio Noval. Estaba sentado en el sillón orejero de flores azules con los ojos muy abiertos y un rictus de terror que la dejó sin aliento. Se acercó con cuidado y descubrió una gran mancha de sangre a la altura del corazón que empapaba la camisa y parte de la tapicería del sillón.

Emilio Noval estaba muerto.

La mujer ahogó un grito de espanto, sobrecogida por la escena. Recorrió el cuarto de un vistazo mientras intentaba controlar el temblor de su cuerpo. Reparó en la botella vacía y en el vaso sobre la mesa. Pero su mente solo era capaz de concentrarse en el intenso aroma a nuez moscada.

1

Como si nada, como si nadie, como si nunca

Gijón

LA AGENTE DE la Policía Nacional de Gijón, Marina Roldán, se despertó de sopetón. Necesitó unos instantes para ubicarse; las pastillas que el médico le había recetado para combatir el insomnio la dejaban grogui. Palpó con pereza el lado opuesto de la cama en busca del contacto con la piel de su marido y recordó que había dormido sola. Carlos, arqueólogo de profesión, participaba esos días en unas jornadas sobre arte prerrománico asturiano en la ciudad de Oviedo.

Un instante después le acudió a la memoria que aquella mañana solitaria era su primer día como parte integrante de la Unidad Especial de la Policía Nacional en el Principado, con interés único en los concejos del Oriente.

Y no tenía ni pizca de ganas de salir de la cama.

En los últimos días la consumía un pensamiento recurrente que conseguía sumirla en un estado de profundo malestar físico. Debería de estar contenta, puesto que la resolución del caso anterior confirmaba su buen hacer como policía. Era la primera vez que se enfrentaba a un delito de violación y lo habían resuelto con éxito. Sin embargo, la envolvía una sensación agridulce. Aunque habían atrapado al culpable, el coste personal mermaba la satisfacción por el trabajo bien hecho.

Marina llegó a Gijón procedente de Madrid con la intención de escapar de un entorno hostil. El comisario al mando de su unidad la acosaba sin descanso y, cuando logró reunir las fuerzas suficientes para denunciarlo, este aumentó su obsesión hacia ella hasta conseguir aislarla del resto de compañeros. Su carrera como policía se hundía antes de empezar. Había deseado pertenecer al Cuerpo desde que era una niña, pero las posibilidades de progresar se esfumaron, y con ellas su futuro. La solución pasaba por abandonar el Cuerpo o cambiar de destino. Y optó por la segunda. Gijón era una ciudad desconocida y activa donde poder rehacer su vida y avanzar. En contra de lo previsto, desde que pisó la ciudad por primera vez, la vida le había pasado por encima sin darle tiempo a reaccionar. Todos esperaban demasiado de ella. Su jefe, porque ignoraba que carecía de la cualificación necesaria para resolver ciertos crímenes, y Carlos, porque esperaba que el cambio de aires remontase su matrimonio. Lo único que deseaba era no defraudarlos.

Salió de la cama con una nube gris sobre su cabeza y se enfrentó a un nuevo día.

A LAS OCHO de la mañana, la playa de San Lorenzo recibe a los madrugadores con un olor picante en la nariz. El aire está cargado de sal. La vista sobre el mar es tan poderosa que resulta difícil resistirse. Uno considera como algo natural apoyarse en la barandilla que bordea la playa y asomar la vida al Cantábrico. Sin duda, es un ejercicio reparador.

Durante el tiempo en que la agente contemplaba el ir y venir de las olas en el paseo de El Muro, que discurre en paralelo a la playa, las furgonetas de reparto surgían con la abundancia de las setas en temporada. La gente caminaba apretada hacia su trabajo, recién peinados y perfumados. Adolescentes vocingleros, callados, uniformados, asqueados, resignados o sonrientes recorrían un día más el camino hacia la escuela.

Un barco.

Dos.

Demasiado lejos para distinguir el rostro de los pescadores.

Surfistas enfundados en monos de neopreno y nadadores avezados, cuya edad supera la setentena, recalan en la orilla con la cara enrojecida por el frío y una sonrisa de satisfacción. Un día más, el Cantábrico vigila la vida de la ciudad de Gijón.

A la izquierda se alzaba la iglesia de San Pedro, y junto a ella las termas romanas de Campo Valdés, unas ruinas subterráneas bien conservadas donde los romanos acudían a socializar. Marina recordó que su marido había preparado la visita a las termas el mismo día que ella llegó a la ciudad, recién trasladada desde Madrid. El paseo posterior lo había aprovechado para introducirla en la vida gijonesa. Así fue como se enteró de que las escaleras de acceso a la playa están numeradas del cero al dieciocho. A la número cuatro la llaman la Escalerona, y a la dieciséis se la conoce como el Tostaderu.

Los cristales de las ventanas de los hoteles que perfilan el paseo señalan el recorrido del sol. Es el momento en que los bares y cafeterías se llenan. Las mesas ocupadas y, en la barra, imposible encontrar un hueco. Aroma a café, a bollería, a pan horneado y churros. Churros con chocolate. Eso es lo que vio Marina a través de la cristalera del bar donde se había citado con su jefe, el inspector Salvador Bedia.

El reflejo de su cara sobre el vidrio le devolvió un rostro triste, el de una mujer ambiciosa que pasaba por una racha incierta. Los pómulos acentuados por el cansancio destacaban su nariz aguileña. Marina deslizó la mano bajo los párpados en un intento por borrar las arrugas y las ojeras.

En el interior de la cafetería, la imagen de Bedia paladeando el churro que acababa de llevarse a la boca le arrancó una sonrisa. La gomina brillaba sobre los cabellos negros del inspector y destacaba las primeras canas. Los mofletes alfombrados por una barba fuerte y resistente al afeitado se movían acompasados por la acción de ingerir hasta el último sorbo de chocolate que resistía en la taza. El hombre, con trazas de gigante, disfrutaba como un niño.

Marina consultó el reloj, echó un vistazo a sus zapatos relucientes y entró en el bar. Los ojillos negros de Bedia se iluminaron al verla. El hombretón le hizo una seña con la mano y la invitó a sentarse.

—Llegas a tiempo —dijo chupándose con fruición el dedo pulgar y borrando con ello cualquier resto de chocolate—. Y no me gusta la forma en que me miras.

—Creía que habías empezado el régimen. Te veo en forma. —La agente le pidió al camarero un café con leche y un par de churros, y se sentó a su lado.

—Yo a ti no. —La voz del inspector mostraba a las claras que le había fastidiado el comentario de su subalterna—. Estás más pálida y tienes cara de pocos amigos.

—Últimamente no duermo bien.

—¿Una mala noche, Marina?

—No más que otras, Salvador.

Bedia se limpió la boca con una servilleta y se repanchigó en la silla.

—Para tu información, llevo más de dos horas despierto, la última en comisaría. Luego te explico. Por cierto, tenemos una nueva incorporación en el equipo. Se llama Nora Sirgo, es licenciada en Psicología y se le dan de miedo las redes sociales. Enseguida conectó con Cueto. Como sabes, a Quirós lo asignaron a otra unidad porque le falta poco para jubilarse. La chica es joven, despierta y muy competente. Lo comprobarás en cuanto la conozcas. —Agitó la mano derecha como si espantase una mosca—. Tú y yo nos vamos a tomar un respiro. Cinco minutos que vas a añorar hasta la lágrima en cuanto salgamos de este bar. —El hombre se acercó a ella—. Marina, relájate y mastica.

En cuanto finalizaron aquellos cinco minutos, los agentes de la Policía Nacional abandonaron el establecimiento.

—¿Por dónde empezamos? —preguntó Roldán fingiendo un entusiasmo que no sentía.

—Vamos a Cangas de Onís. Estoy pendiente de la llamada del juez. Tenemos un caso. Un afamado empresario apareció muerto en su casa. Si salimos ahora llegaremos en… —miró el reloj—, más o menos una hora. Tengo el coche estacionado un poco más abajo, pero nos sentará bien caminar. Espero que descansaras lo suficiente.

—He tenido días mejores —contestó soltando un gruñido—. No sé en qué momento llegué a pensar que mis problemas se arreglarían alejándome de Madrid.

En los últimos días, ciertos pensamientos revoloteaban sobre su cabeza. Abandonar. Regresar a Madrid. Alejarse de todo, incluido su marido. Hasta se le había ocurrido dejar el Cuerpo y buscar otro trabajo. Avanzaba por un terreno de arenas movedizas. A Marina el pasado la atormentaba y el futuro le causaba vértigo.

—¡Sácate esas tonterías de la cabeza! —espetó Bedia como si pudiera leerle el pensamiento—. Esconde la porquería debajo de la alfombra y continúa barriendo.

—No es fácil —contestó esquivando una farola e intentando seguir el paso decidido del inspector.

—¿Y quién te dijo que lo sería? Hicimos bien nuestro trabajo, para eso nos pagan. Ya habrá tiempo de lamernos las heridas.

Marina bajó la mirada y sus ojos se posaron en la punta de sus zapatos, siempre impolutos. Aceleró el paso a la vez que aspiraba tanto aire como le cabía en los pulmones, y experimentó un profundo y hueco dolor al que empezaba a acostumbrarse.

Sobrellevar el dolor y aguantar el mal rato.

Eso es de valientes.

«A veces hay que continuar, como si nada, como si nadie, como si nunca.» Lo había leído en un prescindible libro de autoayuda.

Callejearon a buen paso y se alejaron del bullicio. Entonces Bedia se detuvo, exhibió una enorme sonrisa y accionó el cierre automático de un flamante vehículo policial.

—El Jefe Gris, que es un pedazo de pan, nos facilitó la última adquisición de la comisaría. De momento, nos miman. Nadie confiaba en nosotros y ya ves, ahora resulta que somos la leche. Disfruta de esto, porque uno no sabe cuánto va a durar.

Una vez al volante del coche patrulla, el inspector sorteó las vías más concurridas de Gijón en dirección a la autovía, con la satisfacción que le acababa de proporcionar el desayuno reflejada en la cara.

—Casi se me olvida —dijo deteniéndose en un semáforo—, ayer vi el coche de tu hombre en Villaviciosa. Rosa y yo salimos a cenar.

—¿Carlos? Imposible. Está en Oviedo, en un congreso.

El semáforo cambió a verde y Bedia ni se inmutó. Los claxonazos de los conductores que iban detrás de ellos tardaron poco en escucharse. Con un volantazo se echó a la derecha y frenó el coche en seco.

—Roldán, llevó casi veinte años en el Cuerpo. —La cara del inspector se había cubierto de una pátina de autoridad—, y aunque uno ya no es tan espabilado como cuando era joven, todavía soy capaz de memorizar y recordar una matrícula. Si te digo que era el coche de Carlos, es que era el coche de Carlos.

2

Un nuevo caso

Poco MÁS DE ochenta kilómetros separan Gijón de Cangas de Onís. Un trayecto que se recorre en una hora casi todo el año, menos en verano, cuando los turistas invaden el territorio y colapsan los accesos a los pueblos por los que discurre la carretera. En ese momento, las nubes descargaban a intervalos un fino *orbayu*, más intenso cuánto más se acercaban a las montañas. El frío invernal asomaba la nariz entre los picos sin llegar a manifestarse del todo.

—¿Leíste el informe que te envié? —Bedia conducía a buen ritmo. El silencio de la agente Roldán le confirmó que no lo había hecho.

—¿Me haces un resumen? Prometo estudiarlo durante el trayecto.

La agente se arrellanó incómoda en el asiento. Le habría gustado puntualizar que el día anterior había sido el único día de permiso que el Jefe Gris, el comisario al mando del equipo, había concedido a sus agentes. Un brevísimo respiro, aunque en su fuero interno sabía que jamás disfrutaban de un día libre cuando se encontraban en medio de una investigación. La realidad era que se había pasado el día metida en la cama, atontada por las pastillas, royéndose el corazón y buscando un motivo en el que enfocar de nuevo su vida. Le hubiera gustado plantear al inspector una nueva línea de investigación sesuda e ingeniosa, que deslumbrara al comisario y le hiciera ganarse la fama de sabueso. Como en las novelas policíacas. Pero lo único que se le ocurría eran disculpas peregrinas que evitaba verbalizar por todos los medios.

—Esta mañana —dijo él para centrar la atención de Marina—, la señora Nieda, que trabaja como empleada de hogar en casa de los Noval, encontró el cadáver de Emilio Noval. Lo mataron de una puñalada. La Policía Judicial se encarga del protocolo, pero, como resulta que Cangas de Onís forma parte de los concejos del Oriente, y nosotros formamos parte de la Brigada de Delitos para el Oriente..., nos tocó el premio. Tenemos pocos datos aún. La investigación indica que la cerradura de la vivienda no estaba forzada, así que la primera hipótesis sostiene que el señor Noval conocía a su asesino.

—¿El señor Noval vivía solo? —preguntó Marina, que avistó un chispazo de actividad en su cerebro, alimentado por la curiosidad que le despertaba un nuevo caso.

—No. Noval era viudo y vivía con su hija de diecisiete años.

—¿Dónde estaba la chica?

—No te adelantes. Si no leíste el informe, ahora te esperas a que complete la información. ¿Estamos?

Trabajar con el inspector Bedia necesitaba de un entrenamiento especial. Había que estar preparado para vadear terrenos pantanosos, caminar entre margaritas o hundirse hasta las cejas en el barro. El asturiano podía mostrarse encantador y al instante poner firme a cualquiera con solo una mirada. Bajo esa fachada de gigante se escondía un cerebro de precisión milimétrica que esquivaba como podía las trampas que le tendía la bulimia nerviosa.

—La casa estaba ordenada y no echaron en falta objetos de valor. Por el momento, descartan el robo como posible móvil. Cuando la señora Nieda avisó a la Policía Local, comprobaron que la chica no durmió en casa anoche, ya que la habitación estaba recogida y sus pertenencias, en orden. Lo raro es que no encontraron su teléfono móvil.

—Eso no es raro. Ningún adolescente sale de casa sin el móvil. Ni de coña —dijo Marina moviendo la cabeza de un lado a otro.

—Centrémonos, Roldán. —A Bedia le fastidiaba la laxitud de la agente y a ella, en cambio, parecía molestarle la actitud arisca del inspector. «¡Qué tía más rara!», pensó él—. La Local de Cangas de Onís nos espera para pasarnos el marrón. Tenemos que interrogar a la hija de Noval y a la señora Nieda antes de que acabe el día y buscar testigos entre el vecindario.

—¿A qué se dedicaba el señor Noval? —preguntó con resolución y con intención de confirmar que había entendido la indirecta, mientras intentaba enmendarse.

—Emilio Noval era el propietario de un negocio de gestión y organización de eventos sociales. Para que nos entendamos, dirigía una empresa dedicada a organizar bodas, banquetes, cenas de grupo y cualquier tipo de *folixa* por todo el Principado. Y le iba muy bien. Un empresario de éxito. Cerraba los negocios en una oficina habilitada en el hotel San Pedro de Cangas de Onís.

—En el hotel San Pedro —repitió Marina.

—¿Conoces Cangas de Onís? —Bedia salió de la autovía a la altura de Ribadesella y tomó el desvío hacia la nacional 634 Arriondas-Cangas de Onís-Covadonga. Una carretera que discurre en paralelo al río.

—Solo he estado una vez. Carlos me invitó a comer en un restaurante cerca del puente sobre el Sella.

—El Puentón. Un sitio cojonudo. Me refiero al restaurante —dijo con voz socarrona, rompiendo la tensión acumulada entre ellos—. No es tonto tu Carlos.

Al pensar en su marido, los recuerdos de aquel viaje se agolparon en la cabeza de Marina. Tras la comida en el restaurante, dieron un paseo por las calles del pueblo. Carlos le había explicado no sé qué de un dolmen, sobre el que se había edificado una pequeña iglesia erigida por un tal Favila. Lo cierto es que se le escapaban los detalles, pero retenía con toda claridad la buena impresión que le había causado la visita. «¡Por fin un recuerdo agradable!»

A través de la ventanilla del vehículo, observaba la altitud de las montañas. La sucesión de casas y prados la envolvía hasta dejarla boquiabierta. Por un rato permitió que su mente rememorase la portentosa silueta de El Fitu o el alegre discurrir del río Sella a su paso por Arriondas. A un lado y a otro, casas de colores, vacas casi pelirrojas y campos verdes, de un tono tan intenso como nunca había visto. Y en el cielo, las nubes continuaban descargando un manso *orbayu*, ajenas a todo.

«Asturias no existiría sin la lluvia», pensó.

La gente que visita el Principado se sorprende con mucha frecuencia ante la inmensidad de la naturaleza. El eslogan del paraíso aparece junto a un paisaje idílico; un prado lleno de vacas, una cascada rebosante de agua o la vista en caída libre sobre las montañas. Bosques, cumbres peladas, caballos en libertad y, por supuesto, una elaborada y generosa gastronomía. La mayoría de los comentarios alaban el lugar con epítetos altisonantes. Apostillan casi siempre: «No saben lo que tienen». Sí, lo saben, ¡por supuesto que lo saben! El hecho de vivir durante toda la vida rodeado de belleza no anestesia a nadie del privilegio de pertenecer a una tierra de tradiciones en la que no tiene cabida la rutina.

—¿Y qué sabemos de la hija? —preguntó Roldán sin quitar ojo a un grupo de turistas dispuestos a descender por el río fuera de temporada. Ataviados con chalecos salvavidas, atendían con interés a las explicaciones de un instructor.

Escuchaban arremolinados junto a una hilera de piraguas de un rabioso color amarillo.

—Mónica Noval. Diecisiete años. —El tono de voz del inspector se tornó áspero. Bedia aferró el volante, fijó la vista en la carretera y permaneció en silencio durante varios kilómetros. El policía redujo la velocidad a la altura del hotel. Un hito en la calzada informaba de la proximidad de la localidad de Cangas de Onís.

—Quédate con la ubicación —dijo el inspector ladeando la cabeza a modo de puntero—. Vamos a tener que visitarlo con frecuencia.

—¡Vaya! ¿Ese es el hotel San Pedro? —Marina giró la cabeza, arriesgándose a una contractura en el cuello.

El antiguo monasterio benedictino de San Pedro de Villanueva se reflejaba a través de la lluvia de finales de otoño, que chorreaba por los cristales de la ventanilla cuando el sonido del móvil de Bedia captó la atención de los agentes. El inspector conectó el manos libres y una voz masculina saturó el interior del vehículo con un ruido metálico.

—Buenos días. ¿Inspector Bedia? Policía Local de Cangas de Onís. Recibimos el aviso de un vecino. Encontraron un teléfono móvil en la senda fluvial y me dirijo hacia allí.

—¿Es importante? —preguntó sin entender la información.

—La hija del señor Noval no denunció la pérdida del teléfono. El lugar en el que lo encontraron nos dará pistas de lo que hizo la noche de autos.

—Entiendo que podría pertenecer a la chica.

—Lo sabré en cuanto llegue.

—La Policía Judicial nos espera en la propiedad de los Noval. Nos reuniremos con usted en cuanto el juez ordene el levantamiento del cadáver y terminemos la inspección ocular —cerró Bedia.

3

La casa de la familia Noval

Villanueva y Cangas de Onís

ESTACIONARON EL COCHE patrulla justo enfrente del domicilio de los Noval. Un corrillo de vecinos curioseaba delante de la propiedad, atraídos por el dispositivo policial. Habían acordonado el perímetro por orden del juez y un agente de la Policía Local esperaba a la pareja.

—El agente Berdayes me pidió que los recibiera. —El policía retiró el precinto de la entrada, le entregó a Marina una carpeta y se despidió.

—Gracias —contestó Bedia, entendiendo que el tal Berdayes era el mismo con el que acababa de hablar por teléfono a la altura del San Pedro.

Una vez en el jardín, los agentes se detuvieron a contemplar la vivienda que se alzaba ante ellos. Una auténtica casa asturiana. El cielo continuaba encapotado, pero la luz del sol que se filtraba a través de las nubes incidía sobre los bloques de piedra. A Marina se le abrió la boca, admirada ante la construcción. Carlos le había explicado que los pobladores del territorio asturiano tuvieron que adaptar su vida al clima y al relieve; las enormes variaciones del terreno, con grandes diferencias entre la costa y las altas cotas de los Picos de Europa, condicionaron la arquitectura.

La casona en bloque robusto, un tanto tosca y desprovista de elementos decorativos, conseguía despertar una atracción singular, como de ganas de quedarte a vivir. El propietario se había encargado de rehabilitar la antigua vaquería que ocupaba los terrenos de la familia, incluida la espaciosa casa familiar. Había querido respetar la arquitectura original y, para la fachada, se había decantado por un vívido color bermellón. La casona perpetuaba así la costumbre de los concejos del Oriente de Asturias de pintar las viviendas de colores diferentes, a gusto de sus dueños. Uno imaginaba el interior confortable y caliente, a salvo de inclemencias, ruidos y demás peligros, y protegido por la contundencia de los muros.

Roldán clavó la vista en el corredor volado. Dispuesto a lo largo de la fachada, una barandilla de madera coronaba la casa como una proyección del jardín. Un auténtico vergel, con profusión de buganvillas que se elevaban por encima del voladizo y ascendían con audacia hasta rozar las tejas. Las flores casi ocultaban las vigas maestras y las ménsulas de madera encastradas en la pared.

La estructura del corredor descargaba su peso sobre dos cortafuegos, continuación de los laterales de la casa, y daba paso a un zaguán en el piso terrero. Una butaca de madera y una pequeña mesa auxiliar señalaban un espacio protegido, por el que se accedía a la puerta de la vivienda, que Marina imaginó como un buen lugar para descansar. La piedra de los muros, de un gris pálido, resaltaba otras de un tono más oscuro que enmarcaban los vanos. En las dos plantas se abrían unas ventanas generosas y veladas por cortinas de tela, rematadas con una tira de ganchillo.

—¿La casa de invitados? —El inspector Bedia señaló una prolongación de la casa, de altura inferior y cerrada con un portón metálico.

—Es un garaje —comprobó la agente echando un vistazo al interior—. Parece que el señor Noval tenía afición por la mecánica, a juzgar por la cantidad de herramientas.

—Mira a ver si cuenta con un acceso a la vivienda.

Marina entró.

—Sí. Al fondo hay una puerta.

Bedia se rascó la barbilla y se perdió en la contemplación de la propiedad, que repasó al milímetro.

—¿Qué te parece? —preguntó dirigiéndose a Roldán. La agente inspeccionaba el perímetro con el asombro de un extraterrestre, y él disimulaba, siguiéndola con el rabillo del ojo.

—Me parece magnífica —dijo acariciando una piedra de la fachada. Sin darse cuenta, pisó un pequeño charco bajo el canalón, por el que rezumaba el agua de la lluvia. Dos gotas mancharon los impolutos zapatos de Marina que, sin dudarlo, se apresuró a hacerlas desaparecer de un manotazo—. La casa ha sido restaurada al detalle y con mucho gusto. El jardín está cuidado, seguro que gracias a un buen mantenimiento.

—Habrá que comprobarlo.

—Si me das un momento... —Roldán abrió la carpeta del policía local. En ella encontró la primera declaración de la asistenta y el informe de los agentes que acudieron al domicilio, junto a otros datos de interés—. Efectivamente, una empresa se encarga del mantenimiento. ¿Te has fijado? —Marina continuó señalando uno de los aleros del tejado—. Seguridad perimetral. Cierre de la finca con una valla y cámara de vigilancia, pero está rota. Mira el objetivo, mucha gente instala cámaras de seguridad como elemento disuasorio.

La agente se volvió hacia Bedia con una sonrisa de revancha. Cuando quería podía ser muy observadora.

—A mí esta casa me recuerda a la de mis suegros —dijo el inspector sacando un caramelo del bolsillo, que ofreció a Marina sin obtener respuesta—. Solo que esa era más pequeña, más vieja y más azul. La casa donde creció mi Rosa era de color azul. La vendimos al morir su padre y su madre se vino a vivir con nosotros.

—Ganaste una buena cocinera —apuntó ella divertida.

—¡La mejor!

El gigante se llevó la mano al bolsillo interior de la gabardina y sacó su teléfono móvil. Consultó la pantalla y lo devolvió a su lugar.

—¿Alguna cosa más?

Por el tono de voz, Marina supo que la estaba poniendo a prueba. Su jefe quería saber si habían pasado algo por alto. Se sintió como si estuviera examinándola.

—Hay varios tipos tomando fotografías desde la valla, imagino que la noticia ya ha saltado a la prensa.

—Llevan ahí desde que llegamos —confirmó Bedia con gesto despectivo antes de dirigirse hacia la casa.

EL INSPECTOR DE la Nacional se detuvo en la entrada. Un agente de la Policía Judicial salió a recibirlos. Tras detenerse a saludar, Bedia ordenó a Roldán que inspeccionara la planta superior, a la que se accedía por una escalera de madera. El gigante abrió una por una las puertas que conducían al pasillo interior. La primera daba a la cocina, echó un vistazo rápido y salió. A continuación, empujó la segunda, que ocultaba un pequeño aseo. La tercera contaba con un acceso al garaje desde la propia vivienda, según comprobó al entrar en un espacio pequeño y rodeado por estanterías de metal, repletas de herramientas. Tras revisar la última puerta, accedió al cuarto de estar y una burbuja de aire caliente le estalló en la nariz al abrirla; una bofetada impregnada de un olor nauseabundo que provocó que el inspector contuviera la respiración durante un segundo, al que siguió un carraspeo de disimulo. «Que no se diga que un hombre hecho y derecho arruga la nariz por un pestazo de semejante calibre», pensó.

—El olor no es por el cadáver —observó el juez propinándole una palmada en la espalda. Un policía de la Unidad Científica buscaba huellas sobre el marco de la ventana, mientras que otro compañero requisaba los objetos que pudieran aportar información sobre el crimen. El juez se acercó al finado—. Lo encontró la asistenta a primera hora. Creemos que la muerte no excede de las ocho o diez horas, a juzgar por el *rigor mortis*, aunque pueden ser menos; el señor Noval era un individuo con buena forma física, pero eso tendrá que confirmarlo el informe del forense. A todas luces lo mataron de una puñalada que comprometió el ventrículo izquierdo y provocó una fuerte hemorragia.

Bedia observó entonces el cadáver y se fijó en la herida. El hombre estaba sentado en un sillón tapizado con una tela de flores azules, y la cabeza, ligeramente ladeada, descansaba sobre una manta tejida a ganchillo. La chaqueta de punto beis y los pantalones verdes caqui del fallecido estaban manchados de sangre. Los agentes realizaron las últimas fotografías y procedieron al levantamiento. Colocaron el cadáver sobre una bolsa de plástico y, antes de cerrar la cremallera, Bedia se fijó en un desgarro ubicado en la parte delantera de la chaqueta de lana.

—Un momento —solicitó. Y, con ayuda de unas pinzas, extrajo una hebra de lana. La tela presentaba un agujero del tamaño de una moneda—. ¿Qué os parece?

Uno de los agentes se acercó a observar y, después de unos segundos, afirmó que podía tratarse del destrozo producido por un tirón al arrancar un objeto prendido en la chaqueta. Tanto el juez como el otro compañero estuvieron de acuerdo y adjuntaron el cabo de lana al resto de las pruebas.

—Nosotros terminamos ya. ¡Ah!, y nos llevamos el ordenador. —El juez estrechó la mano del inspector—. Estamos en contacto.

Bedia observó que cargaban el cadáver en el furgón del Anatómico Forense antes de regresar al escenario del crimen.

—Nada en el piso superior. —Roldán entró de repente en el cuarto—. ¡Joder! —Se cubrió la boca y la nariz con el brazo.

—También lo oliste, ¿verdad? Aquí pasa algo raro.

Bedia recorrió la habitación deteniéndose en cada rincón hasta reparar en el hueco de la estufa de pellet. Se puso de rodillas, consiguió introducir la nariz en el estrecho espacio que separaba las patas de la estufa del suelo y se encontró con una baldosa rota que dejaba al descubierto la cañería del desagüe.

—*¡Mecagüentó!*

Una vez localizado el foco del hedor, los agentes se centraron de nuevo en inspeccionar el cuarto. El cuadro con el dibujo de un bodegón colgado de la pared, el sillón orejero, las cortinas de encaje y la mesa auxiliar invitaban a refugiarse en aquel espacio. Bedia se detuvo delante del aparador. Los platos, las fuentes de loza y las copas, de varios tamaños y alturas, brillaban en perfecto orden.

Sacó un guante del bolsillo y lo ajustó a sus enormes dedos, un tanto incómodo. Acto seguido, abrió un cajón que contenía una cubertería con el filo dorado a la que, sin duda, alguien había sacado brillo, a juzgar por cómo relucía. Echó un vistazo al interior de la alacena y la cerró con cuidado. Sobre la repisa descansaban dos fotografías enmarcadas: un hombre, al que identificó como Emilio Noval y una niña rubia, posaban sonrientes en la primera. La segunda mostraba un retrato familiar. La misma niña rubia junto a otro niño más pequeño, y el hombre rodeando con el brazo a una mujer menuda, morena y de mejillas encarnadas. Una familia feliz.

Centrado en el sillón de flores azules, el inspector imaginó al propietario de la casa conversando tranquilo y confiado con su asesino minutos antes de morir. Bedia se aproximó a la ventana. Descorrió la cortina y se asomó al exterior. A continuación, se giró y se detuvo a contemplar, aturdido, el cuadro del bodegón. Justo debajo, descubrió un tocadiscos y un mueble con vinilos dispuestos en perfecto orden. Eligió una caja de seis discos en cuyo título y resaltado con letras negras podía leerse *Crossroads*, de Eric Clapton.

—Un amante del *blues* —observó Bedia captando la atención de Marina. Repasó uno por uno los vinilos, sorprendido al encontrar títulos que ya no recordaba—. Desde *Stepping out*, del mítico supergrupo Cream, hasta los álbumes de sus inicios con los Yardbirds. Un auténtico fan.

—El señor Noval estaba sentado en ese sillón cuando lo descubrió la empleada del hogar —continuó Marina leyendo el informe. A la agente, el nombre de Eric Clapton no le sonaba de nada, aunque había escuchado algo de *blues* en algunos de los locales que frecuentaba cuando era joven—. Sin señales de forcejeo. Y, al parecer, había bebido.

Bedia se volvió interesado hacia ella.

—La asistenta dijo que en la mesita auxiliar encontró una botella y un vaso. Imagino que los requisó la Científica. Por lo visto, al señor Noval le gustaba una clase en concreto de licor, y leo literal: «La botella contenía un vino especiado, de esos que toman las señoras en la sobremesa».

—A ver, a ver. —Bedia levantó la mano como un guardia de tráfico deteniendo la circulación—. O sea, que presuponemos que el señor Noval estaba solo y recibió a alguien a quien conocía, pero no le invitó a un trago.

La agente dejó la reflexión en el aire y comprobó que en los ojos del inspector aparecía una chispa de complacencia.

—¿Y el arma del crimen?

—Aquí no especifica nada —dijo mientras repasaba el informe—. La muerte se produjo por un traumatismo torácico provocado por un objeto punzante. El señor Noval falleció tras una fuerte hemorragia. —La agente negó con la cabeza—. Lo que dejan muy claro es que la sospechosa principal del asesinato de Emilio Noval es su hija, Mónica.

4

La senda fluvial del río Sella

LO PRIMERO QUE Bedia y Roldán se encontraron, ya en la senda fluvial, fue un coche patrulla de la Policía Local atravesado en la calzada que interrumpía el paso de vehículos. Un agente cortaba el acceso al río a los curiosos, cuyo límite era una muria de piedra cubierta de musgo. A Marina le extrañó que el lugar estuviera tan concurrido. Algo natural, por otra parte, ya que todo el mundo sabe que las noticias en los pueblos tienen alas. Un policía local, impecablemente uniformado, se acercó a ellos con la mano extendida. Estrechó la del inspector y saludó a Roldán con una ligera elevación del mentón.

—Agente Xurde Berdayes.

—Inspector Salvador Bedia —dijo volviéndose hacia Marina, a tiempo de leer en sus labios un «machirulo» que le salió del alma. La incomodidad de Bedia se hizo patente con un chasqueo de lengua de difícil interpretación. Uno ignoraba si el fastidio era la consecuencia del frío recibimiento del policía local hacia Marina o de la predisposición de su subalterna, siempre sensible ante los micromachismos. El inspector trató de mostrarse neutro y acometer el motivo por el que estaban allí—. Un caso terrible el del señor Noval. Imagino la inquietud de los vecinos.

—Así es. Emilio Noval era un hombre muy conocido, un vecino ejemplar y un grandísimo empresario.

Y tras el breve intercambio de saludos, Berdayes se puso en jarras, imposible discernir si por fastidio o por cansancio. El policía era un hombre delgado y alto, le faltaban pocos centímetros para poder mirar a Bedia de igual a igual. En su rostro anguloso destacaban unos pequeños ojos verdes rodeados de pestañas, tan juntas y espesas que parecían postizas. Cuidaba su imagen. Los músculos de los brazos se perfilaban bajo la tela del abrigo. Lucía la cabeza afeitada, al menos la parte visible que escapaba de la gorra.

Mientras ellos se enredaban con el protocolo, Roldán aprovechó para echar un vistazo al informe. La fotografía de Mónica Noval mostraba a una adolescente extremadamente delgada de pómulos acentuados, con la cara enmarcada por un largo cabello castaño sobre unos labios muy finos. Llevaba el pelo revuelto, como si acabara de levantarse de la cama. Un *piercing* le adornaba el labio inferior y unos incipientes dilatadores destacaban en sus orejas.

Un tanto descolocada, la agente regresó junto a Bedia a tiempo de escuchar parte de la conversación que mantenía con el agente.

—Un vecino nos avisó. Menos mal que todavía queda gente honrada. Dice que encontró el móvil en mitad del paso. Seguro que la chica lo llevaba en el bolsillo y se le cayó sin darse cuenta. —Berdayes mantenía una actitud distante.

—Imagino que ya comprobaron que pertenece a Mónica Noval —puntualizó el inspector.

—La pantalla está bloqueada, pero la fotografía corresponde a la chica. —Berdayes se acercó para mostrarle el móvil. La intervención de la Nacional en un caso tan excepcional en el pueblo, como era el asesinato del señor Noval, restaba importancia a los policías locales. Y, aunque tenían órdenes de colaborar con ellos, al agente le importunaba sobremanera ceder competencias.

—¿Ya la localizaron? Me gustaría interrogarla, si no lo hicieron ustedes.

—Pasó la noche en casa de su amiga. Esperamos a que ustedes vinieran para proceder al interrogatorio.

—¿Desde cuándo falta en casa? —preguntó Bedia extrañado. Intentaba establecer una conexión entre la chica y el hallazgo del móvil, a medio camino de la vivienda en la que apareció el cadáver. Cuantos más detalles, menos trabajo para su equipo.

—Por lo que sabemos, pasó fuera la noche que mataron al padre. Cuando llegó la asistenta, la casa estaba vacía. Ella dijo que la chica pasa mucho tiempo con su amiga, que entra y sale de casa cuando le viene en gana.

—Luego, es algo habitual. Confirmamos entonces que no se encontraba en la vivienda cuando ocurrió el suceso. ¿Cuánto tardaron en informarla de lo ocurrido?

—Nos pidieron discreción desde la comandancia, hasta que supiéramos quién iba a hacerse cargo del caso. Total, la asistenta tampoco parecía preocupada por ella. Una vez resuelto el dilema, envié a un agente a buscarla y entonces confesó que había perdido el teléfono. —El semblante del policía estaba tenso como la mojama.

Salvador dirigió la vista hacia el río. El sonido del agua le recordó a una carcajada infantil. A continuación, se fijó en el camino de tierra. Las rieras provocadas por las últimas lluvias lo atravesaban e inundaban parte del recorrido. Una de ellas había derribado un cartel en el que se informaba de un coto salmonero.

—¿Adónde conduce esta senda? —preguntó el inspector siguiendo con la vista a una pareja de jubilados que avanzaban por ella a buen ritmo.

—La senda fluvial conecta la villa de Cangas de Onís con el pueblo de Villanueva. Es un recorrido de apenas tres kilómetros.

—Y muy concurrido, por lo que veo.

—Es una ruta accesible que discurre en paralelo al Sella, por eso la utilizan tanto senderistas como ciclistas y corredores. Es conocida entre los paisanos como la Ruta del Colesterol.

—Ahora entiendo lo oportuno de encontrar aquí el móvil, con lo animada que está. Tuvimos suerte.

—En tiempos este sendero formaba parte del Camín de Corao, que arrancaba en Arriondas, atravesaba Villanueva y terminaba en Cangas de Onís. —El agente agitaba los brazos con movimientos que recordaban a un agente de tráfico, como si dibujara una línea invisible que atravesara el camino—. Ahora es más popular, sobre todo en temporada de pesca. Con tanto trasiego tuvimos suerte, sí.

—¿Algún sospechoso? —insistió el inspector. La actitud de Berdayes evidenciaba que estaba a la defensiva, cosa que empezaba a ponerle de mal humor. Seguro que le fastidiaba que pusieran en tela de juicio su trabajo.

—Si quiere mi opinión, pienso que la hija es la principal sospechosa. Tras una semana de fuertes discusiones y enfrentamientos con su padre, a tenor de algunos testigos, el señor Noval aparece muerto de una puñalada, mientras ella asegura que dormía tan tranquila en casa de su amiga. Yo creo que mató a su padre y huyó a la carrera, por eso perdió el móvil. Un caso de manual.

—Es rápido en sus conclusiones —observó Bedia sacando del bolsillo un caramelo sin azúcar. La mala leche empezaba a aflorar directamente de sus tripas. Se deshizo del envoltorio y se lo metió en la boca, dándole vueltas con fruición.

—Conozco a la familia —continuó el policía local, que se había desprendido de la gorra y se aferraba a ella como si fuera el volante de un vehículo—. Y ustedes deberían informarse de los antecedentes porque, entonces, también sospecharían de ella.

—Soy todo oídos. —El gigante cruzó los brazos y Roldán se pegó a su espalda para no perderse una palabra.

—La chica es conflictiva. La expulsaron varias veces del instituto por mal comportamiento. Durante la última bronca golpeó a una compañera hasta dejarla inconsciente. Al final, el padre de la chica retiró la denuncia gracias a la intervención del señor Noval. Mónica está fichada por robo en comercios del pueblo y tiene dos denuncias por consumo de alcohol en la vía pública y también de estupefacientes. Yo mismo la acompañé a casa varias veces en un estado lamentable. Sé de lo que estoy hablando. Es muy violenta. Las peleas con el padre estaban a la orden del día.

—¿Llegó a agredirlo?

—Como dije antes, una vecina jura que vio a Mónica enfrentarse al padre y amenazarlo de muerte —dijo elevando el chisme a categoría de verdad y sin alejarse de la hipótesis de la culpabilidad de la hija—. Y pasó lo que tenía que pasar. Un día se le fue la cabeza y lo mató.

—Es una menor —interrumpió Roldán.

El rostro del policía se tensó y apretó los labios.

Bedia se ajustó los pantalones a la cintura y carraspeó.

—Agente Berdayes, le presento a la agente Roldán —dijo abriendo un paréntesis para presentarla formalmente. A Bedia tampoco se le había escapado el mal gesto hacia ella. El policía había evitado de manera consciente estrecharle la mano—. Explíquese.

—Que una adolescente pase la noche en casa de su amiga no la señala como culpable, por muy mal carácter que tenga —se justificó Marina.

—¡Acabáramos! ¡No tiene ni idea! —El policía se encaró con ella—. Usted sabe que el hecho de ser una menor no la exime de responsabilidad. Golpeó a una compañera sin compasión y siempre está de bronca. Nadie sabe de lo que es capaz —soltó Berdayes. El policía introdujo los pulgares en las trabillas del pantalón y acompañó el gesto con un movimiento ascendente de pelvis, marcando paquete.

Se hizo entonces un silencio incómodo, roto solo por el discurrir del agua del río. En el límite en que lo embarazoso empieza a considerarse violento, el gigantón fue el primero en abrir una vía de escape.

—Agradecemos su colaboración. Sin duda tendremos en cuenta sus sospechas. Empezaremos por interrogar a Mónica y a la asistenta.

El policía sacó una pequeña libreta del bolsillo y anotó con rapidez. A continuación, arrancó la hoja y se la entregó a Bedia.

—Esta es la dirección de la asistenta, Evelina Nieda. Pueden interrogarla cuando crean conveniente —concluyó Berdayes.

Se despidió con brevedad, subió al coche patrulla y se marchó.

—¡Qué tipo más encantador! —soltó Marina negando con la cabeza.

—Mal, Roldán, mal. —La voz de Bedia se elevaba por momentos—. Es un policía local y este es su territorio. Ya veremos si ese hombre es imbécil, porque machista lo es, pero, sin conocer las circunstancias del caso, te pasaste al cuestionarlo. Necesitamos su colaboración. ¿Quieres que te recuerde que ni siquiera leíste el informe? ¡Joder!

Marina desvió la mirada hacia el río y contuvo una respuesta entre los dientes. Imaginó a Mónica matando a su padre y escondiéndose en casa de una amiga. Y de la misma manera que las palomitas que empiezan a eclosionar dentro de un microondas, en la mente de la agente surgían las hipótesis. «Inocente o culpable —especulaba a toda velocidad—. La chica pudo salir a toda prisa de su casa y perder el móvil. Pudo ser un simple despiste, aunque también cuadra que fuera ella quien lo matase.»

Marina siguió a su jefe hasta el coche y, nada más ponerse en marcha, el gigante comentó:

—Con tanto trajín, llegó la hora de comer. Vamos a parar un momento en Villanueva.

La policía fue incapaz de apartar los ojos de él, sentado ante un café con leche al que acompañaba con unos tacos de queso Gamoneu, mientras pensaba: «Esto solo acaba de empezar.»

5

El secreto de Villaviciosa

Villaviciosa

CARLOS PERALTA HABÍA conseguido hacerse un hueco en el mundillo universitario gracias a sus conocimientos sobre el arte prerrománico y a un catedrático de la Universidad Complutense de Madrid, que hizo algunas llamadas entre sus colegas, recomendando a su antiguo alumno. Ese fue uno de los motivos por los que, a los pocos días de aprobar la plaza de arqueólogo y conseguir destino en Gijón, su nombre empezó a sonar en los despachos de la universidad. La predisposición del madrileño, siempre listo para involucrarse en cualquier actuación destinada a la protección del patrimonio, hizo el resto.

La ceremonia de clausura de las jornadas del prerrománico asturiano, celebradas en colaboración con la Universidad de Oviedo, se había alargado más de lo previsto. Una vez se hubo despedido de los colegas y rechazado alguna que otra invitación, enfiló la autovía de Oviedo a Villaviciosa de muy buen humor. La asistencia al evento le había permitido alejarse de casa. Algo que, en los últimos tiempos, necesitaba. Abusó del acelerador en varias ocasiones, acuciado por alcanzar cuanto antes su destino. Por supuesto, obvió el límite de velocidad y los radares, a los que daba esquinazo siempre que podía.

En poco más de media hora recorrió la A-64, la autovía que conecta Oviedo con la A-8, atravesando el concejo de

Siero en dirección a Villaviciosa. La imagen de Marina planeaba sobre su cabeza con la lentitud y la persistencia del vuelo de un buitre, y eso lo incomodaba. A pocos kilómetros de alcanzar su destino, los nervios lo traicionaron. Carlos aferraba el volante con fuerza hasta blanquear los nudillos, murmurando *pordioses* sin apartar la vista del reloj fluorescente incrustado en el salpicadero de su coche.

Llegaba tarde.

El vuelco de un camión en la carretera de entrada a Villaviciosa había provocado un atasco de aúpa. Se acercaba el momento de pasar el mal trago. Marcó en el móvil el número de Marina y activó el manos libres.

—¿Estás ocupada? —preguntó aclarándose la voz para evitar que los nervios lo delataran. Era muy importante mantener el control cuando uno se enfrentaba a un policía. Siempre había pensado que la profesión de su mujer complicaba su vida personal.

—No. Hemos hecho un parón para comer. Bedia se niega a interrogar a nadie con el estómago vacío. Ya sabes cómo es.

La voz de Marina le pareció serena y lo bastante centrada. Los últimos días se había mostrado nostálgica y apática, algo que no entendía. Los buenos resultados obtenidos por su unidad le parecían suficiente acicate para que se sintiera orgullosa. Había demostrado que era una buena policía, con felicitación incluida de sus jefes. ¡Qué más podía pedir! Cuando uno decide emprender un cambio de vida o de trabajo, lo primero que debe hacer es soltar lastre; es imposible avanzar sin superar el miedo y la inseguridad. Ella llegó a Gijón ilusionada y él había estado dispuesto a darle apoyo, pero es igual de importante asimilar tanto el fracaso como el éxito. Y eso último, a Marina se le atragantaba.

—Lo harás bien, estoy seguro —afirmó sin interés y centrado en el tráfico que avanzaba a ritmo de procesión, puesto que la grúa acababa de retirar el camión de la calzada y la circulación empezaba a fluir con normalidad. Apenas hizo caso de la respuesta de su mujer, interesado en llegar cuanto antes a su destino y en repetir las excusas ensayadas con anterioridad. Debía resultar verosímil para no levantar sospechas—. Te llamo porque los de la Universidad de Oviedo se han empeñado en que nos quedemos un día más, aprovechando que el hotel está libre. El catedrático de Arte ha propuesto una salida para visitar algunos pueblos de la zona. Ya sabes, una ruta cultural y gastronómica.

—Gastronómica. No me digas más —dijo ella riéndose. Deseó poder escaparse con ellos, le parecía mejor plan que un interrogatorio, pero a su mente de investigadora no se le escapó la mención del catedrático con el que su marido había tenido sus más y sus menos—. Procura no enzarzarte con él, ya sabes cómo se las gasta.

—No te preocupes —contestó mordiéndose el labio inferior al darse cuenta de su torpeza—, vamos casi todos los del departamento, no creo que coincidamos.

—Entonces te veo mañana, pásalo bien —dijo ella sintiéndose culpable por ser tan desconfiada. Ese tema era algo que debía controlar.

—Hasta mañana.

Carlos soltó un beso al aire y colgó. Iba tan pendiente de la carretera y del retraso con el que acudía a la cita, que apenas reparó en el sudor frío que rezumaban las palmas de sus manos.

Acababa de mentir a su mujer.

El inconsciente reacciona, aunque lo ignoremos.

Desde hacía varios meses evitaba pasar en casa demasiado tiempo y la relación con Marina estaba en punto muerto. Por supuesto que sentía hacia ella un cariño especial. Le gustaba esa extraña contradicción en su mujer, que intentaba ocultar su fragilidad mostrando la apariencia de alguien con mucha seguridad en sí misma. Esa era Marina, blanda por dentro y fuerte por fuera. El verdadero drama era que no coincidían prácticamente en nada. A ella le aburría todo lo relacionado con la arqueología y a él le importaba poco la seguridad ciudadana.

Al principio de la relación los unía el deseo de estar juntos, sus caracteres encajaban de maravilla, eran atentos el uno con el otro y cuidaban de su bienestar emocional, pero todo cambió desde que ella empezó a sufrir el acoso de su superior. La frustración y la imposibilidad de alcanzar sus sueños y de conseguir un ascenso dio al traste con todos sus proyectos. Marina se encerró en sí misma, dejó de compartir sus sentimientos, y él fue incapaz de saltar el muro tras el que ella se refugiaba. Poco a poco, el silencio se abrió paso y su relación acabó por ceñirse a compartir techo y frigorífico. Los años de convivencia hacen que se conozca al compañero mejor que a uno mismo, y, por eso, Carlos sabía a ciencia cierta que su relación con Marina estaba llegando a su última etapa.

El atasco se diluyó como por encanto. En menos de cinco minutos alcanzó la villa maliaya.

Villaviciosa ocupa un espacio tapizado con prados cuajados de manzanos y rodeado por la ría que le da nombre. Un sol flojeras se abría paso entre las nubes. A Carlos le pareció suficiente como para desprenderse de la cazadora y recorrer a pie el camino hasta su destino. Cruzó la calle y pasó junto a la iglesia de Santa María de la Oliva. Sintió entonces el mordisco de los remordimientos, pues ahí era donde Marina y él habían celebrado su boda. La madre de Carlos era natal de Villaviciosa, y tanto sus abuelos como su tía vivieron allí toda la vida.

La idea de casarse en aquella pequeña iglesia fue de su abuela. La mujer pensaba que una boda era lazo suficiente para atraerlo hasta la villa, cosa que no ocurrió. Sin embargo, y por alguna extraña razón, cada vez que pasaba cerca, el edificio de origen tardorrománico le transmitía una sensación de calma. Quizá se debía a la proporción de sus sillares bien trazados, a la tracería radial del rosetón o a la simetría de las arquivoltas, que conforman el arco apuntado de la entrada. O, lo más probable, el motivo fuera que le recordaba a su abuela. En su mente se materializó la palabra recordar, del latín *recorda⁻ri*, que significa «pasar de nuevo por el corazón». El caso es que, desde que frecuentaba la capital manzanera, procuraba transitar por los alrededores de la iglesia.

La persona con la que iba a encontrarse trabajaba en un edificio histórico conocido como la Casa de los Hevia, que en la actualidad ocupan la biblioteca municipal y la oficina de turismo. Como buen arqueólogo, sentía interés por el patrimonio histórico y se preguntaba qué habría pensado Rodrigo de Hevia, en tiempos chantre de la catedral de Oviedo, si viera su casa llena de libros y folletos turísticos. Y lo imaginó sonriendo.

El arqueólogo esquivó como pudo a una familia que curioseaba en el exterior, entró y saludó con un efusivo «¡Hola!, siento llegar tarde». Todas las miradas recabaron en él, incluida la de una pareja de edad avanzada que atendía las indicaciones de la guía. La empleada, de aspecto aniñado, señalaba con un bolígrafo sobre un mapa de la localidad. En el mostrador contiguo, una mujer de rostro serio clavó los ojos en el recién llegado.

—Llegas tarde.

—Lo sé. Acabo de disculparme. La carretera es un infierno. Y mira que he salido con tiempo —dijo con su mejor sonrisa a la vez que besaba a la mujer en la mejilla. El perfume afrutado excitó sus sentidos y Carlos se recreó en su imagen. Ella abrió ligeramente la boca. Llevaba el cabello recogido en un moño alto y de un rubio blanquísimo; los ojos perfilados con un delineador de color verde, que destacaban sobre su rostro como un semáforo. Ella era el aliciente que Carlos necesitaba. Desde que la conocía, sentía que había regresado con fuerza ese impulso juvenil que nubla el entendimiento e induce a cometer las mayores locuras. Lo que empezó como un flirteo, acabó transformándose en una relación seria.

—¿Nos vamos? —preguntó con la impaciencia de un crío de quince años.

—No sé si puedo salir a comer contigo. Como ves, tengo mucho trabajo —dijo ella haciéndose la interesante y resbalando la vista por la oficina, ya vacía.

—Mujer, no seas así. Tengo reserva en tu restaurante favorito.

—¡Hum! Eso lo cambia todo. Me apetece *pitu caleya* con *patatinas*. —La mujer descolgó su abrigo del perchero y se despidió de la compañera antes de salir con un sonoro «Vuelvo a las cinco».

La pareja recorrió las calles adoquinadas del centro, agarrados del brazo y compartiendo arrumacos en cada esquina. Trotaban embobados mientras sorteaban los pequeños charcos hasta resultar empalagosos. A la hora de comer, las conversaciones en el interior de los bares eran el único indicador de la existencia de vida en el pueblo. A excepción, claro está, del comercio que regentaba un ciudadano chino, abierto durante las casi veinticuatro horas del día y ante el que un grupo de niños se empujaban para entrar, atraídos por los colores de las golosinas. La calle se prolongaba hasta el infinito en una línea imaginaria envuelta en grises, en contraste con el blanco y el marrón de las fachadas de los edificios. La debilidad del sol proyectaba sombras oscuras sobre los adoquines. El invierno se abría paso con subterfugios, como un niño jugando al escondite.

—¡Asun!

La voz de una mujer que corría detrás de ellos se escuchó por toda la calle. La acompañante de Carlos se volvió, y el rictus de la cara le cambió al instante.

—A ver qué quiere esta ahora —dijo simulando una sonrisa al reconocer a su hermana.

Ella los alcanzó jadeando, depositó un beso en la mejilla de cada uno y se puso en jarras.

—Necesito veinte euros.

Sonreía con la boca abierta y mostraba unos labios afinadamente perfilados, de un llamativo rosa muy de moda. Desprendía un aire juvenil, aunque pasaba de los treinta. Pendientes de aro y ropa deportiva cara, por supuesto de marca, a juego con las playeras. Completaba el *outfit* un bolso enorme del que colgaba un llavero con un unicornio con los colores del arcoíris.

Asunta miró a Carlos y dejó escapar un suspiro.

—Por Dios, Encarna, ayer ya te di dinero.

—Anda, porfi, no seas rata. —Y alargó la mano hacia ella intimidándola.

—Lo que tienes que hacer es buscarte un trabajo y… —Encarna no dejó que su hermana terminara la frase. Con un empellón la separó de Carlos y tiró de la correa del bolso de Asunta, con tanta fuerza que la hizo perder el equilibrio. Rebuscó en el interior hasta dar con el monedero y sacó el billete, mientras su hermana trataba de impedirlo. Carlos intentó detener el forcejeo y sujetó a Encarna por el brazo.

—¡Suéltame! —Se encaró con él sacando pecho y barbilla, en un gesto alejado de la imagen de mujer refinada que proyectaba. La mueca le contrajo la cara hasta resultar violenta—. ¡No te metas en esto!

Asunta se interpuso entre los dos y empujó a su hermana hacia un lado de la calle.

—Ya tienes lo que quieres —rescató su bolso y guardó a toda prisa el monedero—. ¡Lárgate y déjanos en paz!

Un corrillo de mujeres y una pareja de abuelos que salían de un bar, se detuvieron a contemplar la discusión. Asun bajó la voz y la cabeza, avergonzada y convencida de que, en menos de cinco minutos, toda Villaviciosa se habría enterado del encontronazo de las hermanas Rato. Encarna se guardó el billete en el bolso XXL y rodeó a su hermana con un opresivo abrazo.

—Ale, ya me voy. Y dile a tu chulo que no se meta.

—Vamos. ¡Vete ya! —pidió Asunta al borde de las lágrimas.

Encarna se perdió entre las callejuelas, no sin antes saludar a los presentes con un corte de mangas.

—¿Hasta cuándo vas a sufragar sus gastos? —le preguntó Carlos visiblemente molesto.

—Mi hermana es una *nini* con mala suerte —se apresuró a decir a la vez que le regalaba una enorme sonrisa, en un intento de pasar el mal trago.

Asunta estaba acostumbrada al ir y venir de Encarna; había superado la edad de ejercer de hermana mayor, pero le resultaba imposible deshacerse de ella. Cultivaba una dañina dependencia emocional que la hacía creer que, si ella no se hacía responsable, nadie lo haría. Su hermana había sido una niña consentida, transformada con el paso de los años en una mujer dependiente e incapaz de ganarse la vida por sí misma. Asunta, a veces, confundía el egoísmo de Encarna con fragilidad, y había terminado por acostumbrarse a darle dinero, a pedir préstamos para ella, a sus tonteos con la cocaína y a sus visitas a los locales de apuestas. Convivir con una ludópata era complicado.

—Pero alguien tiene que hacerse cargo de ella. Sin mi ayuda, cualquier día podría aparecer tirada en una cuneta. —La mujer se ajustó el bolso y rodeó a Carlos por el cuello, lo atrajo hacia ella y lo besó en los labios—. Vamos a comer y después a casa. Olvídate de Encarna y céntrate en mí; tengo tanta sed que me bebería yo sola una botella de sidra.

6

Mónica

Cangas de Onís

La vida de Mónica Noval se detuvo en el preciso instante en que supo que iba a morir. El accidente de tráfico que sacó a su familia de la carretera le cambió la vida; una noche oscura y violenta que terminó de la peor manera posible. La verdad es que, en un lapso de tiempo que duró más de cuatro horas, la joven pasó por muchas etapas: sorpresa, pánico, dolor y rabia.

Aquella noche se desmayó un par de veces en el interior del vehículo y despertó con el sabor de la muerte pegado al velo del paladar. La muerte viajaba en el asiento de al lado, se mantuvo cerca de ella mientras se llevaba a su madre y a su hermano. La vio forcejear con ellos. Sobre todo con su hermano pequeño, que resistió sus embestidas con la valentía de un héroe de leyenda, hasta que sucumbió. Ella fue la única superviviente.

A sus diecisiete años ya conocía el olor de la dama negra. Un aroma dulzón y ácido a un tiempo, nada desagradable. Mónica pensaba que la muerte se perfumaba antes de llevarse a alguien para que la persona tuviese un recuerdo agradable de este mundo antes de abandonarlo. Como una deferencia, un pequeño detalle hacia el que pierde la vida entre sus brazos.

La vuelta a la realidad fue terrorífica. Durante meses, Mónica deseó con todas sus fuerzas seguir el camino de su madre y de su hermano. Pero ella se consideraba una cobarde, si uno entiende por cobardía el apego a la vida. Y, de esa cruel manera, el espanto que la mantuvo sometida y narcotizada durante muchos meses enraizó en ella, se expandió y floreció convertido en rabia. Las pesadillas con el rostro de su madre se repetían cada noche, por el día tenía bastante con lidiar con su propia existencia. Su padre había decidido abandonar su hogar en Francia, alejarla de todo cuanto pudiera recordarle la desgracia sufrida y convertirla en una adolescente apartada de su entorno, su colegio y sus amigos. En poco tiempo se transformó en una persona rebelde, contestataria y amargada. La ira justificada es la más temible de todas.

—¡JODER, TÍA! ¡LA policía está aquí! —A Llara le temblaba la voz. La mejor amiga de Mónica entró en la habitación con cara de susto. Las adolescentes habían permanecido encerradas en la casa desde que recibieron la noticia de la muerte del padre de Mónica.

—¿Otra vez? —preguntó la chica con un marcado acento francés y sin esconder el fastidio. Tumbada sobre la cama y rodeada de cojines, se entretenía con el móvil sin prestar atención a su amiga. Se esforzaba por mantener una apariencia tranquila, pero Llara sabía que estaba nerviosa porque, sin ser consciente de ello, la chica enfatizaba el acento.

—Ahora son los Nacionales. Quieren hablar contigo.

—No quiero hablar con nadie. Ya les dije que el móvil es mío. ¿Qué quieren ahora?

Un policía local se había presentado en la casa buscándola. Según explicó, el hecho de que estuviera fuera del hogar en el momento del crimen hacía necesario que un adulto corroborase su coartada porque, de momento, la consideraban como la principal sospechosa.

—Tienes que decirles que estabas conmigo. Es la verdad.

—¡Claro que es la verdad! Pero en este pueblo nadie me va a creer. Ya sabes lo que piensan de mí.

—¡A la mierda lo que piensen! —exclamó Llara, apurada. La chica se frotaba las manos sin saber qué hacer con ellas, apremiada por la presencia de la policía en su casa.

—Salí de casa de noche y perdí el móvil. Seguro que alguien me vio por la senda fluvial. Te juro que mi padre estaba vivo cuando me fui.

—No te rayes. —Llara abrazó a Mónica y la sintió tensa como las coletas de las niñas que asisten a misa los domingos—. Yo sé que estuviste conmigo y con los demás. Seré tu testigo.

El padre de Llara, Manuel Prado, al que todo el mundo conocía por Nelu, entró en la habitación con gesto serio y acompañó a las chicas hasta el salón, donde esperaban los policías.

—¿Mónica Noval? Soy el inspector Salvador Bedia, de la Policía Nacional. Y ella es la agente Marina Roldán. Sentimos mucho la muerte de tu padre.

Marina recorrió de un vistazo el perímetro del salón. Era una estancia pequeña, casi todo el espacio ocupado por un sofá de color oscuro que abarcaba de pared a pared. A mano derecha, una estantería de madera vista tocaba el techo, atiborrada de botes, libros, figuritas de madera y fotos. En la primera balda, el hueco destinado a un televisor demasiado pequeño, un aparato cuyas dimensiones mostraban la poca importancia que se le daba en el hogar familiar. Destacaba un retrato de la menor y de su padre, ataviados con equipo de montaña, y otro en blanco y negro de una mujer de ojos grandes, quizá la madre de Llara. Y sobre la pared de la izquierda, un enorme mural con una fotografía de los lagos de Covadonga y toda una galería de pegatinas, carteles y folletos relacionados con la defensa del medioambiente. La agente se entretuvo en leer algunos de ellos y se fijó en un eslogan en el que podía leerse: «Emergencia climática», seguido del símbolo de la calavera.

—Pueden sentarse —les ofreció Nelu señalando el sofá de color negro y sin quitarle ojo a Marina. Por un instante, sus miradas se cruzaron. Nelu sonrió y la agente le devolvió la sonrisa—. Imagino que no habrá problema si estoy presente en el interrogatorio. No es habitual para unas adolescentes enfrentarse a las preguntas de la policía.

—Por supuesto, solo queremos hacerle unas preguntas.

—«Parece que al señor de la casa le incomoda nuestra presencia», pensó Marina.

Los cuatro tomaron asiento frente a frente. A un lado, los policías, y en el extremo opuesto, las adolescentes cogidas de la mano. La casa de Nelu Prado se había convertido en un segundo hogar para Mónica, ya que pasaba más tiempo con ellos que con su padre.

—Intentaremos que esto sea lo más breve posible, pero quiero que entiendas que es necesario —comenzó Bedia buscando el contacto visual con la adolescente.

—Ya le dije todo lo que sé al policía que vino a buscarme. —El rostro de Mónica era insondable. Marina estaba segura de que nunca había visto una cara tan inexpresiva como aquella. Ni rastro de lágrimas, preocupación o incertidumbre. El único signo de intranquilidad que delataba a la joven era la rigidez del cuello y su juguteo con el dilatador de la oreja derecha. La tensión se le extendía hasta los hombros en una posición forzada. Se diría que acababa de tragarse el palo de una escoba.

—¿Cuándo viste a tu padre por última vez? —quiso saber el inspector, que empleó un tono de voz suave, poco habitual en él. El gesto condescendiente agradó a Roldán, que lo interpretó como un intento de acercamiento hacia la adolescente. Ella podía ser testigo del asesinato y, si querían confirmar esa circunstancia, lo último que necesitaban era intimidarla.

—Ayer. Comí en casa y salí con los amigos. Regresé a media tarde, me di una ducha y me cambié para salir. Él llegó tarde a casa, como siempre, creo, porque últimamente no pasamos mucho tiempo juntos, y le pedí permiso para pasar la noche con Llara. Aunque no sé para qué, en realidad, debería haberme marchado antes y haberle dejado un mensaje en el WhatsApp. Me habría ahorrado la discusión.

—¿Discutisteis? —preguntó Marina adelantándose al inspector, que puso cara de fastidio. Ella entendió que el interrogatorio lo llevaba él, por lo que se abstuvo de hacer más preguntas y se centró en registrar las respuestas en su tableta.

—Como siempre. Mi padre y yo somos…, éramos incapaces de mantener una conversación sin gritar.

—¿Por qué se enfadó? ¿Quizá porque pasabas mucho tiempo fuera de casa?

—Primero me dijo que recogiera mi cuarto, cosa que ya había hecho. Luego me dijo que sacara la basura. ¡Y le tocaba a él! Y luego se cabreó porque le pedí dinero para la peluquería. Quiero cortarme el pelo y teñírmelo de color morado.

Llara besó a su amiga en la mejilla. Pero ella ni se inmutó.

—¿A qué hora saliste de casa? —Bedia intentaba establecer un límite temporal y concretar la hora en que pudo producirse el asesinato.

—No me acuerdo bien.

—¿Era de noche?

—Sí.

—¿Viste algo raro al salir? ¿Un coche desconocido, alguien merodeando por la propiedad?

—No. Cuando salí todo estaba en silencio. La verdad es que iba tan cabreada que lo único en lo que pensaba era en llegar al bar donde quedamos siempre.

—¿Quién te esperaba en el bar?

—Esta —dijo señalando a su amiga—, y los chicos.

—¿Caminaste de noche por la senda fluvial?

—Siempre lo hago. Ida y vuelta. Bueno, si alguien tiene coche, aprovecho el viaje, pero siempre voy a pata. En invierno anochece antes, no es nada raro.

—Perdiste el móvil.

—¡Joder! Me di cuenta cuando llegué al bar. Ni de coña iba a recorrer otra vez los tres kilómetros de vuelta. Total, el móvil está para tirar a la basura. Mi padre se negaba a comprarme uno nuevo. Era un tacaño.

Mónica empezaba a dar muestras de incomodidad, se movía adelante y atrás con gran inquietud.

—¿No creen que esto parece un interrogatorio? Las *guajas* ya han dicho todo lo que saben —saltó Nelu, preocupado por el curso que estaba tomando la conversación y tratando de tranquilizar a las chicas.

—Una última pregunta. ¿Sabes de alguien que quisiera hacer daño a tu padre? —Mónica permaneció en silencio, interesada de pronto en las figuritas del mueble. Si en algún momento Bedia había conseguido una tímida apertura en el ánimo de la chica, esta se plegó con la rapidez de una puerta automática—. Por hoy está bien —sentenció en vista del hermetismo de la joven—, seguiremos con la charla otro día. Necesitamos que estés localizable.

Mónica asintió y se levantó del sillón, seguida de Llara. Las chicas desaparecieron por el pasillo, sin despedirse de los agentes.

—Está muy afectada —dijo Nelu intentando justificarla—. Sufrió mucho. Llara y ella son uña y carne. Acabo de hablar con el único pariente que le queda por aquí, un tío de su padre, o sea, el hermano de su *güelu*, porque la hermana de su madre vive lejos y por lo visto no mantienen relación con ella. Su tío aceptó firmar un documento por el que me cedería la custodia temporal de Mónica. Ya es mayor para ocuparse de ella. Me dijeron que haría falta un abogado y presentar una petición ante el juez de menores. Mientras se resuelve el testamento de Emilio Noval, y hasta la mayoría de edad de Mónica, él se encargará de los gastos de la comida, pero ella vivirá con nosotros. Lo último que Mónica necesita es que la ingresen en un centro de menores.

—Ratifica, entonces, que Mónica Noval estaba en su casa la noche en que mataron a su padre. —Nelu asentía una y otra vez—. ¿Cuál es su relación con la familia? Entiendo que es un compromiso para usted aceptar su custodia, aunque sea temporal. —El inspector trataba de averiguar el papel de cada sospechoso. Por experiencia sabía que las mejores pistas surgen en lugares propicios; la mayoría de las veces, el culpable es el que resulta más obvio.

—Ya le dije que mi hija y Mónica son amigas, y estoy muy agradecido porque Llara siempre fue una *guaja* retraída a la que le costaba hacer amigos, sobre todo desde que su madre falleció. Desde que está con Mónica es feliz —expuso Nelu en un tono tranquilo que reforzaba la credibilidad de la respuesta.

Bedia se dio por satisfecho.

—Gracias por recibirnos. Estaremos en contacto —se despidieron los agentes.

El encuentro con Mónica había resultado poco fructífero, pensó para sí Marina. Los testigos confirmaban dos cosas: la primera, que Noval era un hombre volcado en su trabajo, y la segunda, que era algo con lo que no contaba, que Mónica desprendía la placidez de los que han encontrado, o quizá buscado, justicia.

Cuando los policías abandonaron la casa, Mónica se dejó abrazar por su amiga, pero el contacto apenas duró unos segundos. Llara era más bajita que ella, morena y con los mofletes y los labios en forma de O. Solía recogerse el pelo en una coleta que apuntalaba con vistosas horquillas. Las dos eran de complexión delgada y de aspecto frágil, una apariencia que ocultaba una naturaleza explosiva y rebelde, a juzgar por el número de veces que las habían expulsado del instituto. Llara era la única que conseguía atravesar la coraza tras la que Mónica protegía sus verdaderos sentimientos.

—La policía me pone nerviosa con tanta pregunta —dijo Mónica mirándose en un espejo situado en la pared.

—Todo sería más fácil si mi madre estuviera aquí. O la tuya —dijo Llara con un suspiro.

La sola mención de su madre le provocó un escalofrío y tuvo que hacer un enorme esfuerzo por contener las lágrimas. Mónica se llevó las manos a la cara, como si con ello pudiera alejar los recuerdos dolorosos. Llenó los pulmones de aire, soltó parte de la adrenalina en un par de exhalaciones y, a continuación, se puso a rebuscar en su neceser, como si nada.

—¿Quedaste con estos? —preguntó cepillándose el pelo.

—No. —Llara fue incapaz de ocultar la extrañeza que le producía la petición de su amiga—. Pensé que, con lo que pasó, se te habrían quitado las ganas de salir.

—¡Joder! Necesito tomar el aire. Si me quedo aquí encerrada un día más, voy a volverme loca.

«Tan borde como siempre —pensó Llara—. Hasta con los profes.» Siempre se mostraron muy amables con ella, al fin y al cabo, era nueva y se había incorporado a mitad del curso. Las circunstancias que por entonces todos ignoraban, justificaban el silencio y el desinterés de su comportamiento. Después se enteraron de que ella y su padre se habían mudado hacía un año desde la localidad francesa de Burdeos, donde residían. Quizá se trataba del último intento por alejarse del dolor, tras sobrevivir a la traumática experiencia del fallecimiento de su hermano y su madre en un accidente de tráfico.

Algunos compañeros del instituto empatizaron con Mónica, por aquello de la novedad, pero ella los rechazó. A los pocos días de incorporarse a las clases empezó a saltarse las normas. Fumaba en el recreo —casi nunca tabaco—, llegaba tarde, olvidaba los deberes e incluso los libros de texto. Hasta que un día, después de insultar a un compañero que se había trabado al leer un ejercicio en voz alta, al profesor de Matemáticas dejó de darle pena y la expulsó del aula.

A partir de entonces las cosas se complicaron. Mónica empezó a mirar a los compañeros por encima del hombro, adoptó unos modales de matona de barrio y consiguió que todos la tratasen como a un ser despreciable. En poco más de tres meses, la mitad de la clase la odiaba y la otra mitad la idolatraba. Pero la única que consiguió acercarse a ella fue Llara. Aun así, en muy pocas ocasiones lograba que le abriera su corazón. Y la mayoría de ellas, sucedía cuando estaban borrachas. Entonces, Mónica recordaba sus años en Francia. Pero, como su amiga también había bebido, terminaban durmiendo en la playa, una sobre la otra, y despertaban como si nada hubiese ocurrido.

—Avisa a los demás —continuó Mónica impertérrita.

Primera carta

Salut, maman.

Todo es culpa de papá. No puedo olvidar lo que te hizo.
Lo que nos hizo. Lo que ahora sigue haciéndome a mí. Si no
te hubiera echado de casa, tú y Jules estaríais vivos. Me falta
el aire. No puedo dormir. Cada vez que cierro los ojos veo la
carita de Jules. Está pálido. Sus ojos ya no brillan como antes.
Me rodea la sangre y la oscuridad. La muerte se sentó a mi
lado aquella noche y se marchó sin mí, pero me arrancó el
corazón. ¡Maldito! ¡Le odio! ¡Ojalá estuviera muerto!

Je ne t'oublie pas. No te olvido.

7

Veli

EL SELLA NACE en el puerto de El Pontón. Los derechos de pesca del río siempre han sido motivo de conflicto entre vecinos. La falta de puentes hacía imprescindible un servicio de barcas, que se concedían a los dueños de los caseríos bajo arriendo. Algunas de ellas se otorgaban con el privilegio del abad para llevar a la gente a misa, con precios especiales para los casados y las viudas.

Siguiendo el curso del río, Bedia conducía el coche policial acercándose a la localidad en la que residía la asistenta de Emilio. En su último tramo, la carretera corría en paralelo con el trazado del Camín de la Reina, que atraviesa los puentes por los que pasa el río desde el concejo de Parres al de Cangas de Onís, entre Soto de Dueñas y La Vega de los Caseros. Desde allí, Marina observó los neveros en los dos miles del Cornión que relumbraban con la luz del sol acentuando la silueta del Peña Santa. La vega, bajo las montañas, encerraba el valle del Sella. Un mordisco en la piedra, fruto de un enorme argayo, le recordó la fragilidad de la naturaleza.

Matorrales por los que zigzagueaban caminos entre prados y avellanos los condujeron hasta la recta de Prestín, lugar en el que monjes y peregrinos descansaban en sus posadas antes de llegar a Covadonga.

El domicilio de Evelina Nieda estaba situado en un edificio en la zona más céntrica de Cangas de Onís. En concreto, en la calle del Parque. Lugar de paso rápido y concurrido, en una plaza de alegrías infantiles con zona para columpios y rodeada de comercios. Bedia y Roldán se detuvieron en el primer portal. Una mujer ataviada con una bata azul y los labios pintados de un tono marrón muy agresivo les abrió la puerta. Apartó la fregona y la utilizó a modo de parapeto, mientras comprobaba con descaro el piso al que se dirigían. Los policías subieron por la escalera hasta el primero, envueltos en un intenso olor a lejía.

La mujer que abrió la puerta desentonaba con la imagen previa que se habían hecho de ella. Por alguna extraña razón, esperaban encontrar a una señora mayor, algo entrada en carnes y de aspecto vigoroso. Por el contrario, Veli lucía un corte de pelo muy favorecedor que resaltaba el gris matizado de las canas. La ropa informal le daba un aspecto juvenil, acentuado por una cara redonda, ojos muy oscuros y figura estilizada. Nadie diría que pasaba de los cincuenta. La asistenta de los Noval dejó que se identificaran y los invitó a entrar. Esperaba la visita de los policías, apercibida por el agente Berdayes.

—Estoy pintando el salón —se excusó al evitar la mano extendida del inspector, que la miraba con agrado, y disculpándose de antemano por el desorden. Veli tardó un poco en eliminar de las manos los restos de pintura, y mientras se frotaba preguntó—: ¿Saben algo de Mónica? Llevo todo el día llamando a casa de su amiga. Supongo que descolgaron el teléfono para evitar molestias.

Roldán se fijó en las pequeñas arrugas de la frente, que revelaban preocupación.

—Hemos estado en casa de los Prado. —Recordó la actitud fría de la chica—. Mónica se encuentra bien. Asustada, pero bien.

—¡Menos mal! —suspiró Veli al tiempo que retiraba del sillón una pila de ropa limpia que acababa de doblar—. Por favor, acomódense donde puedan. —Y se alejó por el pasillo.

La habitación revelaba poco de la persona o personas que vivían en la casa. Aparte del sofá en el que estaban sentados los agentes, solo había una mesa y tres sillas agrupadas en un rincón, y cubiertas con sábanas de florecitas. Ni rastro de cuadros, fotografías y demás elementos decorativos.

—¿Les apetecen unas *galletinas*? —El ruido metálico de las cacerolas indicaba que la mujer se dirigía a ellos desde la cocina.

—Ya decía yo que el olor me era familiar —comentó Bedia olfateando el aire como un ratón. Roldán ignoraba qué tipo de capacidad había desarrollado la pituitaria de su jefe para diferenciar el olor de las galletas del hedor a disolvente que flotaba por toda la casa.

—Lo mismo prefieren bizcocho casero. —La mujer apareció cargada con una bandeja, retiró la sábana de flores y la situó sobre la mesa mientras Roldán negaba con la cabeza y Bedia se relamía de gusto.

—Le agradecemos el detalle, pero ya sabe por qué estamos aquí —dijo la policía.

—Claro, claro. ¡Menuda desgracia! Todavía estoy temblando. Lo que necesiten. —Se sentó frente a ellos y continuó limpiándose los restos de pintura de las manos con un trapo.

—¿Desde cuándo trabaja en casa de los Noval? —En esa ocasión, el inspector dejó que Marina dirigiese el interrogatorio mientras él aprovechaba el tiempo deleitándose con los dulces. Ella preguntaba al tiempo que anotaba todos los datos.

—Va para cuatro años. Casi desde el día en que llegaron al pueblo.

—¿Antes no residían aquí?

—No. Vivían en Francia. Mire usted. —Se estiró el bajo del jersey. La mujer se esforzaba por mostrarse colaboradora—. El padre del señor Noval tenía una vaquería en Villanueva, pero quedó viudo joven y ya saben lo duro que es para un hombre cuidar de un *guaje*. —Hizo un mohín que buscaba la complicidad de la agente—. Así que lo mandó a estudiar con una hermana suya que vivía en un pueblo cerca de Burdeos. Emilio se convirtió en un empresario de gran éxito, aunque conmigo nunca habló de su pasado. Lo poco que sé es por mi vecina Pura, la del *Cuetu*. ¿La conocen?

Marina obvió la pregunta.

—Allí se casó con una francesa, y allí nacieron los dos críos. Después del accidente, Emilio y la cría regresaron a casa con su padre.

—¿Qué accidente? —interrumpió el inspector con la boca llena de galleta.

—La mujer y el hijo pequeño de Emilio murieron en un accidente de tráfico, allá, en Francia. Por eso volvió. Aquí tenía a su padre. Entonces reformó la casona de Villanueva y trasladó el negocio. Y, ¡menos mal que llegó a tiempo de encargarse del padre! La vaquería iba fatal. ¡Qué cosas tiene la vida! Su padre lo ayudó cuando era joven y, pasados los años, él hizo lo mismo con su padre y lo sacó de la ruina.

El silencio de los policías dio a entender a Veli que no estaban enterados de la situación.

—Ya les dije que el padre de Emilio tenía una vaquería. Según comentan en el pueblo, estaba hasta arriba de deudas. Cuando su hijo se fue a Francia, el hombre volvió a casarse, pero el matrimonio salió mal. La mujer marchó a Madrid y quedó soltero otra vez. Cuando Emilio regresó a Asturias, el padre vendió el negocio de la vaquería y, como su hijo reformó la casa familiar, se fue a vivir con él y con la nieta. Mónica lo quería mucho, pero disfrutó poco de él. —Hizo una pausa y se persignó—. El hombre murió el año pasado.

—¿Quién se hará cargo de Mónica? —Quiso saber el inspector para, de paso, contrastar así la información aportada por Nelu. Estaba interesado en conocer la relación que había entre ellos.

—Que yo sepa, la única familia que le queda por aquí es una tía hermana de su madre con la que no se llevan y un tío de su padre que vive en Corao. Un hombre muy mayor, pero a Mónica le falta poco para la mayoría de edad.

—Dos meses —puntualizó Marina.

Veli comenzó a recoger la bandeja de los dulces.

—¿Usted cree que el señor Noval tenía enemigos? —preguntó Bedia rescatando *in extremis* la última galleta del plato.

—Sírvase, sírvase —dijo la mujer al comprobar los rápidos reflejos del policía, y dejó la bandeja sobre la mesa. Tras un puchero contenido, rompió a llorar. La mujer alcanzó un trapo que utilizó para secarse los ojos.

—¿Cómo es su relación con Mónica?

La mujer recobró la serenidad, se pasó el trapo por la cara y sorbió la nariz.

—La cría tiene mal carácter. Sufrió mucho. Por eso a mí me da mucha pena y todo se lo consiento. A su edad, casi no tiene amigos. Y va mal con los estudios. ¡Y cómo no, si perdió a su madre y a su hermano el mismo día! Yo la quiero como a una hija. El único consuelo es su amiga Llara y su padre. El Nelu es de esos que recorren los montes, ya saben. Conoce todas las rutas y muchos trucos de supervivencia. Un poco raro, con eso de estar siempre alerta por las catástrofes y demás, pero buena gente. Como es instructor de montaña, reunió un grupo con los chicos del instituto y los fines de semana van de senderismo por ahí, por Covadonga.

—¿Emilio conocía la afición de su hija? —preguntó Roldán muy interesada.

—A Mónica todas esas cosas de sobrevivir en el monte como las cabras le encantan. Por eso se apuntó al grupo. Emilio cedió. ¡Qué remedio! Al padre no le gustaban las ideas apocalípticas de Nelu. La verdad es que lo escuchas y te echas a temblar. Pero es un buen hombre.

La mujer bajó la mirada, retorció el trapo y suspiró. La insistencia del inspector y la zozobra que provocó en la mujer permitió a Marina fijarse en ella. Sin duda, estaba sobrepasada. A medio camino entre el miedo y el recelo, retorcía inconscientemente el trapo lleno de pintura.

—Antes no contestó la pregunta de si el señor Noval tenía enemigos. Háblenos de él —continuó Roldán para centrar la investigación.

—Era un hombre muy simpático y tenía muchos amigos. Un viudo de muy buen ver. Las mujeres se lo rifaban y él se dejaba querer. —Marina intuyó en las palabras de la asistenta un matiz de despecho. Veli hablaba demasiado bien de su jefe y, quizá, sintiera por él algo más—. En el pueblo lo conocía todo el mundo. Fíjese que la gente hasta me da el pésame cuando salgo a la calle. Era muy aficionado a la cocina y a la música, sobre todo al *blues*. Su artista favorito era un guitarrista llamado… Eric Clapton. Nunca lo escuché antes de trabajar con Emilio, pero me gustaba.

—Y con Mónica, ¿qué tal se llevaba con su hija?

—Ya les digo que mal. Ella es buena, pero tiene mal genio. Discutían a voz en grito. Yo creo que en el fondo se querían, aunque a su manera.

—¿Tenía pareja Emilio Noval? —Bedia no pudo reprimirse a la hora de hacer la pregunta que le rondaba por la cabeza desde hacía unos minutos.

—Formal no, que yo sepa. El señor Noval era muy discreto para esas cosas. Si se veía con alguna mujer, lo hacía fuera de su casa.

—¿Sabe si recibió alguna visita la noche en que lo asesinaron? —Las preguntas se agolpaban en la punta de la lengua de la agente y se atropellaban unas a otras, como un grupo de adolescentes al abrirse las puertas de entrada a un concierto.

—A veces invitaba a café a algún cliente, paisano o vecino. Salía de *chigres* con los amigos, pero nunca se juntaban en la casa. Tampoco era un hombre trasnochador.

—¿Recuerda alguna cosa extraña de cuando descubrió el cadáver?

—A parte del olor, no.

—¿Qué olor?

El inspector y la agente se irguieron para escucharla.

—A nuez moscada. La mañana que lo encontré muerto en el cuarto de estar —Veli se persignó a toda prisa y limpió una lágrima que le alcanzaba la comisura de los labios—, me pareció que el olor venía de la botella de vino. A Emilio le encantaba ese vino especiado. Decía que le recordaba a sus tiempos en la región vinícola de Burdeos, donde residía. De vez en cuando, su cuñada le envía unas botellas. ¡Murió con un trago en la boca!

—Acaba de decir que no se relacionaban con ella.

Veli se encogió de hombros.

—¿Notó algo extraño en el cuarto? Algo fuera de lo normal —continuó la policía. «Ahí, Marina estuvo rápida», pensó Bedia satisfecho.

La mujer vaciló un segundo.

—Nada. Solo encontré la botella de vino dulce sobre la mesa. —La mujer rompió a llorar de nuevo.

—Me gustaría hacerle una última pregunta. Encontramos un desgarrón del tamaño de una moneda en la chaqueta de lana que el señor Noval llevaba puesta. ¿Sabe usted a qué podría deberse?

—La insignia del benefactor. Emilio siempre la llevaba prendida en la ropa. Estaba muy orgulloso de ella. Se la concedió el Ayuntamiento por ser un buen vecino. La gente le pedía favores, y donaba grandes sumas de dinero a instituciones culturales y benéficas. Ayudaba a todo el mundo, era muy generoso.

—¿Podría describir cómo es la insignia? —solicitó la agente mientras escribía a toda velocidad sobre el teclado de la tableta.

—De plata, con la Cruz de la Victoria y, alrededor, el lema de Cangas de Onís. *Minima urbium, maxima sedium*, que significa «la ciudad más pequeña, la mayor sede». De cuando Cangas de Onís era la capital del reino de Asturias.

Marina hizo el ademán de continuar, pero el inspector la detuvo con un gesto. Por experiencia sabía que, tras una batería de preguntas, los testigos llegan a un punto en el que suelen entrar en bucle. Lo que para la policía supone una pérdida de tiempo.

—Por ahora es suficiente.

El inspector y la agente se levantaron a un tiempo.

—Si recuerda cualquier detalle, contacte con nosotros. ¡Ah! —añadió Bedia ya en el descansillo de la escalera—, y gracias por las galletas.

En cuanto salieron por la puerta, Veli se limpió la cara con el trapo y corrió hasta la cocina. Abrió la puerta del armario bajero, que hacía las veces de despensa, y tras

72

apartar unas cuantas latas de conservas, rescató del interior un objeto envuelto en papel de periódico. Desprendió el papel sobre la mesa y apareció un marco de madera lacada con una fotografía de ella junto a Mónica. La contempló a la luz de la ventana durante unos segundos. Depositó un beso con mucho cuidado sobre la cara de la adolescente, envolvió de nuevo el portarretratos con el papel de periódico y lo escondió en el fondo del armario.

BEDIA Y ROLDÁN caminaron en silencio hasta el coche patrulla. Un repartidor de pizza subió la rueda de la moto sobre la acera. Al ver al gigante, el chico deshizo la maniobra, se bajó la visera del casco y abrió gas antes de desaparecer en medio de un ruido infernal.

—¿Qué te pareció la asistenta? —preguntó el inspector al tiempo que se reía de la cobardía del motero.

—En principio, la muerte de Noval la perjudica porque se ha quedado en el paro, pero había algo en su declaración, no sé, me ha parecido que sentía algo por él, como si estuviera enamorada.

—Yo también lo noté y eso la convierte en sospechosa; pudo matarlo por celos.

Marina grabó en su mente la percepción del inspector a la espera de una pista nueva que la ratificara. Como quiera que fuese, lo único que habían sacado en claro era la mala relación entre Emilio Noval y su hija, y la actitud demasiado servil de la asistenta.

—Llama a Cueto —ordenó Salvador a Marina ya en el interior del vehículo—. Que te envíe las fotografías que la Científica tomó del cadáver de Noval. Y una lista con los objetos que se llevaron. ¡Ah!, y cotéjala con el informe de la Local.

—¿Alguna cosa más? —preguntó Marina acomodándose en el asiento del copiloto y ajustándose el cinturón de seguridad.

Bedia consultó su reloj.

—En menos de una hora estamos en Gijón —especuló en voz alta—. No creo que el visionado de las fotos nos lleve más de treinta minutos. Así que llegaremos al gimnasio sobre las nueve y media. Una hora de ejercicio y te invito a cenar.

—¿Qué estás diciendo de gimnasio? —A Marina los ojos se le abrieron como platos.

—*Kick boxing*. Es hora de ponerse en forma. Ya te pagué la matrícula y la primera cuota.

A Bedia la sonrisa le cruzaba el rostro de lado a lado.

—¡Estás loco, Salvador! —soltó Marina y sonrió.

8

El espejo nublado

Gijón

A LA MAÑANA siguiente, el chorro de agua caliente de la ducha resbalaba por la espalda de Marina, que intentaba relajarse con los brazos apoyados contra los azulejos de la pared. Acudir al gimnasio, después de tanto tiempo sin hacer ejercicio, le estaba pasando factura; sentía dolor incluso en músculos que había olvidado que tenía. Las clases de *kick boxing* le traían recuerdos de otros momentos de su vida un tanto complicados. Al enfundarse los guantes tuvo un momento de pánico. Hasta le pareció ver a su antiguo jefe en los vestuarios. Lo bueno fue que cualquier parecido con el pasado se esfumó cuando vio a Salvador en pantalón corto. Resultó que tenía unas buenas piernas.

La mampara del baño se abrió sin aviso y el rostro sonriente de Carlos surgió a través del vaho.

—Buenos días —dijo depositando en sus labios un beso rápido y sin reparar en su desnudez.

—Buenos días. —Marina cerró el grifo y se escurrió el agua del pelo—. ¿Te vas? Voy a hacer café.

—Ya he desayunado. Siento tener que salir tan pronto, pero hoy se reúne la junta de evaluación que decide si nos concede o no la subvención. Ya sabes que sin subvención no hay campaña, y hay que revisar la documentación. Tengo puestas mis esperanzas en que, con los buenos resultados que hemos obtenido en las prospecciones, nos concedan los fondos que necesitamos.

El equipo de Carlos trabajaba en el entorno de la villa romana de Veranes, a unos doce kilómetros de Gijón. Uno de los primeros asentamientos romanos de explotaciones agropecuarias en la península ibérica alejado de los centros urbanos. El arqueólogo estaba muy orgulloso de pertenecer al equipo de investigación, incluido en el proyecto Gijón Romano, porque le permitía estudiar de primera mano un yacimiento que había alcanzado hasta la época medieval, convertido en necrópolis e iglesia bajo la advocación de san Pedro y santa María. La importancia de la villa tardo romana atraía a un gran número de turistas y curiosos, lo que suponía un importante foco de interés.

—Pero ¡si acabas de venir del congreso y ya estás liado otra vez! Por cierto, ¿qué tal ha ido? —Ella había salido de la ducha y se frotaba los gemelos con ayuda de una toalla. Marina echaba de menos pasar más tiempo con su marido, aunque sabía que el trabajo de ambos era difícil de compatibilizar. Investigar un caso de asesinato requería muchas horas de trabajo—. La verdad es que ayer caí muerta en la cama y me dormí enseguida. Casi ni me di cuenta de cuándo llegaste. Si quieres, podemos quedar para cenar.

—El congreso ha estado mejor de lo que pensaba —dijo de inmediato, mostrando una de esas sonrisas convincentes con las que evitaba entrar en detalles—. En las distancias cortas, el catedrático resulta un poco menos déspota.

—Siempre es bueno tenerlo de tú lado. ¿Qué me dices a lo de la cena?

—Mejor te llamo luego. Tengo programadas dos reuniones —se excusó depositando un beso en la mejilla de su mujer antes de salir del baño.

Marina escuchó con atención el ruido de la puerta de la calle al cerrarse. El aroma de la colonia de su marido flotaba a su alrededor. Colgó la toalla de una percha sujeta a la pared y pasó varias veces la palma de la mano por la superficie del espejo empañado antes de detenerse a observar su cuerpo desnudo. Todavía conservaba la firmeza en las piernas, en los brazos, en los glúteos. Es verdad que había perdido el tono atlético que lucía cuando vivía en Madrid, gracias a jornadas maratonianas en el gimnasio. «Y de eso no hace tanto», pensó. La falta de interés de Carlos le escoció de una manera extraña, y se dio cuenta de que le molestaba reconocer la dependencia hacia otra persona para reafirmar su autoestima.

El vaho sobre el espejo se prolongaba, envolviéndola como si estuviera en el interior de una nube. Dejó que su perfil se diluyese y a su mente acudió la figura del *Nuberu*. Sin venir a cuento, Marina rememoró un encuentro inquietante cuando, recién llegada a Gijón, se encontró en comisaría con una mujer a la que su vecina acusaba de secar sus cosechas. La denunciada era una mujer de rostro sereno y ojos vivaces que le habló con naturalidad del personaje mitológico: el dios de las tormentas que vive en el interior de las nubes. Alguien con poder para hacer que cambien de forma, se muevan o se deshagan en el aire. El *Nuberu* engendra nubarrones y cabalga sobre ellos, es capaz de controlar la lluvia, desencadenar el viento y precipitar el granizo. «Yo puedo sentirlo aquí —dijo la mujer señalándose el corazón—. A veces se muestra en calma y otras desata la tempestad. Va y viene a su antojo. Se adueña de mi espíritu y controla mis decisiones.»

El torbellino de emociones que últimamente le desestabilizaba el ánimo le recordaba en cierto sentido a la descripción del *Nuberu*. El dios de las tormentas oscurecía su entendimiento con nubes de furia a punto de descargar. Resultaba cómodo culpar del vendaval que originó el pedrisco que había arruinado su carrera y, en cierta medida, su matrimonio, a un ser creado por el imaginario colectivo.

El alejamiento de Carlos comenzó cuando empezó el acoso de Salmerón. En esa etapa de su vida se sintió humillada, manipulada y usada como un trapo por un hombre cruel que aprovechó su autoridad para anularla. El abuso del inspector le cerró las puertas de su carrera profesional. Marina deseaba con todas sus fuerzas progresar en la Policía Nacional, incluso fantaseaba con llegar a ser comisaria algún día. Y la distancia con Carlos se hizo infinita.

El recuerdo de lo vivido años atrás regresaba una y otra vez. Intentó empezar de cero, alejarse de la comisaría donde emprendió su carrera, dejar atrás amistades y familia, en pos de una cura que le procurase recuperar el equilibrio. En las horas de máxima desesperación, hasta creyó en el método de la mujer para conjurar al *Nuberu* y así evitar la llegada del temporal, que no era otro que protegerse con una rama de laurel, como un amuleto.

Entre risas, Marina frotó la toalla contra el espejo e imaginó la cara que pondría Carlos si descubriera una hoja de laurel oculta en el forro de su gorra de policía.

Pero fue incapaz de alejar la sombra de la desconfianza.

9

Encuentro en la Casa Dago

Cangas de Onís

LA MUERTE DE Emilio Noval provocó en los vecinos, tanto en los de Cangas de Onís como en los de Villanueva, sentimientos encontrados. La alarma y la desconfianza se enredaban en torno a la hija como una telaraña. Un desconocido acababa de arrebatarle la vida a uno de los paisanos más queridos del municipio. Muchas parejas jóvenes habían celebrado su boda en el hotel o contratado sus servicios para cenas de empresa o peticiones de mano. Recordaban el caso de la despedida de soltera de una paisana que pasaba de los setenta; el desparpajo de la mujer despertó el interés del empresario, que se volcó con ella. Algunos todavía comentaban el evento.

El éxito de Emilio se traducía en actos benéficos o de mecenazgo, y muchos vecinos se acercaban a él para solicitar su ayuda. Después de lo ocurrido, se sentían amenazados por alguien que actuaba con impunidad, causando la muerte de un hombre en su propia casa.

Y lo peor era la ausencia de sospechosos.

La imagen del hogar, asociada a la idea de refugio y protección, enraíza en lo más profundo del ser humano y se acentúa cuando el grupo amenazado es poco numeroso, como ocurre en los pueblos. La sensación de indefensión se multiplica de forma exponencial y se traduce en consecuencias imprevisibles. En opinión de la mayoría, lo único seguro era que un desconocido había profanado el hogar de un buen hombre y, con su acción, había puesto en alerta a todos los demás.

AQUELLA TARDE, a todo el que paseaba desde el barrio del Contranquil hacia la avenida de Constantino González, o subía por la de Covadonga hasta la Casa Dago y se cruzaba con las chicas, le era inevitable seguirlas con la mirada. Los paisanos sentían un deseo irrefrenable por saber adónde iban y con quién. Nadie esperaba que Mónica retomase su vida tan pronto, después de lo que había pasado.

La incógnita quedó despejada cuando Llara aparcó su motocicleta frente al jardín de la Casa Dago, lugar de encuentro habitual del grupo de amigos. La Honda CB 125 había sido un regalo de cumpleaños. Llara cuidaba el vehículo con devoción y Mónica estaba encantada de viajar como paquete. Los chicos solían quedar en la entrada de la casona de piedra, reconvertida en sede del centro de recepción de visitantes del parque nacional de Picos de Europa. El motivo de la elección no era otro que el apego que Llara sentía por una maqueta a escala de la topografía de los Picos de Europa ubicada en el jardín. Una recreación que ocupa buena parte de la propiedad. De pequeña, ella y sus padres, profesionales de las rutas de montaña y escaladores aficionados, pasaban horas recorriendo con la imaginación las cumbres puntiagudas, los valles profundos, las simas o las majadas que conformaban el entorno de los Picos. Era un tiempo de calidad en el que compartían el sueño de transitar juntos por aquellos espacios casi místicos. La niña disfrutaba correteando por el jardín, donde las especies arbóreas propias de la región se mostraban al visitante mediante paneles explicativos, ante la mirada atenta de sus padres. La maqueta protegía el recuerdo de aquellos tiempos felices que terminaron tras la muerte de su madre.

Cualquiera puede sentirse importante por un momento al contemplar la casona Dago e imaginarse asomado a sus balcones volados o en el portalón, bajo las arquerías. En el instituto, Mónica y sus amigos habían aprendido que era un ejemplo de arquitectura montañesa, el capricho del indiano José Dago y de su esposa, Matilde Pendás. El edificio se levantó gracias a la fortuna que amasaron en Cuba con el negocio de la caña de azúcar, una fortuna que el matrimonio perdió durante el *crack* del 29 y que recuperó, al menos en parte, con un golpe de suerte en la lotería. Nada de eso importaba a los adolescentes, que solo apreciaban el misterio que envolvía a la propiedad pese a estar situada en una de las vías más transitadas del pueblo.

A primera hora de la tarde, las calles del centro de Cangas de Onís empezaban a estar concurridas. Durante el trayecto, Mónica y Llara esquivaron como pudieron las miradas, los cuchicheos y el pésame de alguna que otra vecina. Así consiguieron avanzar por la avenida de Covadonga, dejando atrás el ayuntamiento y la plaza del Mercado, y alcanzaron el punto de encuentro. Enseguida avistaron al grupo reunido delante de la verja de hierro que rodea la Casa Dago.

—¡Mónica! —Uno de ellos llamó a las chicas.

Veli se acercaba por la calle de enfrente, cruzaba la carretera y rebasaba el enrejado del jardín con paso firme.

—¡Menos mal! ¡Por fin te encuentro! Estaba muy preocupada. ¡Qué desgracia más grande! —exclamó nada más verla y con voz desesperada—. Anda, ven. Tenemos que hablar.

—Aquí no, ya sabes que no me gustan los arrumacos —argumentó Mónica de manera cortante y elevando el mentón para subrayar el gesto, aunque se dejó abrazar, bastante azorada por la presencia de sus amigos.

Una vez en el interior del jardín, la mujer se ajustó el abrigo de pelo rizado. Simuló resguardarse del frío y la humedad que había dejado tras de sí el último chaparrón, aunque, en realidad, solo trataba de ocultar la zozobra que la consumía.

—Tenemos que hablar —repitió Veli marcando las sílabas. Y, acto seguido, la sujetó por el brazo y la condujo a un lugar apartado del jardín.

—¡Suéltame! ¿Qué quieres?

—Hazme caso. Será solo un momento.

Veli se hizo a un lado frotándose las manos, muy nerviosa. La misteriosa actitud de la mujer despertó la curiosidad de la joven, que se mostró dispuesta a escucharla.

—Quiero que sepas que no estás sola —dijo con voz firme—. Que, si quieres, puedes venirte a vivir conmigo. Estoy pintando el salón y tendrías una habitación para ti. Yo puedo cuidarte. Siempre me tendrás a tu lado. O también puedo trasladarme a tu casa por un tiempo. El que haga falta.

—Con Llara estoy bien. No te preocupes —dijo Mónica cruzando los brazos en actitud defensiva—. Entiendo que estés preocupada porque acabas de quedarte sin trabajo.

—¡María santísima! ¡Cómo puedes pensar eso de mí! Solo quiero cuidarte. Ya sufriste bastante y ahora estás sola. Estarías mejor en tu casa y yo contigo, para ocuparme de ti.

—Perdona, no quise decir eso. De verdad que estoy bien en casa de Llara.

—Lo sé. Ellos son buena gente y te aprecian. Pero sabes que Nelu anda justo de dinero. Le obligas a dar de comer a una boca más.

—El tío de Corao corre con los gastos hasta que se lea el testamento de papá. Deja de preocuparte.

Mónica hizo el ademán de irse y Veli la sujetó de nuevo por el brazo.

—La policía estuvo en mi casa —dijo mirándola a los ojos.

—Y en casa de Nelu. Su trabajo es encontrar al culpable. —Mónica se estremeció. Por un momento pareció que iba a echarse a llorar. Miró en todas direcciones y empujó a Veli hasta el fondo del jardín. Así se aseguraba de que ninguno de sus amigos pudiera escuchar la conversación.

—Sabes que puedes confiar en mí. —Veli la abrazó con fuerza y pudo sentir que estaba temblando—. Siempre te protegí. Cuando tu padre preguntaba, inventaba buenas excusas para evitar que te regañase, aunque siempre supe que faltabas a clase y que andabas por ahí en malas compañías. Nunca permitiré que hablen mal de ti. Nadie te quiere más que yo. Ni saben lo que sufriste. Mira lo que vamos a hacer: vuelve a casa, y yo voy a cuidarte los días que haga falta.

—No insistas. De momento estoy bien así —dijo la chica deshaciéndose de su abrazo.

—Solo dime una cosa. —El rostro de la mujer se tensó como si doliera—: ¿Estuviste en tu casa la noche que mataron a tu padre?

—¡Qué estás diciendo! ¡Estaba con Llara!

La chica apretó los labios y fue incapaz de contener las lágrimas. La mujer prolongó el abrazo y permitió que se desahogara. Hasta ellas llegaba el ruido de los coches, las voces amortiguadas de la gente y el insistente piar de los pájaros, que aprovechaban el cese momentáneo de la lluvia otoñal. Parecía que se hubiera abierto un paréntesis que las aislaba del exterior.

—No me crees —musitó la chica—. Te juro que yo no estaba allí.

Mónica se limpió las lágrimas con el dorso de la mano y recobró la compostura. Sus ojos azules se nublaron como si, de repente, la niebla hubiera caído sobre ellas. Elevó la vista y esta se perdió en el perfil del edificio.

—¡Perdóname! —dijo Veli arrepentida—. Tenía que preguntártelo. No te preocupes, saldremos adelante. Puedes confiar en mí. Sabes que nunca te fallaré.

La chica se apartó de ella con brusquedad y salió corriendo.

Veli sintió su reacción como una bofetada, aunque entendía el dolor por el que estaba pasando. La relación de complicidad que las unía pendía de un hilo y le había roto el corazón. Nadie quería más a esa niña que ella. La tristeza la abrazó con saña. Mónica era su niña, esa que nunca pudo tener. La mujer elevó la vista al cielo y ofreció una oración. «Una madre jamás se rinde.»

Ella iba a estar ahí para Mónica.

«Pase lo que pase», se juró.

10

El equipo

Gijón

CLAP, CLAP, CLAP.

Los pasos de la agente Roldán despertaron el eco en la escalera de la comisaría. Por descontado, sus zapatos estaban impolutos. Se detuvo en el último escalón de la primera planta antes de acceder al nuevo despacho. Adiós al sótano oscuro y aislado, ahora el equipo trabajaría en mejores condiciones.

El cristal esmerilado de la puerta permitía ver el movimiento que había en el interior y, nada más abrirla, reconoció la voz del agente Lino Cueto y una voz femenina desconocida. Sintió un hormigueo en el estómago y, justo después, aquella inseguridad que conseguía elevar su nivel de alerta y que sentía desde el momento en el que decidió marcharse de Madrid.

Una vez dentro, continuaron las sorpresas. La recibió el rostro sonriente de Cueto, parapetado detrás del ordenador. Una amplia mesa dividía el espacio, muy luminoso, gracias a los grandes ventanales que daban al exterior y a dos fluorescentes paralelos que lo atravesaban de lado a lado. La nueva sala, destinada al grupo de operaciones del Oriente de Asturias, estaba equipada con puestos de trabajo modernos, además de mesas individuales, sillas ergonómicas y una pantalla enrollable anclada al techo. En la pared de la derecha destacaba una mesa auxiliar equipada con cafetera de cápsulas, vasos de plástico reciclado, agua y zumos variados. Por supuesto, bollería y algo de picar.

Los ojos de la agente volaron desde la máquina de café hasta una mujer que la miraba con curiosidad, rebotaron en los del inspector y se posaron en la fotografía del cadáver de Emilio Noval, sujeta con una chincheta al corcho, que abarcaba casi toda la pared.

—Ya estamos todos. —Lino Cueto se acercó a ella con los brazos abiertos. Mantenía un aspecto juvenil gracias al eterno rubor de sus mejillas. El agente marcaba con precisión de delineante la raya del pelo; siempre recta y fijada con una buena dosis de gomina. Acabaron estrechándose en un efusivo abrazo.

—Nora Sirgo.

La agente se levantó para saludarla y le ofreció su mano extendida. Sus ojos azules chisporroteaban como una bengala en un cuarto oscuro. «Es muy delgada y muy rubia —pensó Marina estrechándole la mano—. Y oculta un tatuaje.» Un símbolo geométrico que intuyó a través de la manga de la camisa. Cueto la presentó como una experta en psicología.

—Tenía muchas ganas de conocerla.

—Tutéame, por favor —pidió Marina desprendiéndose de la chaqueta—. ¿Cuál es mi sitio?

Bedia señaló con el mentón hacia una mesa, al lado de Lino. Ninguno de los presentes mencionó el caso anterior, pero una sensación agridulce flotaba sobre el ánimo del equipo.

—¿Un café? —Nora hizo el ademán de levantarse.

—No, gracias. Acabo de desayunar.

—A lo mejor nuestra agente necesita un analgésico. ¿Cómo van las agujetas? —Bedia acompañó la pregunta de un sutil retintín impregnado de mala leche.

—Menos coña —dijo ella recordando la sesión de *kick boxing*, al tiempo que encendía el ordenador.

—Estos cruasanes tienen poderes curativos —continuó Salvador dando un generoso mordisco a uno de ellos—, pero no pienso compartirlos con nadie. Mejor nos ponemos en marcha. —El gigante señaló con el dedo hacia la fotografía del cadáver—. A ver, Sirgo, ¿por dónde empezamos?

La policía levantó la vista de la pantalla con un sobresalto y reaccionó como la psicóloga que era; mantuvo durante unos instantes una pausa dramática antes de responder.

—Si nos ajustamos a la forma en que el asesino, o asesina, actuó contra el señor Noval, me llama la atención la ausencia de signos de lucha o de resistencia, lo que me empuja a pensar que lo conocía. Digamos que el ataque lo pilló por sorpresa. Pero, con los pocos detalles de que disponemos, me temo que es muy pronto para marcar el perfil del asesino. Lo normal en estos casos es empezar por sospechar del entorno más próximo, es decir, familia y amigos. Ya sabéis eso de que el asesino se encuentra en casa.

A Marina, las deducciones de la joven agente le parecieron prudentes y un punto académicas. La agente era consciente de que sería prematuro aventurar una teoría y había optado por ceñirse a los pocos datos con los que contaban. Al presentarla, Cueto había mencionado que era una psicóloga experta. Le gustaba la incorporación de otra mujer al equipo, una policía joven, sensata y muy preparada. Desde ese momento supo que iban a llevarse bien.

—¿Llegó el informe de la Científica? —quiso saber el inspector.

—Sí. —Con un golpe de ratón, Sirgo centró la vista en la pantalla y leyó de corrido el informe hasta encontrar el dato—. En la botella que había en la mesa frente al sillón en el que reposaba el cadáver encontraron un vino especiado con una generosa concentración de nuez moscada.

—¿Es un dato relevante? —preguntó Bedia sin ocultar su incredulidad.

—Por supuesto, es tóxica —intervino Cueto, que había investigado el tema motivado por una gran curiosidad—. Pero hay que ingerir grandes cantidades para provocar la muerte de una persona. Y no es el caso. La casa estaba ordenada, por lo que podemos inferir que Emilio Noval conocía a su agresor, como dice Sirgo, por eso no opuso resistencia. En cuanto al vaso, la Científica sostiene que está limpio. Las huellas son de Emilio.

—Entonces, ¿bebió solo? —se interesó Marina.

—Eso parece —afirmó Cueto repasando el informe—. Los compañeros registraron solo una marca circular sobre el cristal de la mesa.

A la agente le parecía importante conocer si Noval había recibido alguna visita esa noche, y si se trataba de alguien conocido o no. Las sospechas sobre su hija flotaban en el aire. Teniendo en cuenta que lo más probable era que tomarse ese vino fuera una de las últimas acciones que había realizado Emilio antes de morir, aclarar cómo llevó a cabo ese acto de manera precisa podría arrojar algo de luz sobre la identidad del asesino. No es lo mismo abrir la puerta a un amigo al que esperas que a una visita imprevista. Si no compartió el vino, se abrían tres posibilidades: que no hubiera ningún visitante ajeno al hogar, que ya se lo hubiera bebido cuando llegó la visita o que el otro declinase la invitación.

—Lo mismo bebió con el asesino y, a continuación, Emilio Noval dejó el vaso en la cocina —apuntó Sirgo en busca de una explicación que desechó al momento por inverosímil, puesto que en la cocina no había indicios de que hubiera habido ningún vaso.

—¡*Aunque lu hubiera, comiu el Sumiciu!* —soltó Cueto interrumpiendo a la compañera. Roldán arrugó la cara con gesto de extrañeza y él se apresuró a aclarar—. ¿A quién no le faltó alguna vez algo que guardó y que desapareció de forma inexplicable? Desapareció, en asturiano, se dice *sumióse*, y de ahí, el *Sumiciu*. Yo siempre imaginé al personaje como un enano cabroncete que esconde las cosas y se parte de risa. Mi madre soltaba lo del *Sumiciu* antes de darte un pescozón.

Marina enarcó las cejas y asintió un par de veces sin abrir la boca, y él se disculpó por la distracción que había provocado.

—El vaso que Emilio Noval utilizó aquella noche lo sacó de la alacena. Pertenecía a un juego de doce. —El agente continuó empeñado en los datos de la Científica—. Y, por el espacio que había entre ellos, los compañeros deducen que faltaba solo uno. Ah, y era de tamaño pequeño.

Cueto acompañó el dato utilizando el pulgar y el índice, como refuerzo visual.

—¿De chupito? —ironizó Sirgo.

—Más bien de chato —puntualizó el compañero con un gesto de burla.

—De chato, de chupito, el *Sumiciu*. ¿A qué jugamos? ¡Centraos de una vez! —increpó Bedia con cara de pocos amigos.

—¿Y el arma del crimen? —continuó el inspector. Lino repasaba con la vista el informe a toda prisa sin encontrar el dato que buscaba. Se rascó la cabeza de manera inconsciente hasta darse cuenta de que el gesto podría estropear su peinado. Levantó la cabeza y se apresuró a comprobar su imagen en el reflejo del cristal de la ventana para, a continuación, atusarse el cabello con cuidado y concentrarse de nuevo en el informe.

—A Emilio Noval lo apuñalaron con un objeto punzante, un cuchillo o algo parecido, pero no lo hemos encontrado —corroboró Marina, divertida ante el gesto de coquetería del compañero.

—La sangre hallada en la tapicería del sillón y en el suelo coinciden con la del cadáver —continuó Sirgo—. Ni una sola huella en toda la casa que no fuera de Noval, de la hija o de la señora Nieda, la empleada del hogar. Se han encontrado pelos y otros restos orgánicos depositados sobre el cuerpo de Noval, aunque a falta del análisis posterior definitivo, prácticamente se descarta que no pertenezcan al propio fallecido. La Científica se llevó la botella y el vaso, así como parte de la tapicería del sillón, junto a alguna fibra de lana desgarrada de la chaqueta que vestía Noval en el momento del suceso. Las primeras conclusiones del forense indican que llevaría muerto unas seis u ocho horas cuando lo encontraron, por lo que el asesinato se produjo ya de noche, entre las diez y la una de la madrugada.

—¿Y la autopsia? —se interesó Bedia.

—Esto ocurrió el martes —intervino el agente Cueto haciendo memoria—. Y estamos a viernes. El juez firmó el levantamiento del cadáver esa misma mañana por lo que, a más tardar, mañana o pasado tendremos el informe.

El inspector rellenó su taza con la jarra de café y vació un sobre de azúcar en su interior. Dudó un momento entre cruasán y napolitana, y se decantó por esta última antes de hablar.

—Soy amigo de uno de los forenses que trabaja en el IMLAS, el Instituto de Medicina Forense y Legal de Asturias. A ver si averiguo quién se hizo cargo.

El dulce desapareció de sus manos en dos bocados.

—Inspector. —Sirgo llamó la atención sin levantar la vista del informe—. Aquí dice que la chaqueta que Emilio

Noval llevaba puesta aquella noche presentaba un desgarro.

Marina le mostró la tableta con la declaración de la asistenta, en la que describía la insignia del benefactor. Sirgo terminó de leer el apunte, levantó la vista y reflexionó en voz alta:

—Quizá ese distintivo significa algo para el asesino. En el registro de la casa no lo encontraron, puede que se lo llevara como una especie de trofeo.

—Una cosa más —pidió Bedia con el dedo índice enhiesto. Masticó, tragó, masticó y volvió a tragar—. ¿Y los vecinos? ¿Alguien escuchó algo extraño?

—No. La propiedad de los Noval está alejada del pueblo, en las proximidades solo hay dos casas. La más cercana pertenece a una familia vasca que la ocupa durante el verano. Lo comprobamos. Marcharon el treinta y uno de agosto, y no tienen previsto volver hasta Navidad. Y el otro vecino es un paisano de ochenta años, que vive solo y es sordo. Ya no oye ni el timbre de la puerta —comentó Cueto recordando los datos aportados en el informe de la Policía Local.

—Eso descuadra con la teoría del agente de la Policía Local de Cangas de Onís. —Las suposiciones de Roldán iban dirigidas a descartar la hipótesis taxativa del agente Berdayes.

—Dijo que Mónica se llevaba mal con su padre, que las broncas se escuchaban por todo el vecindario —prosiguió Marina—. El agente Berdayes puntualizó que, en varias ocasiones, él mismo había acompañado a la chica hasta su casa en un penoso estado de embriaguez. Incluso afirmó que, si discutieron, alguien tuvo que oírlos, pero ¿quién?

El inspector sostuvo la mirada de la agente y se limitó a encogerse de hombros. «La observación de Marina contiene una gran carga de mala leche, pero no deja de ser verdad», observó el gigante para sus adentros. En su declaración, la asistenta también había confirmado que padre e hija se llevaban como el perro y el gato.

—Resumiendo, el atacante es un tipo al que la víctima conocía. Sin evidencias de lucha o de robo. La herida directa al corazón precisa de fuerza y de puntería suficiente para matar con una sola acción. —Para Marina aquello no descartaba a la hija, aunque lo dificultaba bastante—. La joven pudo matar a su padre de un navajazo, es verdad, pero es improbable.

—¿Se os ocurre algún motivo para matarlo?

Bedia lanzó la pregunta al aire. La luz del fluorescente parpadeó un par de veces.

—El señor Noval marchaba bien. —Cueto intervino de nuevo mirando al techo y, una vez se cercioró del buen funcionamiento de la lámpara, continuó como si nada—. El negocio de los banquetes funciona a las mil maravillas a juzgar por la fama que tiene en el pueblo. Parecía un tipo normal, aburrido diría yo. De casa al trabajo y del trabajo a casa.

El gigante se enfrentó a la fotografía de Emilio Noval y acercó la cara hasta casi rozarla.

—Demasiado *buenín*, demasiado *guapu* y con cara de *anxelín*.

Todos se giraron hacia él.

El inspector centró la atención del equipo en la placidez del rostro de Emilio Noval. La mayoría coincidió en la apreciación de su jefe: era un hombre guapo, un buen paisano y un empresario ejemplar. Salvo Nora Sirgo. A la joven agente el hombre le parecía un carcamal.

Pero alguien tenía un motivo para matarlo.

Esa vez, el inspector se detuvo a reflexionar. En sus consideraciones daba vueltas a varias y posibles causas, incluida la más antigua de todas en la historia de la humanidad: la venganza, bien por motivos económicos, deudas o estafa, bien por celos, una amante despechada o un marido enfurecido. Sin descartar que a la hija se le hubieran cruzado los cables. Trataba de alejarse, en lo posible, de la última hipótesis, porque, como bien sabía por experiencia, debían ceñirse a las pruebas y para eso había que encontrarlas.

—Por cierto, Roldán, ¿averiguaste quién tiene acceso a la propiedad de los Noval? —preguntó clavando los ojos en ella.

Marina mostró una enorme sonrisa. Esa vez había hecho los deberes. Alcanzó su tableta y leyó las anotaciones.

—La empresa de mantenimiento del jardín envía a un operario dos veces al mes de forma habitual, el cartero pasa cada cuatro o cinco días y, por supuesto, Veli, la empleada del hogar, que trabaja los martes, jueves y sábados. ¡Ah! y, durante un tiempo, visitó la casa una profesora de matemáticas que ayudaba a Mónica. La mujer solo le dio clases en un par de ocasiones. He hablado con ella y, según su testimonio, la hija de Emilio no mostraba ningún interés por aprender, por lo que consideró evitarle un gasto inútil al padre.

—¡Qué maja!

—No, en realidad solo le devolvía el favor. El señor Noval había organizado la boda de la profesora y, según ella, solo correspondía a la amabilidad y al buen trato que había recibido. También lo he comprobado. En el atestado de la Policía Local constan los nombres del cartero y de la empresa de jardinería por si fuera necesario interrogarlos, aunque esa semana ninguno de ellos apareció por la propiedad.

—¿Quién se hará cargo de la chica? —A pesar de que el inspector conocía el dato, quería cerciorarse de que todo el equipo manejaba la misma información.

—El familiar más próximo es su tío abuelo, pero el hombre es ya mayor y están gestionando ceder la tutela provisional a Manuel Prado, Nelu, que es el padre de la mejor amiga de Mónica Noval, Llara Prado, y con quien la familia mantiene una estrecha relación.

—¿Alguna cosa más?

Silencio.

El inspector se ajustó los pantalones y, en el mismo momento en que pensaba abrir la boca, se escuchó la voz de la agente Sirgo.

—Si me permite. Me tomé la libertad de «bichear» en las redes sociales.

La atención de los presentes se centró en ella. Lejos de amedrentarse, la joven agente les regaló una amplia sonrisa, se encogió de hombros y enseguida adoptó una actitud más seria.

—Mónica Noval es poco activa en Instagram, pero mucho en TikTok. Revisar sus redes sociales es una de las formas de conocer cuál es su entorno y con quién se relaciona.

—Pues ya está el trabajo repartido. —El gigante se frotó las manos antes de continuar—. La agente Sirgo puede seguir jugando con el móvil, ya que parece que se da maña, y como la Científica se llevó el ordenador de Emilio Noval, pediremos autorización al juez para que «bichees» todo cuanto quieras. Cueto, investiga a la empleada del hogar y a la cuñada francesa, esa que envía botellas de vino dulce. Además, quiero un informe detallado de la carrera empresarial del señor Noval. Eso incluye un listado de sus empresas, de sus clientes y datos relevantes del hotel San Pedro de Cangas de Onís. Buscad familiares, amigos y enemigos. Otra cosa: rastread sus movimientos bancarios; se le desconoce pareja estable o formal, pero yo conozco pocos hombres célibes, salvo alguno de los que llevan sotana. Quizá no llevara mujeres a su casa, pero tenía poder adquisitivo suficiente para atraerlas. Tenemos que descartar que el asesinato se produjera por un ataque de celos. ¡Ah!, también sabemos que, hace unos cuatro años, la mujer y el hijo de Noval sufrieron un accidente de tráfico en el que ambos fallecieron; que alguno de vosotros se encargue de conseguir el atestado y el informe del forense.

Cueto levantó la mano y Bedia asintió. Bastó un chasquido de dedos para conseguir de nuevo la atención de los agentes.

—Roldán y yo nos vamos al San Pedro. Quiero ver *in situ* dónde trabajaba la víctima y, de paso, preguntaremos por la insignia esa. Nuestro contacto con la Policía Local es el sargento Berdayes, que a Roldán no le gusta nada, y lo entiendo. Yo soy mucho más majete.

Marina torció el gesto y se encontró con la empatía de la agente Sirgo que, en ese momento, suspiraba y enarcaba las cejas.

—Jefe. —Cueto levantó la mano de nuevo para llamar su atención—. Los de la cadena RTPA han llamado tres veces.

—Bien. Deja que llamen otras tres.

El inspector sacó el móvil del bolsillo y disimuló jugueteando con el dedo índice arriba y abajo sobre la pantalla. Le gustaba crear ambiente, tensionar al personal. Por el rabillo del ojo observó las reacciones de cada uno y se felicitó por ser uno de ellos. Entre aquellas cuatro paredes se respiraba un buen ambiente de trabajo. Cuatro almas diferentes unidas por un objetivo común. A lo mejor, el destino le estaba brindando la posibilidad de ilusionarse de nuevo.

El sonido de la sirena de un coche patrulla le hizo elevar la cabeza a tiempo de ver a Marina forcejear con la cremallera de su mochila. «Estaremos bien —dijo para sus adentros—. Yo me encargo.»

El equipo se replegó, cada uno inmerso en sus obligaciones. Marina devolvió la tableta al interior de la mochila con un sabor amargo en la boca. Había comprendido que el inspector le iba a hacer pagar caro su desinterés inicial por el caso, pero ella no iba a parar hasta conseguir arrancarle una palabra amable. Todavía no conocía de lo que era capaz.

Todos habían aprendido la lección: la unión hace la fuerza. Unión y pericia era lo que iban a necesitar para resolver el caso.

11

San Pedro de Villanueva

Cangas de Onís

UN GRUPO DE ciclistas en formación de oruga apareció nada más tomar la última curva de la carretera que conduce al hotel San Pedro de Cangas de Onís. Las nubes se arremolinaban en torno a las cumbres de los Picos de Europa como un velo de novia; el sol se abría camino y acariciaba los campos, las casas y a los animales que encontraba a su paso. Con la perspectiva suficiente, uno puede ver cómo las montañas se enderezan, acomodan su postura majestuosa y se muestran desnudas, con un poder magnético que atrae la mirada de manera inconsciente. En un día claro, las lomas apenas se distinguen; tal es la intensidad de la luz que el ojo se pierde entre brumas. Entonces, el verde de los prados se difumina bajo las faldas y se diluye conforme asciende. Con solo vislumbrar el perfil del macizo del Cornión, el corazón se acelera y se pierde el aliento. El paisaje estimula los sentidos; puede resultar tan acogedor y cómodo durante la mañana como misterioso y seductor a la caída de la tarde.

Las últimas nubes se demoraban enredadas en la hierba con la pereza de comenzar el día. Bedia y Roldán accedieron al recinto del hotel a través del área reservada a los clientes. Tan solo el sonido de un cencerro en la distancia y el rugido de la furgoneta de reparto del pan molestaban a los madrugadores. La presencia húmeda del Sella se hacía notar. *Salia,* para los romanos, el río delimita una línea fronteriza que vertebra un eje de comunicación natural entre el mar y los puertos de montaña.

La agente Roldán se bajó del coche y se demoró en contemplar aquella belleza. El hotel San Pedro, antiguo monasterio, se alza sobre un pronunciado meandro en el valle rivereño del río.

—En Madrid no tenéis estas cosas —dejó caer el inspector.

El comentario pasó inadvertido a la policía, que en esos momentos deseaba teletransportarse y sobrevolar los prados en dirección a las cumbres. Se frotó las manos y se ajustó el abrigo para combatir el relente invernal. De camino a la entrada del establecimiento, Marina reparó en la iglesia de San Pedro de Villanueva que, adosada al antiguo convento, encajaba a la perfección en el edificio. Frente a la portada se alzaba un tejo. Bedia se detuvo a pocos metros del árbol. Fue solo un instante, suficiente para que ella dirigiera la mirada en la misma dirección. Reconoció la especie arbórea por las innumerables fotografías que habían visionado durante la resolución del caso del secuestrador del Oriente. El ejemplar se elevaba varios metros, con un tronco añoso y centenario. El aspecto desgarbado y con las ramas poco pobladas distaba mucho de la idea que se había forjado en la cabeza. Esperaba un árbol rotundo y poderoso, y, por eso, la decepción dio paso a una especie de desprecio. «No es tan fiero el león como lo pintan», pensó Bedia sin poder evitar el recuerdo de su compañera.

Centrada ya en el edificio que tenía delante, repasó el informe de Cueto, que señalaba que el hotel había sido inaugurado en 1998, tras acondicionar un convento benedictino.

—Deberíamos aprender de los antepasados —comentó Roldán dando toquecitos con el dedo sobre el dato y llamando la atención de su jefe—, nos daban mil vueltas en esto del reciclaje. ¿Sabías que el convento fue fundado en el año 746 por Alfonso I sobre el lugar que ocupó el palacio de su antecesor, el rey Favila?

—Eso también se hace ahora. Mi vecina se construyó un casoplón sobre los cimientos de una cuadra.

—¡Vas a comparar una casa con esta maravilla!

El chascarrillo de Bedia la dejó pensativa. A la policía le chocaron las pequeñas dimensiones del monasterio, con capacidad apenas para una decena de monjes. Había sido declarado monumento nacional en 1907, pero de aquella primera época no quedaba nada. «¿Qué pensaría el tal Favila? —se preguntó—. Estaría encantado.» Y enseguida siguió los pasos de Bedia, que había alcanzado ya la entrada del edificio.

El inspector de la Nacional sacó la placa y la situó sobre el mostrador de recepción. Una joven pelirroja alzó la vista y expuso sus mofletes sonrientes de pecas amontonadas.

—Buenos días. Nos gustaría hablar con el director —anunció devolviéndole la sonrisa.

Marina aprovechó para adelantarse hasta la entrada del claustro y lo que vio la dejó impactada. La reforma no podía haber sido más respetuosa, ya que, sin esfuerzo, uno era capaz de imaginar a los monjes deambulando por los pasillos. Una cristalera impoluta circunvalaba un perímetro de planta cuadrada. A la agente le pareció una formidable muralla construida con intención de custodiar el ombligo del edificio. El patio, aprisionado por la transparencia del vidrio, se mostraba transformado en una terraza en la que poder conversar ante un café o una jarra de cerveza.

Lo primero que le llamó la atención fue un bargueño que descansaba sobre una mesa de madera y exhibía un catálogo de bodas y eventos. La agente se entretuvo en hojearlo. Minutos después, el inspector se situó a su lado sin demostrar ningún interés por el entorno, por lo que ella dedujo que ya conocía el interior del hotel. Uno de los empleados pasó por delante de ellos.

—Perdone, ¿a qué se debe ese olor tan agradable? —preguntó Bedia husmeando como un perro de caza.

El empleado sonrió.

—El desayuno. Ya salió la primera hornada. La cocinera nueva tiene buena mano para los dulces.

El policía soltó un suspiro que bien se podría traducir por «qué cruz tengo» o «qué hambre».

El eco de unos pasos hizo que los agentes se girasen. Un hombre vestido con un traje gris y la mano extendida avanzaba hacia ellos.

—Buenos días. Lamento que el director no pueda atenderles, pero está de vacaciones. En su lugar tendrán que conformarse con el subdirector: mi nombre es Agustín Riu. —Los agentes repararon en su porte antinatural, tieso como un ciprés, y en el escaso pelo rizado que le flotaba sobre la cabeza como una bola de pelusa. La sonrisa mostraba una hilera de dientes separados y blanquísimos, al tiempo que marcaba dos arrugas en las comisuras en forma de paréntesis—. Imagino que su visita se debe a la tragedia que nos azota. La pérdida de Emilio nos dejó consternados. Todavía me cuesta asumirlo. Estoy a su entera disposición.

Tras el saludo, Bedia se ajustó el pantalón.

—Dicen que la cocina del hotel tiene buena fama.

El comentario pilló desprevenida a Marina, atenta a la respuesta del subdirector, que la dejó con los ojos abiertos como platos.

—Y merecida, aunque esté mal que yo lo diga. Pero, por favor, acompáñenme a otro lugar más apropiado. ¿Les apetece un café? ¿Desayunaron? A estas horas, los primeros clientes bajan al comedor. Estaremos más cómodos en mi despacho.

Antes de darse cuenta se vieron acomodados en una oficina amplia y luminosa, y agasajados con una bandeja de suculentos dulces. Marina puso los ojos en blanco, al igual que Bedia, pero por motivos diferentes.

—Háblenos de Emilio Noval —comenzó el inspector.

—Emilio era, ante todo, un gran amigo. —El hombre puso cara de afectación—. El impulso económico, gracias a su actividad en este establecimiento, fue vital para nosotros. Cuando decidió trasladar aquí su oficina, la imagen del hotel cambió por completo. Atrajo a gran número de clientes. Sin duda era un enorme profesional que sabía cómo vender el patrimonio. Hizo de este lugar un punto de encuentro. Sin falsa modestia, aquí se reúne lo más granado de la comarca. Su buen hacer se propagó de boca en boca y, en poco tiempo, tenía la agenda llena de eventos, la mayoría, bodas.

—¿Por qué eligió el San Pedro? —preguntó Roldán.

—El hotel es por sí mismo una obra de arte, y la capilla, un valor añadido. Además del atractivo de casarse en un templo románico precioso, se añade el plus de que estamos ubicados a quince minutos de Covadonga y de nuestra Santina. Por otro lado, a Emilio lo unía a este lugar un gran vínculo sentimental; en tiempos, su padre fue ganadero, y sus vacas abastecían de leche y de carne nuestra cocina. El hombre hizo buenos amigos aquí. Por eso, cuando Emilio se instaló en Cangas de Onís, su padre vino a vernos. A la dirección le pareció una propuesta interesante. Al principio, él no trabajaba aquí, sino desde su casa. Recibía a los clientes y los acompañaba a visitar nuestras instalaciones. Cuando el negocio se consolidó, creímos que sería más provechoso alquilarle un espacio donde recibir a los clientes y así evitar desplazamientos.

Mientras Riu hablaba, Bedia daba buena cuenta de la bandeja de dulces sin prestar demasiada atención al subdirector, o eso le pareció a Marina.

—¿Tenía enemigos? —continuó ella con las preguntas, en vista de la gratificante ocupación de su jefe—. Alguien con interés en hacerle daño a él o a su familia. ¿Un competidor celoso de su éxito, tal vez?

—La competencia por aquí es casi irrelevante. Cierto es que, fuera del concejo, existen empresas similares a la del señor Noval. Pero no me consta ningún enfrentamiento abierto. Ignoro quién podría llegar a odiarlo hasta ese punto.

—¿Cree que lo mataron por odio?

El señor Riu se encogió de hombros. Entonces, Bedia regresó del mundo de los dulces y, limpiándose la boca, preguntó:

—¿Qué tal le caía el señor Noval?

—Emilio era un hombre educado y con don de gentes, altruista y generoso. Solo tiene que preguntar a los clientes. Nuestra relación se ceñía a los intereses del hotel, vamos, que era meramente profesional, si es a lo que se refiere.

—¿Cuándo fue la última vez que lo vio? —insistió el inspector, retomando la conversación. Bedia sondeaba al subdirector, sin duda, y trataba de descubrir una fisura en su declaración que los pusiera sobre la pista del asesino.

—El día antes de morir estuvo aquí, sentado ahí mismo, justo donde está ella. Cerró una boda y un bautizo. Se mostraba contento porque tuvimos un par de meses flojos y esos eventos llegaron con la pertinencia de un balón de oxígeno.

—¿Pasaban por dificultades económicas?

—¡Yo no dije eso! —exclamó arrepintiéndose al momento de haber alzado la voz—. Emilio era un *crack*. Un profesional muy pendiente del negocio y preocupado en superar el porcentaje de beneficios año tras año. Hasta los vecinos se lo reconocieron.

—¿Se refiere a la insignia del benefactor? —interrumpió la agente. Necesitaba delimitar el grado de importancia de la distinción y así comprender el posible motivo del asesino para arrancarla de la chaqueta de la víctima.

—Emilio la llevaba prendida en su ropa y la lucía con orgullo. Sin maldad diré que me parecía un tanto presuntuoso, pero ¿quién está libre de defectos?

Al pedirle que la describiera, las palabras del subdirector coincidieron con la declaración de la asistenta. La reflexión del señor Riu le confirmó a Marina la importancia que la insignia del benefactor tenía para el empresario. Era uno de esos que alardean de las distinciones, como los títulos y diplomas enmarcados en el bufete de un abogado.

—¿Estaba más pendiente de su empresa que de su hija? —Bedia no soltaba la presa. A la policía le pareció que el inspector atacaba con toda la artillería. La incomodidad del subdirector se hizo tan evidente que se tomó su tiempo para dar una respuesta.

—Estoy al corriente de lo que la gente dice por ahí, y no les quiero engañar. Emilio Noval era un hombre muy ocupado. Trabajaba muchas horas al día, lo que le restaba tiempo para su familia. En su descargo diré que lo comprendía, porque la hija se lo ponía muy difícil; es una chica rebelde y siempre está dando problemas. Dios me libre de decirle a nadie cómo debe educar a los hijos, pero si tengo que juzgar a ese hombre, diría que era un buen padre. A Mónica nunca le faltó de nada.

—Gracias por su tiempo, señor Riu —zanjó Bedia—. Una cosa más. ¿Podemos ver el lugar donde recibía a los clientes?

El subdirector pulsó el botón de un interfono.

—Por supuesto. Roberto Torres, el relaciones públicas del hotel, les mostrará la oficina del señor Noval.

La despedida fue apresurada, unos apretones de manos rápidos y los policías se encontraron de nuevo en el pasillo. Los clientes deambulaban por el corredor del claustro en parejas o en pequeños grupos, casi siempre en dirección al comedor. El murmullo de las voces envolvía la atmósfera del hotel como un hilo musical. La actividad brotaba de repente detrás de cualquier puerta y transformaba en un instante el entorno tranquilo que habían encontrado al entrar. Antes de que se dieran cuenta, el empleado se presentó:

—Roberto Torres. Les doy la bienvenida al hotel San Pedro. Soy el encargado del bienestar de nuestros clientes y, ahora, también del suyo.

Roberto era un hombre delgado y firme como la vara de un avellano. Atractivo, huesudo, de mirada vivaz y sonrisa etrusca. Desprendía un perfume a jabón de lavanda que dejaba un rastro agradable tras de sí. A Marina le recordó a un antiguo mayordomo, servicial y un punto distante. «Demasiado joven para ocupar un puesto de tanta responsabilidad», pensó al estrecharle la mano. Y, sin embargo, había algo en su porte, en su manera de recibirlos, que invitaba a la confianza.

—Un momento —dijo Bedia avanzando en sentido contrario—. Me gustaría ver la cocina.

Roberto sonrió y, con un golpe de tacón que sorprendió a la policía, dio un giro de ciento ochenta grados. El interés apresurado de su jefe por visitar la zona donde se elaboraba el menú del hotel la cogió por sorpresa. Una vez más, la rapidez mental de Bedia la desconcertaba.

Lo único que sacaron en claro, tras el interrogatorio al personal de cocina, fue la constatación de que Emilio se había ganado el favor de los empleados gracias a su carácter cercano. «Caía bien a todo el mundo —repetía la cocinera secándose una lágrima—. Siempre le reservaba un buen pedazo de tarta Peñasanta, que es mi especialidad.»

La inspección de la cocina resultó estéril. Marina empezaba a entender, o eso creía, cómo funcionaba el mecanismo cerebral de su superior. La mente es un sistema cognitivo basado en la percepción y la acción, de modo que conocer cuál era el siguiente paso le permitía intuir hacia dónde apuntaban las disquisiciones de su jefe o, dicho de otra manera, anticiparse. El problema era justo ese: nunca sabía qué estaba pasando por la cabeza de Bedia. Y le pareció que la conclusión era demasiado simplista para una mente tan enrevesada.

La oficina de Noval estaba situada en un lugar discreto, al final de un pasillo. Al abrir la puerta, los agentes se encontraron con un espacio de pequeñas dimensiones y casi vacío. El mobiliario consistía en una mesa con un ordenador y su silla correspondiente. Enmarcado en la pared colgaba un cartel publicitario del hotel como única decoración. Al otro lado, dos sillas de madera que encajaban con el estilo del hotel, quizá sacadas de alguno de los comedores. En el frente, una estantería de un solo cuerpo donde se apilaban folletos y catálogos. «Bodas de ensueño», leyó Roldán por el rabillo del ojo. Recostado en la pared había un armario metálico que Roberto procedió a abrir con la solemnidad del que descubre un aparador que contiene la vajilla de la reina. Ante ellos apareció una hilera de archivadores, ordenados por mes y año, que contenían las facturas y contratos de los clientes, según les explicó el empleado.

Bedia reparó en una caja fuerte encastrada en el interior del armario.

—¿Guardaba aquí el dinero el señor Noval?

—No, no. Solo datos sensibles de los clientes y otros documentos que requieren confidencialidad —contestó Roberto ejerciendo su papel de cicerone.

—¿Puede abrirla?

—Lo lamento. La combinación solo la conocía el señor Noval.

Marina anotó en su tableta «caja fuerte», ante la atenta mirada de Bedia.

—El subdirector dice que el señor Noval era un hombre casi perfecto, un grandísimo empresario, ¿no cree que exagera? —El inspector lanzó la pregunta al empleado y esperó a ver su reacción.

—Lo era. Manejaba los números con habilidad, pero nadie es perfecto. —Roberto se encogió de hombros.

Una vez inspeccionado el despacho, el hombre se despidió de ellos. Y con un nuevo golpe de tacón, se perdió entre los clientes. Ambos tuvieron la misma impresión al verlo avanzar por el pasillo y pensaron a la vez en el mismo apelativo: el *estirao*.

—Estamos en un callejón sin salida. —Una vez fuera del hotel, Bedia pensaba en voz alta un tanto contrariado, al tiempo que activaba el contacto del coche patrulla. Esperaba haber descubierto algún cabo del que tirar, un rescoldo de odio por parte de alguno de los empleados, o al menos una mala palabra que los pusiera sobre aviso. La decepción le provocaba ardor de estómago—. Tanto la declaración de Riu como la de Torres nos aportan poco. Y, además, me rechinan los tíos que huelen a jabón.

—¡Qué tontería! Roberto huele muy bien. Lo que me mosquea es que todos hablan maravillas del señor Noval. Ni una crítica. Al final voy a terminar creyendo que era un santo. —Roldán no quitaba ojo a la iglesia del monasterio de San Pedro de Villanueva.

—Se acabó la excursión. Espero que de ahora en adelante te concentres en el caso. —El inspector mostró una sonrisa de dientes blancos como una hilera de rollos de papel higiénico—. Algunos en este equipo tenemos la costumbre de hacerlo a diario.

La agente llenó los pulmones y se mordió la lengua. Se prometió a sí misma que aquella iba a ser la última vez que le llamaba la atención.

—¿Te gusta el *cabritu* con *patatinos*? —continuó el gigante con un brillo diabólico en la mirada—. Conozco un sitio en el que lo bordan.

12

Una cafetera

Villaviciosa

CARLOS ESTABA DE mal humor. Se había enterado por casualidad de que Encarna había destrozado la cafetera que él conservaba como recuerdo familiar lanzándola contra una pared. Tras el disgusto, decidió comprar una nueva.

El angosto pasillo, que separa el mostrador de las estanterías en la ferretería de la plaza del Ayuntamiento de la villa maliaya, y los tres clientes que lo ocupaban obligaron a Carlos a esperar su turno en el exterior, delante de la hilera de magnolios que perfilaba la acera. En vista de que la espera iba para largo, decidió amenizarla deteniéndose en cada uno de los objetos que abigarraban el escaparate de la tienda. Lo primero que llamó su atención fue un aguamanil y una jofaina, encastrados en un mueble de madera. A su alrededor y colgados sobre un friso de corcho se podían contemplar varios platos, cuya utilidad era meramente decorativa. Y le resultó inevitable pensar: «En la vida colgaría yo semejante horterada en mi casa». Un azucarero de cristal tallado, botellas de variados colores y tamaños, una vajilla de loza con sopera incluida y, como si de la distribución de un coro se tratase, una fila de cafeteras ordenadas de mayor a menor, otras tantas teteras, pinzas de cocina, un rollo de cuerda para tender la ropa, cucharas de palo, bolsas para cocer legumbres, canastos de esparto, arandelas, un escanciador de sidra y un atizador para la chimenea con el mango en forma de flor.

Después de un rato de espera y una vez conseguida la cafetera, Carlos la vio llegar con paso decidido. La joven caminaba directamente hacia él mientras atravesaba la plaza del Ayuntamiento sin quitarle los ojos de encima. Encarna, la hermana de Asunta, levantó el brazo y gritó su nombre. Lo primero que le pasó por la cabeza fue encararse con ella y reprocharle su conducta irracional. Sin embargo, decidió hacerse el despistado y evitar el numerito en medio de la plaza, por lo que prefirió devolverle el saludo.

—¿Estoy guapa? —preguntó Encarna mostrando sus dientes blanqueados—. Tengo una entrevista de trabajo.

—Cuánto me alegro —dijo él sin dejar de caminar y apretando los dientes. La sola presencia de la hermana de Asunta lo ponía de mal humor.

—¿Vas a casa? Asun te espera. —Él continuó caminando sin responder y, como si Encarna hubiera adivinado el contenido de la bolsa, se detuvo y preguntó—. Ya veo que compraste una cafetera. La otra era una antigualla.

—Era un recuerdo de mi tía —dijo mirándola con desprecio y apretó el paso en un intento por dejarla atrás, pero Encarna insistió en seguirlo.

—Oye, tengo prisa. Déjame algo de dinero. —Encarna jadeaba tratando de seguirlo—. La entrevista es en un garito de copas y estoy canina.

—No pienso subvencionar esa vida de parásito que llevas —dijo él deteniéndose en seco—. Si tu hermana consiente en seguir manteniéndote con la edad que tienes es problema suyo. A mí déjame en paz.

Encarna soltó una carcajada que provocó que un chico que pasaba en ese momento por su lado girara la cabeza.

—Lo que yo tenga con mi hermana es nuestro problema. Y tú vas a aflojar la cartera ahora mismo si no quieres que la guapa policía que tienes por mujer se entere de que se la estás pegando.

—Eres una... —Carlos sintió la ira crecer hasta ahogarlo. Consultó el reloj. Se hacía tarde y no podía perder más tiempo. Sacó la cartera y tiró un billete al suelo—. Esto no va a quedar así.

Durante el camino, el arqueólogo se arrepintió una y mil veces de haberle dado ese dinero. Sabía que sentaba un mal precedente. Lo había conseguido con tanta facilidad que a partir de ese momento lo repetiría cuantas veces quisiera.

13

Viejos demonios

Gijón

BEDIA SALIÓ DEL cuarto de baño. Acababa de vomitar. Había elegido el de la cuarta planta, el más discreto, uno que el personal apenas utilizaba. Vigiló a un lado y a otro del pasillo y se aseguró de que nadie lo viera. La quietud de la comisaría a primera hora de la tarde, se convertía en su aliada. Con toda la rapidez que le permitía su envergadura, bajó las escaleras hasta el despacho. El nuevo cuartel general de la Brigada del Oriente, como empezaban a llamarla los compañeros, se le antojó un lugar seguro. «Hasta que aparezca Sirgo», pensó al recordar la puntualidad de la agente.

La crisis bulímica se había acentuado en los últimos días. El psiquiatra al que acudía ya le había advertido: «Cuando uno levanta las alfombras y descubre todo lo que escondió durante años, la mente reacciona con toda la artillería y activa el mecanismo de la huida». Las últimas sesiones de terapia lo habían abierto en canal. Las imágenes de lo que sucedió aquella lejana tarde en Oviedo lo martirizaban. Habría preferido un interrogatorio con el Puños, un agente expulsado del Cuerpo por su mala conducta con los detenidos, que rememorar el suceso.

El silencio del despacho elevó su nivel de ansiedad. Salvador se llevó las manos a la cabeza y dejó que el dolor se cebase con él. En el fondo pensaba que se lo merecía: hacerse daño era una manera de expiar la culpa.

EL AÑO EN que lo ascendieron a inspector, Ana Pello entró en su equipo y se convirtió en la mejor compañera que había tenido nunca. Conectaron enseguida, tanto que la relación fue más allá de lo puramente profesional. Todo marchaba a las mil maravillas, hasta que el destino cambió de rumbo. Por aquel entonces, acababan de asignarles un caso de menudeo. La Policía de Oviedo andaba tras una banda de narcotraficantes que reclutaba a chavales por el vecindario y extorsionaba a pequeños comercios. Su equipo los tenía en el punto de mira, y quizá se acercaron demasiado. A veces pensaba que no había sabido evaluar el tamaño del pez que se quería tragar, o que pecó de soberbia. El caso es que, pese a lo que la razón y los protocolos le dictaban, decidió no transferir el caso a unidades especializadas en crimen organizado y narcotráfico. Eran jóvenes, les podían las ganas de comerse el mundo y se arriesgaron a infiltrar a un agente: Ana Pello. Gracias a ella, la policía confiscó cargamentos cada vez más importantes y su fama empezó a resonar por toda la comisaría.

Aquello funcionó durante unos meses, hasta que llegaron las primeras señales de advertencia de que algo iba mal. El inspector comenzó a recibir amenazas que fueron subiendo de tono, hasta el día en que encontró una diana dibujada con pintura roja en la luna de su coche. El comisario de entonces le ordenó que se apartase por un tiempo y pasó el caso a los de Estupefacientes. Eso implicaba que Ana debía desaparecer hasta que las cosas se resolvieran, pero Bedia hizo oídos sordos. Le pudo su ambición, su convencimiento de que él, y solo él, merecía resolver el caso. Estaban a punto de dar un paso importante.

La agente recibió el soplo de que iban a desembarcar un gran alijo en algún punto de la costa de Gijón, y de que el cabeza de la organización en Asturias se iba a hacer cargo personalmente de la recepción de la droga. Era su oportunidad, antes de que los de Estupefacientes se pusieran la medalla. Sin embargo, nada salió como esperaban y Ana fue descubierta. La emboscada se tradujo en un tiroteo a plena luz del día. La policía y otro agente resultaron heridos. La operación se fue al traste, la banda desapareció, y con ella todo el trabajo y el esfuerzo realizado durante meses.

Bedia todavía era incapaz de afrontar lo que sucedió después de aquel día. Aunque admitió ser el único responsable, los compañeros de la comisaría le dieron la espalda. El comisario le abrió un expediente disciplinario y lo apartó del equipo. La caída a los infiernos culminó el día en que lo citó en su despacho y le dio a elegir dos únicas salidas: entregar la placa o solicitar su traslado a Gijón.

El estrés postraumático que le diagnosticaron meses después derivó en un trastorno alimentario de bulimia nerviosa. Durante las sesiones con el psiquiatra, la exposición de sí mismo ante un extraño y la verbalización de la rabia y la culpa impidieron que compartiera la causa por la que sufría insomnio, fatiga y sensación de peligro inminente. La verdadera razón que había motivado su traslado a Gijón. Todavía era incapaz de hablar de ello con nadie. A Bedia le suponía un trabajo de equilibrio tan arriesgado como el de un funambulista, un ejercicio que lo situaba al límite de la cordura.

Con el tiempo, su perspectiva había cambiado. Después de varios años de duro trabajo, confiaban de nuevo en él. El caso que tenían entre manos era muy importante. El Jefe Gris lo había agasajado con recursos generosos, dotado de un buen lugar de trabajo y de un equipo a su medida. Estaba poniéndolo a prueba y le agobiaba la posibilidad de que el pasado lo distrajera de su objetivo.

La sombra de la culpa todavía lo amedrentaba como si cargase con el peso del mundo. El único avance en su tormentosa existencia era el descenso de las crisis de pánico desde que había comenzado a desfogarse en el gimnasio. La visión de Marina en pantalón corto y con la guardia en alto lo reconfortaba durante el tiempo que duraba el entrenamiento. En esos momentos se sentía lejos de todo dolor. Durante la clase de *kick boxing*, el episodio traumático desaparecía de su mente.

Y luego estaba Rosa, su Rosita. Un matrimonio que rodaba solo, sin necesidad de empujarlo porque, en realidad, no había nada que lo impulsara a acercarse a ella. La relación con su mujer fue siempre calmada, tibia. Ella se había resignado, tal vez se había adaptado a su manera de hacer las cosas, con tanta precisión como un camaleón camuflado de verde en un bosque. La mayoría del tiempo que pasaba en casa, Rosa resultaba invisible. Ella era el lienzo de un pintor cotizado colgado en un lugar miserable.

En un momento en el que la vida se mostraba generosa y le regalaba el voto de confianza de sus superiores, él se empeñaba en joderlo todo al modo de las bacanales romanas. Comer y vomitar; placer y culpa; satisfacción y repulsa. El cielo y el infierno se tocaban durante un segundo. Tiempo suficiente para acabar con las pocas fuerzas que lograba reunir tras cada batalla.

Salvador cerró la puerta del despacho. Reparó entonces en su figura reflejada en el cristal de la ventana. Había perdido un poco de barriga, lo que le permitía abrocharse la americana, y se había dejado crecer la perilla porque un día escuchó a su mujer decir que los hombres con perilla resultaban atractivos. El perfil se asemejaba al de un atlante, de apariencia fuerte y segura, pero tan frágil como el cristal que le devolvía su imagen.

Consultó la hora en el teléfono móvil. Puso en marcha la cafetera y, mientras esperaba a que el líquido oscuro llenase la taza, se deshizo de los malos recuerdos y trató de concentrarse en el caso.

«¡Coño!, Arturo Requejo.» Leyó en voz alta el encabezado del informe que un agente había dejado sobre su mesa. El nombre actuó como un clic en su cerebro y activó el modo investigador. Buscó en el móvil la lista de contactos hasta dar con el número. Marcó y esperó.

—*Mecagoentumadre.* —Así lo recibió una voz chillona al otro lado de la línea que le arrancó una carcajada.

—¡Requejín mío! —respondió con la taza de café en la mano. El inspector tomó asiento frente a la fotografía del cadáver de Emilio Noval—. ¡Vaya suerte que tengo! De todos los forenses cualificados del Principado me tiene que tocar el único tahúr que no sabe jugar al dominó. ¿Qué tal te va?

La amistad entre Salvador y el forense Arturo Requejo provenía de lejos. Cuando estaba destinado en Oviedo compartían casos y partidas de dominó, ya que ambos sentían gran afición por el juego de las fichas blancas con puntitos negros. Era habitual verlos en las horas de asueto en el bar situado justo detrás de la comisaría. Requejo era uno de los pocos amigos que mantenía de aquella época, una mano tendida que siempre le había apoyado, en lo bueno y en lo malo.

—Sobreviviendo.

—Como todos. —Hacía por lo menos un año que Bedia no escuchaba la voz de su amigo. Eran contadas las ocasiones en las que había regresado a Oviedo desde su traslado a Gijón, y todas por algún motivo importante. Pero, de manera consciente, evitaba acercarse a los lugares o a las personas relacionadas con su destino anterior. La incomodidad entre ambos se tradujo en un carraspeo rápido, y enseguida se centraron en el caso que se traían entre manos—. ¿Hiciste los deberes?

—Claro, cabroncete. Y te van a prestar. —Al otro lado de la línea, el forense entendió la indirecta, con el regusto amargo de saber que el pasado todavía escocía—. Estoy acabando el informe de la autopsia con letra redonda y enorme para que no tengas que usar gafas.

—Dispara —dijo Salvador clavando la vista en la fotografía de Emilio Noval.

—Veamos. —El inspector escuchó el sonido de un teclado, movimiento de papeles y un silencio breve en el que imaginó a Arturo ajustándose las gafas sobre la nariz—. El individuo se llamaba Emilio Noval López, un varón de cuarenta y cinco años sin patologías importantes. Cuando me lo presentaron mostraba una herida incisa a la altura del corazón que alcanzó el ventrículo izquierdo. El análisis del contenido del estómago muestra que cenó una tortilla francesa y una pera, todavía sin digerir a la hora de la muerte, por lo que deduzco que esta se produjo entre las diez de la noche y la una de la madrugada. La cena estaba mezclada con altas dosis de una especia: nuez moscada. Consulté con Toxicología y me confirmaron que en la escena del crimen encontraron una botella de vino especiado que contenía el ingrediente.

—¡Muy bien, Requejín! —espetó al comprobar que su amigo conservaba la minuciosidad por la que todos lo conocían—. Háblame de la herida.

—Tengo poco que añadir. La lesión es mortal. Directa y potente, y provocó una gran hemorragia, sin duda, producida por un instrumento largo y fino.

—¿Una aguja o un punzón?

—Sería compatible, pero me inclino por un cuchillo. Consulté con un amigo y estoy esperando la respuesta de un experto.

—¿Pudo infligirla una adolescente? —A Bedia no se le escapaba que el sospechoso solía encontrarse en el entorno familiar, por lo que la hija y la asistenta eran candidatas.

—Con la fuerza precisa, sí. En la exploración, el cadáver no mostraba ninguna otra herida salvo una quemadura antigua. Y tampoco signos de defensa.

«Luego, no podemos descartar que la hija sea culpable», pensó Bedia acercando la cara a la fotografía mientras los engranajes de su cerebro procesaban la información del forense. Rumiaba imaginando la escena.

En la conversación se produjo un silencio.

—Las conclusiones son vuestras, Bedia. En un rato te envío el informe.

—Vamos, Requejín, dame algo más.

En ese momento, Nora Sirgo entró en el despacho y saludó al inspector. Él correspondió alzando la mano.

—¿*Off the record?*

—Dispara.

—A Noval lo atacaron de pie y después lo sentaron en el sillón. Encontré petequias en el lado izquierdo del cuerpo, lo que me indica que el cadáver permaneció recostado de ese lado durante un tiempo.

—Es posible que el asesino acudiera a la casa de Noval, y que la muerte no fuera premeditada y sucediera sin más —murmuró Bedia pensando en voz alta y sin dejar de observar la fotografía.

Roldán y Cueto entraron en el despacho.

—Lo dicho, *charrán*, en un rato te envío el informe —se despidió el forense.

—Que te den, cabronazo.

Los agentes escuchaban atentos la conversación del inspector. Bedia dejó el móvil sobre la mesa y dio el último sorbo al café, ya frío.

—Buenas tardes a todos. Acabáis de asistir a la merienda del inspector Salvador Bedia. ¿Te das cuenta, Roldán? Desde hoy voy a comer menos que un *raitán*.

Los cuatro agentes intercambiaron miradas. Cueto se encogió de hombros y cada uno ocupó el lugar que le correspondía. Entonces, Roldán se acercó a la mesa auxiliar, se sirvió una taza de café y la acompañó de un cruasán al que iba dando pequeños mordiscos hasta hacerlo desaparecer. Bedia la observaba en silencio. «Me lo está restregando.» El inspector no quería pensar mal. Pero lo hizo. Y le jodió. Y justo cuando pensaba abrir la boca para soltar un improperio, la impresora se puso en funcionamiento.

—Es el informe del forense —dijo la agente Sirgo.

—Haz una copia para cada uno y nos ponemos en marcha.

IMLAS-Instituto de Medicina Legal y Ciencias Forenses de Asturias. Servicio de Patología Forense.

Ficha realizada por el doctor en Patología Forense Dr. Arturo Requejo.

Dictamen de la necropsia provisional de Emilio Noval López. Varón.
Cuarenta y cinco años de edad.

Se establece etiología médico legal de tipo violenta homicida, como consecuencia de una herida inciso-punzante sobre el ventrículo izquierdo del corazón. Advertimos una fuerte hemorragia interna.

El cadáver presenta lesión *ante mortem*, quemadura en el antebrazo izquierdo compatible con una plancha o cualquier instrumento calórico. No se encuentran lesiones *post mortem*.

La hora del fallecimiento se establece entre las diez de la noche del día de autos y la una de la madrugada del día siguiente.

A la vista de la información generada en la práctica de la autopsia, se puede establecer que Emilio Noval López falleció a consecuencia de una lesión traumática producida por una herida de penetración directa en el área cardíaca, con afección al ventrículo izquierdo y gran pérdida de sangre, resultando una lesión mortal de necesidad.

Análisis de los restos de sangre obtenidos de la muestra textil coincidentes con el grupo sanguíneo del sujeto.

Análisis del contenido del estómago revela la presencia de mirística, *myristica fragrans*, mezclada con otras hierbas aromáticas: cardamomo, tomillo y canela, en dosis similares. Alto contenido de alcohol en sangre.

14

En el punto de mira

Cangas de Onís

ENTRE LAS PRIORIDADES del agente Berdayes quedaba excluido el caso Noval. Sabía que traspasaba sus competencias; en otras palabras, le fastidiaba sobremanera. Una muerte tan inoportuna como cuando estás orinando y alguien te interrumpe. La proximidad de las elecciones municipales lo convertía en un tema delicado. Si no se trataba con cuidado, perjudicaría la reelección del alcalde actual y, con ello, la posibilidad de formar parte de la corporación municipal. Tenía en el bolsillo al actual concejal de Seguridad Ciudadana.

«Una capital de concejo como Cangas de Onís no puede permitirse esta clase de violencia, porque amedrenta a los vecinos y genera sensación de inseguridad», recordó la conversación con el edil nada más conocerse la noticia.

Por una de esas coincidencias en las que pensamiento y realidad confluyen en un mismo plano temporal, el teléfono sonó sobre la mesa del despacho.

—Berdayes.

—La cosa está que echa humo por las orejas. —La familiar voz del concejal lo hizo envararse en la silla. Últimamente se había dejado ver con el equipo del corregidor. Mariposeaba entre los concejales en los actos públicos, se iba de *culines* con ellos y se prodigaba en alabanzas hacia todo aquel que quisiera escucharlo. Más de uno lo señalaba como el próximo fichaje de la concejalía de Seguridad Ciudadana sin que él se molestase en desmentirlo—. Tienes cinco minutos para retirar la pancarta.

—¿Qué pancarta?

—¡Joder! Los mamarrachos de siempre colgaron una sábana en la nacional, en frente del Puentón.

—*Cagoenlamadrequelosparió*. —La mala leche lo levantó de la silla de un salto.

—Ahora les da por decir que el río está lleno de plantas invasoras. ¡No me jodas! Ayer mandaron al ayuntamiento un escrito en el que exigían la retirada del bambú. Por lo visto, el bambú japonés ese ocupa las riberas del Piloña y del Sella y coloniza las aguas río abajo, y, como es zona protegida, nos tienen cogidos por los huevos.

—Esto lo soluciono yo en un momento.

—Ándate con ojo. Ya sabes cómo se las gastan los de la coordinadora ecologista.

—Que se cuiden ellos. Como pille al Nelu y a la panda de *taraos* que lo siguen como borregos, ¡se van a cagar!

«Lo que faltaba —pensó subiéndose los pantalones—. Por si fuera poco con la Nacional husmeando por el pueblo, ahora los *comehierbas*. Si es que nada bueno puede salir de la cabeza de ese verraco. —Seguía encendiéndose a toda velocidad—. Ya lo decía mi padre: *de padres gochos, fíos marranos*.»

Contactó por radio con la patrulla que cubría la guardia de la mañana e informó del incidente. Con la adrenalina disparada por la mala leche, recorría de un extremo a otro el pequeño espacio de la dependencia como una fiera enjaulada. En su mente solo cabía la imagen de Nelu Prado. La relación entre ellos distaba mucho de ser cordial, aunque no siempre había sido así. Habían sido vecinos, buenos amigos, incluso. De niños iban juntos al colegio y compartían experiencias infantiles. La casa de Xurde y la de Nelu lindaban puerta con puerta. Las suspicacias entre ellos se retrotraían a los tiempos en que estudiaban en el instituto. Sus familias, mejor dicho, sus padres, se la tenían jurada el uno al otro desde el día en que al padre de Nelu se le ocurrió ampliar el gallinero medio metro sobre la finca de los Berdayes, pese a que tenía un patio posterior que duplicaba al de su vecino.

A los chavales los pilló bañándose en el río. Uno de la pandilla avisó de una pelea.

—¡Nelu!, ¡Nelu! Tu padre se lio a golpes con el del Xurde.

Los críos corrieron hasta el barrio y llegaron a tiempo de ser testigos de la tremenda pelotera en la que andaban enzarzados sus progenitores. Las gallinas corrían despavoridas en todas direcciones mientras el padre de Xurde, hacha en mano, destrozaba el gallinero de su vecino, que no paraba de golpearlo. La lucha se prolongó durante un buen rato. Los dos estaban en buena forma física y los golpes se sucedían acompañados por los gritos de sus respectivas mujeres, desgañitadas al intentar contener aquello. El alboroto congregó a todo el barrio. Los vecinos intentaron separarlos sin éxito, hasta que el padre de Xurde golpeó al de Nelu en la cabeza y este cayó inconsciente entre las maderas destrozadas del gallinero, como un saco de piedras.

—¡Se lo cargó! —coreaban los vecinos.

Al ver a su padre desfallecido, Nelu no se lo pensó y sacudió a Xurde con tanta fuerza que lo tumbó de un puñetazo. Desde ese día perdieron la amistad. Los pleitos y las malas artes cimentaron la linde que los separaba y las familias se convirtieron en enemigas, lo que afectó a la relación de los hijos.

Los años volvieron a enfrentarlos por motivos muy diferentes. Xurde entró en la Policía Local sin vocación de serlo, como un trampolín hacia el consistorio, que era su verdadera meta. Y por el camino se encontró con un Nelu dispuesto a defender el medioambiente y convertido en uno de los cabecillas del movimiento ecologista en Asturias. Un liderazgo que ejercía con un buen puñado de mala leche. Y aunque el agente Berdayes no estaba del todo en desacuerdo con los postulados del colectivo, ya que se implicaba en la defensa y en la prevención de la degradación del medio natural en el entorno rural, era incapaz de soportar el radicalismo de Prado.

Nelu Prado era un *prepper*, un preparacionista. Uno de esos que viven con la alarma encendida por si cae un meteorito o el enemigo lanza una bomba nuclear sobre nuestras cabezas.

«Un *tontolaba*», se dijo.

Las acciones de su grupo traían de cabeza a los locales. Lo mismo montaban una manifestación en medio del pueblo un domingo de mercado, que cortaban la nacional y colapsaban la entrada a los turistas. Recordó una vez en que pintaron los autobuses que suben a los lagos de Covadonga con churretones negros para denunciar la degradación del entorno derivada del turismo masivo y de la mala concienciación de los que lo ejercen. Los simpatizantes del movimiento entraban y salían del calabozo cada poco tiempo. Sin embargo, el castigo solo servía para impulsarlos a cometer nuevas acciones.

Xurde ignoraba de dónde había sacado Nelu esas ideas tan radicales. El movimiento de los llamados preparacionistas, en referencia a aquellos que se «preparan» de forma exagerada para una catástrofe hipotética o una guerra que los obligue a construir búnkeres y a acumular vituallas, medicamentos y hasta armas, se generó en Estados Unidos durante la Guerra Fría. Pero en la actualidad continuaba atrayendo a multitud de seguidores por todo el mundo. Incluso había ido creciendo debido, entre otros problemas, a la amenaza terrorista, a la posibilidad de que se produjera un colapso informático como el famoso efecto 2000, a la reactivación de los programas nucleares o a la reciente pandemia de COVID-19 o el cambio climático.

A Xurde se le revolvía la bilis solo de pensar en él. Eso, sin contar los piques que ambos mantenían en el gimnasio. Prado cuidaba su físico y se notaba que la rutina del ejercicio apuntalaba su autoestima. Era un hombre agraciado, que no guapo, pero con su don de gentes y su físico resultaba atractivo. Berdayes, en cambio, era un gran corredor, adicto a las carreras populares.

El piloto rojo del transmisor empezó a parpadear, obligándolo a concentrarse de nuevo.

—¿Cómo va la cosa? —preguntó por radio a uno de los compañeros encargados de retirar la pancarta. Xurde temía que se hubiera producido algún altercado y ya consultaba los turnos de guardia para enviar refuerzos.

—Todo correcto. Cuando llegamos al Puentón la pancarta cayó sola. Un golpe de viento la arrancó de cuajo. Ya puedes imaginar lo bien puesta que estaba.

—¡Que se jodan!

—Como el día está *regulero,* los vecinos andan resguardados. Yo creo que no se enteró ni el tato.

«Y lo tuvo que ver el concejal», pensaba mordiéndose el labio inferior mientras daba las gracias a los agentes. Bufó varias veces para calmarse. Se desprendió de la gorra y la dejó sobre la mesa mientras se frotaba con brío el cráneo desabrigado.

—¡*Cagüenmisombra!* —soltó y lanzó el vaso de plástico al interior de la papelera.

Se arrellanó en la silla y estiró las piernas bajo la mesa, y al hacerlo arrastró con el zapato una carpeta que había caído al suelo. Observó los papeles desparramados y recordó el informe que contenía el documento de traspaso de la custodia de Mónica Noval. La declaración le había sido remitida esa misma mañana. «Nada como tener contactos», murmuró entre dientes. Sin esconder su desagrado por la persona elegida, lo leyó con atención.

Al tiempo que leía pensaba en la empresa de Emilio Noval. Se preguntaba quién se haría cargo a partir de ahora de las bodas ya cerradas y demás celebraciones. La imagen del hotel estaba en juego. Sin embargo, él no podía ni quería distraerse con pesquisas inútiles. Su punto de mira apuntaba al consistorio. Si dependiera de él, el asesinato de Emilio estaría ya resuelto, porque estaba convencido de la culpabilidad de la hija. Una joven problemática a la que alguien debería enderezar. Tampoco ayudaba la amistad de la hija de Nelu con Mónica. Esas chicas eran como un grano en el culo. Pero ahora el muerto estaba en manos de la Nacional. Y nunca mejor dicho.

«*El que muncho escarba, atopa lo que nun quier*», pensó recordando de nuevo a su padre. Por el momento, lo mejor sería dejarlo todo como estaba y esperar a que otros, en ese caso el inspector Bedia y la agente respondona, hicieran su trabajo.

15

La despedida a Emilio Noval

EL AGENTE BERDAYES fue el encargado de comunicar al equipo de la Policía Nacional la fecha del funeral del señor Noval. Informó al inspector Bedia de que las exequias iban a celebrarse ese mismo viernes por la tarde. Por deseo expreso de la familia, a la despedida en el cementerio solo acudirían los más próximos al finado. Aun así, la Policía Local esperaba un acto multitudinario durante la ceremonia religiosa. Emilio era un hombre apreciado y respetado en la villa y tenía amigos desde Cangas de Onís hasta Gijón. Berdayes dejó muy claro que el operativo de seguridad quedaría a su cargo; no en vano lo había reforzado con dos auxiliares contratados para tal propósito. Bedia, por su parte, le informó de que los agentes Roldán y Cueto estarían presentes de manera discreta. Nada de interferencias.

EL AGENTE CUETO madrugó la mañana previa al funeral. Quería ser de los primeros en llegar a la comisaría porque trabajaba más rápido en silencio y evitaba interrupciones. El inspector Bedia le había confiado la misión de encontrar alguna pista de la que tirar y, si la suerte les iba de cara, descubrir al culpable. Cosa poco probable, según había rumiado durante la noche.

Lino Cueto era un hombre ordenado. Hay quien lo calificaría de metódico. Pulcro, aseado, de los que priman la importancia de la imagen, pero sin llegar a obsesionarse. Lo habían educado con rigidez militar. Su padre había pertenecido a la unidad de cartógrafos del Servicio Geográfico del Ejército de Tierra. Si algo había heredado de él, era la habilidad para peinarse con una rectilínea perfecta sobre la cabeza. Eso sí, fijada con gomina.

Lino encendió el ordenador y la pantalla apareció atestada de carpetas clasificadas alfabéticamente. Abrió la que correspondía a Emilio Noval. En ella había incluido varios documentos, a saber, una lista con los nombres de las personas que mantenían una relación directa o indirecta con el empresario, y otra con los clientes del hotel, en la que había resaltado en negrita los nombres de aquellos que solicitaron o contrataron los servicios de la empresa de eventos, cómo no, ordenados por conceptos: bodas, bautizos, cenas de empresa, etc. Había también una tercera lista que incluía las llamadas realizadas por la empleada del hogar en los últimos tres meses. Esa información era la que más le había costado, de hecho, para conseguirla había tenido que pedir un par de favores. El operador de telefonía accedió gracias a la intervención de su cuñado, que trabajaba para una filial. Podría haber solicitado a Bedia una orden del juez, pero ese recurso era más rápido.

Cuando terminó de incluir el último registro, contempló su obra con la satisfacción que debe de sentir una hormiga al descargar en el hormiguero una cáscara de pipa. Y, como las hormigas, Cueto siempre almacenaba y salía a por más.

Durante la reunión de la mañana el inspector Bedia informó al equipo de la imposibilidad de acudir al funeral. El Jefe Gris lo reclamaba, por tanto, Cueto y Roldán se encargarían de vigilar a los asistentes. Era la primera vez que Marina trabajaba con él, mano a mano. Por el inspector sabía que Cueto era un gran aficionado a los juegos de mesa, sobre todo a los de estrategia —preferencia que cuadraba con su carácter metódico—, que era fan de la tarta de manzana y minucioso hasta rozar los límites de la paciencia. A ella lo que más le gustaba de su compañero era que siempre sonreía. Incluso le pareció bien que condujera el coche patrulla hasta Cangas de Onís.

AQUELLA TARDE, BERDAYES estaba en su salsa.

La presencia de autoridades llegadas desde Llanes, Villaviciosa y Arriondas para despedir al empresario le permitían desplegar las plumas como si fuera un pavo real. A Marina el operativo se le antojó digno de un funeral de Estado. La misa se celebraba en la iglesia del *Mercáu*, como se conocía a la iglesia parroquial, aunque su advocación oficial sea la de Nuestra Señora de la Asunción de Santa María. Se trataba de un edificio singular, razón por la cual la agente Roldán se detuvo a contemplarlo. Le llamó la atención su vistoso campanario en espadaña, de tres pisos y escalonado, que decrece en anchura y que está rematado por un frontón triangular. Se preguntaba si el color rojizo de la piedra respondía a un capricho del arquitecto o lo que pretendía era llamar la atención.

Ante la fachada de la iglesia se abría una plaza rectangular destinada a acoger el mercado dominical; uno de los más famosos de la comarca. El agente Cueto decidió inspeccionar el perímetro siguiendo las acotaciones de los puestos de los vendedores pintadas sobre los adoquines. Estas se prolongan desde el palacio Pintu, llamado así por su fachada decorada con dibujos geométricos, pasando por los soportales hasta las calles aledañas. Una vez concluyó la inspección, Lino levantó el pulgar hacia Marina, quien se centró en la entrada de los asistentes. La plaza estaba tan concurrida que parecía un domingo de mercado.

Poco a poco, la gente se fue congregando a las puertas del templo. En los rostros de los vecinos había una mezcla de tristeza y expectación, y en muchos de ellos se apreciaba la sombra del miedo a que pudiera repetirse el crimen. El tono del murmullo se elevó cuando apareció Mónica Noval. La hija de Emilio acudió a la ceremonia vestida con un pantalón vaquero, zapatillas deportivas y un abrigo negro con capucha de pelo que le cubría la cabeza y parte del rostro. A su derecha su amiga Llara, la coleta bien tirante y rematada con una hilera de horquillas, y a su izquierda una inconsolable Veli. Las tres escoltadas por el grupo de amigos del instituto a modo de guardaespaldas. Nelu cerraba el cortejo, y a su lado caminaba el tío abuelo de Mónica con semblante inexpresivo.

Pese a las indicaciones de la familia de que la ceremonia fuera breve, el párroco se extendió más de lo esperado, cosa bastante común. Aquello provocó que antes de finalizar la misa se formaran corrillos en la calle hasta ocupar casi toda la superficie de la plaza. Si alguien hubiera asistido a todas las conversaciones que se generaron en torno a la hija de Emilio Noval, habría podido medir el grado de inquina que los vecinos le profesaban. Inversamente proporcional al respeto que mostraban por su padre. O eso le pareció a Marina al escuchar una conversación entre vecinas.

—La vi la otra tarde, con los amigos. No pasaron ni dos días y ya andaba por ahí como si nada. —La mujer ocultaba el movimiento de los labios con la mano sobre la boca y se acercaba a la compañera, que negaba con la cabeza.

—Si la viera su padre —comentó una tercera, que se calló de pronto al recibir un codazo de reprobación.

Cuando la ceremonia hubo terminado, los asistentes abandonaron en tropel la iglesia. Mónica, Llara, Veli y el grupo de amigos esperaron en la puerta a que Nelu y el tío de Corao se situasen en lugar visible para recibir el pésame de los vecinos. Sin esperarlo, el grupo de adolescentes se vio rodeado por una de esas nubes de periodistas, cámara en ristre, micrófonos invasivos y verborrea ininteligible, que acobarda primero y repele después. Mónica se vio sobrepasada por la atención de los reporteros y buscó resguardo en uno de los muros. Caminaba muy deprisa y ocultaba el rostro bajo la capucha del abrigo. Roldán localizó a la chica y decidió seguirla al tiempo que comprobaba que un hombre, ataviado con un plumas de color verde, hacía lo mismo. El desconocido alcanzó a la adolescente e intercambiaron unas palabras. A continuación, ella avanzó a buen paso hasta rodear la iglesia e introducirse en el coche de Nelu. Enseguida aparecieron Llara y Veli, quienes se acomodaron a su lado. Nelu tardó un buen rato. Un número ingente de amigos, vecinos y autoridades engrosaban la fila para ofrecer las condolencias.

Una vez se hubo marchado el último asistente, Nelu se despidió del tío de Corao y se metió en el coche, perseguido por los periodistas. El hombre arrancó el vehículo a toda prisa, en dirección al cementerio, donde tendría lugar el entierro de Emilio Noval, dejándolos con la palabra en la boca. Las autoridades se demoraron un tanto en los corrillos para desaparecer poco después en los vehículos oficiales. Un coche de la Policía Local, con Berdayes en el interior, cerraba la comitiva.

—¿Te fijaste en la cara de satisfacción? —Cueto y Roldán coincidían en el papel estelar representado por el policía. Parecía la sombra del concejal.

—Él por lo menos ha sacado algo positivo del funeral. Seguro que el alcalde lo felicita. Pero nosotros seguimos en blanco —constató Marina, decepcionada al seguir sin sospechosos.

Concentrada en los rezagados, Roldán visualizó de nuevo al hombre del plumas verde. El tipo cruzaba la calle y se perdía entre los edificios cuando la interrumpió Begoña Salinas, la reportera de la RTPA, la cadena de televisión del Principado.

—¿Podría responderme a una pregunta? —dijo acercando el micro a la boca de la agente—. Me gustaría saber en qué punto está la investigación del asesinato del señor Noval.

La periodista poseía una de esas miradas tras la que se ocultan las personas de elevada inteligencia.

—Lo siento. No estoy autorizada a dar esa información —dijo Marina esquivando la pregunta.

Para entonces, los demás periodistas ya se habían congregado a su alrededor.

—¿A quién puedo dirigirme? Necesito hacer mi trabajo —insistió Begoña reafirmándose ante los compañeros. La prensa esperaba con expectación una respuesta.

—El agente Cueto, de la Unidad del Oriente, es el encargado de atender a los medios. Contacten con él, por favor —respondió la agente.

—¿Van a interrogar a la hija? ¿Tienen ya algún sospechoso? ¿Deben preocuparse los ciudadanos?

La obstinación y la vehemencia consiguieron que Marina murmurase un «muchas gracias» antes de entrar en el coche patrulla en el que Cueto la esperaba, para alejarse de allí lo más rápido posible.

Segunda carta

Salut, maman.

Ahora estoy más sola que nunca, papá ha desaparecido de mi vida. El miedo me ahoga. ¿Qué hago yo en este pueblo, tan lejos de todo lo que tú y yo amamos? Si no fuera una cobarde, me habría quitado la vida. Por lo menos, no volverá a ponerme una mano encima.

Je ne t'oublie pas. No te olvido.

16

Pesadillas

La primera noche que Mónica durmió en casa de Llara soñó en francés.

«Algo normal si eres francesa», fue lo primero que pensó su amiga cuando se despertó sobresaltada por los gritos.

Tenía claro que estaba asistiendo a una pesadilla horrible.

En aquella ocasión decidió callar, pero los sueños inquietos y angustiosos de su amiga se repitieron hasta convertirse en algo cotidiano. Llara sabía que Mónica sufría. La veía agitarse en la cama con el cuerpo en tensión. El hecho de que estuviera en su casa le permitía observarla al cambiarse de ropa, y había descubierto moratones, pequeñas marcas en brazos y piernas, y una terrible cicatriz en el omoplato que se arrugaba en círculos, producida seguramente por una quemadura. Llara conocía el origen de la desazón de Mónica, por eso prestaba atención a las palabras ininteligibles que repetía noche tras noche.

Fais-moi sortir d'ici.
Fais-moi sortir d'ici.

Como una letanía.

«¡Sácame de aquí!»

El significado de aquellas palabras le provocaba escalofríos.

17

La acidez de la manzana

Villaviciosa

CARLOS SE HABÍA levantado de buen humor, y se había despedido de su mujer con ganas de transformar un día de trabajo tedioso en un gran día. Contaba con apenas un par de horas para encontrarse con Asunta, tiempo en que Marina lo hacía perdido entre la burocracia previa a la siguiente campaña de excavaciones.

Marina había verbalizado la necesidad de pasar más tiempo juntos. «Tiempo puedo darle», pensó él con la seguridad de que tan solo era una promesa. Estaba cómodo así. Había adaptado su vida a sus necesidades. Por un lado, un matrimonio adecuado, exento de problemas y en el que la monotonía le proporcionaba un espacio suficiente sin preguntas inoportunas. La rutina le daba equilibrio y seguridad. Y, por otro, una relación con la que había recuperado la capacidad de ilusionarse. No estaba dispuesto a sacrificar ninguna de las dos cosas. Al fin y al cabo, había sido ella la que lo había sacado de su vida. Si se hubiera apoyado en él, quizá ahora tendrían una oportunidad. A veces reafirmaba su cobardía en el hecho de postergar una y otra vez la conversación sobre la existencia de Asunta. ¿Cómo se afronta anunciarle a tu pareja que estás enamorado de otra? Y eso que Marina había dejado caer algunas indirectas: que si apagaba el móvil con frecuencia, que si nunca lo encontraba en el despacho... A veces, cuando uno reconoce que es imposible volver atrás se activa un mecanismo peligroso, el de hacerse a la idea de que todo se resolverá por sí solo. Una vez más y para salir del paso, Carlos alentó las esperanzas de Marina al prometerle que aquella misma tarde la invitaría a chocolate con churros en alguna terraza de la calle Corrida.

Pero, en vez de dirigirse a casa, puso rumbo a Villaviciosa.

EL SONIDO DE las gaitas inundaba las calles y anunciaba el ambiente festivo en que andaba envuelta la localidad maliaya. Un grupo de músicos ensayaba a las puertas del Ateneo ante un coro de vecinos sonrientes, amenizados por jóvenes ataviados con el traje regional. Los chicos repartían entre los asistentes *culines* de una conocida marca de sidra. La vistosidad de los trajes —pañuelo, perendengues, collar, camisón, dengue, mandil, saya, refajo y medias para ellas; montera picona, chaqueta, chaleco, faja, calzón, ligas, medias y palo para ellos—, acercaban a quien se detenía atraído por la música y el colorido el regusto de la confección a mano y las horas de trabajo invertidas por las mujeres. Las únicas que evitan la pérdida de un patrimonio ancestral.

—¿Un *culín*?

La sonrisa de la chica al ofrecerle un vaso resultó decisiva. Carlos aceptó la bebida recién escanciada y la apuró de un trago. El dulzor de la sidra le activó las papilas gustativas al tiempo que le embocaba el sentido del gusto. Olorosa y un punto picante. Le molestó no tener tiempo de repetir la operación y se prometió a sí mismo que, antes de abandonar Villaviciosa, compraría un par de botellas para disfrutarlas en casa.

El cielo de la villa lucía con una maraña de nubes finas y delgadas que velaban en parte el sol de invierno. Pese a la humedad y el viento esponjoso y frío de finales de noviembre, el pronóstico que anunciaba lluvia había fallado. Aunque, según comentaban los paisanos, el *orbayu* no tardaría en aparecer. El aroma a café lo recibió nada más abrir la puerta. Ella se insinuó y lo arrastró hasta el dormitorio.

Con el tiempo justo para volver a Gijón, Carlos se despidió de Asunta. Antes de abandonar la casa se fijó en una botella de sidra depositada sobre la encimera de la cocina, de la misma marca que había probado a las puertas del Ateneo. Estaba abierta. Bebió a gollete un pequeño sorbo y se sorprendió. En esa ocasión, la acidez de la manzana quedó adherida al velo del paladar dejándole un regusto ácido.

18

Escuela de supervivencia

Cangas de Onís

COMO CADA SÁBADO, el grupo de supervivencia del instituto se reunía con el monitor para preparar la siguiente salida. Mónica esperaba entre dos coches estacionados en batería frente a la ermita de la Santa Cruz. Había decidido adelantarse a la llegada de sus compañeros antes de que sus graves vozarrones rompieran el silencio de la calle. Se había liado un cigarro de marihuana y bebía pequeños sorbos de una lata de cerveza. Estaba nerviosa. Dormía con el miedo atascado en la garganta. La noche anterior había revisado por enésima vez el contenido de la mochila de supervivencia: una linterna de dinamo, una brújula, un cargador solar, dos barritas energéticas —de plátano y de chocolate—, comida liofilizada, un saco de dormir de la marca Marmot —modelo Never Winter ligero de medio kilo, relleno de plumón con volumen de aislamiento de 650 y certificado, apto para soportar hasta 19 °C bajo cero—, un botiquín de primeros auxilios, tranquilizantes, analgésicos contra la fiebre y el dolor, antiinflamatorios, antihistamínicos, gasas estériles, solución salina, unas tijeras, hilo y aguja, un silbato, guantes, mascarillas higiénicas, una cantimplora y cinta americana.

Tenía que estar preparada.

Pertenecer al grupo de supervivencia era lo mejor que le había pasado en mucho tiempo. Estaba orgullosa. Y aunque se sabía observada, parecía darle igual. Estaba acostumbrada a que la gente la juzgase sin conocerla, casi siempre influidos por los rumores que circulaban sobre su comportamiento; ya fuera el comentario de un vecino, de un profesor o de uno de los compañeros de clase. Se contaban con los dedos de una mano aquellos a los que consideraba sus amigos.

Un perrillo de aguas llamó su atención. El animal correteaba a sus anchas dando vueltas alrededor de la ermita y parecía disfrutar de la carrera sobre el prado. Recordó que el profesor de Historia les había contado que el edificio de la Santa Cruz albergaba un secreto en su interior, un dolmen datado en la edad del bronce. La leyenda atribuye la construcción de la ermita a un deseo de Favila, hijo de Pelayo. El heredero levantó una capilla para custodiar la cruz de madera que portó su padre durante uno de los enfrentamientos con tropas islámicas, ante la amenaza que suponían para sus tierras. El profesor había destacado el interés de la mujer de Favila, Froiluba, por consagrar el primer templo cristiano desde la caída del reino visigodo de Toledo.

A Mónica la entretenían las clases de Historia, y más si rescataban la importancia de las protagonistas femeninas. ¡Cuántas mujeres invisibles! Era uno de los pocos momentos en que prestaba más atención al profesor que al reloj.

Un hombre vestido con una americana azul que caminaba a buen paso por la acera la sacó de sus pensamientos. Una presencia que le provocó un respingo al apreciar que aquella chaqueta era igual a una que solía usar su padre. Por sorpresa, los ojos se le llenaron de lágrimas y el porro empezó a sentarle mal. La cabeza le iba a estallar. «Maldito seas», dijo en un susurro y se perdió entre recuerdos.

La memoria le devolvió una imagen oscura. Su padre y ella correteaban por el jardín de su casa.

El recuerdo le dio repelús.

El hombre de la americana azul se perdió al final de la calle y, como suele hacerse con los malos sueños, ella lo apartó de su cabeza. Apuró el porro y la lata de cerveza, y aprovechó el paso de una anciana que empujaba un carrito de la compra para soltar un sonoro eructo. La mujer la miró con cara de reprobación y ella se limitó a colocarse la mochila antes de cruzar la calle. Sus amigos esperaban a los pies de la escalinata de la ermita.

—Tu padre viene hoy de un guapo subido —le dijo a Llara al oído nada más llegar.

—No seas zorra.

Nelu Prado presumía de abductores, cuádriceps y gemelos, al descubierto gracias a su pantalón corto. «SquadAstur», el logo de la empresa de la que era dueño, guía y monitor de tiempo libre, destacaba en rojo sobre el chubasquero negro. Una fachada de impacto apuntalada por su labia, pero que ocultaba una angustia existencial. Nelu sufría un terror atroz a cualquier catástrofe inminente. La obsesión por la supervivencia llegaba hasta el punto de planificar su vida en función de cualquier desastre posible, ya fuera un terremoto, un huracán, la caída de un meteorito o la llegada de los extraterrestres. Nelu era un *prepper.* Un preparacionista en estado de alerta permanente.

Su interés por el medioambiente y la zozobra ante el cambio climático motivaban su compromiso. La angustia se traducía en un afán por salvar a la mayor cantidad de gente posible. Por eso se dedicaba a formar a las nuevas generaciones, en previsión del cariz autodestructivo de la humanidad. Muchos lo tomaban a broma y se mofaban a sus espaldas; otros lo seguían como a un profeta, sin detenerse en explicaciones, y la mayoría ignoraba sus convicciones porque tenían cosas más importantes que hacer. Él se consideraba una persona preparada para el apocalipsis.

El término «preparacionista» no le gustaba demasiado. Pensaba en las burlas de algunos compañeros al ver la provisión de conservas que almacenaba en el trastero. ¡Cuánto tiempo pasaba en aquel cuartucho! La obsesión por adelantarse a las catástrofes se reflejaba en un mapa donde señalaba los lugares de interés, es decir, estaciones de autobuses, hospitales, gasolineras, comercios y puntos de abastecimiento de agua.

Etiquetas aparte, su empeño se repartía entre instruir a los chavales y concienciarlos en la inmediatez del cambio climático, así como en las acciones con el grupo ecologista. En sus clases incluía charlas de reciclaje, consumo responsable y respeto al medio natural. Enseñaba la manera de sobrevivir en la naturaleza con conocimientos tan básicos como hacer nudos, fuego o conseguir alimento en el bosque, y cómo actuar en situaciones reales, como un incendio forestal, una riada, una avalancha, un ciclón, una tormenta o un tsunami, o futuribles, como una época de hambruna, la desertificación o un desastre nuclear.

Para dar de comer a su hija, había trabajado de camarero en el hotel San Pedro durante un tiempo, una necesidad vital que le reportaba muchos dolores de cabeza. Incluso amplió la actividad de su empresa al contratar de forma esporádica a Gabino Alvarado, alias el Toru, experto en barranquismo, espeleología y alta montaña, y *prepper* como él; un plus para los que gustaban de las actividades de riesgo.

El monitor había convocado a los chicos fuera del horario escolar. Quería sorprenderlos con una excursión imprescindible en la que pudieran poner a prueba los conocimientos adquiridos. Llara y Mónica eran las únicas mujeres de un total de ocho alumnos.

El padre de Llara conversaba con una pareja de gemelos cuyas cabezas rezumaban mechones de rizos negros y pequeños, mientras Gabino conseguía la atención de los chavales alardeando de técnica de boxeo y descargando en el aire varios directos.

—¡Atención! —El monitor se centró en el grupo. Los chicos le hicieron el mismo caso que el que oye llover—. Vamos. Escuchad lo que tengo que decir, que luego no os enteráis.

El murmullo fue cediendo mientras la atención de Mónica se perdía en el perfil de uno de los muros de la ermita por el que trepaba el tallo de una hiedra, lo que provocó que le acudiera de nuevo a la memoria su profesor de Historia. En sus clases explicaba que la ermita de la Santa Cruz había sido destruida en varias ocasiones y que el actual edificio era una réplica del siglo xv.

—Mañana os quiero aquí a las ocho en punto. —Nelu centraba las miradas de los alumnos—. El que llegue tarde se pierde la excursión. Antes de empezar me entregáis los móviles para evitar distracciones.

Los chicos protestaron con abucheos. Gabino se comportaba como uno más, lo que le había granjeado la simpatía del grupo. El Toru era un experto escalador con un punto fanfarrón, de los que se machacan en el gimnasio y consumen cantidades ingentes de clara de huevo. Un tipo grandote que presumía de buena forma física y vivía la vida según sus principios, es decir, como le daba la gana.

—Tampoco quiero vagos a los que papá los suba en coche —continuó Nelu—. Todos debéis traer la mochila de supervivencia. Recordad que la emergencia puede surgir en cualquier momento. Voy a pasar una lista en papel con el equipo y el itinerario de la ruta. —Comenzó a repartir—. En montaña la cobertura de los móviles es precaria, así que lo mejor es guardar el mapa en la mochila. Os irá genial en caso de que alguno se despiste. Esta es una ruta complicadilla.

—¿Y se puede saber adónde vamos? —preguntó un chico desgarbado cuyos brazos colgaban más allá de las caderas.

—Por el momento solo puedo decirte que vamos a subir a los lagos. Es una sorpresa.

Los chicos hablaban entre ellos un tanto decepcionados. La mayoría conocía al dedillo el entorno de Covadonga. Nelu hizo un gesto socarrón y se dirigió con decisión hacia un banco de madera. Todos lo siguieron. Una vez acomodados, se situó frente a los adolescentes, separó las piernas y activó el modo guía colocando el dedo índice sobre el mapa.

—Por si los padres preguntan, les decís que iremos en la furgo. SquadAstur incluye el precio del transporte, pero la comida no, así que no olvidéis los bocatas. Vais a flipar. Acordaos de la ropa de abrigo y unas buenas botas, nada de playeros. La cantimplora es obligatoria y también una linterna. Ni cascos, ni tabletas, ni cualquier otro artefacto electrónico.

Hacía ya un rato que los chicos habían desconectado y se entretenían con los *reels* de Instagram o cuchicheaban con Gabino.

—Veo que estoy hablando solo. —Nelu se cruzó de brazos y envaró la espalda adoptando una pose militar. Su silencio llamó la atención de los chavales y todos se lo quedaron mirando—. A ver, quién sabe lo más importante que hay que tener en cuenta en caso de catástrofe inminente —preguntó en voz alta.

Uno de los gemelos levantó la mano.

—Un ser humano puede aguantar tres minutos sin aire, tres horas sin cobijo, tres días sin agua y tres semanas sin comer.

—Recordad que la regla del tres puede salvaros la vida. Nos vemos a la hora convenida.

19

El parque de la Casa Riera

CUANDO EL GRUPO se dispersó, Llara y Mónica recorrieron en la moto la avenida de Covadonga hasta la pasarela sobre el río Güeña, que enlaza el parque de la Casa Riera, actual oficina de turismo, con las inmediaciones de la piscina municipal. Un coche patrulla de la Policía Local con el agente Berdayes al volante se situó a su altura. Bajó la ventanilla y con una indicación del brazo las obligó a detenerse. Las chicas cuchichearon entre ellas, de acuerdo en ignorar al policía. Berdayes estacionó el vehículo y salió dando un portazo.

—¿Dónde coño creéis que vais? —gritó.

Ellas se quedaron paralizadas, sin atreverse a replicar. Llara detuvo la moto y miró en todas direcciones en busca de algún peatón cuya presencia pudiera aminorar el envite, pero solo un perro vagabundo cruzaba la calle en ese momento.

—¡Os hice una pregunta!

—Vamos al parque —respondió Llara aferrándose al manillar. Mónica había adoptado una actitud desafiante, con el mentón proyectado hacia adelante y la rabia asomando a sus ojos.

—¿Y qué se os perdió allí? —Berdayes se encaró con Mónica—. Deberías estar en casa, llorando a tu padre. No quiero veros por aquí. La gente tiene que pensar que estás de luto. ¡Menudo espectáculo diste en el entierro! Y una cosa os voy a decir. —El agente las apuntó con el dedo índice como si fuera un arma—: Deberíais elegir mejor las compañías. Lo digo por los de Arriondas. Una cosa es darse al botellón y fumar porros, y otra muy diferente es en lo que andan esos delincuentes. Estáis advertidas. Anda, ¡largaos de una vez!

Mónica hizo ademán de responder, pero Llara arrancó la moto y estacionó al otro lado de la calle.

—¡Hasta cuándo vamos a consentirlo! —repetía Mónica a voz en grito.

—¡Cálmate, haz el favor! —pedía Llara con los ojos llorosos y la voz temblona al tiempo que se desprendía de las horquillas con las que domaba el flequillo. Aprisionó una entre los dientes, alisó el mechón rebelde y la prendió de nuevo con firmeza.

No era la primera vez que Llara se enfrentaba a las reacciones excesivas de su amiga. Muchas veces, la mayoría, deseaba ser ella la que se mostrara valiente y dispuesta a contestar ante los abusos del policía, aunque sabía que sería inútil. Berdayes era un agente de la Policía Local y ellas solo unas crías rebeldes. A Mónica le costaba disimular la abyección que sentía hacia él, una mezcla de desprecio y de asco que se manifestaba en los gestos de su cara. Nada más verlo arrugaba la nariz y elevaba el labio superior. A veces el rechazo era tan intenso que la comisura de los labios se retraía hasta dar forma al típico hoyuelo. Llara creía ver en el rostro de su amiga un rictus similar al que muestra la mayoría de la gente al ver una araña o una serpiente.

Localizaron un banco vacío a la altura del hórreo más retratado del municipio situado en el parque de la Casa Riera, a la vera de los ríos Güeña y Sella, donde los visitantes se fotografían junto a las muelas de piedra de los *pegollos* sobre las que se asienta el *tillau* de la construcción, una viga gruesa que apuntala la base.

—Joder. Tengo o no tengo razón. —Mónica soltó la mochila y rebuscó en el bolsillo del abrigo hasta dar con el paquete de tabaco. Encendió un cigarro y aspiró con tanta fuerza que su amiga temió que se lo tragara—. Ese cerdo no nos deja en paz. Te lo encuentras en cualquier parte. Y ahora también elige nuestras amistades. ¡Qué narices le importa a él con quién nos relacionamos! Los de Arriondas son *preppers*, como nosotras, y el Toru es el empleado de tu padre.

—Es verdad que Berdayes se mete donde no lo llaman, pero tiene razón en que los de Arriondas son unos pintas, incluido el Toru —se encaró Llara, a pesar de que sentía simpatía por este último. A la chica la mayoría de los integrantes del grupo le daban miedo. Tenían acceso a todos los garitos, y los dueños los aceptaban con recelo. Había algo oscuro en su manera de comportarse y eso era precisamente lo que a Mónica le atraía como la magnetita al hierro—. Ya sabes lo que mi padre opina de ellos. Hay dos clases de personas, como hay dos clases de *preppers*.

—¡Vale ya! Deja de darme la chapa. ¿A quién le importan esos tíos? ¡Que les den! ¡Y a Berdayes también!

De pronto las chicas repararon en un hombre que cruzaba corriendo la carretera en dirección al Puentón. Entrenaba en pantalón corto y camiseta de tirantes.

—Hablando del rey de Roma —dijo Mónica señalándolo con el dedo.

Llara reconoció al Toru por su imponente anatomía.

—A mí tampoco me gusta Berdayes, pero enfrentarnos a él solo empeorará las cosas —protestó bajando la mirada para protegerse de la reprimenda. Su amiga estaba equivocada. Solo deseaba que se diera cuenta de ello antes de que ocurriera una desgracia.

—¡Te estás oyendo! ¿Crees que mi vida puede empeorar? —Ahora Mónica la tomaba con ella. El interior de la adolescente alcanzaba de inmediato el punto de ebullición, algo así como añadir bicarbonato a la Coca-Cola—. Mi madre y mi hermano están muertos, mi tía pasó de mí y permitió que mi padre me alejara de mis amigos. ¡Mi padre está muerto! ¡Soy una puñetera huérfana! ¡Me importa todo una mierda! En cuanto cumpla los dieciocho, vendo la casa y me largo de aquí.

A Llara se le fue el color de la cara. De pronto se vio sola, sin su mejor amiga. Hasta ese momento su mundo había girado a toda prisa como un carrusel pasado de rosca del que era incapaz de bajarse. Mónica era su gran apoyo. ¿Qué iba a hacer sin ella? El agobio aumentó y disparó sus nervios. De nuevo se soltó la horquilla del pelo y empezó a juguetear con ella mientras la imaginaba haciendo las maletas.

—No eres justa, mi madre también está muerta —susurró y Mónica pudo sentir la desazón de su amiga—. Y si quieres que sea sincera, lo que le pasó a tu padre no me importa porque era... Era una mala persona. Pero somos amigas y las amigas siempre van juntas. Si tú te vas, yo, ¿qué hago?

—Tú te vienes conmigo. Aquí no pienso dejarte. Es peligroso —dijo marcando la erre gutural propia del idioma francés, y le pasó el cigarro, que la chica aceptó de buen grado.

Dejaron que la niebla del tabaco las envolviera. Un viento leve aproximaba el aroma del río y de los árboles cercanos con una atmósfera extraña, mezcla de humo y rocío.

—¿Y adónde iremos? ¿A Francia? —Llara dejó volar la imaginación.

—Allí no puedo volver. No me queda nada. Mi padre pensó que lo olvidaría todo al cambiar de ciudad, pero lo que hizo lo tengo aquí metido —dijo Mónica, entristecida de repente y apretando el dedo índice contra la sien—. Me gustaría recorrer Europa, en plan Interrail. Molaría ir las dos juntas. Sin dar explicaciones.

—Molaría —repitió Llara compartiendo ensoñaciones—. Pero yo no hablo francés. ¿No te queda familia en Francia?

—Por el idioma no te preocupes, puedo enseñarte. De la familia, olvídate. La hermana de mi madre vive en Urdax, en Navarra, cerca de la frontera. Pero no me llevo con ella. Se tiraba a mi padre.

—¡Joder! —La confesión de Mónica pilló desprevenida a Llara, que se lo tomó como una muestra de confianza—. Ahora entiendo por qué nunca la mencionas.

—No tienes ni idea. —Mónica dio una calada con rabia. En un segundo le cambió la cara. El recuerdo de determinadas escenas le provocaba una repulsión visceral, como cuando abres una botella de leche caducada. El mismo olor agrio y picante que obliga a uno a taparse la nariz. Llara intentó abrazarla y Mónica dejó escapar un gemido de dolor.

—Abre bien las orejas. Tengo que contarte algo que vas a flipar. —El tono de voz de Mónica cambió de repente, mucho más animada.

—Ya tenemos bastantes líos.

—Eres mi mejor amiga. Ahora estoy sola, ¿recuerdas?

—Está bien, suéltalo de una vez.

—Encontré la forma de ganar dinero. Lo suficiente para largarnos del pueblo. —Apretó los labios y se acercó a su amiga—. Voy a entrarle a Roberto. Es socio de mi padre y seguro que me ayuda.

—Es mono —dijo Llara con un mohín mientras pensaba: «Un poco mayor para nosotras».

—Voy a currar de camarera en el Taranis.

—Eres menor de edad, te recuerdo y, además, ni de coña pagas un Interrail con un sueldo de camarera. Tendrás que ahorrar, por lo menos un año.

—El trabajo tiene un plus —soltó Mónica guiñando un ojo. Llara, desconcertada, se tapó la boca con la mano.

—¡Qué asco! —dijo imaginando a su amiga acostándose con sus vecinos.

—¡Eres idiota! ¡Que no voy a hacerme puta! —exclamó con una carcajada. Mónica apuró el cigarro y lo pisó hasta apagarlo—. La gente habla por ahí y dicen que en el Taranis se hacen buenos negocios, ya sabes, pastillas y demás.

—¡Ay! ¡Eso sí que no! —exclamó y al momento bajó la voz apercibida por su amiga—. Si te pillan vas directa a la cárcel. Recuerda que tenemos a Berdayes pegado al culo.

—De momento solo es una idea. No te pongas melodramática —dijo Mónica con una carcajada—. ¿Tengo cara de camello?

El silencio las envolvió de nuevo. Llara cerró los ojos.

El miedo es un monstruo silencioso que permanece siempre al acecho.

20

El lustre de los zapatos

Gijón

LA AGENTE ROLDÁN se había citado con el inspector en la cafetería del paseo de la playa de San Lorenzo. La insistencia de Salvador le hacía suponer dos cosas: la primera, que tenía algo importante que contarle sobre la investigación, y la segunda, que desayunarían chocolate con churros.

Se equivocó en ambas.

Cuando apareció en el punto de encuentro, él no había llegado aún. Lo esperó en la puerta. Sentía el relente del mar, y la humedad la importunaba con cada ráfaga de viento. Se asomó varias veces a la cristalera del local por si se hubiera equivocado de hora, y al fin lo vio cruzar la calle con el cuello del abrigo subido y el rostro semienterrado entre las solapas, protegiéndose del molesto vendaval. Bedia alzó la vista y con una seña la instó a seguirlo. Dejaron atrás la Escalerona y continuaron a buen paso hasta el ayuntamiento; atravesaron la plaza Mayor con sus edificios porticados, que a Marina le recordaron por un instante sus días de patrulla por Madrid, y continuaron por la calle Recoletas en dirección al barrio de Cimadevilla. Sin duda, la proximidad del Cantábrico dejaba huellas imborrables en los edificios. Muchos de ellos rezumaban una humedad gris azulada. Marina intentaba seguir el paso de su jefe, y a punto estuvo de perderlo en un par de intersecciones.

Cimadevilla es un barrio de calles tranquilas de pescadores y artesanos que durante el día conserva el regusto de la gente. Incluso con un fácil ejercicio de imaginación se puede descubrir el rastro de las cigarreras. Olor a sidra y a mar, una mezcla que empalaga y deleita. Las callejuelas se suceden hasta desorientar. Suelos alfombrados de gris, muros de piedra y macetas floreadas en las ventanas; callejones irregulares y apretujados entre edificios con fachadas de color verde; balcones de madera, ropa tendida al sol y desconchones de pintura en los bajos de los muros; paredes con dibujos prendidos con celo y convertidos en galerías de arte popular conviven con fotografías de otras épocas. Subidas, bajadas, vericuetos que transforman el barrio en un lugar pintoresco de día y movido y bullicioso de noche, según le explicaba el inspector a Marina mientras avanzaba a paso de galope.

Ella descubría en cada rincón un local que ofrecía sidra, *oricios* y *pitxin* en el menú. Un grafiti a modo de diadema enmarcaba la entrada de un comercio tradicional, con bolsas de legumbres en el escaparate y cestas de mimbre donde relucían frutas y verduras. Por un instante, su mente voló hasta la tienda de Tila, en Madrid. Una tienducha diminuta y abarrotada en la que recalaba cada día a comprar el bocadillo del almuerzo. El recuerdo del sabor del atún con pimientos hizo que empezara a salivar.

Al fin el gigante se detuvo ante una taberna con fachada de madera vieja. Se había desabrochado el abrigo y sus mofletes aparecían teñidos de un saludable tono rosado. En el diminuto local apenas cabía un banco de madera, adosado a una barra larga y rectilínea. Con estética setentera, el mobiliario resistía con poca dignidad el paso de los años. En el ambiente flotaba un fuerte olor a sidra que rezumaba de las manchas oscuras del suelo, mezclado con el olor a lejía procedente de un cubo lleno de agua con el que el dueño estaba fregando.

—Pasen, pasen. Enseguida los atiendo —dijo al acabar de enjabonar la fila de baldosines más cercana a la puerta.

Se sentaron uno enfrente del otro. A Marina le resultaba imposible apartar la vista de las paredes. Desde el techo hasta el suelo se sucedían hileras interminables de botellas de sidra.

Y se temió lo peor.

—¿Lo de siempre?

Bedia asintió y levantó la mano, mostrando el índice y el anular extendidos.

—Serán dos —tradujo el tabernero, que se perdió en el interior de la cocina.

—Hoy vas a desayunar como Dios manda.

—Espero que tengas algo importante que decirme. —Roldán empezó a impacientarse.

—¿Te fastidia madrugar los domingos? Hace un tiempo fenómeno.

—A nadie le gusta trabajar un domingo. Es un día para rezongar en la cama, tomar café con tostadas y pedir comida a domicilio.

—Bah. Verás como ahora te cambia la perspectiva.

Después de unos minutos de espera, el tabernero apareció cargado con una bandeja en la que destacaban dos bocadillos de tortilla de patata, todavía humeante, dos vasos de café con leche y dos chupitos de aguardiente de hierbas de un precioso color ámbar. Depositó su carga sobre la mesa con una sonrisa de oreja a oreja y se retiró.

Marina tomó aire.

Bedia la miró a los ojos.

—¿Una mala noche, Marina?

—No más que otras, Salvador.

—¿Carlos no estuvo a la altura?

—Ha dormido en el sofá.

—Vaya. —Abrió mucho los ojos.

—Anoche discutimos. Me había prometido que pasaríamos más tiempo juntos. Incluso dijo algo de merendar churros con chocolate el viernes por la tarde. Y se presentó poco antes de la cena.

—¿Sin excusa?

—Sin excusa.

—Te advierto que, aquí donde me ves, soy un estupendo cubo de basura —dijo invitándola a abrirse con él y a descargar su frustración. Las miradas de ambos se encontraron. Quizá fuera el ambiente del bar con olor a sidra, la pertinencia del lugar apropiado o la necesidad de desatar los sentimientos lo que llevó a Marina a desahogarse.

—Son rachas, Salvador. Todos los matrimonios tienen sus etapas —dijo todavía sin decidirse.

—Es una manera amable de decir que tu marido te tiene hasta las narices. No pasa nada, Marina. Si le preguntas a mi Rosita, te dirá lo mismo, pero sin tanta delicadeza.

El inspector se llevó el bocadillo a la boca y le dio un enorme mordisco. Mientras masticaba se escuchó a sí mismo. «Si preguntas a mi Rosita, seguro que tendrá muchas cosas que reprocharme.» Ella hizo el ademán de beber un sorbo de café y desistió. Estaba demasiado caliente.

—Últimamente Carlos está raro, distraído, como si tuviera la cabeza en otra parte. Es cierto que el trabajo nos impide pasar más tiempo juntos, pero ha cambiado su rutina, va por libre muchas veces. Antes contaba conmigo para cualquier cosa y ahora… —dijo perdiéndose en la decoración del local. Esperaba que solo fuera un desfase temporal, un ajuste de tiempo que toda pareja debe realizar tras años de convivencia.

—¿Algún avance en el caso Noval? —preguntó él tras una pausa para tragar y limpiarse la boca con una servilleta. Las confesiones le daban hambre.

—Nada nuevo. Le he dado una vuelta al informe de la autopsia y me temo que solo ha conseguido despistarme. Ando muy perdida, si te soy sincera.

—¿Qué te pasa, Roldán? Así no me sirves para nada —espetó. El rostro de Bedia se tensó al enfrentarse a ella—. Te lo voy a decir muy claro, porque creo que ya tuve suficiente paciencia. O me das algo con lo que continuar la investigación a lo largo del día o mañana pasas a disposición del Jefe Gris.

Ella abrió la boca para protestar por enésima vez, y por enésima vez decidió no hacerlo. La congoja le salía por las orejas. «No puedo con él. Hace un momento me invita a abrir el corazón y un instante después me recrimina la falta de profesionalidad.» Si le hubiera replicado, habría sido incapaz de contener las lágrimas. La discusión con Carlos y la falta de confianza de su jefe minaban su autoestima y la hacían sentir como una liliputiense.

Almorzaron en silencio. Ella parecía una estatua sedente frente al inspector. El hombre apuró de un trago los chupitos de orujo, el suyo y el de su compañera, para luego dejar un billete sobre el mostrador y salir del bar con Marina a la zaga. Caminaron uno junto a otro mientras atravesaban las callejuelas, un poco más concurridas. A la altura de la cuesta del Cholo, ella se detuvo.

—Esto me queda grande, Bedia. ¿Es que no lo ves? ¿En qué momento me he convertido en investigadora? —Marina se sorprendió al admitir su inseguridad. Necesitaba retomar el propósito de convertirse en una policía eficaz, y quizá en algo más—. Todo esto me supera. Tenemos un cadáver sobre la mesa y un asesino suelto. El día del funeral resultó infructuoso. Un ciudadano impecable, querido y respetado. ¡Un chasco! Creo que sería más útil en otro departamento menos expuesto. En la comisaría hay gente muy preparada; de hecho, tienes a Cueto, y ahora a la agente Sirgo, que está más que cualificada.

Bedia se situó frente a ella con los brazos en jarras y una expresión que era la génesis de un huracán.

—¿Terminaste de gimotear? ¿O necesitas un pañuelo para sonarte la nariz?

Ella retrocedió unos pasos y cerró los puños con fuerza.

—¡No consiento que me faltes el respeto!

El inspector soltó una carcajada, abrió sus brazos de coloso, la rodeó por los hombros y la atrajo hacia sí, hundiendo la cabeza de la mujer en su pecho. Contra todo pronóstico, entre los brazos de Bedia, Marina experimentó una paz que hacía tiempo que no sentía. Era como una descarga eléctrica, o como el ruido del trueno tras el rayo, o como la penumbra debajo de la cama. El escondite perfecto.

La paz duró un segundo y, a continuación, él la soltó y continuó hablando mientras caminaba.

—Los de arriba ya saben que no somos los mejores. Estamos en lo más bajo del escalafón y somos una panda de mediocres. Un equipo compuesto por un glotón, un cerebrito, una marisabidilla y una policía a la fuga. ¡Joder! ¿No lo ves? Con este currículo podemos hacer lo que nos dé la gana. Si fuéramos agentes entrenados o perteneciéramos a uno de los grupos de élite de la Policía Nacional, todos nosotros estaríamos tan controlados que no podrías limpiarte el culo sin que lo supieran tus mandos. De acuerdo, te compro que andamos metidos en un buen marrón, que Noval era un paisano importante y que el Jefe Gris anda tan inquieto como si padeciera de almorranas. Pero lo que más temen ahora mismo los de arriba es a la prensa, y a que se repitan las protestas de los ciudadanos y nos dejen en evidencia otra vez. Toda esta mediocridad nos permite movernos sin criterio, para ellos, claro. Te viniste de Madrid huyendo y buscando un cambio de vida. Ahora tienes la oportunidad de liberar al Perry Mason que llevas dentro.

El inspector logró sacarle una carcajada.

—Confía en mi instinto, algún día te contaré una historia. Yo también tengo mis secretos escondidos en el baúl. Hace años tuve la oportunidad de convertir un diamante en bruto en una joya. Era una chica joven como tú, excepcionalmente dotada para nuestra profesión. ¡Y la cagué! Te juro que eso no va a pasar contigo. ¡Créetelo de una vez! ¡*Meca*! Si me viera mi loquero estaría orgulloso.

Ella movía la cabeza de un lado a otro.

—Tenemos en marcha al equipo. Confía en nosotros y súbete al carro. Para empezar, puedes hacerte amiga de Veli. Se te da bien eso de la empatía y me huelo que sabe algo.

Ella se encogió de hombros.

—Venga. Caminemos.

Los dos se detuvieron en seco para dejar paso a un grupo de chavales en pantalón corto que corrían juntos por el paseo del puerto deportivo. A Roldán la sorprendió un escalofrío al verlos tan ligeros de ropa pese al solecillo que asomaba con timidez entre las nubes. Empujada por un impulso, sacó un pañuelo del bolsillo y se agachó para limpiarse los zapatos.

—¿Por qué haces eso? —preguntó Bedia desconcertado.

—¿El qué?

—¡Limpiarte los zapatos a todas horas! No conozco a nadie que los lleve más limpios que tú.

Ella sonrió.

—Es una historia del pasado.

—¿Larga?

—No mucho.

—Cuenta y sigue andando.

—En fin, creo que tarde o temprano tendría que salir. En Madrid tenía un compañero. Se llamaba Castro. Compañero es poco; Castro era mi mentor. Fue quien me adoptó como a una hija nada más entrar en la comisaría y me enseñó todo cuanto sé. Conocía todos los trucos de los carteristas y tenía fichados a los trileros del distrito centro. Yo creo que los olía. Me salvó el culo en más de una ocasión. Lo eché mucho en falta cuando ocurrió lo de Salmerón, porque él era el único que me había apoyado. Me comprendía y me consta que hizo todo lo que estuvo en su mano por ayudarme, incluso jugarse el puesto. Cuando lo mataron me quedé sola. Su muerte me dejó tan indefensa que lo único que deseaba era salir de allí, y no paré hasta conseguir el traslado. —Marina se permitió un momento para ordenar las ideas—. Castro era un buen hombre, raro de narices, pero buena persona. Lo de raro lo digo porque era obsesivo y meticuloso. Uno de sus TOC era limpiarse los zapatos, siempre decía que un hombre con los zapatos limpios es un hombre respetado. —Marina apretó los labios y pestañeó varias veces para aclararse los ojos, que empezaban a llenársele de lágrimas—. Solíamos patrullar por el centro, marcando a carteristas y descuideros. Conocíamos a los delincuentes de sobra. Incluso había dos con los que manteníamos una relación cordial. ¡Menudos tipejos! Parecían sacados de un tebeo de Mortadelo y Filemón. Si los pillábamos, devolvían el botín sin rechistar. Pertenecían a esa clase de gente que acaba en las cloacas después de caer en picado, la mayoría por tema de drogas.

»Pero el barrio cambió, se llenó de pisos turísticos, inquilinos ya ancianos y emigrantes. Y aparecieron los listos.

Una banda de ladrones organizada al milímetro se adueñó del barrio. De los dos choricillos no volvimos a saber nada. Los nuevos eran gente violenta que pasaban a mayores en un abrir y cerrar de ojos, y acosaban a los turistas a punta de pistola. Tenían vigilados los apartamentos más exclusivos y no dudaban en atacar a sus víctimas en los portales.

»Recuerdo que eran casi las diez de la noche y hacía un calor de mil demonios. Era el mes de julio y en Madrid, no te digo más. Nos avisaron de un tirón a una pareja de ciudadanos chinos. Dos de la banda se habían refugiado en un portal. Una vecina los vio entrar, pero no salir. Castro y yo accedimos al edificio. La luz estaba apagada. Te juro que no me dio tiempo a pulsar el interruptor, cuando oí el disparo. Él iba delante y paró la bala. Ellos bajaron en tropel las escaleras y me pasaron por encima con la fuerza de una tanqueta. Cuando conseguí reaccionar, Castro estaba tirado en el descansillo con un balazo en la cabeza. Los vecinos bajaban dando gritos. Y yo lo único que hice fue sentarme junto a él, a sus pies. Saqué un pañuelo del bolsillo y me puse a limpiarle los zapatos.

Marina dejó escapar todo el aire contenido. Bedia se acercó a ella y la tocó en el hombro.

—Me parece un gesto muy bonito por tu parte. Aunque para mí siempre serás una mujer respetable, incluso con los zapatos llenos de barro.

Se quedaron en silencio y, al cabo de unos segundos, Roldán decidió seguir caminando.

—Petra Delicado —dijo convencida.

El inspector puso cara de no entender.

—Si voy a continuar en tu equipo, no quiero ser Perry Mason. Quiero ser Petra Delicado.

Él soltó una sonora carcajada.

21

El zulo

Cangas de Onís

A Nelu el despertador le sobraba. Su ritmo circadiano, o reloj biológico, funcionaba a las mil maravillas. La eficiencia de ese sistema la había conseguido a base de rutina y disciplina hasta convertirlo en un proceso más de su organismo. Todos los días y a la misma hora se despertaba al alba, se daba una ducha de agua fría y completaba una rutina de ejercicios gimnásticos.

Los vecinos del bloque de pisos en el que vivía todavía dormían cuando salió de casa. Bajó a oscuras por las escaleras para evitar llamar la atención. Esperó a que el vecino del tercero, el único madrugador en domingo, saliera del portal con su bolsa de herramientas colgada del hombro. Trabajaba en la Repsol Butano de la Campa Torres, en Gijón. Una empresa dedicada al almacenamiento y manipulación de gas licuado. El hombre dejaba siempre tras de sí un tenue olor a petróleo que lo identificaba sin necesidad de verlo.

Nelu alcanzó el nivel de la puerta de entrada al edificio y bajó un piso más, hasta acceder al sótano donde estaban ubicados los trasteros. Antes de abrir el suyo comprobó que estaba solo. Desde hacía unos años se había vuelto desconfiado. Uno de los postulados del preparacionismo valoraba precisamente eso, la suspicacia. «Hombre prevenido vale por dos», se repetía a sí mismo con la intención de reafirmarse en sus ideas. Y, de forma natural, había crecido en él la convicción de una amenaza latente que podría dispararse en cualquier momento, ya fuera en forma de tempestad, de guerra nuclear o bacteriológica. Necesitaba, por tanto, un lugar discreto y seguro en el que refugiarse. A falta de un búnker, el trastero reunía la mayor parte de los requisitos: estaba situado en el sótano del edificio, contaba con buenos accesos y una vía de escape, una puerta trasera con salida a la calle.

La suerte de estar preparado ante cualquier eventualidad respondía a su carácter obsesivo, incentivado a su vez por la pérdida de su mujer. El triste suceso activó en su cerebro un mecanismo de protección que alcanzó cotas imposibles. Ella era una enamorada de la naturaleza, afición que compartía con un grupo de amigas. Salió un domingo cualquiera, de ruta. El recorrido atravesaba el pueblo de Seguencu en dirección a Covadonga. La intención era detenerse en un mirador con unas vistas espectaculares de los montes de Ponga, la sierra del Sueve, la del Cuera y hasta del macizo occidental de Picos de Europa. Pese a que el día había amanecido nublado, decidieron subir, pero las sorprendió una tormenta. Una de esas en las que puedes reconocer la mano del diablo. La gran cantidad de lluvia caída en poco tiempo provocó la riada. El torrente arrastró a su mujer hacia el barranco y no pudieron hacer nada por salvarla. Cuando ella falleció, el mundo de Nelu dejó de ser un lugar seguro. Y se juró que protegería a su hija como no había podido hacerlo con su mujer. De ahí su obsesión por estar preparado.

Pese a las pequeñas dimensiones del cuarto, había conseguido reunir todo cuanto él y su hija podrían necesitar ante una emergencia. «Si la naturaleza colapsa, estaremos preparados para afrontarlo.»

Nelu se consideraba un superviviente.

Abrió la puerta con la mente despejada y el itinerario de la excursión que había preparado para el grupo del instituto en la cabeza. Enseguida experimentó una sensación de deleite, similar a la que se siente al llegar a casa y calzarse unas zapatillas cómodas. Confort y seguridad. El espacio, de planta cuadrada, había sido proyectado con intención de reunir todo lo necesario para soportar una estancia larga. El perímetro lo ocupaban varias estanterías metálicas desde el techo hasta el suelo, en las que se apilaban en perfecto orden un número incalculable de conservas y envases de comida liofilizada que él mismo deshidrataba y clasificaba: legumbres, barritas energéticas, galletas, chocolate, aceite y leche en polvo. Una mesa plegable de *camping* y varios bidones de agua, con sus correspondientes pastillas potabilizadoras, constreñían el espacio abigarrado, junto con dos camastros en litera adosados a la pared. Sobre el armario metálico en el que guardaba un botiquín modular al que ningún médico pondría un pero, destacaba una radio analógica de uso libre, un teléfono satelital y una pareja de dispositivos PMR, Personal Mobile Radio, con una banda incluida en el espectro UHF para uso sin licencia. El tipo de *walkie-talkies* con los que escaladores y alpinistas se suelen comunicar en las cordadas.

Estaba orgulloso. Con esfuerzo había conseguido reunir un equipo modesto, pero eficaz. Sin embargo, el tema de la defensa le resultaba complicado. Era un pacifista convencido. Su aversión por la caza le había granjeado enemistades, pese a que muchos compañeros *preppers* eran cazadores. Nelu renegaba de los furtivos y de los que practicaban el arte cinegético por mera diversión. Aun así, sentía la necesidad de hacerse con un arma. Había comprado un cuchillo de supervivencia para aplacar la mala conciencia, de esos que usan los montañeros. Suficiente por el momento.

Mientras completaba el contenido de la mochila, echó un vistazo a un mapa de la zona, anclado con chinchetas a la pared. Las banderitas de colores indicaban lugares de interés y la posición exacta del zulo donde había enterrado un equipo básico de emergencia.

El móvil sonó en su bolsillo.

—¡Vaya cagada, Gabino! —espetó Nelu nada más descolgar. Al otro lado de la línea, el Toru arrugó la nariz y soltó una carcajada—. Unos novatos, eso es lo que son. Colgaron la pancarta y salieron corriendo.

—Tenías que haberlo visto —continuó su empleado con sorna—. Al primer golpe de viento, la pancarta salió volando. Todavía se escuchan las risas de la Local. Una chapuza. Pero no te lo tomes tan a pecho, siempre andas enredado con gilipolleces que te complican la vida. Hazme caso, ocúpate de tu culo y sé feliz.

—A veces te comportas como un cretino. Es importante frenar el crecimiento de las plantas invasoras, como lo son tantas otras actuaciones para evitar el deterioro del entorno. Si no fuera por nosotros, nuestros hijos conocerían los árboles en fotografía. —A Nelu lo enervaban los comportamientos incívicos. Y mucho más la gente que no se tomaba en serio su trabajo.

—Si te digo la verdad, a mí me da igual —apostilló Gabino—. Nosotros estamos preparados para eso y para mucho más. Hazte a la idea de que, si ocurre una catástrofe, nosotros seremos los supervivientes. Entonces ya no tendrás que preocuparte por los cretinos.

—¡Genial! Ya no tendré que preocuparme por ti, que eres un musculitos *descerebrao*. —Al final, Gabino consiguió sacarle una sonrisa. Aunque los dos estaban de acuerdo en los postulados del movimiento *prepper*, Nelu se involucraba en la defensa a ultranza del medio natural como forma de vida, mientras que Gabino prefería la parte competitiva, participaba en pruebas de supervivencia extrema y alardeaba de su capacidad de resistencia a base de cultivar los bíceps.

—¿Vas a la mani? —preguntó Gabino.

—Esta vez no. Salgo con los críos. —Nelu giró la cabeza hacia el mapa—. Vamos a presentar nuestros respetos al marqués.

—Me uno al plan. No tengo nada mejor que hacer.

La colocación de la pancarta sobre el río Sella para denunciar el peligro de las especies invasoras había resultado un fracaso. «Eso me pasa por confiar en niñatos —pensó Nelu tras guardar el móvil en el bolsillo—. De la próxima me encargo yo.» Cerró con cautela el trastero y salió en busca de Llara.

—CON UN POCO de suerte y la pista en condiciones pasamos la Vega del Enol y aparcamos en Pan de Carmen. Así nos ahorramos cuatro kilómetros. Y, si no es posible, dejamos la furgo en el aparcamiento de Buferrera y continuamos a pie. Esta es una ruta de dificultad técnica moderada.

Nelu hablaba con los chavales mientras conducía durante el trayecto de subida a los lagos de Covadonga. Gabino los acompañaba como uno más. Era muy temprano, y la luz del sol apenas atravesaba la densa capa de nubes, una señal que presagiaba niebla en la cumbre.

Los chavales vociferaban en la parte trasera de la furgoneta de la empresa SquadAstur. La carretera serpenteaba al filo del barranco por un camino estrecho a lo largo de doce kilómetros de recorrido.

—Me mareo. —La voz acongojada de uno de los gemelos interrumpió el relato del monitor.

—Baja la ventanilla —le aconsejó el Toru con un pescozón en la cabeza.

—Podrías haber elegido otro sitio. Este lo conocemos de sobra —se lamentaban. Las protestas en el grupo de chavales se multiplicaron desde que Nelu los había informado de la ruta que iban a emprender.

—Llegar al mirador del Rey es pan comido, luego la cosa se complica. Aprovecharemos para refrescar conceptos y actualizar técnicas de supervivencia. ¿Trajisteis el mapa? —Nelu mostró el suyo, agitándolo como una bandera y devolviéndolo al asiento del copiloto—. Os va a *prestar*. Esta es una ruta circular, de unos veinticinco kilómetros, con un desnivel de mil metros y en pleno parque nacional de Picos de Europa.

—Otra excursión coñazo, como las del instituto —dijo Mónica en voz baja y al oído de Llara.

—¡Qué va! Esta mola. Mi padre tiene pensado llevarnos hasta el mirador de Ordiales.

—Qué guay —respondió Mónica sin entusiasmo.

—Hay una tumba.

—¿En serio?

—Allí enterraron a Pedro Pidal —afirmó Llara como si su amiga supiera de quién se trataba.

—Un marqués —aclaró el gemelo mareado.

—Uf, interesantísimo. —Mónica se caló la capucha del abrigo y se reclinó en el asiento.

La llegada acrecentó la decepción. Estacionaron en el último hueco libre del pequeño aparcamiento de Pan de Carmen y se prepararon para emprender la ruta. Un viento fresco les dio la bienvenida. Las nubes gordas y esponjosas se esparcían por el suelo desmadejadas en forma de densa niebla.

—¡Ah, la *borrina*! —dijo Nelu en voz alta y a modo de saludo. Tal y como había anunciado durante el ascenso, la niebla iba a ser una compañera más de la ruta—. No os preocupéis, levantará pronto —advirtió confiado en la previsión meteorológica.

La niebla es un fenómeno particular. Crea un ambiente húmedo y agrisado. En el mejor de los casos, consigue arrancar un repelús frío, se filtra a través de la ropa e invita a encogerse con sensación de humedad. En el peor, puede nublarnos la visión hasta la ceguera. La neblina invita a la nostalgia, al abatimiento, a protegerse y buscar abrigo como si uno estuviera expuesto a una nube radioactiva. Y, por el contrario, en su naturaleza evoca paisajes oníricos que se diluyen con un rayo de sol.

En esos pensamientos andaba perdido el monitor cuando el grupo, compacto y vociglero, pasó junto a la ermita de El Buen Pastor.

—¿Os acordáis de este verano? —Uno de los chicos señaló hacia el edificio con un guiño cómplice.

—¡Menuda manta de agua nos cayó encima! Llegué a casa *pingando* —respondió Llara al recordar la costumbre de subir a la ermita el veinticinco de julio. La tradición celebra ese día una romería y el Consejo de Pastores, donde se eligen los regidores de pastos para todo el año. Los jóvenes aprovechan para subir el día anterior y pasar allí la noche.

Los chavales, más animados, cruzaron el puente sobre el río Redemuña y el ascenso comenzó hacia la cercana Vega de la Piedra. Una vez allí, Nelu interpretaba el paisaje, empujado por la falta de visibilidad.

—No me perdáis la pista. La niebla levanta un poco más adelante. Vamos a continuar pendientes de los hitos de piedra.

El grupo avanzó por las majadas, entre cabañas y rocas, hasta coronar el collado de Gamonal, y dejaron atrás el refugio de Vegarredonda. Una cabra curiosa e inoportuna detuvo la marcha. Los chicos rodearon al animal, que se dejaba acariciar sin oponer resistencia.

—Cualquier excusa es buena. —Nelu aprovechó el receso para dar buena cuenta de la cantimplora—. Vamos, ya no queda mucho.

—Es muy maja —dijeron al unísono los gemelos sin soltar a la cabra—. Así descansamos.

—¡Pues sí que os cansáis pronto! —soltó Gabino poniéndose en jarras—. ¡Vaya panda de flojos!

—Venid aquí, acercaos. —Nelu invitó al grupo a sentarse en una roca lisa de lo más oportuna—. Además de contemplar el paisaje, en cuanto la niebla nos lo permita, quiero hablaros de un hombre especial, que es el verdadero motivo por el que subimos hasta aquí. Se llamaba Pedro Pidal.

En ese momento la atención de la cabra se centró fuera del grupo y el animal emprendió una carrera fulgurante hasta desaparecer de la vista, cosa que los guías agradecieron.

—Escuché que algunos ya oísteis hablar de él.

—El marqués —contestaron un tanto fastidiados por haber perdido la diversión caprina.

—Marqués de Villaviciosa. Pero no estamos aquí para hablar de marqueses —puntualizó Nelu.

—Menos mal —soltó el Toru elevando las cejas, y los demás rieron la gracia.

—Pedro Pidal era un hombre que supo aprovechar una posición privilegiada. Con solo veintiséis años ya era diputado en las Cortes. Su tenacidad consiguió que, en 1916, se aprobara la primera Ley de Parques Nacionales de España. En nuestro país tenemos ya quince parques nacionales repartidos por doce comunidades autónomas. Os cuento esto porque quiero poner en valor el trabajo de hombres como Pedro Pidal para proteger nuestro patrimonio natural.

—Un marqués lo tiene más fácil —observó uno de los gemelos—. Seguro que si fuera minero o pastor no le harían ni caso.

—Cierto. —Nelu había conseguido que se centraran en lo que estaba diciendo—. Pero es cierto que podría haberse quedado en la casona fumándose un puro. Ese marqués era un tipo peculiar, un tío de casi dos metros. La gente pensaba que era daltónico, porque vestía siempre con ropa de colores que no pegaban nada.

—Como este —dijo Gabino señalando al chico desgarbado, y todos se rieron.

—Ese hombre era empresario, político, jurista, deportista, y, sobre todo, cazador empedernido. Y muy amiguete del rey Alfonso XIII, al que también le iban las armas. Era un tipo listo. Aprovechó esa amistad real para impulsar la conservación de la naturaleza al más alto nivel. Y os pongo un ejemplo: a Pidal le gustaba la caza, como ya dije, y, por cierto, era un formidable arquero y recorría a menudo la sierra de Madrid. Se fijó en la dramática situación de la cabra montés ibérica, especie de la que solo quedaban un macho y siete hembras, y entonces lio al rey e impulsó la creación del Coto Real de la sierra de Gredos. Lo malo es que la jugada no salió del todo bien porque el rey lo convirtió en su coto privado de caza.

—Vaya chasco —se escuchó en el grupo.

—Pero no se quedó ahí. Pedro Pidal era un gran viajero. Conoció de primera mano las nuevas corrientes conservacionistas de Europa y Estados Unidos. Visitó Yosemite y Yellowstone, que son los primeros parques nacionales del mundo, y se trajo un montón de ideas que dieron lugar al parque nacional de la Montaña de Covadonga. Hay una anécdota increíble sobre eso. —El monitor hizo un inciso y soltó una carcajada. Los chicos esperaban expectantes a que compartiera la ocurrencia—. Si lo llega a hacer ahora, lo habrían metido en la cárcel. Pedro Pidal estaba defendiendo la Ley de Parques Nacionales en el Senado. Todo normal, ¿no? Lo fuerte es que hablaba desde un atril con una pistola. ¡Incluso llegó a encañonar a la bancada para que apoyasen sus argumentos!

—¡Ostras! —soltaron entre risas y sorprendidos ante la audacia del marqués.

—Y consiguió sacar adelante la Ley de Parques Nacionales con la declaración del primer parque nacional en la Montaña de Covadonga en 1918, y el de Ordesa y Monte Perdido en 1920. Con esto quiero enseñaros la necesidad de ser gente proactiva, de no dejar vuestro futuro en manos del sistema. Uno debe luchar por aquello en lo que cree.

—Pues yo creo que va siendo hora de mover el culo —dijo el Toru ajustándose la mochila antes de emprender la marcha. Y todos lo siguieron entre comentarios de lo más animados.

Para entonces, la niebla había desaparecido. El tramo que asciende hasta el mirador de Ordiales invitaba al silencio. Un pequeño refugio procura al viajero una protección básica ante la naturaleza. El viento jugueteaba con las nubes lanzándolas ladera abajo como si fueran pelusas empujadas por una escoba. Libre de obstáculos, el sol caía a plomo y templaba los últimos metros antes de alcanzar la meta: un fabuloso balcón sobre el valle de Angón. Un pulmón verde ante la mole caliza del macizo occidental de los Picos de Europa. Un lugar en el que la libertad se materializa sobre un abismo de más de mil metros de caída vertical.

Los monitores reunieron de nuevo al grupo y los chicos sacaron los bocadillos de las mochilas.

—Y todavía hay más. Pedro Pidal participó en los Juegos Olímpicos de París de 1900, donde su pericia con el rifle le hizo ganar la primera medalla de plata del olimpismo español en una sorprendente prueba de tiro de pichón. Además, era un excelente escalador, el primero en la ascensión al *picu* Urriellu junto a Gregorio Pérez, el Cainejo, un paisano de Caín. ¿Sabíais cómo se protegían en aquella época los labios del sol? —Hizo un inciso dramático—. Con carmín.

—¿Qué es un carmín? —preguntó el chico desgarbado.

—Un *lipstick* —aclaró Llara.

—Un pintalabios, tonto, un pintalabios —explicó Mónica viendo la cara de despiste del muchacho.

—En el siglo xix no existían los protectores solares —dijo Nelu aplicando una buena capa sobre los suyos.

—Lucían muy guapos —soltó Gabino poniendo morritos.

El comentario hizo explotar de nuevo las carcajadas juveniles.

—Pedro Pidal murió en Gijón, en 1941, y lo enterraron en Covadonga. Pero, en 1949, un grupo de montañeros trasladó sus restos hasta aquí. Es lo que tiene ser un marqués. Y ahí podéis leer su epitafio.

Nelu señaló en dirección a un monolito de piedra en el que había tallada una cruz y una inscripción. Todos giraron la cabeza.

Enamorado del parque nacional de la Montaña de Covadonga. En él desearíamos vivir, morir y reposar eternamente, pero esto último, en Ordiales, en el reino encantado de los rebecos y las águilas, allí donde conocí la felicidad de los cielos y de la tierra, allí donde pasé horas de admiración, emoción, ensueño y transporte inolvidables, allí donde adoré a Dios en sus obras como supremo artífice, allí donde la naturaleza se me apareció verdaderamente como un templo.

EL MEDIODÍA LLEGÓ sin prisa y el grupo emprendió el regreso con menos entusiasmo. Nelu había preparado un juego de indicios que concluía en el mirador del Rey. Los chicos debían interpretar los símbolos marcados en el mapa.

—A mi padre le daba igual todo esto —dijo Mónica dando traguitos de la cantimplora mientras caminaba junto a Llara, justo detrás de Nelu—. La naturaleza le importaba bien poco.

—No todos se implican en conservar los espacios naturales —respondió Nelu, sorprendido por el comentario. Era la primera vez que la adolescente mencionaba a su padre delante de él.

—Tampoco entendía lo que hacemos. Pensaba que eres un fanático, un histérico que solo piensa en desgracias.

—Somos libres de opinar. —Nelu ignoró los desprecios de Emilio, se acercó al oído de Llara y le comentó algo en voz baja. Esta asintió.

—Venid conmigo.

El grupo se separó. Los chavales continuaron con la yincana hacia el mirador guiados por Gabino. Por su parte, las chicas siguieron a Nelu a través de la sierra de la Guberzosa. Caminaron a buen ritmo por un tramo pedregoso en dirección a la ruta circular que conforman los lagos de Covadonga hasta alcanzar la riega de la Vega el Texu. La senda atraviesa un valle rocoso y cubierto de pastos. Nelu se detuvo en el lugar donde un argayo había abierto un agujero. Miró a su alrededor y buscó la complicidad de su hija. Tras retirar unas ramas secas apareció una pequeña cueva en la que apenas cabía un grupo de cinco personas, un espacio protegido de las inclemencias del tiempo y de cualquier amenaza. Ante los ojos curiosos de Mónica, Nelu desencajó una laja de piedra a modo de puerta y entró en la gruta.

—Llara ya conoce este lugar —dijo invitándolas a entrar mientras enfocaba con una linterna el interior del zulo. La angosta oquedad era el lugar elegido, donde Nelu escondía comida y agua para varios días—. Antes subíamos con su madre. Ahora formas parte de nuestra familia. Quiero que sepáis que, en caso de necesidad, si tenéis que huir ante cualquier suceso horrible, nos encontraremos aquí.

Al ver la cara de satisfacción del monitor, Mónica tuvo la convicción de que era el mejor lugar del mundo para ocultarse.

22

Llanu'l cura

Cangas de Onís

MÓNICA SE ENTRETUVO un momento en el portal mientras se ponía los guantes y se subía la cremallera del abrigo. El frío amenazaba. Salió de casa pensando que un paseo vespertino le sentaría bien. Llara andaba inmersa en las evoluciones de su videojuego favorito y ni se inmutó cuando se despidió de ella. Necesitaba salir, estirar las piernas e intentar alejarse de la sensación que la acompañaba desde aquella mañana. La noche anterior había sido una de las peores. Las pesadillas en las que veía el rostro de su hermano y escuchaba el último grito de su madre se repetían con frecuencia cuando algo le preocupaba. Y en ese momento lo estaba. Desde la muerte de su padre no sabía lo que era dormir sin pastillas.

Cuando necesitaba estar sola solía acudir al *Llanu'l cura*, una zona recreativa en la parte alta del pueblo. Caminó por las calles tratando de evitar las más céntricas. Desde la carretera, el camino se desviaba un par de kilómetros hasta alcanzar un espacio reservado al aparcamiento de vehículos. La zona de ocio estaba emplazada en un monte de utilidad pública, con un amplio arbolado de diferentes especies que alcanzan una altura considerable, barbacoas y una fuente de agua potable.

La primera vez que Mónica subió hasta el *Llanu'l cura*, acababa de abrirle la cabeza con una piedra a una compañera del instituto. El director la expulsó durante tres días después de decirle a su padre lo mala alumna que era. La víctima en cuestión había recibido dos puntos de sutura y el respaldo de la mayoría de los compañeros, profesores y padres, que la abrazaban acongojados y furiosos, al tiempo que lanzaban imprecaciones hacia su padre y hacia ella. Mónica recordó que Emilio había desplegado todos sus encantos; su sonrisa blanca, sus disculpas nacidas directamente del corazón. Hasta había apelado a su situación de padre viudo a quien la educación de una adolescente le quedaba grande. El director acabó palmeándole la espalda y ofreciéndole ayuda psicológica para ella. Lo que ninguno de ellos supo fue la paliza que Mónica recibió después del incidente.

Los golpes, las patadas cuidadosas para no marcarle la cara y así evitar delatarse, los insultos. Emilio llegó a escupirle mientras invocaba el nombre de su madre y de su hermano y la acusaba de su muerte.

La primera vez que Mónica subió al *Llanu'l cura*, lo hizo apoyada en el hombro de Llara, llena de moratones y con una herida abierta en el costado que su amiga se prestó a cubrir con esparadrapo.

La primera vez que Mónica subió al *Llanu'l cura*, Llara la abrazó. Era la primera vez que recibía un abrazo desde que su madre y su hermano fallecieron. Un abrazo largo, de esos que duran más de los ocho segundos necesarios para bajar los niveles de cortisol y elevar los de oxitocina, y que le proporcionó la calma que recordaba cuando hundía el rostro en el regazo de su madre. Por un instante evocó el aroma de su piel. Fue allí donde su amiga le descubrió el mundo de los *preppers* y le habló de la necesidad de estar preparado para sobrevivir en un mundo cada vez más hostil. Escuchó las palabras valor, respeto y naturaleza unidas en una misma frase, y fue como abrir una ventana en un calabozo oscuro.

Por eso, aquel lugar era su favorito y regresaba allí siempre que podía.

Pasaban los minutos, y el sol, en retirada e interceptado por las nubes que desfilaban a baja altura, creaba sombras alargadas que se proyectaban por delante de ella mientras ascendía por la vereda empinada admirando los árboles de copas frondosas y siempre tan amigables. Arrastraba los pies mientras jugaba con las hojas caídas y las pequeñas ramas amontonadas a su paso. Se detuvo al pie de las escaleras en dirección al mirador y pensó en ellos, en su madre, en Jules, y en cuánto les habría gustado aquel lugar. Uno a uno subió los peldaños flanqueados por una hilera de árboles. Sentía cómo se elevaba sobre el terreno, como en un ascenso hacia el cielo.

Aquella tarde la luz del crepúsculo penduleaba oculta tras las ramas y lanzaba ráfagas de sol sobre las copas empujadas por un viento tenue. Mónica sabía que ya era tarde y aun así decidió subir.

En un día claro se podía disfrutar de las mejores vistas sobre Cangas de Onís. En torno a un monolito conmemorativo, el paisaje se despliega como el telón de un gran teatro. Las vistas, espectaculares desde el valle que forma el Sella en su discurrir hacia Arriondas, la sierra del Sueve y hasta el macizo occidental de los Picos de Europa.

La luz traslúcida, de brillos ambarinos, moría sobrepasada por el avance de la noche. Todavía resistía la tarde sobre el perfil de la montaña y aquel espectáculo le arrancó lágrimas a los ojos de Mónica. La chica permaneció en el mirador un buen rato. Necesitaba que el frío le calase los huesos hasta sentir el instante reparador del lugar.

Justo cuando se disponía a regresar a casa de Llara oyó un ruido. Estaba sola. Las piedras del camino crujían a su paso. Distinguió con claridad otras pisadas diferentes a las suyas sin darle importancia... hasta que las sintió muy cerca.

Experimentó la angustia de otras veces en las que se había sentido amenazada y concentró la atención en el sonido sin atreverse a girar la cabeza. La ansiedad aumentó, se dejó llevar por el pánico y un sudor helado le bañó las manos. Cuando los latidos del corazón comenzaron a golpearle la garganta se atrevió a mirar. Justo a tiempo de ver a un corredor que avanzaba a buen ritmo hasta rebasarla. Mónica continúo aliviada y sintiéndose como una tonta. Su amiga tenía razón, un día perdería la cabeza.

No había recorrido ni cincuenta metros cuando le pareció escuchar su nombre en un susurro. En ese momento el viento agitaba las copas de los árboles. Esa vez sintió que la amenaza era muy real y decidió esconderse en el hueco que se abría entre unas piedras, a un lado del camino. En medio de la oscuridad y sin atreverse a respirar, escuchó unos pasos que se detuvieron muy cerca. La chica contuvo la respiración y apretó la mandíbula. Alcanzó a oír lo que le pareció el aullido de un lobo, pero, como pudo comprobar después, se trataba del tono de un teléfono móvil.

—Perdí a la chica. Sé dónde encontrarla.

El ladrido de los perros en la lejanía le impidió escuchar con claridad, y poco después los pasos se alejaron hasta que dejó de oírlos.

Mónica era incapaz de moverse y entendió que el terror acabaría por paralizarla si no lo controlaba. Recordó entonces las reglas que había aprendido en las clases de supervivencia. «Moverse y avanzar.» Era la primera máxima para salvar la vida. Así que salió del escondite con cautela, retomó el camino y evitó cruzar la explanada de barbacoas. Campo a través, se adentró cuesta abajo en paralelo al sendero.

Ya en el pueblo, sintió que alguien la perseguía y empezó a correr. Al principio despacio, con zancadas cortas y deseosa de alcanzar las primeras casas. En cuanto enfiló la calle y distinguió el edificio de su amiga, aceleró la carrera. Fue entonces cuando descubrió que alguien corría detrás de ella. Se apresuró en una huida desesperada con la convicción de que sería incapaz de alcanzar la meta. Jadeando y con la boca seca empujó la puerta del portal y subió el tramo de escaleras casi sin rozarlas.

—¿Qué te pasa? —preguntó Llara el verla entrar en casa con cara de pánico—. Parece que viste un fantasma.

—Alguien me persigue. —Mónica señaló hacia la calle y Llara se asomó a la ventana. En el exterior solo encontró oscuridad. Se había hecho de noche y la calle estaba desierta y tranquila. Como siempre.

—Aquí no hay nadie —la tranquilizó su amiga.

Mónica entró en la habitación y se acostó sobre la cama. Permaneció quieta hasta que los latidos del corazón se acompasaron. Estaba segura de que el asesino de su padre la estaba buscando. ¿Sería capaz de escapar de la muerte una vez más?

23

El parque de los Pericones

Una semana desde el asesinato de Emilio Noval
Gijón

UNA HORA ES poco si uno piensa en el tiempo que precisa para realizar todo cuanto planea. Tiempo suficiente si lo planeado es de fácil consecución. Pero si lo que uno necesita es tiempo para pensar en qué momento de su vida se encuentra, o si hay algo que lo perturba, una hora es demasiado.

En esos pensamientos se perdía Marina mientras trotaba al ritmo de la música que sonaba a través de los auriculares, en su tercera vuelta al parque de los Pericones antes de ir al trabajo. El ejercicio era la excusa necesaria para mantenerse en forma; la realidad invitaba a salir de casa, alejarse de todo y centrarse en el caso. Carlos trabajaba encerrado en la habitación. Lo oía departir a voces por Zoom con sus compañeros arqueólogos. Presupuesto arriba, presupuesto abajo. Permiso arriba, permiso abajo.

Estiró los gemelos apoyada en el tronco de un árbol del parque. La lluvia de la noche anterior mojaba el suelo, dándole una pátina de brillo como la que resulta al bruñir un candelabro antiguo.

Un par de perros acompañados por sus amos eran la única entidad viviente capaz de salir a la calle a una hora tan temprana ese martes. La hierba a sus pies se extendía en tonos verdigrises y con algunas calvas. Antes de enfrentarse a su jefe había leído o, mejor dicho, estudiado a fondo toda la documentación acumulada por el equipo referente al asesinato de Emilio Noval. Autopsia, análisis de químicos y declaración de sospechosos.

«Llara jura por la Santina que durmieron en casa, y su padre avala el testimonio —reflexionaba Marina—. ¿Y Veli? La mujer apreciaba al señor Noval y, aunque su muerte la ha dejado en el paro, quiere a Mónica con un instinto maternal. Haría cualquier cosa por ella, ¿incluso ser su cómplice?»

Reanudó la carrera y completó una cuarta vuelta al parque. Esa vez centrada en el empresario.

«Sabemos poco de Emilio Noval. Parece que se movía en un círculo reducido. La familia se limita a un hermano de su padre, el tío de Corao y una cuñada francesa afincada en Navarra —¿cómo se llamaba el pueblo?, ¡ah!, sí, Urdax—, que de vez en cuando le envía un vino dulzón muy poco apetecible. Intentaré seguirle la pista, aunque, según Google, a la gente le ha dado ahora por producir su propio vino, al que, en un alarde de creatividad, añaden frutas y especias. Espero al menos poder localizar la bodega o la empresa de envasado.»

La policía consultó su reloj deportivo. Una luz naranja señalaba el final del ejercicio. Pulsó para detenerla y continuó, necesitaba aprovechar los momentos de lucidez.

«Empezaré por descartar el robo, es evidente que el propósito del asesino era otro. Emilio seguramente lo conocía, le abrió la puerta y estuvieron conversando. Si eliminamos la discusión entre ellos, ¿qué nos queda? ¿Una charla amistosa?, ¿un intercambio de pareceres?, ¿celos? Las cuentas del negocio están saneadas. Eso descarta la posibilidad de una represalia, al menos por motivos económicos.»

«¿Por qué matar a un santo?»

Su atención se dispersó hasta reparar en un pájaro que intentaba comerse una miga de pan que duplicaba el tamaño de su cabeza. «Por algún lado hay que seguir», se dijo en un intento por recobrar el ánimo. «El hotel es el lugar de trabajo de Noval. Allí cerraba los contratos y pasaba gran parte de su jornada laboral. Habrá que interrogar a los empleados. ¿Con quién salía de fiesta? Tal vez removiendo su pasado francés, encuentre alguna pista.»

Un molesto runrún sobrevolaba por su cabeza como un parapente con las sospechas de Berdayes hacia Mónica.

«¿Y si tiene razón?»

24

Manchas de marea negra

MARINA APAGÓ EL ordenador, empujó la silla contra la mesa y salió al pasillo. Por la mañana la comisaría era un ir y venir constante de agentes. De arriba abajo y de abajo arriba. Acababa de recibir una llamada del inspector informándola de que estaban citados con el Jefe Gris. Decidió esperarlo y, por sorpresa, el encontronazo se produjo nada más abrir la puerta. Se topó primero con la agente Sirgo, seguida por el gigante. Cueto cerraba la comitiva, unos pasos más atrás.

Bedia cerró la puerta detrás del último y apoyó la totalidad de su espalda contra ella.

—¿Qué sabemos del tal Nelu? —se dirigió a Cueto.

El agente se quitó la chaqueta y la dejó sobre el respaldo de la silla, a continuación sacó una libreta del cajón y pasó con rapidez varias páginas garabateadas con círculos concéntricos. A Marina le recordaron a las manchas de marea negra que aparecían en la costa de vez en cuando. Y después leyó el resultado de sus pesquisas.

—El interfecto trabaja como instructor de montaña en el parque nacional de Picos de Europa y cuenta con número de licencia. Durante la temporada estival gestiona un negocio de rutas llamado SquadAstur mientras que, en temporada invernal y durante unos pocos meses, se ganó la vida trabajando de camarero en el hotel San Pedro de Cangas de

179

Onís. Además, es un convencido ecologista, miembro de la coordinadora y un activista radical, de esos a los que llaman *preppers*. Está fichado por escándalo público y por insultar a la autoridad durante una manifestación. La máxima condena que cumplió fue de dos días. Es una mosca cojonera con buenos abogados.

—¿Y a ti qué te parece que la hija de los Noval se quede en casa de Nelu? —El inspector pretendía centrar la investigación en la relación padre e hija. El hecho de que alguien externo al círculo familiar aceptara hacerse cargo de una adolescente era poco común.

—Las malas lenguas dicen que Emilio Noval le consiguió el trabajo a cambio de incluir a su hija en la asociación de supervivencia, esa que montó con los chicos del instituto. La hija es muy conflictiva, eso lo confirma el informe de la Local.

—Lo mismo el padre pensó que una actividad física la ayudaría a canalizar la rabia —terció Nora con semblante de preocupación, frente arrugada y tensión en la mandíbula—. Una adolescente sin madre es mala cosa. La falta de un referente, tanto masculino como femenino, afecta negativamente al equilibrio psíquico y emocional.

Nora contenía la impaciencia jugueteando con el llavero. Esperaba el permiso del gigante para continuar y, en vista de que no lo hacía, buscó el apoyo de Cueto con un efectivo alzamiento de cejas.

—Jefe, la compañera Sirgo estuvo curioseando en las redes sociales. Cuéntale, cuéntale.

Ella desplegó una sonrisa de ojera a oreja y Bedia le cedió la palabra con un movimiento de cabeza. Entonces rescató el móvil que había dejado apoyado sobre la mesa y se lo mostró al inspector. Los dedos rápidos de la agente se movieron arriba y abajo por la pantalla hasta detenerse en una fotografía en la que Mónica Noval aparecía sonriente y desinhibida.

—Se tomó en la piscina de una amiga el verano pasado, en Arriondas. Fíjate en el tío de la coleta. —Posaban en traje de baño y el tipo en cuestión era un cachas de facciones redondas y cejas rotuladas sobre unos ojillos oscuros. Sirgo deslizó la pantalla. Los demás se acercaron y formaron un corrillo alrededor—. Y ahora, fijaos en esta otra. Es el mismo tipo. Lo investigué. Trabaja para Nelu y pertenece a una asociación de *preppers* en Arriondas. Un grupo con veintitantos miembros. Se llama Gabino Alvarado, alias el Toru.

—Le viene al pelo —observó Bedia. Sirgo había conseguido llamar la atención del inspector.

—Indagué en la licencia de la asociación y está en orden. Se reúnen muy de vez en cuando. Por muy paranoicos que puedan parecer, son discretos. Tienen una página web donde uno puede aprender cómo actuar ante una catástrofe natural, cómo sobrevivir a un apagón o a la falta de suministros. Dedican páginas y páginas a técnicas de supervivencia.

—¿Crees que Mónica es una de ellos?

Sirgo se encogió de hombros y continuó:

—Además de con su amiga Llara, Mónica comparte los *reels* y las publicaciones de Instagram con un par de amigos. En una de ellas encontré una alusión a un hilo de WhatsApp. Contacté con el administrador haciéndome pasar por *prepper* y me agregó. Son unos cretinos. La mayoría defiende teorías conspiratorias y creen que el fin del mundo está a la vuelta de la esquina.

—Nada concluyente —dijo Bedia sin más, recordando a Marina la cita que tenían con el Jefe Gris.

A Marina la intimidaban aquellas reuniones porque nunca estaba preparada para la reacción del inspector.

«Seguro que suelta alguna de las suyas. Siempre lo hace. Y lo único que va a conseguir es calentar a Gris. Lo malo es que tiene razón, seguimos sin pistas. Con suerte, el comisario tiene prisa y nos despacha pronto.»

El Jefe Gris hablaba por teléfono cuando entraron. Una luz cenicienta se filtraba por el ventanal y Marina se fijó en que de las paredes colgaban tantos títulos y condecoraciones como si fuera la sala principal de algún museo. Una mesa auxiliar ocupaba un rincón iluminado con luz fluorescente, más informal que la de madera oscura del comisario, y concentraba tal cúmulo de informes que Roldán prefirió mirar hacia otro lado. Por el color granate de sus mejillas entendieron que Gris estaba alterado. Con un arqueo de cejas les ordenó que se sentasen.

—¿Alguna pista sobre el asesino del señor Noval? —preguntó el comisario.

Los agentes guardaron silencio.

—Buscad en su círculo más cercano. La hija, el tío, familiares lejanos, amigos del alma, conocidos, vecinos, colegas. El asesino entró en su casa y él lo recibió. Lo mismo hasta eran amiguetes. Quiero decir que el señor Noval era más conocido que la estatua de Pelayo, hasta la hija del comisario general contrató su boda con él. Me están apretando, Salvador, me están apretando.

Gris mantenía las manos cruzadas sobre la mesa mientras jugueteaba con los pulgares. A duras penas contenía la mala leche.

—Ya sabes que estamos en ello. Confía en nosotros, que vamos lentos pero seguros, y ya tenemos un par de pistas —mintió Bedia—. Y, en cuanto a los familiares, aunque está complicadillo, los tenemos a todos localizados. Emilio Noval pasó sus años felices en Francia. Tienes que darnos tiempo.

—Pues tiempo no te voy a dar —dijo encarándose con él—, pero puedo cursar tu traslado al sótano como archivero. ¡Interrogad de nuevo a la empleada del hogar, a la hija y a san pito pato, si es necesario!

—En breve le enviamos nuestros avances. Yo me encargo —terció Roldán tirando de la manga de la americana del inspector y obligándolo a salir del despacho.

Avanzaron por el pasillo en silencio, sorteando compañeros. Bedia cerró de un portazo el cuartel general y fue directo hacia la mesa de los víveres. Dos dónuts después, abrió la boca y miró a Marina.

—Te toca ir a Cangas de Onís y acorralar a la asistenta.

Tercera carta

Salut, maman.

Me habría gustado que conocieras a Llara. Es mi mejor amiga. Ella y su padre me han enseñado a ser una superviviente y a estar preparada. A veces siento envidia de ella porque tiene un buen padre. Pero no te preocupes, ellos cuidan de mí. Nelu me trata como si fuera su hija. Intento seguir adelante, aunque el miedo sigue conmigo.

Je ne t'oublie pas. No te olvido.

25

Cruzar la vida

Cangas de Onís

LA AGENTE ROLDÁN cruzó por el paso que salva el cauce del río Güeña. «Hace un frío de nieve», pensó, y recordó que en Madrid sentía lo mismo cuando nevaba en Navacerrada.

Antes de la construcción del puente, que conecta con el centro de Cangas de Onís, el torrente se salvaba gracias a una pasarela de madera cuyo uso estaba restringido a unas veinte personas. El paso actual, de más de cincuenta toneladas de peso y treinta y dos metros de longitud, descansa sobre una losa de hormigón, y se asienta sobre pilares para evitar la carga en los muros de encauzamiento. «Baja más rápido que días anteriores», observó Roldán al sentir la humedad. Las últimas lluvias habían elevado el caudal y el sonido del agua reverberaba en el ambiente. Desde su nacimiento en los Picos de Europa, el río Güeña discurre durante veinte kilómetros en paralelo a la costa, hasta desembocar en el Sella.

La primera vez que lo cruzó, a Marina no le pareció una amenaza hasta que escuchó una conversación entre paisanos. El más viejo mencionó la riada de 1938, conocida como la Riadona. El episodio se cobró unas cuantas vidas. La agente se imaginó el río desbordado, las aceras inundadas, y a personas y animales en peligro. Así entendió la necesidad de canalizarlo para evitar crecidas incontroladas.

Las calles más próximas al río estaban ahora solitarias. Bien entrada la hora de comer, apenas un par de transeúntes de caminar apretado se alejaban por delante de ella. La sensación de hambre la sorprendió, y recordó un bar en cuya fachada había visto un cartel que rezaba «Caldo casero». Se regodeó imaginando un plato de sopa caliente.

Sin tiempo para almorzar, se conformó con un emparedado de atún salido de una máquina expendedora que encontró en la estación de autobuses. Al acercarse al centro de la población, las calles parecían más animadas, sobre todo en las proximidades de bares y restaurantes, donde el bullicio traspasaba el local hasta alcanzar la calle. Semáforo rojo. Marina esperó en el paso para peatones junto a una mujer que empujaba un carrito de bebé. Reconoció al otro lado de la calzada el parque infantil, justo enfrente del edificio en el que vivía Veli.

Durante el trayecto repasaba las preguntas que había preparado para su reencuentro con ella. Necesitaba conocer cuáles eran los horarios de la familia, la relación con los vecinos y el motivo que explicaba por qué Emilio Noval había abierto la puerta de su casa a su asesino. «Es el tipo de cosas que debe conocer una empleada de hogar», se dijo convencida.

El semáforo cambió a verde y cruzó la calle.

A la altura del portal de Veli, la agente prestó atención al trasiego de la gente. Marina andaba distraída en los detalles, cuando observó que un taxi se detenía y de él se bajaba la mujer. Regresaba de Arriondas de visitar a una amiga, según le explicó más tarde. Durante la noche que había pasado junto a su amiga, las noticias sobre la llegada inminente de un temporal atípico y de gran magnitud aparecían reiteradamente en todas las cadenas de televisión. La cosa pintaba mal, casi apocalíptica. Ese fue el tema de conversación que había mantenido con el taxista.

Ya empezaban a notarse las primeras señales de cambio. Ambos habían reparado en el cielo plomizo que se balanceaba sobre las montañas. La cordillera del Sueve, desde Arriondas, se intuía helada. El *picu* Pienzu se ocultaba a los ojos como si alguien se hubiera entretenido en borrarlo del horizonte, y la humedad del río Piloña acentuaba una sensación desapacible.

Veli saludó a Marina y le ofreció subir a su casa como si la hubiera estado esperando.

—Soy una víctima colateral de la muerte del señor Noval —dijo invitándola a acomodarse en el salón.

La agente observó que el cuarto estaba recogido. Varias estanterías ocupaban el perfil de la pared recién pintada. Se fijó en la ausencia de adornos; tan solo un marco de madera con una fotografía en la que aparecía junto a Mónica y Emilio. Los tres posaban en el jardín de los Noval. Lo supo porque reconoció el enorme fresno.

—Estamos avanzando en la investigación del asesinato del señor Noval y necesitamos confirmar una información —dijo Marina sacando la tableta del bolso. La agente debía hacerle creer que contaban con pruebas suficientes y que solo estaban descartando a sospechosos—. Sabemos que Mónica y su padre no se llevaban bien. La mala relación la corrobora el testimonio de una vecina que asegura haber escuchado cómo Mónica lo amenazaba. Usted convivió con ellos el tiempo suficiente como para conocer el vínculo que los unía. Voy a ser sincera: Mónica es nuestra principal sospechosa.

—¡Qué tontería! —soltó rotunda. La desesperación de la mujer superaba con creces el grado de implicación que se espera de una empleada de hogar. A Marina le pareció ver en Veli algo parecido al sufrimiento de una madre—. La cría es inocente. Están equivocados. Mónica es cabezota, contestona e impulsiva, pero no es una asesina. Eso no, eso no. ¿Qué adolescente se lleva bien con sus padres? Y, además, tienen que tener en cuenta que Mónica no tiene madre, ni hermanos, ni familiares que le den consuelo. Solo es una *guaja* indefensa.

A la mujer se le apagó la voz.

—¿Por qué el señor Prado se ha hecho cargo de ella? No es un familiar, y eso implica una gran responsabilidad —preguntó Marina, a quien no le pasaba por alto lo excepcional de la circunstancia.

—Nelu lo hace porque Mónica es la mejor amiga de su hija y porque tampoco se llevaba bien con Emilio. —La agente esperó a que se explicara, satisfecha por haber dado en el clavo. La debilidad de la mujer por Mónica podía ser una gran ventaja si sabía cómo dirigirla en beneficio de la investigación—. La profesión de Nelu es inestable. La empresa de rutas solo da beneficio durante el verano, cuando vienen los turistas. Mónica empezó a mostrar un gran interés por el ecologismo de Nelu y le pidió a su padre que la apuntase al grupo del instituto. Emilio se negó, ya les dije que tenía unas ideas un poco particulares. El caso es que al final se entendieron. Un día Emilio invitó a cenar a Nelu; al poco tiempo, este empezó a trabajar en el hotel como camarero, y Emilio le dio permiso a Mónica para apuntarse al grupo de supervivencia. La cosa fue bien durante unos meses, pero cuando llegó el verano, a Nelu lo echaron. No sé cuál fue la razón para despedirlo, pero Mónica dijo que su amiga Llara le contó que Emilio y Nelu tuvieron una fuerte discusión. Emilio era un gran empresario y tenía mucho carácter, lo mismo discutieron por negocios. Desde entonces no se hablaban.

—¿Cree que Nelu sería capaz de matarlo?

La pregunta de Marina voló como una flecha, directa y certera.

—Conozco a Nelu desde *guajes* y tiene un carácter fuerte, pero de ahí a matar a una persona, va un mundo.

La intuición de Marina seguía intacta. Hasta el momento nadie había podido convencerla de la culpabilidad de Mónica. Y, en ese instante, Nelu se posicionaba como posible sospechoso. Los indicios eran débiles, de momento, pero ahí podía surgir un posible móvil: un padre de familia al que han dejado sin trabajo. Habría que indagar más acerca de ese enfrentamiento.

Un sospechoso a tener en cuenta que enmarañaba aún más el extraño asesinato de Emilio Noval.

DE REGRESO A Gijón, el recorrido por las calles más céntricas de la localidad le devolvió un poco de calma.

La gente iba y venía.

Cruzaban por los pasos para peatones.

Cruzaban por los puentes que atraviesan el Güeña. Cruzaban la vida.

26

Morir de rodillas

Villanueva

In era MCCLXI arbas rodericus conssumavit eclesiam
sancti petri monacus martinus scripsit tella

Cuenta la leyenda que el monasterio de San Pedro de
Villanueva lo fundaron Alfonso i y su mujer, Ermesinda,
hija de Pelayo, allá por el siglo VIII. Los monarcas habían
construido, en el término de Villanueva, una iglesia y un
panteón real bajo el título de Monasterio de Santa María,
aprovechando una residencia anterior. Pero lo cierto es que
los vestigios materiales más antiguos datan del siglo XII,
momento en el que aparecen los primeros documentos que
mencionan un cenobio en ese lugar.

Se dice que la iglesia fue construida, por el deseo de Ermesinda de honrar la muerte de su hermano Favila, sobre
el lugar en el que murió tras una desgraciada cacería, y con
el propósito de que sirviera de panteón regio. Pero todo
parece indicar que, en realidad, esto solo forma parte del
mito. Una antigua escritura del año 1615 que contiene la carta
fundacional otorgada por el monarca en el año 746, detalla la
relación de las propiedades con que se dotó al nuevo monasterio y que se extendían a ambos márgenes del Sella.

La Orden de San Benito atesoró entre sus muros un gran
poder sobre buena parte del territorio, lo que garantizaba

rentas y riquezas. Abundancia que perdió de forma paulatina, al tiempo que las grandes familias nobiliarias adquirían jurisdicción sobre los territorios, anteriormente bajo la protección del convento.

EL SONIDO DEL teléfono despertó a Marina junto con un mensaje de voz de Bedia que le puso los pelos de punta.

«Te quiero YA en el hotel San Pedro. Se cargaron al *estirao*.»

Instintivamente, miró el reloj y contuvo la urgencia de salir por la puerta. «El *estirao*» retumbaba en su cabeza. Y recordó a Roberto Torres, el relaciones públicas del hotel de Cangas de Onís con el mote que le había asignado Bedia, acorde con su postura envarada. El poco ánimo que había conseguido reunir se diluyó como un Peta Zeta en la boca al contacto con la saliva. Se dio una ducha rápida, preparó café y fue dando pequeños sorbos de la taza al tiempo que se ponía la ropa interior. Terminó de vestirse a duras penas, vaqueros y una sudadera gruesa, recuerdo del último concierto en Madrid de Fito & Fitipaldis. Con el abrigo cerrado hasta el cuello y a punto de salir de casa, Carlos la sujetó por el brazo. Ella sonrió y le ofreció los labios en espera de un beso. Él le acercó la mochila, que había olvidado, y le dio un beso en la mejilla acompañado de un «que tengas buen día» que ella encajó con la fuerza de una bofetada.

Sin tiempo de recrearse en la decepción, decidió aparcarla en un rincón de la memoria. Necesitaba concentrarse o perdería el caso.

Para acompañar el malestar, la mañana resultaba fría y densa, de esas que enrojecen las mejillas y te hacen encoger como una prenda de lana en agua caliente. El parte meteorológico que escuchaba mientras conducía anunciaba una potente borrasca aderezada con vientos polares de los que congelan hasta las ideas. El frío escarchado consigue retener cierto tipo de olores, propios del terreno, que actúan como un potenciador de la incomodidad. La luz del sol en invierno se muestra atenuada y el menor movimiento del viento provoca escalofríos, tal y como comprobó a lo largo del recorrido. Hasta las vacas *rubinchis* que pastaban en los prados se protegían las unas contra las otras. «Estos días son días extraños. Un punto hostiles —pensaba de camino al hotel—. Días en los que se presienten hechos aciagos y en los que una desea con fuerza el dominio del sol. Porque el hombre está hecho para vivir en la luz, pero aprende a sobrevivir en las tinieblas.»

Cuando la agente Roldán llegó a su destino, la actividad en los alrededores del hotel era frenética. Delante de la entrada a la iglesia de San Pedro de Villanueva, adosada al establecimiento hotelero, se arracimaban dos coches patrulla de la Policía Local y uno de la Guardia Civil, una ambulancia y el furgón de la Científica. Estacionó su vehículo junto al coche patrulla del inspector y enseguida localizó a Bedia cerca del tejo. Formaba parte del corrillo en el que se encontraban el juez y el encargado de elaborar el informe del levantamiento del cadáver, además de otros dos funcionarios judiciales.

Avanzó con paso decidido y se plantó en primera fila en el momento en el que los de la Científica daban por concluida la inspección ocular y la toma de muestras. El frío la envolvió como el capullo de un gusano de seda. Quizá fuera una advertencia de lo que estaba a punto de presenciar. Y, pese a la actividad que se desarrollaba ante ella, Marina solo tenía ojos para la dantesca escena cuyo escenario era el pórtico de entrada a la iglesia.

El cadáver de Roberto se encontraba arrodillado, la cabeza apoyada contra el fuste de una de las columnas que componen la portada, justo debajo de los capiteles que narran la leyenda de Favila, el hijo de Pelayo. Iba vestido con el mismo traje azul marino con el que los había recibido en el hotel, por lo que Marina interpretó que sería una especie de uniforme. Se le había salido el zapato izquierdo, perdido tal vez por las prisas al colocarlo en aquella posición. El rostro quedaba oculto. Todo el peso del cuerpo descansaba sobre la cabeza, con los brazos colgando. El cadáver quedaba expuesto y rodeado por un enorme charco de sangre.

—Un equilibrio muy conseguido —la voz del inspector la pilló desprevenida. Al gigante le resultaba curioso imaginar cómo se las había apañado el asesino para conseguir estabilizar una postura tan forzada.

—¿Cómo murió? —quiso saber Roldán sin imaginar lo ocurrido.

—Degollado.

Con una palmada en la espalda, el juez se despidió de Bedia y a ella la sacó del trance. Los sanitarios procedieron a mover el cadáver rodeados por los de la Científica, que tomaban más fotografías. Al colocarlo en la camilla quedó al descubierto una profunda herida abierta en la garganta y una gran mancha sobre el suelo de piedra. La sangre le había resbalado por las rodillas hasta formar un charco entre las piernas. Marina comprobó que Roberto tenía los ojos abiertos, en un rictus de terror propio del que ve la muerte muy cerca. Sin embargo, el gesto indicaba algo más. ¿Qué había visto? ¿Qué había provocado esa extraña mueca?

Humillación. Vergüenza. Afrenta.

Las palabras se sucedían sin llegar a pronunciarse.

La disposición del cadáver en actitud orante aumentaba el impacto visual. «Una muerte extraña —pensó Marina—. El asesino buscaba algo más que acabar con su vida.» La imaginación la trasladó de pronto a su niñez. En su cabeza se agolparon imágenes de tiempos pasados. Sintió de nuevo el frío de la capilla de su colegio, los bancos de madera deslucida por el trasiego de manos infantiles, el olor a cirio encendido y al yeso húmedo y gris de las paredes.

Visualizó el reclinatorio, en el que un cura vestido con casulla y estola se arrodillaba cada mañana antes de comenzar la jornada escolar. Sintió de nuevo el miedo pueril que le provocaba la llama anaranjada junto al sagrario, señal inequívoca de la presencia de Dios, que la observaba. Siempre se había preguntado por qué encerraban a Dios en una caja. Conocía la existencia de otros dioses que vivían en el Olimpo, un lugar lleno de riquezas en el que se celebraban banquetes. Esos dioses y diosas eran fuertes, astutos, portentosos, también mezquinos y dementes, pero a nadie se le había ocurrido encerrarlos en un cajón iluminado con una antorcha. Las pesadillas en las que trataba de liberar al dios encerrado la acompañaron durante años. Cada vez que accedía a un recinto sagrado evocaba el dedo sobre la boca y la posición orante, de rodillas. Silencio. Acatar el respeto que ordenaban las monjas hasta en el sonido de la tela de los hábitos al rozar el suelo de piedra. «El que calla, otorga», dice el refrán. Y durante años se sintió cómplice del cautiverio de Dios.

Los empleados del San Pedro observaban a los policías a cierta distancia. El subdirector se acercó a Bedia con la cara desencajada y sin color; estaba conmocionado.

—¿Quién encontró el cadáver? —preguntó Bedia poniéndose en jarras y mirando a los ojos a los empleados uno por uno. La mano del subdirector se accionó como un resorte y apuntó hacia el guardia de seguridad. Los ojos del inspector se posaron en la porra que descansaba en el costado. Un hombre flaco y lampiño. La presencia de la policía intimidaba al vigilante, pero sostuvo la mirada del inspector con la osadía de los que se creen importantes.

—Lo encontré temprano —dijo apoyando la mano en el instrumento de defensa.

—¿Vio algo raro esta mañana? ¿Algún vehículo sospechoso?

—Nada. En el aparcamiento solo están los coches de los clientes. Son cuatro, los mismos de ayer —indicó mirando en dirección al área reservada para el estacionamiento.

—Quiero las matrículas —dijo Bedia volviéndose hacia Roldán y representando el gesto de tomar apuntes—. Descríbame cómo lo encontró.

—Empiezo la ronda por los alrededores. Doy una vuelta al edificio. Hoy hace más frío y las vacas se arriman *pa* evitar el relente de la noche. Espanté a un par de ellas detrás de la iglesia y, cuando volvía al hotel, *tópeme* con él. *¡Cagüendiola!*

El guardia de seguridad torció el gesto y se persignó.

—Vamos a llevar a este hombre dentro —dijo Bedia señalando al subdirector—. Necesito hablar con él. Y con usted, también.

El sonido de la rodada de un vehículo sobre el suelo empedrado del aparcamiento distrajo a la agente Roldán. Del coche rojo se bajaron dos mujeres, una de ellas cargada con una cámara de televisión. Periodistas. Marina reconoció a la conductora, Begoña Salinas, lo supo por los reflejos dorados de su pelo, tan favorecedores. Las dos avanzaron resueltas hacia la iglesia. Marina decidió hacer *mutis* por el foro, seguir al inspector y evitar así un encuentro incómodo. Temía meter la pata con la prensa. «El horno no está para bollos», se dijo. En su retina quedó reflejada la cara de decepción de la reportera al encontrarse con que ya habían retirado el cadáver.

Cuando la agente entró en el despacho del subdirector lo encontró recostado en un sillón, escoltado por el vigilante y uno de los empleados. Parecía que había recuperado el ánimo. Una camarera entró cargada con una jarra de café recién hecho, cuyo aroma activó sus papilas gustativas.

—Adelante, Roldán —la increpó Bedia. Por un momento, Marina reparó en la expresión facial del cíclope. Le pareció que su rostro era más anguloso, o mejor, menos redondo. La pérdida de peso le había restado papada y perfilado la mandíbula. Proyectaba el mentón hacia el subdirector, lo que ella interpretó como interés, pero la arruga, que apenas se esbozaba entre los ojos, delataba su preocupación. Una vez más, la estaba poniendo a prueba—. El señor Riu ya se encuentra mejor.

Marina enarcó una ceja con incredulidad al ver que el hombre sujetaba la taza de café con un evidente tembleque de manos.

—¡Pobre Roberto! ¡Quién fue capaz de hacerle esto ahora! —se lamentó el subdirector.

—¿Por qué dice que es inoportuna su muerte? —La pregunta de Marina hizo que todos se quedaran pensativos.

—¡Porque lo es! Yo mismo lo contraté. Era un grandísimo profesional.

—Cuéntenos lo ocurrido.

—Esta mañana llegué temprano. Tengo mucho trabajo atrasado. Durante la noche permanecen en el hotel los empleados de turno y el vigilante.

Bedia unió el dedo índice y el pulgar, y los arrastró sobre la palma de mano. Marina entendió el gesto y recuperó la tableta.

—Aparqué el coche en el reservado —continuó Riu— y, justo cuando me disponía a bajar del vehículo, vi al guardia de seguridad, que corría hacia mí con las manos en alto. —El aludido asentía con la cabeza—. El hombre era incapaz de hablar, pero señalaba hacia la iglesia. Entonces me fijé en un bulto oscuro apoyado contra el pórtico. —Se tapó la boca con la mano y comenzó a sollozar—. ¡Ay! ¡Pobre Roberto!

—Yo di el aviso a la policía —dijo el vigilante intentando cobrar protagonismo.

—¿Y no vieron a nadie en coche o curioseando por los alrededores?

—Nadie —dijeron a un tiempo.

—¿El hotel cuenta con cámaras exteriores? —continuó Marina.

—¡Por supuesto! La fatalidad es que este mismo mes cambiamos de empresa de seguridad, por eso contratamos a un vigilante. Puede consultar mi agenda si quiere y verá que el jefe de mantenimiento tenía previsto instalar tres nuevas unidades esta misma semana —contestó Riu.

—Entonces, ¿es usted nuevo?

El guardia bajó la vista, incómodo. Bedia se dirigió a Marina y antes de que dijera nada, ella contestó:

—Lo comprobaré.

—¿Cuándo vio por última vez a Roberto? —continuó el interrogatorio al subdirector.

—Ayer no, tuve el día libre. Anteayer.

—Mi pregunta es la misma que le hicimos cuando asesinaron al señor Noval: ¿tenía enemigos?

—No, que yo sepa.

—¿Llegó a conocerlo fuera del trabajo?

Riu puso cara de no entender.

—¿Tenía novia, amigos, familia? —aclaró Roldán.

—Vivía con su madre en Ribadesella. Era un hombre celoso de su intimidad. Fíjese, relaciones públicas y tan reservado.

Marina reparó en la cara de póker de Bedia e intuyó que no se había tragado ni una sola palabra, lo que aumentaba el desasosiego del gigante.

—¿Tenía relación con algún empleado en especial?, ¿alguien que lo conociera bien?

Vigilante, subdirector y empleado se miraron al tiempo que negaban con la cabeza.

—Ya le digo que era un hombre discreto. Sabía separar muy bien la vida personal de la profesional —aclaró el señor Riu.

El gigante hinchó el pecho con una gran bocanada de aire, metió las manos en los bolsillos del pantalón y con un «les agradezco su colaboración», salió del despacho.

UNA VEZ FUERA del hotel, Salvador se detuvo a hacer una llamada y después se dirigió a Roldán.

—Así, en caliente, me voy a Ribadesella. Quiero interrogar a la madre de Roberto. La descripción de Riu me escama. Por cierto, muy acertada con el interrogatorio.

A Marina se le iluminó el rostro y sintió una oleada de satisfacción tan potente como la euforia que debe de sentir un atleta al conseguir una medalla. Parecía que el gigante volvía a confiar en su criterio. Por el rabillo del ojo vio acercarse a la reportera de la RTPA, se despidió con prisa de su jefe y fue directa hacia el coche.

La periodista se presentó ante Bedia con el rostro serio.

—Buenos días, inspector.

El policía la observó un instante. Tiempo preciso para rebuscar en su mente y recordar de qué conocía a aquella mujer. El cerebro respondió pronto al estímulo y ató cabos al relacionarla con la cámara que esperaba detrás de ella.

—Begoña Salinas, si no me equivoco —dijo ofreciéndole la mano.

La cara de sorpresa de la mujer duró un segundo. Ignoraba que estuviera al tanto de su nombre.

—Necesito hacerle unas preguntas.

—Me pilla en mal momento.

Ella continuó sin darse por aludida.

—Primero, Emilio Noval, y ahora el relaciones públicas del hotel. ¿Cree que ambos casos podrían estar relacionados?

—¿Qué le hace pensar eso?

—Roberto Torres era el dueño del Taranis —explicó como si el inspector fuera un extraterrestre, ya que le costaba pensar que alguien ignorase la existencia del local—. Taranis, además de ser un dios celta, es el nombre de la famosa discoteca. El presupuesto de los banquetes de la empresa del señor Noval incluía comida o cena en el hotel y fiesta en el Taranis. Ahí está la relación.

El impacto de la información pilló desprevenido al policía. El silencio se escarchó en torno a ellos.

—Perdone, señorita Salinas. —Bedia simuló atender una llamada de teléfono para evitar que ella se fijara en el chorro de sudor que le resbalaba por las mejillas—. El contacto con la prensa corre a cargo del agente Cueto. Con mucho gusto la informará de los avances en la investigación.

Acto seguido, enfiló como un toro hacia el coche patrulla mascullando un claro «la madre que me parió».

27

Cuatro dedos

Oviedo

«En el dedo meñique reside el cincuenta por ciento de la fuerza de la mano.»

Bedia viajaba pendiente de la carretera cuando la voz del locutor a través de las ondas le trajo a la memoria la imagen de la mano de su amigo el doctor Arturo Requejo, al que le faltaba el dedo meñique de la mano izquierda.

«Puñetera casualidad», se dijo y sonrió.

Requejo se había puesto en contacto con él apenas dos horas antes. La llamada le había producido tanta curiosidad que decidió acudir en persona al Instituto de Medicina Legal de Ciencias Forenses de Asturias, IMLAS, situado en el barrio de La Corredoria, en Oviedo.

Conducía intranquilo. Regresar a la ciudad donde había empezado su particular infierno resucitaba viejos fantasmas. El recorrido por las calles le era familiar. Se fijó en que habían añadido un par de rotondas y algún semáforo al diseño original, paralelo al camino real antiguo planeado por Carlos III que unía Oviedo con Gijón. «Un barrio con idas y venidas —pensó—, y ahora es el más grande de la ciudad.»

Hacía varios años que Arturo y Salvador no se veían. Requejo era uno de los amigos que Bedia sacrificó cuando decidió marcharse de Oviedo. Tras el ataque a la unidad de la que era responsable, la vetusta ciudad se tornó hostil, áspera y silenciosa. Pese a todo, la amistad con el forense era de esas que sobreviven a la distancia, al silencio y a las malas lenguas. Tan sólida que, por muchas vueltas que dé la vida, uno siempre encuentra la razón por la que un día apostó por aquella persona. Los dos compartieron momentos duros, y ya se sabe que las desgracias refuerzan el vínculo o lo destruyen para siempre. Por esa razón decidió ir a verlo. Por eso y porque se divertía recordando los ratos compartidos en partidas de dominó.

«El trabajo del médico forense está envuelto en el misterio —pensaba Bedia absorto en la carretera—. Son tipos inteligentes, curtidos, enfajadores y resolutivos.» Para ejercer la profesión era importante estar habituado a lidiar con el rastro de la muerte hasta determinar la causa. Por la experiencia de su amigo Requejo, sabía que en la práctica es un trabajo monótono, lento y carente de *sex-appeal*. En Asturias, por la singularidad del territorio, con pequeñas unidades de población envejecida y aldeas aisladas, la mayoría de las veces el facultativo que acude a la casa de un fallecido no firma el certificado de defunción porque desconoce la causa de la muerte. El cadáver es trasladado al IMLAS y entonces el forense descubre que ha fallecido a causa de infarto u otra enfermedad, y que el golpe en la cabeza que encendió todas las alarmas se había producido por un desfallecimiento. Misterio resuelto.

Agresiones sexuales, internamientos forzosos, suicidios y todo tipo de lesiones pasan por las mentes observadoras y precisas de los especialistas. Y, de vez en cuando, solo de vez en cuando, el forense se perturba ante un acto atroz. Una muerte ocurrida en extrañas circunstancias y, generalmente, violenta.

Lo extraño era que esa vez habían sido dos.

El forense Arturo Requejo alcanzaba el metro setenta de altura. De pelo lacio, se lo había dejado crecer hasta los hombros y las canas le cubrían ya la mayoría de la cabeza. Rostro afilado y ojos brillantes de lince tras unas gafas de miope. Precisamente era la montura de las gafas lo que distinguía al doctor; era un coleccionista. Decenas de gafas, de todas las formas y colores imaginables al más puro estilo Elton John. Los compañeros bromeaban sobre ello. Unas para cada ocasión. Eran la seña de identidad tras la que se ocultaba un hombre metódico, culto, templado y con un punto retraído.

Requejo esperaba a Bedia en la puerta de su despacho, cosa que este agradeció porque temía que lo obligara a entrar en la sala de autopsias. Al ver llegar al inspector, el forense levantó la mano de cuatro dedos a modo de saludo. Frente a frente, se observaron sin decir palabra, como en un duelo al sol. Los dos con una sonrisa en la comisura de los labios presta a derivar en franca carcajada.

—Estás más gordo —comenzó Requejo.

—Y tú más viejo —correspondió Bedia.

El abrazo que se produjo era la consecuencia del tiempo y de la distancia, aunque el camino entre Gijón y Oviedo se complete en media hora de coche. Ambos conocían los motivos del alejamiento y, en honor a aquella amistad, Requejo mantuvo un silencio respetuoso, como si a veces la ausencia fuera necesaria. Superado el primer encontronazo, actuaron con la naturalidad de haberse visto la semana anterior.

—Hace un tiempo de perros. —Bedia metió las manos en los bolsillos del pantalón y desplegó una enorme sonrisa. El entorno le resultaba familiar. Había perdido la cuenta de las visitas al edificio durante su etapa en la comisaría de Oviedo—. Y además te pusiste guapo para mí. Debe de ser importante.

—¿Te gustan? —coqueteó Requejo ajustándose la montura de las gafas—. Las compré para la ocasión. Recuerdo que tu color favorito es el azul. —Mostró al gigante el lado bueno del perfil y marcó morritos, a lo que el inspector reaccionó con un guiño—. Hicieron falta dos muertes para venir a verme. Siempre tuviste fama de duro. Natural. Te sienta bien el cargo de jefe de la Unidad del Oriente.

—No te creas todo lo que oyes. Somos una panda de *mataos*.

—¿Y la familia?

—Mujer y suegra, bien. ¿La tuya?

—Mujer ya no. Ando rondando a una veterinaria, te caerá bien. Mi hija está en Madrid, la cría me salió informática. Todo un cerebrito. La echo de menos.

—¿Ya es universitaria? ¡Joder! Cuando marché escribía al ratoncito Pérez.

—Ahora lleva *brackets*. —El forense acompañó el gesto pasándose un dedo sobre los dientes. Recordó a su hija en los brazos del gigante y le pesó el tiempo que habían estado separados. Ambos tanteaban en qué punto se encontraba la relación mientras rompían el hielo—. ¿Un café? Se estropeó la nevera. La vida sin cerveza resulta más complicada.

—No, gracias.

Arturo se sirvió una taza e hizo tiempo simulando ordenar unos papeles.

—Coincidí con Ana un par de veces. De *chigres* —soltó sin venir a cuento, mirando a Bedia y metiendo el dedo en la llaga. Necesitaba calibrar el estado emocional de su amigo.

—Aquello pasó. —Algo se le revolvió por dentro al inspector, pero intentó disimular.

—Me alegra oírte decir eso. —Una escueta respuesta con la que el forense se quedó satisfecho. Parecía que su amigo comenzaba a superar el trauma o, al menos, fingía tan bien como siempre—. ¿Nos centramos?

—Nos centramos.

—La excusa de la autopsia de Roberto Torres funcionó. Tenía ganas de verte. La verdad es que podría haberte enviado el informe como en el caso de Emilio Noval, pero es que últimamente me aburro y me apetecía una buena charla.

—Céntrate, Requejín.

—Como quieras. Al señor Torres lo degollaron empleando un arma afilada y precisa, sin signos de violencia, laceraciones ni hematomas, y lo atacaron de pie. La posición en que lo encontraron, de rodillas, fue *post mortem*, tal como evidencia el acúmulo sanguíneo. El peso del cuerpo apoyado sobre las rodillas, un tanto separadas y con los pies en flexión, tenía como objetivo mantenerlo en equilibrio. El flexo del pie izquierdo está forzado, de ahí que se le desencajara el zapato. De esa manera, el resto del cuerpo permanece en posición erecta.

—¿Y el informe toxicológico?

—Ese tardará un pelín. Andan con retraso. Al pobre de Torres el asesino lo pilló sin desayunar. En el estómago todavía encontré restos de la cena.

—O sea que el que lo atacó sabía dónde y a qué hora encontrarlo.

—Eso parece. Lo que me inquieta es la relación de los dos fallecimientos. Una coincidencia que fueran socios.

—Veo que estás bien informado.

—Hacía tiempo que no se producían dos muertes violentas y en el mismo concejo. Es para mosquearse. Tanto a Torres como a Noval los asesinaron con un objeto punzante. Esa es la coincidencia. Pero a Emilio Noval el asesino lo situó en posición de reposo y, en el caso de Roberto, lo dispuso de rodillas. Quizá la investigación deba plantearse en función de un significado y un móvil para cada caso, pero con la seguridad de que ambos homicidios están firmados por el mismo individuo.

—Es una afirmación un tanto categórica.

—No creo en las casualidades. En el caso de Roberto, la posición del cadáver es primordial. El asesino pretende enviar un mensaje. La muerte de rodillas implica sumisión, humillación. Estamos ante un crimen pasional o ante una venganza, incluido un ajuste de cuentas.

—¿Por qué un crimen pasional? —Bedia intentaba entender las disquisiciones del forense sin perderse—. ¿Piensas que lo hizo una mujer? Estuve interrogando a la madre de Roberto. La pobre ya tiene bastante con los ochenta y siete que lleva a cuestas. Lo único reseñable que me dijo es que su hijo siempre le salía con que sufría mal de amores cuando ella le recriminaba las ojeras y el poco apetito que mostraba.

—¿Vivía con su madre?

—Soltero y sin compromiso.

—¿Homosexual?

—Ni idea. ¿Qué te hace pensarlo?

—Lo mató un hombre. Hace falta mucha fuerza para mover un cadáver.

—Conozco a varias tías que te tumbarían de un guantazo.

—Y yo. Pero, por estadística, me inclino por un varón.

—¿Y si la ayudaron?

—Es una posibilidad. La Científica está con las huellas.

Bedia se quedó en silencio, sacó un caramelo del bolsillo, se lo ofreció a Requejo y, ante la negativa, se lo metió en la boca.

—¿Qué me dices del crimen por venganza? —preguntó Bedia retomando el tema. La perspectiva de la investigación había cambiado, la información del forense abría nuevas hipótesis.

—La posición de rodillas comporta sometimiento. Si prestamos atención al punto de vista del atacante y suponemos la intención de doblegar al sujeto, estaríamos ante una especie de castigo. Si Roberto tenía cuentas pendientes con alguien, pudo ser un crimen por venganza. El escenario es determinante: una iglesia. Y en la entrada. El asesino eligió un lugar a la vista de todos.

El teléfono que había apoyado sobre la mesa comenzó a sonar. Mientras Requejo atendía la llamada, Bedia aprovechó para abstraerse y procesar la teoría del forense. De pronto fue consciente de la estupidez que había cometido al sacar a Arturo de su vida. El tiempo trascurrido no había modificado un ápice de la complicidad y el buen rollo existente entre ellos. Cierto que estaban más viejos, los años pasan, pero el forense mantenía la lucidez y la rapidez mental de siempre.

Recorrió de un vistazo el despacho y lo encontró tan ordenado como la última vez. Un ambientador con forma de pino colgaba de una alcayata en la pared. Debía de estar seco. El olor a desinfectante anulaba cualquier otro; desde el exterior destellaban voces amortiguadas y el trasiego de pasos por el pasillo; la luz de color azul plata de la calle bajo un cielo nublado se filtraba a través de la persiana; una bata blanca se balanceaba sobre el perchero delante de un póster gigante de Bruce Springsteen and The E Street Band. «The River Tour, 2016, en Philadelphia», leyó Bedia. ¡Qué recuerdos! La música del Boss siempre sonaba en la sala de autopsias del forense. Su admiración hacia el músico de Nueva Jersey era legendaria.

La imagen de Roberto Torres arrodillado en el frontal de la capilla entraba y salía de la cabeza del inspector. Daba vueltas, se alejaba, se acercaba. Lo recordaba vivo y muerto, en un *collage* imposible. Hasta que la voz de Arturo lo sacó de sus pensamientos.

—Te invito a comer.

Bedia levantó la vista e hizo un mohín de fastidio. Pese a la buena conexión entre ellos, ya no eran los de siempre. La vida había pasado por los dos y les había arañado la piel. Y él todavía se sentía incapaz de enfrentarse a determinados recuerdos.

—Mira que me jode aguarte la fiesta, pero tengo a la suegra haciendo albóndigas desde anoche y, si le digo que no voy, me mata.

La excusa sonó precisamente a eso.

—Hazte a la idea de que insisto —comentó el forense sujetando la montura de las gafas con dos dedos.

Salvador movió la cabeza de un lado a otro.

—Hazte a la idea de que te debo una comida.

Requejo adelantó su mano de cuatro dedos y Bedia la estrechó sin desearlo. Habría preferido comer con Arturo, recordar el pasado, calzarse un par de botellas de sidra y llamar a Rosa para decirle que el trabajo se había complicado. Y, sin embargo, apretó la mano mutilada.

Demasiado tiempo.

Demasiadas explicaciones que dar.

Su psiquiatra le había advertido de lo tortuoso del camino, pero él estaba empeñado en continuar sorteando pedruscos. Quizá un día no muy lejano estaría en condiciones físicas y mentales de retomar la amistad. Antes, tenía que perdonarse.

Con un sabor agridulce, salió del edificio del IMLAS y el cielo de Oviedo lo recibió con un meteoro especial.

Bedia elevó la vista al cielo de principios de diciembre y sintió en el rostro una caricia helada.

28

Déjà vu

Gijón

Sirgo y Cueto mantenían una conversación muy animada con un compañero sobre la última serie de ficción que habían visto. Hablaban a voces desde despachos enfrentados, en una conversación pública a la que se sumaba todo aquel que pasaba por el pasillo.

—Que no —decía Sirgo elevando el dedo índice—, que el malo es el jefe de los dragones, el de la trenza pelirroja.

—Ni de coña —replicaba el compañero—. Es el del parche. El que raptó a la hermana de su amante.

—Pero ¿cómo va a ser ese, si se cargó a la hermana? —intervino Cueto, que andaba bastante perdido.

Discutían ajenos a los pasos del gigante Bedia, que avanzaba como una apisonadora por el pasillo seguido de Roldán. El inspector mostraba el rostro contrariado y perlado de gotas de sudor. El primero en reparar en él fue Cueto que, sin pensarlo, aferró por el brazo a Sirgo y la metió en el despacho. Dos segundos después, Bedia apareció en la puerta.

—Acabo de hablar con el Jefe Gris —dijo con el móvil todavía en la mano—. Ayer, jueves, Nelu Prado se presentó en las dependencias de la Policía Local de Cangas de Onís para interponer una denuncia por la desaparición de Mónica Noval.

—¿Qué quieres decir con «desaparición»? —preguntó Cueto—. Ya sabes que a los jóvenes les da la ventolera y se

208

marchan de casa. Y Mónica ya dio muestras de hacer lo que le da la gana en más de una ocasión.

—Tengo en espera al agente Berdayes. Él fue quien cursó la denuncia —dijo tapando el auricular, mirando explícitamente a Marina y retomando la llamada.

—Lamento la espera. —El inspector accionó el manos libres y dejó el móvil sobre la mesa—. Mi equipo está a la escucha. ¿Y dices que estaban dormidas cuando Nelu salió de casa?

—Según declaró, dejó a las chicas en casa. —El agente Berdayes hablaba en voz alta desde las dependencias de la Policía Local de Cangas de Onís. Acababan de detener a un borracho que insultaba a gritos a los policías. Las voces retumbaban como si estuvieran en un túnel—. Estaban dormidas porque era muy temprano. Él salió hacia Avilés a una reunión de «comehierbas», de esas que le gustan tanto. Dice que a media mañana su hija lo llamó y le dijo que cuando se despertó, Mónica ya no estaba con ella.

El inspector llenó los pulmones de aire y se secó la frente. Una extraña sensación con andares de araña empezó a trepar por su cuerpo desde los pies hasta la cabeza. Carraspeó un par de veces y se miró las uñas, su mujer siempre decía que le hacía falta una manicura.

—Y aquí viene lo mejor —continuó a voz en grito Berdayes—, dice que falta la documentación y el móvil. La hija de Nelu sostiene que se marchó voluntariamente, pero a él no le cuadra la forma precipitada en que lo hizo.

La voz del agente se detuvo y Bedia escuchó los alaridos del detenido como si estuviera allí. Berdayes colgó la llamada.

Cueto se pasó la mano por la nuca e hizo un gesto de fastidio mientras garabateaba sobre un papel sin anotar nada. A Marina le vino de golpe el recuerdo de Mónica durante el interrogatorio en casa de Nelu. Miedo. La chica tenía miedo ¿Y qué hace la gente cuando tiene miedo? Huye. «Pero ¿de qué o de quién?», se preguntó.

La primera en romper el silencio fue la agente Sirgo.

—Según parece, ¿la chica salió de casa de Nelu Prado y se largó sin despedirse de su amiga? Si lo hizo aprovechando que estaba dormida, quizá lo tenía planeado. Esa chica practica senderismo y conoce como la palma de su mano la ruta de Covadonga. Lograría cruzar a Cantabria.

La pregunta se quedó colgando del fluorescente.

—Me inclino por una fuga voluntaria. Parece una obviedad, pero el asesino de su padre está en libertad y, si nos atenemos a los indicios, ha matado dos veces. Roberto Torres era compañero de su padre y los dos están muertos. Puede parecer una idiotez, pero yo estaría acojonada. La prioridad es salir a buscarla —soltó Marina ajustándose la coleta y centrando la atención en su teléfono móvil.

Cueto escrutaba el rostro de Bedia. El lenguaje corporal de su jefe le ayudaba a interpretar su estado de ánimo. Los brazos cruzados del inspector cerraban el acceso a su mente. Al fijarse con atención en su respiración, observó que el pecho le subía y le bajaba de forma controlada, y supo que estaba intentando reprimir una emoción intensa. ¿Tal vez ira?

—Parece que la historia se repite —dijo Bedia con cierto dolor en sus palabras al recordar el caso anterior, complicado por la desaparición de varias adolescentes—. Ya sea voluntaria o forzosa, lo cierto es que se trata de una desaparición. Un asesino anda suelto y no pienso cargar con otra muerte sobre mis espaldas. Por suerte para Mónica, tenemos experiencia en montar un dispositivo de búsqueda; ya sea una desaparición voluntaria o un secuestro, lo primero es actuar de forma coordinada.

Todos los agentes clavaron sus ojos en él.

—Vamos a requerir la ayuda de la Local y de la Guardia Civil. Así nos será más fácil localizar e inspeccionar los lugares que frecuenta su grupo de amigos. Sirgo, quiero que te centres en internet y en las redes sociales; TikTok, Facebook, WhatsApp, Telegram, Instagram y hasta en las palomas mensajeras. Si lo ves necesario, solicita el correspondiente mandato judicial. Establecemos contacto con familiares, amigos y compañeros de clase, o con los integrantes de cualquier otra actividad que realizase.

—El grupo de supervivencia —puntualizó Cueto—. Lo mismo tiene algún noviete.

—Llama a Berdayes y dile que se ocupen de coordinar la búsqueda en la localidad y en todo el concejo, incluidos hospitales, centros asistenciales y establecimientos hoteleros. Ellos conocen a Mónica, eso es una ventaja. Para los demás, preparad una descripción física y una fotografía reciente, y las pasáis a las estaciones de tren, de autobús y al aeropuerto. Cueto, ponte en contacto con el puesto auxiliar de la Guardia Civil de Cangas de Onís. Que nos echen una mano. Ellos coordinan el SEPRONA.

—Podemos activar la Alerta-Menor Desaparecido —sugirió Nora.

—Eso excede nuestra competencia, depende de la unidad policial especializada en desaparecidos. De momento, nos ceñimos al protocolo.

Marina escuchaba las indicaciones de su superior con especial atención, impaciente por recibir instrucciones. De pronto Salvador se giró hacia ella, la miró un instante y levantó la vista hacia la máquina de café. Se sirvió una taza, seleccionó dos piezas de bollería y regresó a su lado. La actividad de los demás y el silencio dramático de Bedia mientras desayunaba la sacó de sus casillas.

—¡Me vas a decir de una vez lo que tengo que hacer! —exclamó poniéndose en jarras.

Él esperó. Bebió. Masticó despacio y, al fin, se dignó hablar.

—Vas a ir de visita a casa de Nelu, a ver si encuentras alguna pista. Sé amable, es mejor que colaboren por las buenas y así nos evitamos tener que pedir una orden judicial.

29

Pacto de silencio

Cangas de Onís

EL TEMA DEL aparcamiento en Cangas de Onís se puede complicar en épocas festivas, ya sea Semana Santa, verano o cualquier puente. Por eso a Marina la pilló desprevenida el color rojo del itinerario en la pantalla del GPS, cuya interpretación era un atasco de aúpa. La ruta alternativa obligaba a desviarse y a bordear el municipio para acceder al *parking* central, frente a la estación de autobuses. La gran afluencia de turistas atraídos por el mercado dominical y empeñados en aparcar en el centro de la ciudad, hizo necesaria la construcción de estacionamientos disuasorios.

Cangas de Onís bullía de vida cerca del mediodía, aunque todo el mundo caminaba con prisa y arrebujado entre las prendas de abrigo. El invierno llamaba a la puerta y se instalaba con ráfagas de viento gélido.

Marina consultó la hora y se llevó la mano al estómago, con intención de mitigar el sonido de las tripas. Estaría paladeando una fabada calentita en su restaurante favorito, si no fuera por el trabajo y por el mal humor de su marido. «Últimamente está insoportable», pensó recordando la cara de vinagre con que regresó a casa el día anterior, y desechó la idea de detenerse a almorzar. Su propósito era cerrar pronto la inspección en casa de los Prado y regresar cuanto antes a Gijón.

Conforme se aproximaba al centro, el bullicio aumentaba hasta desconcertarla. La agente apareció en la avenida de Covadonga, justo enfrente de la iglesia en la que se había celebrado el funeral por Emilio Noval. Los setos de los jardines que adornan la plaza pasaron a un segundo plano, semiescondidos entre la gente.

Los puestos ambulantes del mercado se alineaban con precisión milimétrica desde la misma plaza, y se extendían hasta el palacio Pintu a lo largo de los soportales y calles próximas. La policía se dejó llevar por el colorido escenario y por un intenso aroma a pan, a *bollu preñau*, a dulces y a queso. La imagen de Bedia en su cabeza consiguió arrancarle una sonrisa. Claudicó a la tentación y, arrastrada por el apetito, decidió unirse a la multitud que abarrotaba los bajos del edificio.

El mercado de las flores alfombraba el suelo adoquinado con una profusa mezcla de olores y colores. Al mercado propiamente dicho se accede por una escalinata de piedra y, desde el momento en que la culminó, Marina se adentró en un paraíso gastronómico. A izquierda y derecha se sucedían pequeños puestos, rudimentarias mesas de madera con manteles de hule y torres geométricas, y montañas de quesos asturianos, la mayoría del Oriente, que competían junto a legumbres, hortalizas y mermeladas caseras. En los mostradores se ofrecían pequeñas porciones de diferentes quesos para degustar. Y ella se dejó tentar. Gamoneu, Cabrales, Vidiago, Los Beyos, *Afuega'l pitu*, ahumado de Pría. La variedad era tanta que entusiasmaba. Se detuvo en el puesto de la quesería Cueva Pregondón y salió del mercado con la boca llena y varias cuñas de queso en la mochila.

Entonces la vio.

Una niña de ojos ahusados y grises la observaba. En su mirada, un gesto adulto evocaba la sabiduría contenida en el rostro de los ancianos en contraste con el halo de alegría infantil que enmarcaba su carita redonda, todavía sin definir. Deslizaba entre los dedos un mechón de cabello castaño al que daba vueltas hasta convertirlo en una especie de tirabuzón. El encuentro duró un instante y la niña se perdió entre la gente.

Saciada el hambre y con mejor ánimo, la policía se encaminó hacia el domicilio de la familia Prado. Conforme avanzaba por las calles, aumentaba en ella una sensación incómoda.

Alguien la seguía.

Se giró mosqueada varias veces y en un par de ocasiones se detuvo a disimular frente a un escaparate. Pensó en la pequeña de ojos grises. Un juego de niños, quizá. Pero la sensación seguía ahí.

Confirmó la dirección en el móvil. Dos bloques de pisos, uno al lado del otro. Fachada verde y ladrillo visto. En los bajos, un taller para automóviles y un par de locales comerciales. Localizó la terraza del segundo piso en el momento en el que Llara se asomaba. La chica reconoció a la policía y, un tanto alterada, se apresuró a entrar en la casa a advertir a su padre. El señor Prado recibió a la agente en el descansillo del portal.

—¿La encontraron? —preguntó a bocajarro.

Marina se detuvo en el último escalón. Estaba claro que la estaban esperando. La visión de Nelu vestido con una camiseta descolorida y pantalón corto le provocó un escalofrío. Por mucho chicarrón del norte que fuera, la temperatura en el portal era la misma que en el exterior. Es decir, glacial.

—Por el momento seguimos sin noticias del paradero de Mónica —dijo ya en el interior de la casa y un tanto más reconfortada—. Señor Prado, me gustaría hacerles unas preguntas.

Llara aguardaba en silencio y sin intención de acercarse. La chica se alisaba la tensa coleta con la mano y jugueteaba con una horquilla. Una vez enterada del objetivo de la visita de la policía, saludó con la mano y desapareció.

—¿Almorzó? —Nelu señaló hacia la mesa de la cocina. Un plato con trocitos de chorizo junto a una barra de pan esperaba a los comensales.

—Gracias, ya pasé por el mercado —dijo ella aún con el regusto del queso en la boca—. Si le parece, me gustaría hablar con su hija.

—Adelante, como si estuviera en su casa. —En un intento por demostrar indiferencia, el hombre se sentó a la mesa y partió un trozo de pan—. ¡Llara! Obedece en todo lo que te pida la policía.

La chica acudió a la llamada de su padre de inmediato. Mantenía el gesto tenso y los brazos cruzados, lo cual evidenciaba que no le hacía ni pizca de gracia la presencia de la agente. La acompañó hasta el salón sin mediar palabra.

—Como sabes, nuestros agentes están haciendo un gran esfuerzo por localizar a Mónica y necesitamos tu colaboración. ¿Recuerdas algo extraño o te hizo algún comentario de si tenía intención de marcharse?

—Estaba dormida cuando se fue —dijo Llara—. A veces decía que quería largarse de aquí.

La actitud hostil de la chica subió un grado cuando la agente entró en su habitación, en la que encontró dos camas separadas por un estrecho pasillo que desembocaba en un armario de dos puertas. En la pared, una ventana cubierta por una cortina de un amarillo desvaído y pasado de moda. La retentiva de la policía se detuvo en una mochila semioculta bajo un pupitre saturado de libros y cuadernos escolares, apilados en hileras de diferentes tamaños. La pared lucía salpicada de fotografías sujetas con chinchetas en las que Llara aparecía junto a Mónica. La policía las revisó una por una sintiendo en todo momento la reprobación de la adolescente. Inspeccionó cada rincón de la habitación y anotó todo cuanto le llamó la atención. Abrió el armario y la mochila, incluso levantó los colchones y miró debajo de la cama.

—Me gustaría llevarme el portátil de Mónica.

Sepultado bajo las fotografías de la pared descubrió un espejo. Marina fingió curiosear entre los libros, al tiempo que fijaba la atención en el reflejo que le devolvía el rostro de Llara. Las cejas juntas sobre la nariz y el mentón proyectado hacia adelante delataban la intranquilidad que la consumía. Habría apostado que se sentía en ebullición, dada la intensidad del rubor sobre los mofletes. Los sentimientos atravesaban el cuerpo de la joven hasta quedar fijados en el rostro. La cara, redonda y aniñada, se afilaba y se tensaba de manera perceptible. Un segundo vistazo reveló a Marina un detalle que le había pasado desapercibido: las cejas de Llara se habían elevado y la tensión acumulada en los párpados mostraba ahora los ojos más abiertos: miedo. Llara sentía preocupación y miedo a la vez.

¿Qué podía provocar una hostilidad tan manifiesta hacia la policía? Mónica era su mejor amiga. Llara debía de estar desesperada, a no ser que conociera el paradero de la chica, o que estuviera enfadada con ella por haberse marchado sola. Roldán estaba preparada para encajar una reacción descontrolada, con sollozos, nervios, gritos, incluso para afrontar un sentimiento de culpa, pero se encontró con un muro. Las chicas dormían en la misma habitación. La familia había acogido a Mónica bajo su techo tras el asesinato de su padre. El vínculo entre Llara, Mónica y Nelu era muy fuerte. Entonces, ¿por qué Llara se mostraba tan fría? ¿Habrían discutido antes de que Mónica desapareciera? ¿Qué ocultaba?

«Nada es más difícil que ser consciente de la traición de un amigo», pensó Marina decantándose por la decepción que debía de sentir la adolescente al comprobar que su amiga se había marchado sin ella. En realidad, la situación emocional de la pérdida de la amistad es muy semejante a la de duelo. Negación, ira, frustración y después, depende de cada individuo, admitir y continuar o almacenar el rencor en el corazón hasta que se gangrena. Un porcentaje elevado de personas se deja arrastrar por lo segundo y la ira se encona, se transforma en desprecio y se extiende como un tumor maligno hasta nublar el entendimiento. Llara sentía una combinación de rencor y frustración, un cóctel de consecuencias imprevisibles.

La agente devolvió los libros a su sitio.

—¿Dónde está Mónica? —se esforzó por mantener un tono de voz cálido que contribuyese a ganarse el favor de la adolescente y, de inmediato, obtuvo la reacción. Las cejas de Llara se elevaron de forma simétrica hacia el exterior. Alerta. Había que actuar con tacto.

Marina tomó asiento en una de las camas y, con una enorme sonrisa, invitó a Llara a que la imitase. Como empujada por un resorte, la chica accedió y se encontraron frente a frente.

—Se ha ido sin ti, ¿verdad? La cama está sin hacer y se ha llevado el móvil. Voy a solicitar al banco una orden para que nos faciliten los movimientos bancarios de la cuenta que figura a su nombre. ¿Qué voy a descubrir?

Los ojos de Llara se llenaron de lágrimas y, donde antes había tensión, ahora encontró derrota. La adolescente desprendió con rabia las horquillas de su cabello una por una y soltó la goma de la coleta. Se tomó unos minutos en rehacer el peinado. Estiró el pelo con cuidado, lo reunió en un hatillo y lo sujetó de nuevo con la goma. A continuación, prendió las horquillas a ambos lados con precisión simétrica. Sin embargo, la policía había subestimado la tozudez de la adolescente. La chica hipó un par de veces y elevó de nuevo el mentón.

—No tengo ni idea de dónde está. Y tampoco me importa demasiado. Casi es mayor de edad. Puede hacer con su vida lo que le dé la gana.

Nelu apareció en la puerta en ese preciso instante.

—Mire, agente, Llara y yo lo estamos pasando mal.

Durante la intervención de Nelu, Marina reparó en una pequeña libreta que sobresalía por entre las patas del escritorio y, aprovechando que Llara salía de la habitación seguida por su padre, rescató la libreta y la ocultó en el interior de su mochila. Tras el gesto tomó conciencia de que podría habérsela pedido a la chica y, sin embargo, por alguna razón que se le escapaba, se convenció de que Llara debía ignorar que la libreta estaba en su poder.

—Señor Prado, ¿notó algún comportamiento extraño en Mónica los días anteriores? —La conversación se trasladó al salón. La agente se concentró en organizar los datos en su tableta—. ¿La encontró nerviosa?, ¿triste, quizá?

—Nada de eso. Al contrario. Hace poco salimos de excursión al mirador de Ordiales y estaba contenta. Necesitaba distraerse y olvidar su desgracia por un rato.

—¿Cree que sería capaz de sobrevivir sola en la montaña? Teniendo en cuenta la bajada de las temperaturas. En comisaría hemos planteado la posibilidad de realizar una batida de búsqueda.

—Mónica siempre destacó en el grupo de supervivencia. Además de las nociones básicas, conoce muchos trucos que aprendió gracias a la amistad con mi hija. Le aseguro que, a no ser que las condiciones ahí fuera se tuerzan, ella está capacitada para avanzar por la montaña sin problemas. Eso si damos por sentado que se marchó de forma voluntaria, que es lo que todo el mundo cree. O que se fugó en una moto o en autobús o en tren. ¡Joder!

Nelu gesticulaba como si sus brazos fueran las aspas de un molino de viento y con el rostro congestionado. Roldán se dio cuenta de que estaba perdiendo los papeles con demasiada rapidez y pensó que era un hombre con poco control sobre sí mismo.

—Solo estoy haciendo mi trabajo —dijo contrariada.

—¡Su trabajo es encontrar a Mónica!

La agente guardó la tableta en el bolso. Tenía que rebajar la tensión. Bedia le había pedido que fuese amable, así que se detuvo frente al cuadro de los Picos de Europa que presidía el salón.

—Una foto magnífica —comentó sin apartar los ojos. Las cumbres nevadas cubrían parte de las cimas más altas, dejando al descubierto zonas desnudas de piedra gris sobre las que el sol reverberaba—. ¿Qué opina sobre el cambio climático? ¿Cree que nos afectará tanto como dicen? Es difícil imaginar un futuro sostenible.

Marina centró la atención en el tema que más interesa a un *prepper*. Necesitaba ganarse su confianza.

—La globalización es un error que pagaremos muy caro —admitió entre dientes—. Lo seguro es optar por conservar la diversidad. La revolución científica y tecnológica provocará grandes desastres, al igual que ocurrió con la Revolución Industrial. Dos guerras mundiales y doscientos millones de muertos. Y eso solo será el principio. El cambio climático ya está en marcha y avanza como una apisonadora.

—Es usted poco optimista, por lo que veo.

—Nos guste o no, el planeta entrará en colapso —dijo bastante más calmado y agradecido porque la agente hubiera rebajado la tensión y desviado el tema—. Espero que me entienda, mi activismo es un compromiso con el fin de que mi huella sobre el medioambiente sea la menor posible.

Tenemos que exigir responsabilidades a nuestros políticos, eso es cierto, pero el cambio está en nosotros, en cada uno de nosotros. Quizá mis ideas puedan parecerle un tanto radicales, reciclar, evitar consumir plásticos, ser coherente y limpio, no solo cuando salimos al campo, también en las ciudades. Mi filosofía es estar preparado para cualquier desgracia que pueda sobrevenir. Es una cuestión de supervivencia. Mejor preparados, mejor evolucionados.

Marina confirmó la desesperación de Nelu. Parecía sincero. Y luego se fijó en Llara. La chica contenía el aliento mientras escuchaba a su padre. En medio de un huracán, se debatía entre hablar o callar.

—Me gustaría decirles que Mónica se encuentra bien. Es lo que todos esperamos —dijo sin apartar los ojos de ella—. Si decidió tomarse un tiempo y alejarse de todo, lo entiendo, pero, si no es así, podría estar en peligro. El asesino de su padre anda suelto y ella podría ser la siguiente víctima.

UNA VEZ EN la calle, Marina era incapaz de sacarse de la cabeza a Llara. Por la manera en la que se había comportado cuando estuvieron a solas, le recordó al pacto de silencio que ella hacía con sus amigas cuando era una adolescente. Los jóvenes se unen en grupos en busca de un apoyo emocional como una manera de enfrentar el mundo de los adultos. Todos unidos por una cuestión de lealtad.

Un tanto fastidiada, volvió a sentir el frío en la cara. ¿O fue porque notó de nuevo la extraña presencia que parecía perseguirla? Por un momento creyó ver delante de ella a la niña de los ojos grises. Avanzó unos pasos. El ruido de la calle se amortiguó, como el silencio de una sombra. Percibió una oleada de calor inesperada a pesar de que en la calle hacía un frío helador. A su espalda flotaban las nubes lacias de la tarde, y la luz adquirió una tonalidad nebulosa, casi verde. Unos pasos más hasta darse cuenta de que la calle estaba vacía. El paso de un coche por la carretera la distrajo y la imagen de la niña se desvaneció.

Decidió dejar de pensar en tonterías y emprender el camino de regreso a Gijón. Al pasar cerca de la ventana de una casa, se movió una cortina. Una anciana la observaba con expresión sombría. La agente tuvo un mal presentimiento y trató de alejarlo apretando el paso.

Estaba tan alterada cuando llegó al coche que apenas se dio cuenta de que estaba nevando.

30

La teoría de los tres ochos

Gijón

«EN NUESTRA PROGRAMACIÓN de hoy rescatamos un documento histórico que nos ayudará a entender la preocupación ante la llegada de este episodio de mal tiempo.»

La RTPA emitía en *prime time*. Begoña Salinas presentaba un programa especial de recorrido histórico. La inesperada llegada de la perturbación atmosférica que presagiaba nevadas de gran intensidad en la región, indujo a la reportera a investigar en los archivos hasta encontrar episodios anteriores de catástrofes naturales.

La tarea de documentación resultó complicada porque en el año 1888, fecha en la que se había producido la conocida como «nevada del siglo» o la Nevadona, la televisión no existía. Los testimonios en primera persona de los afectados se limitaban a un dosier sonoro y a unas cuantas carpetas llenas de documentos escritos a mano y con letra casi ilegible. Con grandes dosis de paciencia y mucha intuición, Begoña logró recuperar una parte del relato descarnado de los que sufrieron las consecuencias de la terrible nevada.

Una música inquietante dio comienzo al programa. La narración de la periodista se escuchó con claridad:

Ante la alerta meteorológica que nos mantiene preocupados, muchos son los que rememoran la conocida como «teoría del ocho», por la coincidencia de este número con algunas de las catástrofes más dañinas que se recuerdan en Asturias, aunque en esta ocasión, los escépticos argumentan que las fechas no coinciden. No estamos en agosto, el octavo mes, ni el año en curso contiene entre sus dígitos ningún ocho, pero el equipo de investigación del programa encontró un dato perturbador, ya que la información de la Agencia de Meteorología ratifica que, en esta ocasión, en todos los concejos del territorio asturiano la nevada comenzó el día ocho.

La periodista, con rostro serio, invitaba a los televidentes a retroceder en el tiempo hasta 1888.

Se escuchó una voz en *off*: «La *mío* madre siempre decía que el *añu* que nació el *mí güelu*, era el de los tres ochos».

La nevada caída en el valle oriental de la provincia fue tan enorme que los más ancianos recuerdan cómo los hombres del pueblo tuvieron que ir a rescatar a los pastores que guardaban el ganado en los montes. Al llegar allí no encontraron los invernales donde esperaban que estuvieran el ganado y sus dueños. Las cabañas aparecían cubiertas totalmente por la nieve. Un manto superior a los tres metros había sepultado a hombres y animales. Las pérdidas humanas alcanzaron la veintena.

Estuvo nevando casi de forma continua durante una semana y luego se inició una mejoría transitoria, seguida de fuertes heladas. A continuación, cambió el viento y generó un período corto pero intenso de deshielo, con la consiguiente crecida de los ríos. Aquello agravó el panorama, ya de por sí dramático, que presentaban los pueblos asturianos.

Cuando parecía que el temporal había pasado, dio comienzo una nueva nevada. Esa vez más intensa, sobre todo en el interior y en las zonas de alta montaña, acompañada por fuertes ventiscas que acumularon ingentes toneladas de nieve. Eso se tradujo en avalanchas catastróficas y grandes desprendimientos cuando la temperatura subió y se inició el deshielo.

Covadonga, Cabrales, Sotres, Bulnes, Ortiguero, Berodia, Puertas, Enguantó y Arenas fueron algunas de las localidades más afectadas. En Pola de Somiedo, una avalancha arrastró cuatro casas y diez cabañas causando la muerte de una niña. Castro, Urría, Peral, Llamadla, Robledo, la lista no tiene fin.

En las proximidades del lago Enol, la nieve obligó a uno de los guardamontes de la montaña de Covadonga a desplazar al pueblo a su familia en previsión de quedar aislados. Se quedó solo con su perro. El animal, aterrado, escapó y bajó hasta el pueblo, donde su presencia despertó tal alarma que organizaron una partida de hombres. Los rescatadores emprendieron una penosa ascensión para recoger al que creían muerto. Al llegar, les fue muy difícil distinguir la casa envuelta en nieve. En el interior se refugiaba el guardamontes que, por suerte, no sufrió ningún daño.

Desde 1983 se contabilizaron cinco grandes episodios de nieve en el Principado. A continuación, les ofrecemos una actualización de la evolución del temporal.

La pantalla mostraba un mapa meteorológico junto a la imagen en directo de las principales autovías asturianas.

La Dirección General de Tráfico recomienda evitar los viajes por carretera que no sean estrictamente necesarios. Entrará un nuevo frente de aire frío que descargará fuertes precipitaciones en forma de nieve por encima de los doscientos metros. El temporal apenas dará unas horas de tregua para continuar en los próximos días con frío, nevadas intensas y tormentas. Es la previsión que nos llega a través de la Agencia Estatal de Meteorología, AEMET, y de la DGT. Es más, este último organismo recomienda que, ante la abundancia de nieve, los ciudadanos que se encuentren en la mitad norte de España adelanten el regreso a sus lugares de origen. El motivo de la alerta es muy claro. El viento podría alcanzar los ciento veinte kilómetros por hora en el litoral a lo largo de la jornada de hoy. La alerta por fuerte oleaje se mantiene en toda la costa asturiana.

Extremen la precaución y tengan a mano el equipamiento adecuado para transitar en condiciones de seguridad, es decir, cadenas o neumáticos de invierno. Consulten el estado de las carreteras y la situación meteorológica. Presten atención a la señalización en los paneles y a las indicaciones de los agentes de la Guardia Civil.

Begoña concluyó con un breve «Gracias por elegirnos para informarse» y abandonó el plató con gesto evidente de preocupación. Se despidió de los compañeros de realización, recogió su bolso y transitó por el pasillo acristalado del edificio.

La sede de la radio y la televisión del Principado de Asturias se encuentra situada en un edificio histórico, en un espacio dependiente de la Universidad Laboral. Trabajar allí le suponía una gran satisfacción. Pensaba que la rehabilitación del antiguo convento de las Clarisas de la Laboral había respetado en esencia el trabajo concienzudo y silencioso de una comunidad de mujeres dedicadas durante años al lavado y planchado de la ropa de la institución universitaria. Y con ello otorgaba visibilidad al colectivo de mujeres y perpetuaba su memoria.

Ya en el torno de entrada, escuchó la voz de su compañera cámara que avanzaba con rapidez por el pasillo.

—¡Espera un momento! —La chica llegó hasta ella jadeando y con una enorme sonrisa que le iluminaba la cara—. Estuviste genial. —Y plantó en los labios de la reportera un beso fugaz que contenía grandes dosis de admiración—. ¿Te pasa algo? Parece que viste un fantasma.

Begoña forzó una sonrisa. La verdad es que durante el tiempo que había estado ocupada en la redacción del programa, los inquietantes testimonios del pasado que presagiaban catástrofes terribles consiguieron perturbarla. Su cabeza daba vueltas a la teoría de los tres ochos. El número del ángel, contenido en el año de la gran nevada: 1888.

Los que vivieron aquel triste episodio hacían referencia a ese número llevados por la superstición y por un intento de justificar, de alguna manera, la naturaleza hostil de los fenómenos climáticos. Y a ella, con solo pensarlo, se le ponían los pelos de punta.

—Estoy bien. Solo un poco cansada —confirmó a su pareja con la intención de evitar que se preocupase—. Nos vemos en casa.

Cuarta carta

Salut, maman.

Tengo mucho miedo. Roberto Torres, el socio de papá, apareció muerto de una forma horrible. Todos en el pueblo tienen miedo. La policía sabe que el asesino anda suelto y no hacen nada. Sospechan de mí, de Nelu, hasta de Veli, la pobre asistenta. Yo sé que viene a por mí. Seré la siguiente. ¿A quién puedo pedir ayuda? Estoy sola.

Je ne t'oublie pas. No te olvido.

31

Tormenta de ideas

EL TRIÁNGULO EMPEZABA con Cueto, continuaba con Sirgo y se cerraba con Roldán. Todos sentados alrededor de una mesa tapizada de carpetas y documentos. Bedia presidía la reunión en el cuartel general, de pie y rondando a espaldas de los agentes como un niño desubicado.

Tal y como se comportaría un director de orquesta, levantó el brazo a modo de batuta y comenzaron a sonar las primeras notas.

Cueto:

Subrayó con un bolígrafo parte del documento que tenía delante, levantó la vista y sonrió a los compañeros. Acto seguido alcanzó una carpeta de color azul y rescató del interior los informes que había elaborado.

—La empresa SquadAstur figura a nombre del señor Manuel Prado, Nelu, como único propietario. Se constituyó como sociedad limitada hace seis años y no se le conocen socios. Hace cuatro amplió la calificación de la empresa dedicada al ocio turístico —visitas guiadas, rutas de montaña, etc.—, a la actividad escolar para impartir cursos de iniciación a la supervivencia, tanto a escolares como a adultos. El empresario declara un único trabajador, Gabino Alvarado, con contratación intermitente. Por otro lado, Prado figura también como empleado del San Pedro, en calidad de camarero, con una duración de pocos meses, período tras el cual lo despidieron. Cuestión aparte es la relación que Emilio Noval mantenía con Roberto Torres, quien, además de relaciones públicas del hotel, era dueño del Taranis, una sala de fiestas con unas instalaciones de lujo que incluyen una piscina al aire libre y una climatizada, salones con una capacidad para quinientas personas, zona VIP y jardines privados. La mayoría de las parejas de novios que contratan su boda en el hotel terminan en el Taranis una vez finalizado el banquete. El hecho de estar situado a las afueras de la localidad permite la música hasta altas horas de la madrugada, algo muy atractivo para los clientes.

Abrió un nuevo portafolios y expandió varios documentos sobre la mesa.

—Esta es la lista de las parejas de novios que contrataron el servicio del Taranis durante los dos últimos años. Pensé que sería suficiente, pero puedo ampliarla. Esta otra es la de los que no contrataron los servicios del Taranis, pero sí un evento en el hotel. Y estos son los apuntes que figuran en el libro de cuentas que me proporcionó la dirección del hotel. Es cierto que el establecimiento pierde dinero si la fiesta se contrata en el Taranis, pero la empresa de Noval solía «colar» a los clientes un cóctel de entrada que compensaba en parte las pérdidas.

Cueto levantó la vista del papel y esperó con cara de perrillo astuto una recompensa por parte de su amo, el jefe Bedia, que no llegó.

Silencio.

Pasado el incómodo momento, carraspeó y recobró la compostura.

—También investigué a la familia de Noval. Solo localicé a la hermana de su mujer. La cuñada se llama Margot…
—Revolvió papeles en la carpeta como si buscara algo.

—Michel. Es el segundo apellido de Mónica. —La voz del inspector sonó impaciente.

—Cierto. Margot Michel. Su último domicilio está ubicado en Navarra, en Urdax. Pedí a la Foral un informe antes de interrogarla.

El agente reunió los papeles y se quedó en silencio dando por terminada su intervención.

Sirgo:

—Investigué a los proveedores del San Pedro y a algunos clientes selectos. Nada. Todo parabienes y loas al fallecido. Destacan a su favor la insignia del benefactor como ejemplo de buen paisano. La autopsia de Noval me la sé de memoria. Salvo lo ya comentado en otras ocasiones, nada nuevo de lo que tirar. La de Torres tampoco aporta nada excepto la posición del cadáver.

—Avancemos —solicitó Bedia—. Me interesa saber tu opinión como profesional en psiquiatría. —Nora sonrió y se estiró como el cuello de un avestruz, al tiempo que a Cueto le salía humo por las orejas—. ¿Podemos considerar el asesinato de Noval como un crimen pasional?

La agente se detuvo a pensar la respuesta.

—¿En el caso de Noval o en el de Torres?

—Pretendo encontrar un punto de conexión.

—Los conceptos de emoción y pasión son erróneamente discordantes. La tristeza, el miedo y la cólera se distinguen del amor, el odio o el despecho, pero la pasión amorosa es hija de un sentimiento imperioso y dominador, capaz de tumbar el espíritu. Para determinados individuos resulta imposible contenerlo y es entonces cuando se produce el ensañamiento. Como ya sabemos, es imposible analizar con carácter científico ciertas pistas en la escena de un crimen, ya que dependen de la intuición y de la pericia de los investigadores. En mi opinión, me atrevería a descartar el crimen pasional en el caso de Noval, aun cuando se demuestre la conexión entre los asesinatos. Sin embargo, en los dos casos se dan suficientes indicios a tener en cuenta que apuntarían a la posibilidad de una venganza. Entre ellos está la proximidad de las víctimas y el hecho de que no fueron muertes en diferido, porque el ejecutor las consumó con su propia mano. Además, el escenario en ambos tiene algo de teatral: Noval sentado en su butaca, Roberto, de rodillas.

»Si se me permite, me gustaría fijarme en los detalles. A este asesino se le presupone habilidad, accesibilidad a las víctimas y a su entorno. Planifica su acercamiento con engaños y es organizado. Su firma incluye exposición, depredación y vergüenza. Y, lo mejor, su pretensión no es enviar un mensaje, sino dejar constancia de que las cosas se hacen como él dice.

Los tres agentes, que escuchaban sin pestañear, soltaron a la vez el aire de sus pulmones, contenido durante la parrafada de Sirgo.

—Me gustaría hacer una observación. —Cueto llamó la atención levantando la mano como un alumno en el colegio—. A colación de esto último, investigué a la señora Nieda, como me pediste, y verifiqué que vive sola y tiene familia en León. Marina insinuó que cuando hablasteis con ella manifestó cierto apego por Emilio, pregunté a las vecinas. Dos de ellas confirmaron que Emilio triunfaba entre las señoras, vamos, que no perdía oportunidad, y Veli estuvo enamorada de él durante un tiempo. Parece ser que él la trató con desprecio y ella sufrió bastante. Si consideramos los celos o la venganza como un posible móvil, tenemos que incluirla en la lista de sospechosos.

Pasados unos minutos en los que todos trataron de gestionar la información aportada, le tocó el turno a Marina.

Roldán:

—La hipótesis de la huida voluntaria de Mónica cobra cada vez más fuerza. Es evidente que Llara Prado miente —dejó el móvil sobre la mesa central junto a un mazo de papeles—. Mintió durante el registro de su vivienda. Estaba furiosa, pero tenía miedo. A mí me da que su amiga Mónica se ha largado sin ella y eso la ha desconcertado.

—Para atrapar a alguien en una mentira lo mejor es distraerlo —intervino Sirgo—. El esfuerzo cognitivo adicional para construir una mentira y concentrarse en otra cosa al mismo tiempo son incompatibles. La persona que miente debe considerar que la tarea secundaria es importante, porque si no priorizará la mentira. Tenlo en cuenta si vuelves a hablar con ella.

Marina asintió. La preocupación por el paradero de la chica había pasado a un primer plano. Algo le decía que podía estar en peligro, dado que, de momento, el asesino de su padre seguía suelto. Eso sin perder de vista la declaración de Veli; la agente sospechaba que su relación con Mónica era mucho más cercana de lo que admitía.

—El dispositivo de búsqueda sigue en marcha. Estoy en contacto permanente con la Local y la Guardia Civil. De momento seguimos sin pistas, pero me comunican que se avecina un fuerte temporal de nieve, lo que podría complicar la búsqueda. —Los ojos de Marina se deslizaron hacia el ventanal tras el que soplaba un viento helado.

Sirgo:

—Un dato más. Los compañeros informáticos continúan chequeando los ordenadores que requisamos. A lo mejor esto que voy a decir os perturba un poco. —Se acomodó en la silla e irguió la espalda para rebajar la tensión que le suponía intervenir ante los compañeros—. Las siglas «S A» que encontramos en uno de los ficheros del ordenador del señor Noval podrían referirse a SquadAstur. El contenido arroja poca luz, solo hay facturas. De momento, la única explicación que se me ocurrió es que tal vez el señor Prado pidió al señor Noval que le llevase las cuentas. Una de nuestras prioridades es revisar el libro de cuentas de Noval y descubrir una posible relación.

—¿Insinúas que Noval aprovechó la amistad de Nelu para utilizar en su beneficio la empresa SquadAstur? —preguntó Marina, que descubrió en la hipótesis de su compañera un motivo para que Emilio y Nelu discutieran y a este lo despidieran del trabajo.

—Eso solo lo sabremos si contrastamos la contabilidad de las dos empresas —respondió Nora—. Por otro lado, las redes están llenas de mensajes de apoyo a Mónica. Los amigos, que no son muchos, y los compañeros de instituto se posicionan a favor de la huida voluntaria. Me confirman desde ALSA y RENFE —amplió la pantalla con los dedos para leer con claridad— que no figura ningún pasajero con el nombre de Mónica Noval desde el día en que el señor Prado denunció su desaparición hasta hoy. La fotografía tampoco arrojó resultados.

La joven agente apagó la pantalla y respiró hondo. La manga de su camisa dejó al descubierto un tatuaje en la muñeca en el que Marina se fijó. Parecía la representación geométrica de una flor que le resultaba familiar. «¿Dónde la he visto antes?», pensó.

Bedia:

—¡*Meca*! ¡Qué equipo más majete! Si parecéis un coro de *angelinos* —bramó mientras se introducía en la boca pellizquitos de sobao—. ¡Qué bien organizados! Uno detrás de otro, sin atropellos y con los deberes hechos. ¡Estoy orgulloso! ¡Así da gusto venir a trabajar un domingo! —Mientras masticaba ajustó los pulgares bajo el cinturón y tiró de ellos hacia arriba hasta notar la presión de la tela del pantalón en la entrepierna—. Os lo voy a traducir: No tenemos ¡NA-DA!

Su voz retumbó en el despacho de la Unidad del Oriente.

—Nos matan a dos paisanos en menos de un mes y aquí andamos haciendo coreografías. ¡Joder! ¡Joder!

Bedia se llevó las manos a los bolsillos e irguió la postura hasta conseguir la autoridad de los dioses antiguos y comenzó a dar órdenes.

—Sirgo, quiero que sigas la pista de los *preppers* esos con nombres y apellidos. Vamos a dar por buena la hipótesis de la huida voluntaria de Mónica, porque resulta que en el instituto la escucharon amenazar a un profesor con largarse solo una semana antes de que ocurriera lo del padre. Aun así, la vamos a mantener en la lista de sospechosos.

»Cueto, ya estamos citando a declarar a la cuñada francesa. Si hay que traerla hasta aquí, se la trae. Escarba en el informe de la autopsia de Roberto Torres como si fueras una comadreja. Y te quiero pendiente del resultado de tóxicos.

»Roldán, hay que volver al San Pedro y remover el avispero. Quiero saber por qué mataron a Torres delante de una iglesia y si fue una venganza. Vamos a atrapar a ese cabronazo. ¿¡Me oís!?

La voz poderosa del inspector retumbó de nuevo en la habitación y pilló desprevenida a Marina, que dio un respingo y golpeó con el codo el móvil que había dejado sobre la mesa. En su caída, el aparato arrastró parte de los papeles de Cueto, que se desparramaron por el suelo. Bedia se llevó las manos a la cabeza y soltó una carcajada que silenció las disculpas de la agente. Sirgo se ofreció a ayudarla a recoger el desaguisado y, entonces, reparó en un pequeño cuaderno.

—Esto se cayó de tu mochila.

Roldán había olvidado la libreta que había encontrado de manera circunstancial en la habitación de Llara. Un ejemplar encuadernado con gusanillo y con pocas páginas. En una lectura rápida comprobó que pertenecía a Mónica. La chica anotaba sus impresiones de las salidas con el grupo de supervivencia y dibujaba pequeños esquemas con anotaciones de «me gusta» destacadas en color rojo; también había escrito un poema y la letra de varias canciones. Al llegar a la última página leyó la palabra «Bricial».

—¿Alguien sabe qué significa Bricial? —preguntó en voz alta y sin perder de vista la libreta.

Segundos después, la voz de Cueto se alzó sobre las demás.

—Es el nombre del tercer lago. El lago fantasma.

32

El lago fantasma

CUETO SE LEVANTÓ de la silla y se estiró como un pavo real mostrando un abanico de plumas multicolores. Había llegado su momento. Se detuvo un instante para confirmar que contaba con la atención de todos y se aclaró la voz.

—Los lagos de Covadonga son tres: el lago Enol, el Ercina y el Bricial, que es el más pequeño y poco conocido, porque solo es posible verlo con agua en épocas intensas de lluvia o durante el deshielo. Aparece y desaparece debido al carácter temporal y aleatorio de su formación. Os lo explico. En épocas de intensa precipitación se forma un torrente que baja por el valle glaciar y desemboca en la Vega del Bricial, formando una cascada conocida como La Meona. Este torrente transporta piedras de caliza que se depositan en el fondo de la depresión. Si el caudal supera la capacidad del sumidero, la vega se inunda y se forma el lago, pero solo es posible verlo cuando el cielo descarga con ganas o cuando sube la temperatura, en primavera, y el hielo se funde.

Roldán se quedó pensativa con el cuadernillo entre las manos. Las cabezas de Bedia y de Sirgo se acercaron a ella con la vista clavada en el cuaderno.

—¿Es posible que Mónica esté escondida en el entorno de los lagos de Covadonga? —preguntó Nora con incredulidad.

—Podemos comprobarlo contactando con los refugios de montaña. Pero, si lo que quiere es desaparecer, lo último que se le ocurriría es presentarse en un establecimiento público, ¿no crees? —apuntó Cueto en su búsqueda por captar el interés del inspector—. Este año, el tercer lago de Covadonga se formó varias veces gracias a la nieve y a las fuertes lluvias. Existe una senda que conduce al lago que restauraron hace poco y permite el paso tanto por la Vega del Enol, como por la del Ercina. La Vega del Bricial es poco conocida por la gran masa de turistas y excursionistas. También existe un *picu* Bricial y un hayedo que rodea la laguna.

El inspector se había acercado al grupo y escuchaba con atención la información que aportaba Cueto. Sin decir palabra, lo gratificó con una palmada en la espalda y le ofreció un caramelo sin azúcar que el agente se apresuró a aceptar.

—Lo dicho. Creo que el reparto de tareas está claro. Tenemos mucho trabajo por delante.

Todos entendieron que daba por zanjada la conversación. Todos, menos Roldán.

—Bedia. —Marina se levantó de la silla de sopetón—. Déjame montar un equipo de búsqueda. Mónica podría estar sola en la montaña. En la libreta hace referencia a los lugares en los que estuvo. Fíjate en la que está cayendo ahí fuera —señaló hacia la ventana. La nieve no había dejado de caer ni lo haría, según reiteraban los diferentes meteorólogos que copaban el tiempo de los informativos—. ¡Déjame ir a buscarla!

El rictus de la cara de Bedia le tensó la piel con tal intensidad que hizo desaparecer las incipientes patas de gallo.

—Te di una orden, Roldán. No hagas que te la recuerde.

—Pero… —insistió la agente relajando la voz.

—¡Esa chica se largó! —Los ojos de Bedia lanzaban chispas—. Se largó porque le dio la gana. Estaría hasta las narices de todo, no es la primera vez que desaparece. No voy a malgastar los recursos del Cuerpo porque a ti te dé pena la chavalina. ¿Estamos?

—Bedia, por favor. Hazte cargo. Mataron a su padre. Está nevando. Anuncian una nevada histórica. Está sola. En la montaña.

—Consígueme una sola prueba, ¡una sola!, que demuestre que la *guaja* está donde dices, y que no sea un garabato en un papel —exclamó señalando el cuaderno—. Mientras tanto dedícate a tu trabajo, que te recuerdo que es cazar asesinos. Es una orden.

Roldán le sostuvo la mirada. Su interior bullía como el agua de un cazo a punto de alcanzar los cien grados centígrados. Por mucho que se empeñase, nunca conseguiría agradarle. Era como caminar por una cinta transportadora: por mucho esfuerzo que hiciera, jamás alcanzaría la meta.

Primero Sirgo y a continuación Bedia abandonaron el despacho.

Cueto se hizo el remolón mientras ordenaba los documentos y clasificaba sus listas en las carpetas correspondientes. Al cabo de unos minutos de silencio se acercó a Marina hasta eliminar el protocolario espacio personal. Tanto, que a ella le sorprendió tenerlo tan cerca. En la distancia corta, la perfecta raya en la que se dividía el cabello de su compañero confirmaba el cuidado que el policía dedicaba cada mañana a trazarla. Lino olía a madera de bosque, «de bosque madrileño», afinó la agente. En Asturias el olor del bosque es más húmedo, casi picante. La atmósfera seca de la capital potencia la fragancia de los pinos serranos hasta grabarla a fuego en la memoria olfativa. Viento y bosque de la sierra de Madrid. «Alguien debería destilar un perfume con esa mezcla», pensó. Envuelta por los efluvios de su compañero, percibió su turbación, a medio camino entre la discreción del que eleva la voz en un lugar sagrado y la prudencia del que evita ser detectado en casa ajena.

—Conozco a alguien que puede llevarnos hasta el Bricial —dijo en voz baja y con los ojos chispeantes de emoción—. Ya conoces mi afición por las montañas. Solía salir con un grupo de especialistas y te puedo asegurar que la verdadera ama de los Picos de Europa, y en concreto de los lagos de Covadonga, es Cristina Gil. Una buena amiga.

El policía mantuvo un silencio teatral en el que la expectación confirmó a Roldán que la admiración por la tal Cristina iba más allá de lo profesional.

—No te sigo, Lino —declaró Marina en voz baja, adoptando la misma cautela que su compañero.

—Si quieres subir a buscar a Mónica, yo puedo contactar con ella.

—La carretera que sube a los lagos de Covadonga está cortada por la nieve. Acaban de confirmar la alerta. Imposible subir en coche —objetó mostrándole la pantalla de su móvil, en la que podía leerse el aviso de cierre por fenómenos meteorológicos.

—Yo no puedo subir por la lesión en la rodilla, pero se me ocurrió que Nelu Prado es escalador; podríamos pedirle que os acompañase y subiríais los tres.

—¿Qué tres?

—Cristina, Nelu y tú. Cristina pertenece al GREIM y estuvo destinada un tiempo en Cangas de Onís.

Roldán abrió mucho los ojos, sorprendida por la propuesta de Cueto. Siempre había admirado a los Grupos de Rescate Especial de Intervención en Montaña. Ignoraba que hubiera mujeres entre ellos. En Madrid, Marina conoció a dos guardias civiles que habían desistido después de varios intentos de entrar en el grupo de especialistas. Uno podía estar de acuerdo o no con las actuaciones de la Policía

Nacional o de la Guardia Civil, pero todo el mundo respetaba a los GREIM.

—Cristina conoce como nadie estas montañas. Solo con una llamada. —La insistencia de Cueto rayaba en la súplica.

—No quiero molestar a nadie, y menos en pleno mes de diciembre. Ya has oído a Bedia. No le vamos a pedir que se la juegue.

—Ella está habituada a situaciones complicadas y estoy seguro de que puedes convencer a Bedia.

—¿Y qué pasa si él tiene razón? ¿Y si Mónica se ha ido y está tan contenta por ahí? La única pista que tenemos es un trozo de papel.

Lino aspiró una bocanada de aire.

—Confía en mí.

—En ningún momento he dudado de ti, Cueto —trató de excusarse.

—Cristina es mi amiga y, además, es rescatadora de montaña de la Guardia Civil, doctora en Psicología y experta en Criminología, participó en misiones internacionales de paz en Rafah y Cisjordania, y fue oficial de enlace con la Gendarmería Francesa.

—¡Joder, Lino!, ¡con lo bien que ibas! No necesito conocer su currículo para saber que es una mujer excepcional —soltó Marina por la actitud paternalista y un tanto machista de su compañero—. Las mujeres que nos dedicamos al servicio de protección al ciudadano conocemos de sobra la dificultad que supone tener ambición. Nos miran con lupa.

—Perdona, perdona —exclamó llevándose las manos a la cabeza—. Lo que quiero decir es que es una profesional. Si Mónica está ahí arriba, ella la encontrará.

Marina se levantó de la silla y se acercó al ventanal. La nieve caía mansa y fina, en copos pequeños tan ligeros que las ráfagas de viento los arrastraban de un lado a otro sin esfuerzo. La lechada había cubierto los jardines que rodeaban la comisaría y la mayoría de los tejados de los edificios colindantes. La calle resistía aún. El calor del asfalto y el paso de los viandantes derretían los copos que acertaban a caer sobre el suelo grisáceo.

Se giró para fijarse en la fotografía de Noval a la que se había sumado la de Torres, ambas clavadas en el corcho de la pared. Algo en su interior se removió. La fragilidad de Mónica se ocultaba tras un escudo y lo había decorado con una pátina de rebeldía hasta conseguir engañar a su entorno. Ninguna criatura es más vulnerable que una adolescente que ha perdido a su familia. La historia de aquella chica era tan terrible que Marina dejó a un lado las opiniones de su cerebro cauto para dejarse aconsejar por su cerebro animal. Mónica era una niña en un mundo hostil.

Sin pensarlo, marcó en el móvil el número de Llara.

—Soy la agente Roldán. Dime qué significa la palabra «Bricial». —Marina sintió la zozobra de la adolescente y activó el manos libres para incluir a Cueto en la conversación—. Encontré una libreta en la que apuntaba las salidas con el grupo. En la última página escribió «Bricial». ¿Sabes qué significa? Somos conscientes de que en los lagos de Covadonga existe uno con ese nombre y es posible que Mónica haya decidido marcharse por algún motivo que desconozco, pero estoy de vuestro lado. Se acerca una tormenta de nieve y, si está escondida ahí arriba, puede quedar atrapada. Es peligroso. Ayúdame a encontrarla.

—No sé de qué cuaderno me hablas.

—Llara, por favor. Dime por qué ha desaparecido sin dejar rastro. En unas horas las carreteras estarán bloqueadas…

El silencio duró tanto que Marina creyó por un momento que había colgado.

—Mónica tiene miedo. Mucho miedo. —La voz de Llara descendió hasta el susurro—. Está convencida de que

242

alguien la está siguiendo para matarla. Piensa que el asesino de su padre va ahora a por ella, y más desde que se enteró de la muerte de Roberto. Creo que se rayó y por eso huyó, para que no la encuentre.

—Entonces está en peligro. Si ha conseguido llegar al Brial, ha podido quedar aislada. Tu amiga morirá congelada.

De nuevo se hizo el silencio. Llara cerró los ojos.

—Mi padre tiene un zulo cerca del Brial —dijo al fin muy apurada. Marina guiñó un ojo a Cueto y este se acercó para escuchar con claridad—. El día que fuimos de excursión al mirador de Ordiales compartimos con Mónica nuestro secreto. Pero, si vais a subir, es mejor que mi padre lo sepa.

—Pásamelo.

Una vez puesto en antecedentes, Nelu Prado no lo dudó.

—Subiría de buena gana, pero sufro de una molesta infección intestinal, no sé si me entiende. Aunque sé de alguien que conoce la zona como si fuera su casa. Se llama Gabino Alvarado, pero todo el mundo lo conoce como el Toru. Lo tengo contratado porque es un experto espeleólogo y un formidable montañero. Cuente con él.

Segundos después la pantalla del móvil de la policía se iluminó.

Nelu acababa de enviarles la localización exacta del zulo.

—Avisa a Cristina —dijo dando palmadas en el hombro del compañero y con un entusiasmo que habría eclipsado un espectáculo de fuegos artificiales—. Voy a convencer a Bedia. Hay que ponerse en marcha a la mayor brevedad posible.

El ego de Lino creció a lo largo y a lo ancho, como uno de esos muñecos inflables que ondean en las ferias balanceados por el viento. Por fin alguien apreciaba los méritos del agente Lino Cueto.

33

El tercer lago

Benia de Onís y Lagos de Covadonga

ANTE UNA EMERGENCIA, el ochenta por ciento de las personas se quedan petrificadas. El cerebro se niega a aceptar lo que está sucediendo.

Sobreviven los que se atreven a moverse. ¿O no?

MARINA NO ENCONTRÓ descanso desde el momento en que consiguió la autorización de Bedia. Todos los efectivos estaban desplegados con vistas a un empeoramiento del temporal. ¡Al menos tenían una pista de la que tirar! La hipótesis de Llara parecía coherente. El inspector accedió de mala gana, incluso tuvo que sobornarlo con la promesa de invitarlo al mejor restaurante de la ciudad, pero la inclusión en el grupo de la GREIM Cristina Gil decantó la balanza a su favor. Subirían los tres: Cristina, el Toru y ella.

Marina se preparó a conciencia. La agitación era tal que eclipsaba los demás sentidos. El café frío, la ducha hirviendo y el móvil desaparecido hasta en dos ocasiones del lugar en el que acababa de dejarlo tras consultarlo otras catorce, dejaban constancia de su nerviosismo. La emisora de la policía insistía con nuevas alertas: el temporal se extendía y aumentaba en potencia, incluidos los avisos de individuos atrapados en sus vehículos, caídas de árboles, ganado desaparecido y atascos en las vías principales de las grandes ciudades como Gijón, Oviedo o Avilés. Todo se complicaba.

Para colmo, y nada más salir del portal, a Marina le pareció ver a la niña con la que se había topado en el mercado de Cangas de Onís. Al otro lado de la acera y envuelta en un manto de lana, la chiquilla se detuvo, sonrió a la policía y desapareció un instante después. «Demasiado estrés», masculló quitándole importancia.

La agente se recompuso de su extrañeza acuciada por la prisa en llegar al punto de encuentro. El Jefe Gris había movilizado a todo el mundo y distribuido a los agentes por diferentes puntos de la región, con atención única en el temporal.

El viaje de ida se le hizo eterno. La nieve caída durante la noche alcanzaba casi un metro en algunos tramos, y las máquinas quitanieves se multiplicaban para dar servicio a las vías principales. Pese a la recomendación de viajar lo menos posible y de evitar el uso del vehículo privado, la hilera de coches que transitaban por la N-634 era infinita. A ritmo de babosa, el trayecto que apenas se completa en una hora, se duplicó antes de llegar a estacionar el coche patrulla frente al polideportivo de Benia de Onís, donde iba a reunirse con la GREIM y con el montañero.

La mañana provocaba una mezcla de humedad y tensión. El viento se desplazaba a latidos y golpeaba con fuerza todo lo que se interponía en su camino. Resultaba perturbador y molesto a la vez, lo que complicaba la concentración. Los pocos lugareños que encontraron caminaban encogidos; en su gesto se adivinaban trazas del malestar que obliga a bajar la vista y a apretar el paso. Cuando el viento lo permitía y la cortina de gránulos blancos dejaba de obstaculizar la visión, la naturaleza mostraba una belleza increíble. «La nieve invoca el silencio», pensó Marina. Transmite calma y sosiego, acerca las cumbres más altas y camufla el deterioro que la presencia del hombre esparce por doquier. Casas igualadas en el blanco de los tejados, prados lechosos, paisajes a los que cuesta ubicar por diferentes pese a ser habituales. La nieve tiene la propiedad de transformar un estercolero en un valle idílico, algo similar a esconder la porquería bajo las alfombras. De esa manera el mundo se transforma en un lugar amable y con sabores de la infancia.

Apenas tuvo tiempo de consultar el móvil cuando un todoterreno estacionó en paralelo al coche patrulla.

Marina vio bajarse a una mujer menuda enfundada en un plumas azul marino y con la cabeza cubierta por un gorro de lana de un rabioso color naranja.

—Buenos días, soy Cristina, la amiga de Lino —dijo alargando la mano para saludarla.

—¡Vaya día! —respondió Roldán con un intenso apretón de manos.

El silencio solo roto por el mugido de las vacas daba la sensación de que el tiempo se había detenido.

La localidad de Benia de Onís está rodeada de montañas, preludio de las cimas de los Picos de Europa. Una profusa arboleda se extiende en paralelo al Güeña y a lo largo de la vega que forma el río. Las copas de los árboles, desnudas en invierno, permiten contemplar la silueta de la iglesia de santa Eulalia. Como una guardiana silenciosa, custodia a sus espaldas y con mimo las tumbas de los pobladores de estas tierras.

Marina tuvo el tiempo suficiente de arrepentirse. La mujer que tenía delante irradiaba una seguridad pasmosa, y a ella los temores y las dudas la mantenían pegada al suelo, como chicles a los zapatos, impidiéndola avanzar. La idea de salir a buscar a Mónica en medio de un temporal le parecía ahora una verdadera locura. Y una estupidez.

El tercer componente del grupo apareció poco después. Lo vieron avanzar por la calle principal del pueblo con una enorme mochila a la espalda. Casi tan ancho como alto, las dos entendieron por qué lo llamaban el Toru. Lucía un pasamontañas arrebujado sobre la cabeza y una enorme sonrisa de oreja a oreja.

—¡*Meca!* Nelu no me advirtió de lo bien acompañado que iba a estar.

Las dos mujeres se miraron con rostro serio, aunque enseguida la actitud del montañero consiguió ganárselas. Era un tipo que controlaba las distancias cortas y que irradiaba un enorme grado de profesionalidad.

—Podéis llamarme Toru y, si me paso, con un ¡Alvarado! me ponéis firme. Nelu ya me contó, así que no perdamos tiempo.

—Nos vamos ya, antes de que empeore —alentó Cristina tras presentarse, como si adivinara la incertidumbre de la agente—. Cambié el turno con un compañero y dejé al *guaje* en casa de mi madre. Tenemos que estar de vuelta antes del atardecer.

—La ruta es de dificultad media. Nos llevará unas cinco horas. Con suerte comemos caliente —explicó el Toru tratando de restaurar el ánimo y salivando a causa del olor a comida procedente de un cogollo de casas próximas.

—Seis por lo menos y con suerte —puntualizó la GREIM dirigiéndose únicamente a Roldán—. Es una ruta de dieciocho kilómetros con un desnivel de setecientos metros. Lo de la dificultad en una ruta se mide en condiciones favorables y, aunque es una senda de tierra y piedra y el espesor de la nieve aquí es menor, no sabemos con qué vamos a encontrarnos. No perdamos más tiempo. ¡Subid al coche!

—Esperad un momento —soltó Marina con evidente tensión. Necesitaba verbalizar la aprensión que le provocaba la misión que estaban a punto de llevar a cabo. Con el agravante de estar implicando a un miembro de otro Cuerpo—. Creo que involucraros en esto ha sido una equivocación. Hemos elegido el peor día. Lo mismo mañana ya está habilitado el acceso a los vehículos y podemos subir a los lagos por el itinerario habitual —aventuró sin creer en lo que decía—. Los jefes han movilizado a todos los efectivos. Estamos en situación de emergencia y yo me he dejado arrastrar por una pista con poca consistencia. Lo más probable es que Mónica no esté allí. —Elevó la vista hacia la montaña que se intuía más allá de las casas, tan cerca de ellos.

—Yo también estoy convencida de que no está arriba —dijo Cristina ajustándose el gorro de lana—. Conozco a varios de los guardas del entorno de Covadonga y, salvo algún que otro excursionista estúpido, no vieron a nadie que se ajustara a la descripción de Mónica. La gente subió a ver la nieve y andan liados. Fíjate que estos días se heló parte del Ercina y hubo a quien le dio por pasear sobre el lago helado. En plena sesión de fotos el hielo se resquebrajó y hasta siete personas acabaron en el agua.

Estupideces aparte, Lino me explicó que la chica sabe moverse por la montaña y que tenemos localizado un refugio donde puede esconderse. Esta ruta es poco conocida por el público en general, pero muy oportuna para los especialistas. En la majada de Belbín funcionan dos queserías dedicadas a la producción del queso Gamoneu y, aunque el ganado abandonó ya los pastos de montaña, intentaremos contactar con los propietarios, por si acaso. Quizá encontremos alguna pista por el camino. Y, ya que estamos aquí, subiremos. Solo así tendremos la certeza de que estás equivocada. La chica puede estar en peligro. Iremos en mi coche hasta Demués y continuaremos la ruta a pie —zanjó subiéndose al vehículo.

El Toru hizo un gesto afirmativo y lo acompañó con otro de ánimo que a Roldán le supo más a disculpa que a confianza.

Cristina desvió el 4x4 en dirección a Bobia de Arriba. Seis kilómetros de subida después y con la carretera cubierta de nieve, estacionaron el vehículo al final del pueblo de Demués. Rescataron las mochilas del maletero y comprobaron el material. Trabajar en ambientes extremos como la alta montaña, en temporada de aludes, en pleno invierno o en ríos y barrancos durante la época de crecidas, requiere de material de alta calidad y buena adaptación.

—La caminata nos sentará bien, sobre todo a mí. La incorporación al trabajo después de tener al *guaje* fue difícil. —Cristina hizo el gesto de tocarse el lugar que seis meses antes había ocupado una prominente barriga—. La falta de preparación física por la maternidad me apartó del equipo durante varias semanas. Los mandos me destinaron por un tiempo a servicios de seguridad ciudadana. Pero soy muy cabezota, así que tardé poco en reincorporarme a la unidad. Siempre me tiró el monte, como a las cabras.

El carácter cercano de la guardia civil consiguió que Marina se relajase, al menos lo suficiente para centrarse en la tarea de recorrer a pie un terreno tan desconocido como incierto.

La denominada ruta de los Pastores comienza con un camino en buen estado que va ascendiendo poco a poco hasta rebasar en paralelo el pueblo de Gamoneu, en el concejo de Onís. La pista es de uso ganadero y está restringida a vehículos autorizados. El viento soplaba con poca fuerza, en contra de lo que había imaginado. Roldán observó el espesor de la nieve y deseó que los meteorólogos errasen en sus previsiones, y que el episodio quedase en una nevada de tantas. Marina caminaba detrás del

Toru en fila india, con la vista fija en el suelo y los andares lentos, como aquellos hombres que construyeron la mayoría de las vías por las que aún nos movemos, mientras soportaban el peso del mundo sobre sus espaldas. De vez en cuando levantaba la vista y se topaba con el tejado de una cabaña de pastores. Los muros de piedra, semiocultos por la nieve, recordaban la mano feroz del hombre sobre la naturaleza. Con el sonido un tanto amortiguado por la distancia, escuchaba la voz elocuente de Cristina intentando darles ánimo. «Ya veréis. Esto es la caña —decía señalando el horizonte—. En un día claro, hasta podríamos ver el mar.»

Todo era silencio. Desde el mirador de Camba, la senda se vuelve roca y recuerda a una calzada romana. Las piedras resultaban peligrosas y en algunos tramos resbalaban al estar cubiertas por placas de hielo, lo que obligaba a asegurar la marcha. Varias veces el Toru tuvo que detener los resbalones de Marina, cosa que ella agradeció y que le permitió visualizar un rostro simpático de ojillos brillantes y cejas pobladas.

Nevaba a intervalos. Frente a un cartel que indicaba «a Belbín», el viento comenzó a soplar de nuevo con fuerza y Cristina se detuvo.

—La pista termina en los límites del parque nacional. Avanzaremos por un pequeño sendero hasta la majada de Belbín. —Señaló hacia el cúmulo de nubes apelmazadas y de un peligroso color gris—. En el centro de la vega hay un sendero que conduce directamente al lago Ercina.

Se ajustó las gafas de nieve y se caló el gorro.

—Tenemos que darnos prisa. En cuanto esas nubes toquen suelo se desencadenará una tormenta de nieve.

Marina se aferró al bastón e intentó imaginar el lugar que describía la GREIM. Debido a la escasa visibilidad apenas distinguía el recorrido a más de cinco metros por delante. Era la primera vez que subía a los lagos de Covadonga. La aprensión caminaba a su lado como un compañero molesto, de funestos presagios.

Media hora después tenían a la vista el lago Ercina. Un fenómeno natural en proceso de colmatación por la acumulación de sedimentos. Las rachas de viento soplaban a gusto, tan intensas que rizaban la superficie del agua; tan potentes que su empuje en ocasiones imposibilitaba el avance; tan lacerantes que solo con el roce se agrietaba la piel. La nieve había borrado el sendero hasta la majada de las Reblagas.

Cristina mantenía el paso a buen ritmo y sin perder el rumbo, como el mejor GPS. Pocos metros más allá se desvió para cruzar por una zona rocosa, en dirección a la vega del Bricial.

—Ese de allí —indicó casi a gritos contra la ventisca—, es el pico Mosquital. Justo detrás está el lago Enol. Y esto que estamos pisando es la vega del lago Bricial.

La nieve cubría con distinto espesor las ramas de los fresnos y, un poco más allá, pudieron distinguir un hayedo en el que Marina imaginó se refugiarían corzos y jabalíes, tal y como enseñaba la guía de montaña que había consultado antes de emprender la subida. Recordó entonces las palabras de Cueto: «El Bricial es el tercer lago».

El lago fantasma.

Podría estar bajo sus pies, cubierto por la nieve, pensaba intentando descubrir algo que desentonase del entorno y le diese la pista certera para localizar a Mónica.

Hasta sus oídos solo llegaba el rugido del viento al rebasar las montañas. La visión de un desierto de hielo le provocó desazón, e imaginó cómo serían los tonos ocres de las hayas, el verde de los helechos y del musgo que abrigaba las piedras en días despejados. Sin duda un ambiente mágico, como recién salido de un cuento de hadas, gnomos o *hobbits*. Y, sin embargo, ahora se mostraba mudo y hostil.

El Toru levantó la mano, señal convenida para detener la marcha.

—Desde La Meona tenemos acceso a la sierra de la Guberzosa.

—Por allí damos mucha vuelta —apuntó Cristina—. Vamos a seguir por la riega de la Vega el Texu. La localización de Llara indica el lugar exacto. Solo hay que abrir bien los ojos.

El Toru levantó el dedo dando su conformidad.

—*Güeyos abiertos* —dijo y luego sonrió a Marina señalándose con un dedo sobre los ojos.

Caminaron a buen ritmo por un tramo pedregoso. La senda atravesaba un valle rocoso y cubierto de pastos. El espesor de la nieve ralentizaba el avance del equipo. Aunque el viento había perdido fuerza y ya no molestaba, la temperatura descendió varios grados en poco tiempo. El paso apretado que marcaba la GREIM hizo que a Marina le costase seguirlos.

A la orden de la guardia civil, se detuvieron ante una elevación del terreno como un cortante en la roca. La pared de piedra, de baja altura, se prolongaba durante un buen tramo. La excitación de la mujer le dio a entender a Marina que estaban cerca. Los tres se emplearon a fondo en recorrer el terreno en busca de alguna oquedad que pudiera corresponder con el refugio. El Toru palpó la roca, miró al suelo y retiró la nieve con las manos hasta dejar al descubierto unas ramas. Entonces centró la atención en un pliegue de la roca que les había pasado desapercibido y fue directo hacia la pared.

—¡Aquí está!

Cristina y Marina acudieron a toda prisa y ayudaron a retirar las ramas que cubrían la entrada del zulo. La fuerza del Toru apartó la laja de piedra, y Marina fue la primera en entrar a la cueva. La luz del foco que llevaba en la cabeza iluminó el espacio angosto.

Vacío.

Los latidos del corazón le golpeaban en la garganta. Miró a los compañeros y encontró la misma decepción que ella sentía.

—Está intacta, da la impresión de que nadie movió nada de su sitio. Todo está ordenado —observó el Toru.

—¡Joder con el señor Prado! —soltó Cristina inspeccionando las cajas apiladas contra la pared, y que contenían latas de conservas, pilas, velas, cerillas, cuerdas y otros enseres—. No falta de nada. En este lugar uno podría sobrevivir sin problemas durante una temporada. Aunque parece que Mónica no estuvo aquí o, si lo estuvo, se marchó.

—¿Qué esperabas de un *prepper*? —dijo Gabino exhibiendo el orgullo por su jefe.

Marina consultó el reloj.

—Podemos buscar por los alrededores, quizá encontremos algo.

—¡Tenemos que volver! —dijo la GREIM oteando el cielo al salir de la cueva. El sonido de un trueno retumbó muy cerca. La tormenta se había desatado. Las ráfagas de viento soplaban con más fuerza y las nubes engullían parte del recorrido—. Mantenerse expuestos es una locura. Con la ventisca es peligroso y poco probable que encontremos alguna pista. Mónica es una chica preparada, de estar aquí arriba, habrá buscado refugio en alguna parte, y eso es precisamente lo que vamos a hacer nosotros. ¡En marcha! —dijo asegurándolos con una cuerda por la cintura. El objetivo era evitar que la falta de visibilidad los separase—. Encended los focos. Tenemos que llegar a la majada de Belbín y buscar refugio. La tormenta se nos viene encima.

Marina sintió el empuje de una ráfaga de viento cargada de nieve y humedad. La preocupación por Mónica pasó a un segundo plano. Nunca había visto la naturaleza tan desatada.

Debían buscar refugio o estarían en un buen aprieto.

34

La leyenda de los lagos de Covadonga

EL CAMINO DE regreso se complicó entre tacos y maldicio-
nes. El grupo marchaba acuciado por una repentina grani-
zada y con los rostros congestionados por el frío. Las bolas
de hielo caían con vehemencia empujadas por rachas de
viento rizado.

Una mezcla de enfado y derrota asomaba a los rostros de
los rescatadores fallidos. Mientras deseaban con fuerza el fin
del granizo, Marina luchaba contra la vergüenza y el ridículo
que campaban a sus anchas por su ánimo. «Si alguna vez a
Mónica le ha dado por subir a los lagos —pensó—, desde
luego ya no está aquí.»

El trayecto hasta la majada de Belbín se hizo interminable. Avanzaron en fila, sin perderse de vista, y encontraron
cobijo en una cabaña de pastores próxima a las instalaciones
de las queserías donde se elabora el queso con D.O. Gamoneu. «Benditos pastores», pensaron los tres a un tiempo. La
cabaña de piedra y tejado a dos aguas le pareció a la policía
un hotel de lujo.

—Está la cosa como para que vengan a rescatarnos —dijo
Marina al entrar a la vez que golpeaba los pies contra el suelo
para desprender la nieve e intentaba entrar en calor—. ¡Qué
oportuna esta cabaña!

—Esperaremos a que amaine. —Cristina se había desprendido de los guantes y del gorro de lana. Con el brazo

en alto, se concentraba en obtener cobertura para el teléfono móvil.

—Poneos cómodas. Vamos a comer algo. —El Toru se había desprendido del pasamontañas dejando a la vista el cabello recogido en una pequeña coleta y rebuscaba en la mochila. Al poco sacó una hogaza de pan y una cuña de queso—. Vine preparado.

—He sido una cretina —se lamentó Marina reparando en el porte de gorila del montañero y en su ropa desgastada por el uso. El hombretón se despojó del abrigo y se quedó en manga corta, lo que permitió a Marina descubrir los numerosos tatuajes que le cubrían los brazos.—. Estoy convencida de que Mónica nunca ha estado aquí. ¡Después de todo el esfuerzo! Quiero agradecer vuestra generosidad al acompañarme; sin vosotros no lo habría conseguido.

—La verdad es que la cosa está fea. —Cristina seguía ocupada en encontrar cobertura—. Ya lo avisaron.

Conforme el tiempo pasaba, la nieve caía con más fuerza, y en la entrada de la cabaña se apiló más de un metro y medio. La luz era tan débil que no se sabía muy bien qué hora era.

—Anda, come un poco —dijo el Toru viendo la preocupación en el rostro de Cristina y ofreciéndole una porción de queso—. Pensad que es una oportunidad de la leche para hacer nuevas amistades.

—¡Déjate de coñas! —soltó la GREIM entendiendo que el montañero solo buscaba romper la tensión—. La previsión me confirma que estamos en lo peor de la tormenta y que va para rato. Salir en estas condiciones es una temeridad.

—¿Y qué hacemos? —preguntó Marina con la responsabilidad de haberlos llevado hasta allí.

—De momento, esperar.

Los que han esperado durante horas a que pase la tormenta o los que cuentan los segundos entre el rayo y el sonido del trueno para calcular su avance, saben que el tiempo es elástico. Lo mismo se comprime en un instante, que se dispara como la ilusión de un niño. A veces necesitamos que trascurra con rapidez para esquivar los ratos amargos, y lo sujetamos entre los dientes e intentamos retener su paso otras, con el fin de prolongar un instante de felicidad. Quizá el tiempo juega con nosotros. O, a lo mejor, todo responde a la necesidad del ser humano de controlarlo todo. De cualquier manera, nunca estamos conformes.

—Lo más prudente es quedarnos aquí hasta que despeje —dijo Cristina con la firmeza de una decisión ya tomada.

—¿Y pasar aquí la noche? —A Marina la aprensión le llegó a la garganta. Lo último que esperaba era tener que pernoctar en medio de una tormenta de nieve y en el interior de una cabaña de pastores.

—No es tan malo —dijo el Toru—. Estamos a cubierto y con provisiones. Míralo por el lado bueno, podríamos habernos *esnucao* por un barranco o haber estado a punto de morir de hambre.

A pesar de la situación tan apurada, Marina agradecía el buen humor del montañero y se sentía protegida por ambos, tanto por la profesionalidad de Cristina como por la del Toru; la elección de Nelu había sido un acierto.

La oscuridad se extendió por el valle antes de lo previsto. Asomada a la única ventana del refugio y mientras se acostumbraba al olor a cabra, Marina se fijó en la superficie de una roca que afloraba entre la nieve y contra la que golpeaba a ratos el pedrisco. «Ni siquiera he podido ver el lago», se lamentó. Si fuera una mujer incrédula habría dudado incluso de su existencia.

—Son gente curiosa esos *preppers* —comentó Cristina un poco por romper la tensión entre ellos y recordando la impresión que le había dejado la existencia del zulo—. Por un lado, me parecen unos *chalaos* y, por otro, unos visionarios. ¡Joder!, según se están poniendo las cosas con el cambio climático, uno se plantea que tampoco está tan mal eso de buscar una vía de escape. A mí lo de acaparar recursos básicos, por si acaso, me parece muy bien.

—¡Qué os voy a decir, si soy uno de ellos! —apoyó el Toru—. La raza humana es el mejor ejemplo de supervivencia. La gente de estos valles es inteligente y está preparada desde tiempos inmemoriales. Están acostumbrados a permanecer aislados durante semanas, incluso meses; ellos sí que pueden dar lecciones de lo que es sobrevivir.

—Eso, siempre y cuando no se te vaya la olla —objetó Cristina—. Conocí a un tipo que vivía obsesionado. Era un hombre inteligente, formado y entrenado, un gran escalador, ya lo creo, habituado a resistir en condiciones extremas. Aguantaba sin pestañear las travesías por el desierto y soportaba temperaturas bajo cero con estoicismo. Un perfecto ejemplo de autocontrol.

—¿Y qué pasó? —pregunto Marina.

—Hace tiempo que no sé de él, es mi exmarido. Es complicado vivir con alguien en permanente estado de alerta. —A Cristina se le quebró la voz y en el interior de la cabaña se produjo un silencio denso y agobiante.

—Y ahora que ya hemos comprobado que la pista podría ser falsa —dijo Marina cambiando de tema para alejar el mal rollo—, me pregunto por qué Mónica escribió «Bricial» en su cuaderno. ¿Acaso tiene otro significado?

—Bricial es un término asturiano que viene de la palabra celta «beriza», y que significa lugar donde abunda el brezo —dijo el Toru adoptando una pose de profesor entendido mientras aprovechaba para atusarse el mentón—. No te preocupes, *ho*, la cría aparecerá tarde o temprano. Es una chica lista.

Inmersa en esos pensamientos, Marina sintió a su lado la presencia de Cristina. La velocidad del viento se ralentizó y los copos de nieve parecían flotar delante de sus ojos. El ambiente escondía un cierto regusto perturbador.

—Es curiosa, ¿no crees? —dijo refiriéndose a la roca sobre la que Marina había clavado la vista—. Esas vetas de color rosa la hacen especial. Cuando la luz incide sobre la superficie emite pequeños destellos dorados. Los pastores respetan esa piedra. Algunos incluso depositan sobre ella pequeñas ofrendas, como flores, frutos secos y, una vez al año, una rama de tejo.

A Marina la sacudió un escalofrío, pero se abstuvo de preguntar por temor a invocar viejos fantasmas.

El Toru escuchaba, al tiempo que iba dando pequeños sorbos de agua de la cantimplora.

—En esa roca ocurrió un suceso terrible —continuó Cristina, cuyo rostro se había cubierto con un extraño velo de intriga—. A sus pies cayó una niña a la que dejaron morir y a la que nadie socorrió pese a estar muy enferma. Por aquí la conocen como la Hija de los Lagos. Los pastores que ocupan estas cabañas me reñirían por mencionarla.

La guardia civil se sentó junto al Toru, y Marina la siguió muy intrigada.

—Esa me la sé —dijo el montañero—. Es la leyenda de la Hija de los Lagos. De cuando era un *guaje*. En el colegio me la hicieron aprender de memoria.

Entonces fue... la tempestad rugiente.
Cayó como un torrente

259

sobre los horizontes;
volcó su pesadumbre
sobre la negra cumbre de los montes,
y echó una tempestad en cada cumbre;
en el fragor de toda su bravura
rasgó después su negra vestidura
con los cuchillos de su luz quebrada,
y rebosando sones y destellos,
pisó los riscos, *desgarrose* en ellos,
y *hundiose* en la llanada…

Entonces fue… al fondo de la tierra,
la tempestad llegó como una espada;
pasó la muerte y dominó la sierra;
lóbrego el seno, descubrió el abismo.
y en el abismo *alzose* una laguna.

—Es un fragmento en verso del poema *La estrella del Enol*, de Constantino Cabal, a partir de una leyenda anterior de Aurelio del Llano —aclaró muy satisfecho.

—Los más ancianos del lugar cuentan que en aquella época los lagos no existían. —La voz de Cristina emanaba una calidez que Marina agradeció. El frío y la decepción habían hecho mella en ella—. Antes, todo esto que ves eran majadas. La explicación geológica que justifica estas depresiones naturales es sencilla: se formaron por la retirada de un glaciar y gracias a los depósitos de la morrena frontal, que actuaron como presa natural. Así es como los científicos explican la formación de los lagos de Covadonga, aunque los que frecuentan estas altitudes defienden otra historia.

»Olvidé decirte que esta es tierra de *bruxas* y de *xanas*. Algunos las confunden. Hay *xanas* con maneras de *bruxas* y *bruxas* con apariencia de *xanas*. Yo prefiero a las *xanas*. Si estás atenta, al amanecer puedes ver su aliento en forma de pequeñas nubes que emergen entre los árboles del bosque.

El crujido de la madera y el sonido de la ventisca acompañaban la voz de la mujer como un cuarteto de cuerda. Cristina guiñó un ojo al Toru y este le devolvió una sonrisa cómplice.

—Cuentan que entre los pastores que habitaban estas vegas vivía una *bruxa* con su hija pequeña —continuó, entornando los ojos con intención—. Ninguno tenía tratos con ellas, sin embargo, todos temían y respetaban a la *bruxa*. La insultaban, pero la buscaban a escondidas cuando necesitaban auxilio. Solo ella conocía los secretos de las plantas, y sus brebajes salvaron a más de uno. Como ves, la hipocresía y la necedad son tan antiguas como la humanidad. Por estas tierras la sabiduría popular mantiene que las *bruxas* tienen el poder de arrebatar el alma a aquellos con los que se cruzan. La religión condenaba tales prácticas y la ignorancia hizo el resto.

»Sucedió en un invierno duro, de esos a los que solo los paisanos del entorno están acostumbrados. La *bruxa* enfermó y falleció tras una larga agonía, con lo cual la hija se quedó sola y aquejada por la misma enfermedad que se llevó a su madre.

»El día en que todo ocurrió, las señales que pronosticaban un cambio en el tiempo fueron evidentes desde muy temprano. Un día extraño. La niebla tardó más de lo normal en levantar; los animales andaban inquietos. La tarde llegó antes de lo previsto y confundió al ganado, que se recogió pronto en los establos. Apenas coronado el mediodía, la lluvia comenzó a caer con fuerza y enseguida se desató una tormenta formidable que obligó a los pastores a permanecer en el interior de las cabañas. El sonido de los truenos reverberaba en las lomas de piedra y se propagaba con el ímpetu de un latigazo por todo el valle.

»Sintiéndose muy enferma, la niña salió de su casa para buscar ayuda. La noche cayó sobre ella y tardó mucho tiempo en atravesar el bosque que la separaba de la majada en la que vivían los pastores. Anduvo por caminos pedregosos, deteniéndose a cada poco en busca de la protección de los matorrales. Extenuada y delirando a causa de la fiebre, tiritaba de frío y de miedo mientras veía crepitar el fuego en el interior de las casas.

»La maldición de su madre se proyectaba sobre ella.

»Ella era la hija de la *bruxa*.

»Uno por uno recorrió los hogares de los pastores en busca de socorro. Pero en todos la rechazaron. En algunos ni siquiera le abrieron la puerta. Distinguía sus rostros asomados a la ventana con temor, como si fuese a saltar sobre ellos.

»Nadie auxilió a la hija de la *bruxa*.

»La fiebre aumentó, el malestar y los escalofríos la dejaron exhausta. Buscó refugio en un establo, pero ni siquiera el calor de los animales fue suficiente para confortarla. A pocas horas del amanecer, la desazón aumentó. La niña estaba muerta de miedo porque temía correr la misma suerte que su madre. En su inocencia de niña seguía creyendo en la posibilidad de encontrar a alguien que la auxiliase. Hizo acopio de las últimas fuerzas, abandonó el establo y, antes de alcanzar la última cabaña, cayó junto a esa roca, donde se quedó acurrucada.

El Toru emitió un oportuno carraspeo, que en nada perturbó la concentración de su compañera, y a Marina la asaltó uno de esos pensamientos en los que solía perderse durante un rato. «¿Qué tipo de gente puede negarle ayuda a un niño? —se preguntó, y se respondió a sí misma—: Miedo al diferente, al extranjero, al que otros señalan sin conocer sus circunstancias.» ¡Lo había visto tantas veces a lo largo de su carrera!

—Imaginad cómo fueron sus últimas horas. Enferma bajo la tormenta y aterida por el frío. Solo era una niña —continuó Cristina aceptando la cantimplora del Toru para saciar la sed—. Cuentan que faltaba una hora para el amanecer cuando un rayo solitario descargó con tanta fuerza sobre la piedra, que dibujó en su recorrido esas vetas rosadas. Cuando eso sucedió, la tormenta se realimentó y aumentó su potencia. ¡La madre de todas las tormentas! Cuenta la leyenda que, en ese momento, la pequeña despertó. Simplemente abrió los ojos y regresó a la vida. Entonces invocó a su madre, la *bruxa*, y escuchó su voz con claridad: «Olvidaste la última cabaña».

»La casa ante cuya puerta había caído.

»Aquella que no pudo alcanzar.

»La niña se dirigió hacia allí. El matrimonio de pastores que la ocupaban se sobrecogió al escuchar golpes en la puerta y fue la mujer quien, pese a las reticencias y a las amenazas del marido, se apiadó y dejó entrar a la niña. La instaló en su cama y permaneció junto a ella, cuidándola.

»Antes de que el primer rayo de luz venciese a la noche y diera comienzo un nuevo día, la niña reclamó la atención de la pastora. "Coge a tu marido y a tus animales, y marchaos del valle." La luz que emanaban los ojos de la niña, de un gris extraño, convenció a la mujer. Envueltos en tinieblas y bajo una lluvia constante, la pareja y su ganado se alejaron hasta perder de vista las cabañas.

»Dicen que llovió cuarenta días y cuarenta noches. Dicen que nadie salió vivo de estos parajes. Dicen que al amanecer del día cuadragésimo primero, dos enormes lagos inundaron las majadas donde antes se alzaban las cabañas de los pastores.

»Todos murieron.

»Y dicen que, durante la huida, la pastora pasó junto a esa piedra y descubrió con horror el cuerpo inerte de la niña.

»La hija de los lagos.

—¡Joder! ¡Da repelús cómo lo cuentas! —soltó el Toru.

—Leyendas aparte —Cristina rodeó por el hombro a Marina con camaradería y sin saber hasta qué punto la leyenda de la Hija de los Lagos había perturbado a la agente—, hay quien asegura haberla visto, porque la hija de la *bruxa* se aparece de vez en cuando. Y no a cualquiera. Solo se muestra a aquellos a los que les va a cambiar la vida.

Con el rostro contraído, Marina se alejó de la ventana aquejada por una extraña sensación. «Cambiar de vida», se dijo. Lo único que deseaba era bajar de la montaña y recrearse con una buena ducha de agua caliente.

35

Más allá del Puentón

Dos semanas desde el asesinato de Emilio Noval
Cangas de Onís

VELI JUGÓ A los malabares con la ansiedad durante los tres días que duraron los efectos de la nevada, pendiente en todo momento de la radio y de las redes sociales. Agotada la información sobre los partes meteorológicos apocalípticos, la mujer se cansó de escuchar la misma historia una y otra vez. La gente se quejaba, siempre se quejaba. Si nevaba en diciembre, malo, y si no nevaba, peor.

Agradeció el humor sarcástico de un oyente que, con mucha mala baba, se mofaba de la metedura de pata del programa emitido por la televisión. «¡La nevada apocalíptica! —se reía—, ¡la maldición del número ocho!» El reportaje sobre la Nevadona habría pasado desapercibido de no ser por el empeño de la cadena en promocionar un suceso inusual para convertirlo en un nuevo armagedón.

El caso es que toda la atención informativa, antes preocupada por los vehículos atrapados en la nieve, las carreteras intransitables y el colapso de las vías principales de comunicación, dio paso a las reivindicaciones, que solicitaban más recursos y una mejora de las infraestructuras. Las demás noticias habían sido silenciadas. Ni una sola palabra sobre los asesinatos. Nadie se acordaba de la desaparición de Mónica.

Un mal presentimiento arrugaba el corazón de Veli. Desde que supo de la desaparición de la chica, no había momento en que no pensara en ella. El asesino de su padre andaba suelto y «a Roberto lo enterraron en silencio», pensó al recordar el sepelio. «La madre lo apartó de las malas lenguas.»

Veli pedía con devoción a la Santina que protegiera a Mónica. La amenaza de que un delincuente rondara con impunidad por el pueblo la atemorizaba. Con los nervios a flor de piel, inspeccionaba su casa de punta a punta y comprobaba cada una de las puertas y ventanas, asegurándolas con obsesión. Cada dos por tres verificaba el buen funcionamiento del magnífico cerrojo FAC que acababa de instalar.

Con el espacio justo para asomar la nariz, descorrió la cortina del ventanal del salón y se entretuvo en prestar atención al itinerario de todo el que atravesaba el parque. Uno por uno iba descartándolos como sospechosos. Hasta llegó a instalar un taburete frente al balcón, a modo de atalaya, desde el que vigilaba el ir y venir de los viandantes, como el centinela ante la inminencia de un ataque.

El recuerdo de Emilio la pilló desprevenida y la angustia regresó con más fuerza. Durante el tiempo en que trabajó en su casa se sintió realizada. Era una labor agradecida. Nadie de la familia la había hecho sentirse de menos, al contrario, apreciaban su discreción y sus dotes culinarias, y también los cuidados de madre con que trataba a Mónica. La chica protestaba, pero siempre acudía a ella como mediadora. ¡Cómo la extrañaba! Un temblor involuntario se adueñó de ella al recordar la forma en que descubrió el cadáver en el sillón del cuarto de estar. Conocía la fragilidad que se ocultaba tras la coraza de Mónica. Un muro levantado a golpes de dolor y de rabia.

El paso de una máquina quitanieves a toda velocidad por la carretera la sacó de sus pensamientos. Todavía asomada a la ventana, se perdió tras los pasos apresurados de una mujer que se peleaba con su perro, al que pretendía rescatar de un charco. La pátina de nieve resistía sobre los setos del parque, y los columpios rezumaban gotas de deshielo, como el rocío de la mañana. Los operarios del ayuntamiento se afanaban en retirar los restos de nieve de las calles principales, amontonándola en cualquier esquina. Nieve sucia. Nieve gris. Nieve que había perdido el encanto. El blanco inmaculado que provocaba admiración se había transformado en un color anodino y depresivo. «Pocas cosas más feas que la nieve gris», pensó abandonando el puesto de guardia y consultando el reloj.

Una idea luminosa brilló entre los oscuros pensamientos. Veli recordó que, algunos días, Llara y sus amigas solían saltarse la última clase del instituto para reunirse cerca del Puentón. Quizá ella supiera algo de Mónica, y decidió salir en su busca.

Las calles de Cangas de Onís intentaban recobrar la normalidad. Una vez acabado el episodio del temporal, el invierno se afianzó. Todo se reiniciaba como en un ordenador.

Protegida por su abrigo de pelo rizado y un grueso gorro de lana, Veli caminaba a buen paso. Podría haber utilizado el recorrido habitual, es decir, atravesar la calle del Parque, subir por San Pelayo, cruzar la avenida de Castilla y recorrer la calle del Turista hasta los mismos pies del Puentón, como se conoce al histórico puente. En esa misma calle habría disfrutado, como siempre hacía, de los vistosos colores que rematan la cúpula de una bella y singular villa de indianos abandonada durante años y en eterno proyecto de reconvertirse en hotel.

La casona del indiano Pedro Sarmiento, levantada en 1916, pasa desapercibida a la mayoría de transeúntes, obnubilados por la fama del mal llamado puente romano de Cangas de Onís. La falta de ventanas en el edificio provoca desasosiego, fruto de la oscuridad que se presume en el interior. Pocos saben que el plano del proyecto del arquitecto replicaba una casona hermana, allá por tierras chilenas.

Y, tras admirar la casona, Veli habría alcanzado su destino, el puente de piedra. Un arco cubierto por una calzada de piedras brillantes, como si alguien hubiese vertido un cubo de agua jabonosa desde la misma clave.

Sin embargo, la mujer optó por rodear el edificio en el que vivía y continuar por la avenida de Covadonga hasta cruzar la carretera nacional. Desde allí, por la acera que discurre en paralelo al puente, la panorámica es más amplia.

El famoso Puentón se levanta sobre el río Sella, que en esos momentos bajaba con la fuerza de una pataleta. El nivel del agua había subido en pocas horas y apenas se distinguían las márgenes del bosque de ribera. Las nubes residuales disimulaban la estrecha vereda de árboles plantados en fila india que enmarcan el río. Proyectaban su sombra sobre el agua y enmascaraban el tamaño de las piedras. La floresta se erigía en refugio y en escondrijo, como un encofrado que afirma la tierra bajo sus raíces. El sol había amanecido oculto tras un espeso manto de nubes; un cielo gris, repleto de estratos, amenazaba lluvia.

Ese jueves soplaba un aire helado que hería la piel del rostro. Veli se echó el aliento en las manos y continuó a paso ligero. La mujer ignoró a los turistas de coloridos chubasqueros que, móvil en mano, disparaban sus cámaras hacia todos lados y con maneras de cazadores enloquecidos.

Nada más pasar el puente, optó por bordear el restaurante. Esquivó la terraza, vacía a una hora tan temprana, y las sillas metálicas agrupadas en pequeñas torres semienterradas en la nieve. Unas sobre otras y apresadas por una cadena, se le antojaban el resultado de una redada policial.

Una vereda abierta por el trasiego de la gente daba acceso rápido al río. El rumor del agua y el viento helado la incomodaban. La mujer se frotaba las manos para alejar el frío cuando descubrió al grupo de adolescentes.

—¡Llara! —gritó y con ello se procuró la atención del grupo. Reconoció la moto, el mohín de desagrado en su cara y las disculpas ante los amigos. Después de un rato, por fin se dignó acercarse a ella. La actitud de la amiga de Mónica navegaba entre el desconcierto y la cautela—. Solo vine a verte porque estoy muy preocupada por Mónica. ¿Sabes algo de ella?

La desazón de la mujer la emocionó. Al fin y al cabo, era la única que había cuidado de Mónica y le constaba que su amiga sentía gran aprecio por ella.

—Solo necesito saber que está bien —continuó en voz baja. Su voz era una súplica—. La policía la está buscando por todos lados. Desconectó el móvil y no responde a los mensajes. Tengo miedo de que le haya pasado algo malo.

—Te juro que no sé nada de ella —dijo Llara empatizando con Veli—. A mí también me gustaría saber dónde está y, de paso, que me dijera por qué se marchó sin decirme nada.

La mujer reconoció la desesperación de la joven. La misma que sentía ella. La mayoría de las veces el consuelo nace del acto de compartir. El dolor se sostiene en otro que sufre lo mismo que tú; nadie mejor para entender la angustia o la desesperación que las personas unidas por el cariño. Veli y Llara compartían la misma esperanza: el anhelo de encontrarla con vida.

36

Santa Eulalia de Abamia

Corao, parroquia de Abamia, y Concejo de Cangas de Onís

EL VERBO OBNUBILAR procede del latín *obnubilare*, y significa «cubrir con una nube». Cuando la agente Marina Roldán llegó a la parroquia de Abamia después de atravesar el pueblo de Corao y alcanzó el final de la estrecha carretera que conduce a la iglesia de Santa Eulalia, quedó obnubilada.

Marina obedeció a regañadientes las órdenes del inspector, pese a que estaba convencida de la inutilidad de interrogar al tío abuelo de Mónica. El ambiente en el cuartel general era cada vez más tenso. A la desaparición de la chica se añadía la falta de resultados. El fracaso de la búsqueda en los lagos de Covadonga había caído como un cubo de agua helada sobre ellos. Lo único bueno que había aportado el temporal fue la distracción de los medios de comunicación, y se temían que a partir de ese momento la presión regresara y con ella la mala cara del Jefe Gris.

Salió de comisaría con el tiempo suficiente para avisar a su marido de que intentaría estar en casa para comer juntos, pero el móvil de Carlos estaba desconectado o fuera de cobertura. La verdad es que estaba empezando a estar harta de su actitud. Se incorporó a la autovía centrada en la conducción, al tiempo que repasaba mentalmente la información del pariente de Mónica Noval. Las indicaciones de un vecino la condujeron hasta él. Juan, el Pegollu, como conocían los paisanos al tío de Emilio Noval, pasaba el día en los terrenos de la iglesia de Santa Eulalia de Abamia. El templo estaba situado en una de las laderas que vierten sobre los fértiles terrenos del valle del Güeña. El hombre se dedicaba a arrancar las malas hierbas, limpiaba los accesos y se ocupaba de la salud de los tejos que enmarcan el edificio. Tres, para más señas.

La policía se bajó del coche patrulla y se encontró de frente con el primero de ellos. La envergadura y el porte del ejemplar colmaban el espacio.

Hacía tres horas que había amanecido y el cielo estaba tapizado por nubes bajas que amenazaban con descargar. Avanzó sobrecogida por el silencio y por la extraña atmósfera que envolvía el lugar. En los alrededores de la iglesia se respiraba esa calma sobrenatural que induce a la introversión y al recogimiento; sobre el verde alfombrado del suelo todavía persistían restos de la nieve de días anteriores, y el viento suave mecía las briznas de hierba a ras de suelo, que bailaban temblorosas en la dirección que soplaba y, cuando este cesaba, suspiraban expectantes y atentas a la siguiente ráfaga. A su izquierda, la iglesia, y a su derecha, los tejos. Los colores gris, verde y blanco bien podían ser los integrantes de un cuadro digno de un museo. El paisaje apabullaba.

Buscó al tío de Mónica por los alrededores. Incluso llegó a dudar de la información de los vecinos. Allí no había nadie. Rodeó el edificio casi por completo sin encontrarlo. El murete de piedra que delimita el perímetro quedaba disimulado bajo un manto de hiedras y plantas trepadoras. En su recorrido alrededor de la iglesia, algo llamó su atención. Se trataba de una talla en el tímpano de una de las ventanas ojivales, un dibujo en forma de flor de seis puntas. «¿Dónde he visto yo esto?» Y recordó con claridad el tatuaje en la muñeca de su compañera Nora Sirgo. «¿Tendrá algún significado?» La agente se dejó una nota mental para preguntar a su compañera.

Gracias a Cueto sabía que la iglesia de Santa Eulalia de Abamia constituye uno de los lugares más emblemáticos de Asturias por su relación con los orígenes de la monarquía asturiana. La creencia popular dice que fue la primera parroquia levantada por orden de Pelayo, una construcción donde el rey y su esposa, Gaudiosa, fueron enterrados antes de ser trasladados a Covadonga. La tradición oral de la zona reforzó el vínculo entre Pelayo y Abamia con el objetivo de atraer a los fieles, y la leyenda se propagó, transformada en hecho histórico. De cualquier manera, ni las características artísticas de su arquitectura ni el entorno idílico, ni siquiera la cercanía al santuario de Covadonga son suficientes para explicar la singularidad del enclave.

—El *texu ye* un árbol sagrado —dijo alguien a su espalda.

Marina entendió de inmediato el porqué del apodo por el que era conocido el tío abuelo de Mónica. Juan, el Pegollu, era un hombre de estatura baja, cuerpo en forma de pera y piernas robustas apoyadas en unas generosas caderas. Un pegollo es cada uno de los pilares de piedra o madera sobre los que descansa un hórreo, y el hombre parecía tan fuerte como para ser capaz de sostener uno de ellos él solito.

—Lo sé. Estos son impresionantes. Mi nombre es Marina Roldán. Soy policía nacional y estoy investigando el asesinato de su sobrino y la desaparición de Mónica —dijo estrechándole la mano.

—Antes nos reuníamos ahí mismo. —El hombre obvió las presentaciones y siguió a lo suyo. Señaló un punto determinado con un bastón de madera de empuñadura bellamente tallada, que a Marina la recordó la cabeza de un dragón—. Un *Cuélebre* —dijo fijándose en el interés de la agente—. Lo talló un paisano de Riosa con buenas manos. Como le decía, antes nos reuníamos ahí. A la hora de misa y de obligada asistencia.

El hombre se quedó pensativo un momento.

—Bajo los *texos* se trataban asuntos de labranza y cosas nuestras. Nada de coches ni autobuses. La gente llegaba en burro, a caballo o a pie. Ahora vienen otros más *preparaos* y turistas. Admiran los árboles, pero no saben que el *texu* es un símbolo de resistencia. Y, dígame, ¿encontraron a Mónica?

—Lo siento —dijo negando con la cabeza—. He venido para hacerle unas preguntas.

—Vamos a sentarnos ahí —señaló con el bastón hacia un poyete adosado a la fachada de la iglesia—. Venga, acérquese. Esto le interesa. —Se detuvo ante un cartel explicativo donde podía leerse que habían declarado la iglesia Monumento Nacional en 1962—. Lo mejor es esa puerta —continuó el anciano y se adelantó abriendo camino. Marina lo siguió resignada y echándole grandes dosis de paciencia—. El juicio final.

La agente observó la escena tallada en la piedra. Y, ante sus ojos, el anciano se transformó en una suerte de guía turístico.

—Aquí puede ver tres arquivoltas que representan el Juicio Final. Las figuras de los difuntos se levantan de los ataúdes junto a un dragón, dos caballos y unos cuantos condenados al infierno. Uno de ellos arrastra una cadena y el otro arde en un caldero, mientras ese aviva el fuego con un fuelle. —El hombre señalaba con el bastón cada una de las figuras—. Y aquí, el diablo arrastra a una mujer por el pelo. Ella se cubre los pechos por vergüenza, lo que simboliza el castigo por algún pecado de la carne.

Marina elevó las cejas y se cruzó de brazos a la espera de que acabase la lección de arte.

—La iglesia se caía a cachos —continuó el hombre dando por concluida la visita a la puerta y sentándose sobre el poyete—, y la cerraron al culto el diez de noviembre de 1904. Y encima, como está *en casa dios*, nadie subía hasta aquí. Antes la carretera era un camino de barro *empinao*, y hace tiempo construyeron otra iglesia en Corao que pilla más a mano. Aunque la restauraron, por dentro está llena de goteras y humedades.

El hombre miró de frente a Marina y sonrió.

—Je, je. Ya veo que no vino de visita. ¿En qué puedo ayudar?

—Me gustaría entender por qué ha desaparecido Mónica —intervino la agente al ver que por fin podía acometer el objetivo por el que se encontraba allí—. ¿Qué tal era la relación con la familia? ¿Se integró cuando llegó a Cangas de Onís? ¿Se llevaba bien con su abuelo?

—Mi hermano era un buen hombre. El hijo, no tanto. La *guaja* andaba siempre enfadada, con los *güeyos* tristes.

—¿Por qué cree que estaba enfadada?

—Los rapaces son rebeldes —dijo encogiéndose de hombros.

—Tengo entendido que usted es el único familiar que tiene por aquí.

—La madre de Emilio murió joven y por eso mi hermano mandó al *guaje* a Francia, con nuestra hermana, que en paz descanse.

—¿Y por parte de su madre? ¿Sabe si le queda algún familiar en Francia? —preguntó la agente para corroborar la información de la que disponía la policía.

—Una tía. La madre de Mónica tenía una hermana, Margot. Vive por ahí, por Navarra. En un *pueblín*; Urdax, creo.

Las malas lenguas dicen que se lio con su cuñado y acabaron mal. La mujer quiso hacerse cargo de Mónica, pero Emilio se negó y al final se quedó con el padre.

—¿Se le ocurre dónde podría estar Mónica?

El hombre se encogió de hombros y bostezó. Por un momento, a Marina le pareció que iba a echar una cabezadita. «Estoy perdiendo el tiempo», se dijo. El trabajo de investigación es tedioso y poco fructífero la mayoría de las veces. Agotar todas las vías formaba parte de su día a día. Por otro lado, le resultaba comprensible la actitud del anciano. El hombre había renunciado a la custodia de su sobrina nieta, lo que mostraba a las claras la nula relación entre ellos. El vínculo familiar era tan solo testimonial.

Un tanto frustrada, decidió dar por concluida la visita. Para entonces el anciano se había acomodado sobre el muro y dormitaba a pierna suelta. A escasos metros del coche patrulla, Marina comenzó a sentirse mal. Un extraño escalofrío la detuvo justo a los pies del gran tejo.

El árbol parecía esperarla.

Avanzó hasta rozar sus ramas y acarició la corteza rugosa del longevo ejemplar. Se dio un momento de tregua y experimentó el sosiego que proporciona un abrazo.

«Tocar madera.»

La idea llegó como una revelación. Y recordó que, a los pocos días de instalarse en Asturias, Carlos decidió salir a pasear por el campo. Le explicó entonces que la expresión «tocar madera» procede de los antiguos celtas. Ellos la usaban para alejar lo negativo, para evitar males que suponemos cercanos o para desechar algún asunto cuando nos parece que es portador de malos augurios. Los antiguos astures pensaban que los árboles están habitados por entidades mágicas, como las *xanas* o el *Trasgu*. En ellos mora el dios de la caza, de la vegetación y de los animales, el

Busgosu, el guardián del bosque. Para invocarlos, los astures se acercaban a los árboles y daban golpecitos en su corteza. La tradición dice que han de ser tres toques suaves pero seguros con la mano derecha y, de inmediato, contar aquello que preocupa.

Casi con reverencia, Marina golpeó sobre la corteza del tejo tres veces. Como una señal, el viento se levantó y agitó la copa del árbol, y ella se sintió a salvo. Elevó la vista y se perdió en la frondosidad de su copa.

Sin duda, era el mejor de los refugios.

Quinta carta

Salut, maman.

Me he acostumbrado a convivir con el miedo, sobreviví a tantas cosas… A perderte, al dolor, a la soledad. Pero algo está cambiando; cuanto más aprendo, más capaz me siento de vivir sola. Nelu me enseñó que uno tiene que luchar por aquello en lo que cree. Y yo soy una superviviente.

Je ne t'oublie pas. No te olvido.

37

Provocar al diablo

Villaviciosa

ASUNTA SE DESPERTÓ de repente. Sentía la camiseta del pijama pegada a la piel, húmeda y desagradable. Estaba sola porque Encarna había decidido largarse. Ya lo había hecho antes. Desaparecía y regresaba cuando se acababa el dinero o la droga. Una oleada de soledad la entristeció. Lo había intentado todo, por las buenas y por las malas. Experimentó la manipulación de su hermana una vez más. La culpa le roía las entrañas.

Rescató el teléfono móvil de la mesilla de noche y acto seguido recibió un mensaje de Encarna.

«Ingresa cinco mil euros en mi cuenta o la mujer de Carlos se va a enterar de todo.»

«¡Tenía que haber imaginado algo así!», se reprochó tapándose la cara con las manos. Las nubes velaron el tímido sol y convirtieron el día en noche.

EL CIELO DESCARGABA con fuerza cuando Asunta salió del trabajo, en la oficina de turismo. Al llegar a casa se encontró con que estaba toda revuelta; los cojines desparramados por el suelo, la ropa tirada en el sillón, restos de pizza, botellas de sidra y de cerveza, y platos llenos de colillas sobre la mesa. Llena de rabia, abrió la puerta del dormitorio y se encontró a Encarna envuelta en una nube de sudor y alcohol.

—¡Fuera de mi casa! —gritó con toda la energía que fue capaz de reunir.

Una fuerte tormenta eléctrica descargaba sobre Villaviciosa. Los fogonazos se sucedían con rapidez y encendían las calles oscuras. Asunta vio cómo Encarna hacía la maleta, salía de la casa y se perdía entre las calles, bajo la lluvia. Y la traspasó un escalofrío de aprensión.

Sabía perfectamente lo que significaba ese silencio.

Nadie mejor que ella conocía lo que su hermana era capaz de hacer.

38

El beso de Favila

Villanueva

BEDIA AMANECIÓ CON la intención de inspeccionar de nuevo el hotel San Pedro de Cangas de Onís y poner patas arribas, si fuera necesario, el despacho de Emilio Noval. El vínculo del empresario con el hotel era la única pista tangible con la que contaban: su lugar de trabajo. «Esta vez lo registraremos a fondo», pensaba alentado por los comentarios de Marina, que le recordaron la existencia de una caja fuerte. Nada más llegar, la presencia de un grupo de turistas liderados por un guía distrajo a los agentes.

—El hotel San Pedro de Cangas de Onís se alza en el conocido *Güertu'l cura,* o sea, en las antiguas huertas del párroco. Durante los años de mayor prosperidad, el Monasterio de San Pedro de Villanueva funcionó como una empresa de explotación agropecuaria y como base administrativa. Disfrutaba de coto propio y estaba cerrado por *muria*, lo que se traducía en un montón de piedras sueltas y alineadas en torno a las tierras de labor. La propiedad incluía una panera, hoy conocida como La Bolera, sucesora de la que usaban los monjes para almacenar el grano. —La voz estridente del guía turístico rechinaba en los oídos de un grupo de jubilados, que en el momento en que el inspector Bedia y la agente Roldán se bajaron del coche patrulla, ya en el hotel, escuchaban con la vista fija en los capiteles del pórtico de la iglesia. Parecían esperar la caída de un meteorito.

—¿Nos unimos? —preguntó Marina con voz socarrona.

Y antes de que llegase una contestación, Bedia ya se abría hueco en el grupo.

—A unos cuatro kilómetros del centro de Cangas de Onís, en la ladera del monte que cierra este valle por el norte, se encuentra el pueblo de Llueves, el lugar donde la tradición sitúa la muerte del rey Favila a manos de un oso en el año 737 —continuó el guía, al tiempo que señalaba con un bastón de senderismo hacia un punto indeterminado de la montaña—. Las crónicas medievales relatan de forma muy breve el incidente. —El hombre engoló la voz y a Marina le pareció escucharlo desde el fondo de una caverna—. Favila, a causa de su inconsciencia, fue abatido por un oso cuando se encontraba practicando la caza —carraspeó por el esfuerzo y retomó el discurso con su voz chillona—. Sin embargo, investigaciones recientes apuntan a que la desaparición fulminante del heredero de don Pelayo podría deberse a una cuestión política.

»Dos son las hipótesis que se barajan: la primera enlaza con una larga serie de regicidios en época visigoda. La poderosa clase nobiliaria veía con malos ojos el poder hereditario que transmitía la Corona de padres a hijos, porque menguaba su poder y su capacidad de influencia. La segunda es más mundana. La desaparición de Favila favorecía al futuro Alfonso i, casado con Ermesinda, hija de don Pelayo y, por tanto, beneficiaria de la Corona. Por si no lo saben, Alfonso era hijo del duque Pedro de Cantabria, el noble más poderoso de la región, a quien la boda de su hijo le vino al pelo para reivindicar su derecho al trono. Y aquí tenemos la triste historia de Favila y de su esposa Froiluba.

Las cabezas de los presentes siguieron la dirección que marcaba el bastón del guía hasta los capiteles románicos que embellecen la portada de la iglesia.

—Inspector. —Marina se dirigió a Bedia en voz baja—. El jefe de camareros nos espera.

Bedia dirigió la vista hacia el hombre que saludaba desde la entrada del hotel.

—Que espere.

La agente se encogió de hombros y continuó a su lado. El jefe de camareros asumía la función de relaciones públicas hasta que la dirección encontrase un sustituto para Roberto Torres.

—Aquí se describe la historia de Favila. —El guía manejaba el bastón a modo de puntero, como hace un profesor delante de sus alumnos—. Fue tanta la conmoción que provocó que, cuatrocientos años después, plasmaron su historia a lo largo de tres capítulos sobre la piedra de los capiteles románicos de este monasterio. El primero muestra la partida hacia la jornada de caza; el segundo, la despedida de su esposa Froiluba a la puerta de palacio, y el tercero, la lucha con el oso.

—Parece un tebeo —observó un jubilado. El comentario levantó una oleada de risas en el grupo.

—Observen la modernidad. —El bastón del guía quedó a pocos centímetros de la piedra—. Un relieve de tema profano que representa una escena amorosa en la que un caballero se despide de su amada con un beso. A esta escena se la conoce como «el beso del rey Favila antes de partir a la cacería en la que iba a morir». Y, a continuación, el combate mortal entre Favila y el oso, donde Froiluba lamenta la muerte del rey y rememora su marcha. La historia concluye con el tercer remate: Favila aparece en brazos de ángeles alados que combaten por su alma frente a un demonio en forma de dragón.

El grupo se compactó debajo de los relieves durante unos breves instantes, y a continuación todos siguieron los pasos del guía hacia el interior de la iglesia.

Bedia escuchaba a cierta distancia, incapaz de sacarse de la cabeza el cadáver de Torres apoyado en la columna y bajo el mismo capitel donde el rey besaba a su mujer como despedida, sin saber que lo hacía por última vez.

—Vamos —apremió a Marina.

La recepcionista pecosa charlaba muy animada con el jefe de camareros cuando los policías entraron en el hotel. Ella regresó a su puesto tras la recepción de inmediato y él la siguió embobado hasta que reparó en la presencia del gigante.

—¿En qué puedo ayudarles?

—¿Podemos hablar en un lugar más discreto? —solicitó Marina, apartándose para facilitar la entrada a unos clientes.

El jefe de camareros guio a los agentes hasta el comedor. Sobre una de las mesas en la que descansaba una pila de manteles blancos y varias filas de servilletas perfectamente dobladas, Marina abrió la tableta y rebuscó entre sus notas.

—Háblenos de Torres —solicitó el inspector.

—¿Qué quieren saber? —El jefe de camareros mantenía los brazos cruzados, a la defensiva. Bedia avanzó un paso hacia él, solo uno, y la actitud del camarero se aplacó al instante.

—Roberto era un tío *enrollao*, los jefes le tenían aprecio. Un hombre serio y currante. Imagino que sabrán que, además de relaciones públicas, era el dueño del Taranis. Los fines de semana repartía entradas entre el personal.

—¿Tenía enemigos?

—A ver, no. Envidias, sí, pero pocas.

—¿Puede ser más concreto? —terció Marina al observar la incipiente congestión en el rostro de su jefe.

—El Taranis funciona bien y está de moda. Con algún *jaleillo* que otro, pero nada fuera de lo normal. Cuando la peña bebe se pierde, ya sabe. El éxito atrae las envidias y a algunos les molestaba que a Roberto le fuera tan bien. Por lo demás, todo correcto.

—¿Alguien en concreto?

—*Na*, comentarios aquí y allá. Fanfarronadas.

—Nos gustaría registrar el despacho del señor Noval.

El jefe de camareros clavó la vista sobre la tableta, sacó su teléfono móvil y esperó el tono de llamada.

—Necesito la autorización del señor Riu —explicó poniendo cara de circunstancias. Bedia lo fulminó con la mirada.

Una vez obtuvieron el permiso, los agentes lo siguieron por los pasillos del hotel hasta que el hombre se detuvo frente a la puerta del despacho y los invitó a entrar con un «adelante, por favor». Los agentes se centraron en el armario donde Emilio guardaba los documentos de la empresa. Bedia localizó la caja fuerte y despidió al empleado con una orden tajante. Las carpetas alineadas en las baldas y ordenadas alfabéticamente solo contenían las facturas de los clientes: entregas a cuenta, reservas, peticiones, el tipo de documentos que uno firma cuando contrata una boda. Una vez revisaron los ficheros, Marina accedió con rapidez a la caja metálica y señaló el teclado.

—Deberíamos llamar a un cerrajero… —La agente entornó los ojos con malicia—. ¿Qué te apuestas a que la abrimos?

—Je, je. —Los ojos de Bedia chispearon de excitación.

—La contraseña consta de cuatro dígitos —concretó muy seria mientras pensaba en las diez mil combinaciones posibles. Descartó la utilidad de probar con números aleatorios y sugirió a Bedia varias de ellas—. Su fecha de nacimiento o la de su hija.

—Prueba, pero ya te digo yo que no. Me sorprendería que un hombre de negocios fuera tan simple.

Tal y como esperaban, la cerradura permaneció bloqueada.

—Si queremos tener éxito, tenemos que pensar como él. Las contraseñas las elegimos, la mayoría de las veces, influenciados por nuestros gustos personales o por fechas que nos marcaron. Por ejemplo, la goleada de tu equipo favorito o la última vez que echaste un polvo —puntualizó Bedia impertérrito y acomodándose en una de las butacas. Marina consultaba su tableta, al tiempo que escuchaba las disquisiciones del inspector.

—Acertar con la clave de Emilio va a ser tan complicado como que te toque la lotería. No conocemos sus gustos y tampoco las fechas importantes. Voy a intentar averiguar la fecha de su boda o del nacimiento del hijo que falleció en el accidente.

Las pesquisas no dieron resultado, tal y como el inspector había pronosticado. El policía empezaba a perder la paciencia mientras Marina revisaba con cuidado sus notas, en busca de alguna pista que pudiera ser de utilidad.

—A Noval le gustaba la cocina, la señora Nieda mencionó la nuez moscada —pensaba la agente en voz alta, sin encontrar ninguna relación entre los gustos culinarios y la combinación numérica que abriera una caja fuerte—, y en el garaje acumulaba un buen equipo de herramientas.

Sin pensarlo tecleó la matrícula del coche de Noval, una vez más sin éxito. Marina dejó escapar un taco, pero no se dio por vencida. Entonces reparó en el apunte que había tomado durante el registro de la casa de Noval.

—¿Recuerdas los vinilos que encontramos en el cuarto donde apareció el cadáver de Emilio? —preguntó al inspector sin quitar la vista de la pantalla y con el brillo de la esperanza reflejado en la cara—. Veli afirmó que le encantaba la música, el *blues* en concreto. ¿Y si probamos?

—¡Eric Clapton! —Bedia se puso de pie de un salto con una sonrisa de satisfacción que le cruzaba la cara. Una vez más, Marina lograba sorprenderlo; era la mejor agente que había tenido—. Un músico prolífico. Busca en su discografía.

Los dedos de Marina volaron sobre el teclado.

—¿Por dónde empezamos?, ¿por el primer álbum? —El silencio de Bedia era una afirmación—. *Eric Clapton*, 1970.

Uno, nueve, siete, cero. La cerradura continuó cerrada. Marina miró hacia arriba.

—¿Y el último? *I Still Do*, 2018.

Dos, cero, uno, ocho. Un nuevo fracaso.

Bedia se movía por la habitación resoplando como un búfalo. La tensión del momento le impedía quedarse quieto y, además, le provocaba un hambre pantagruélica.

—El señor Clapton es un guitarrista portentoso —reflexionaba mientras andaba y hacía memoria. El artista siempre había sido uno de sus favoritos—. Recuerdo que lo apodaban *Slowhand*, «Mano lenta». Todo el mundo cree que el mote se lo pusieron por la manera de deslizar los dedos por el traste de la guitarra. La complejidad de los temas en aquella época requería de músicos virtuosos, pero la razón por la que se ganó el apodo era otra. Las cuerdas de su guitarra se rompían a menudo al ser muy finas. Clapton dejaba de tocar y, en medio del concierto, cambiaba la cuerda. ¡Con un par! El tío se tomaba su tiempo, lo hacía con tal parsimonia que ponía al público de los nervios.

La risotada de Bedia salió de forma natural.

—Tiene un álbum titulado *Slowhand*, de 1977—confirmó la agente.

Uno, nueve, siete, siete. Otro fallo. Marina no conseguía abrir la caja fuerte. La decepción arruinaba el ánimo de ambos.

—Tiene que ser algo más concreto, más especial. Algo que recuerdes sin esfuerzo —dijo ella pensando en las molestias que se habría tomado Noval en elegir la clave de seguridad de la caja fuerte. Estaba convencida de que contenía algo de valor—. Espera un momento. —Marina llamó la atención de Bedia—. Aquí dice que Eric Clapton perdió a su hijo Connor en 1991, en un horrible accidente. El niño cayó al vació desde el piso número cincuenta y tres de un rascacielos, en Nueva York. Un año después publicó un álbum con una canción dedicada a su hijo.

—*Unplugged*, y la canción se titula «Tears in heaven» —soltó el inspector dando una palmada, celebrando la intuición de Marina.

Uno, nueve, nueve, uno.

Esa vez, la caja se abrió.

—¡Bingo! —gritaron a un tiempo.

Marina vació el contenido y reunió sobre la mesa un mazo de papeles y una única carpeta. Espoleados por la intriga, los agentes revisaron uno por uno los documentos. Facturas atrasadas y cobradas, contactos e información de determinadas empresas, entre las que figuraba SquadAstur. Aquello suponía una prueba de que Emilio Noval se había hecho cargo de la contabilidad de la empresa de Nelu Prado. Cuando terminaron de revisar los expedientes, la atención se centró en la carpeta de tapas oscuras. En ella encontraron dos cuadernos de contabilidad idénticos.

—¡Vaya! Si resulta que Emilio no era tan *buenín* —exclamó Bedia al comprobar la existencia de una contabilidad paralela en los negocios de Noval—. Pásale los cuadernos a Cueto, que es muy ordenado y se le dan bien los números. Con un poco de suerte, encontramos un cabo del que tirar.

La esperanza de buenas noticias flotó en el aire y alentó a los agentes durante el tiempo que tardaron en recoger los documentos y abandonar el hotel San Pedro.

39

Tres frentes abiertos

Gijón

Rosa fue quien encontró el móvil de Salvador en el interior del cajón del mueble del salón. El sonido repetitivo y desagradable la sacó con prisa de la habitación mientras se arreglaba para acudir ese sábado al trabajo. Lo rescató de la cajonera y en la pantalla leyó el nombre de Begoña Salinas.

—¡Salvador! —La mujer entró en el cuarto de baño y abrió la mampara de la ducha—. Es una tal Begoña Salinas —y dejó el teléfono sobre el lavabo. Ni siquiera reparó en la cara de desconcierto de su marido al ser sorprendido bajo el chorro de agua. Entró y salió. Despreocupada por la llamada, por el teléfono y por él. «Un día perderá la cabeza», se dijo regresando a la habitación.

La interrupción fastidió a Bedia.

«Si suena que suene, coño —decía mientras se aclaraba el pelo—. ¿Qué quiere ahora la señora periodista?»

Se secó a conciencia con una toalla de color rosa, el color favorito de su mujer, y se vistió despacio. La cinturilla elástica del calzoncillo se ajustó a la piel y comprobó con satisfacción que el contorno de la barriga había disminuido de forma considerable. El trabajo en el gimnasio empezaba a dar resultados. «Pronto perderé los pantalones», pensó antes de dedicarle una sonrisa al espejo.

Con una taza de café en la mano y desdeñando el plato de rosquillas que su suegra había situado estratégicamente en su camino, marcó el número de Begoña.

—Buenos días, inspector.

—Buenos días. ¿A qué se debe la llamada? Es temprano.

—*El Comercio* abre hoy con una noticia jugosa: la posible relación entre el asesinato de Noval y el de Torres. Incluso apunta a la posibilidad de que los perpetrase la misma mano. El artículo se centra en buscar conexiones entre ellos, pero la única conclusión evidente es que trabajaban juntos en el hotel San Pedro. Pese a que el titular es un tanto sensacionalista, se limita a repasar lo ocurrido y publicado con anterioridad sin aportar nada nuevo. Como comprobará, mantiene una línea conservadora y evita los detalles escabrosos. —Hizo un inciso intencionado y continuó—: Es evidente que obvian concretar los hechos para salvaguardar la imagen del hotel. Mis fuentes me informan de que el hotel es reacio a colaborar con la prensa, y los entiendo. A la gente le incomoda casarse en la escena de un crimen.

—Humor fino —sonrió Bedia—. Por el momento, la dirección del hotel ha colaborado con nosotros en todo lo necesario. Carecemos de razones para desconfiar de ellos, pero te agradezco la información.

El inspector guardó el móvil, se despidió de su suegra con un beso en la frente y salió hacia la comisaria.

En el cuartel general, Marina charlaba con Cueto cuando el inspector Bedia entró en el despacho con cara de pocos amigos. Cerró la puerta de un portazo, se sirvió un café y se sentó a su mesa. Puso en marcha el ordenador sin decir palabra y el extractor de aire de la CPU comenzó a zumbar en mitad del silencio. El salvapantallas reflejaba los destellos de una esfera terrestre en la inmensidad del espacio. Los agentes cruzaron miradas sin decir ni una palabra. ¡Cualquiera se atrevía a abrir la boca! La curiosidad coincidió en la espalda de Bedia y, como si tuviera ojos en la nuca, los increpó.

—No estoy para tocapelotas.

Y los dos se dedicaron a lo suyo.

La llegada de Sirgo rompió la tensión.

—¡Vaya cara de cabreo que tiene el jefe! Lo vi salir del despacho de Gris.

Roldán se llevó un dedo a la boca.

Demasiado tarde.

El gigante había reparado en la agente menuda y se había situado a su lado.

—¿Te refieres a esta cara?

Nora dio un respingo.

—¡Joder, jefe!

—Pues tienes razón. Esta es la cara que se le queda a uno cuando lo chorrean. Y también cuando le ponen a uno la cara colorada, o la que tengo cuando el comisario se ríe en mis narices y me toca las pelotas —bramó—. Por si a alguno le interesa, el entretenimiento de la nieve duró poco. A la gente ya se le pasó la tontería de salir a tirar bolas y patinar en trineo, así que volvemos a la palestra. El equipo de policías inútiles vuelve a estar en boca de todos. Dos asesinatos, ¡dos! «¿Algún sospechoso, inspector Bedia?» —dijo poniendo voz de pito y remedando los ademanes del Jefe Gris—. «¿Alguna pista? ¿Algo que aporte un avance a la investigación? Ya sabe que los de arriba esperan resultados.» «Nada, señor, nada» —continuó volviendo a recobrar su tono de voz, al que acompañó una cara de dóberman. El inspector llenó los pulmones de aire y aulló de nuevo—. Os advierto que estoy al límite de mi paciencia. Dadme algo o dimito. ¿Se sabe algo de Mónica?

La luz del sol entre las nubes se filtraba a través de la ventana e incidía sobre las mesas de trabajo de los agentes.

Era un sol de mentira, flojo y breve. Enseguida las nubes barrigonas lo ocultaron, movidas por potentes ráfagas de viento. El despacho oscilaba en el claroscuro y en medio de un silencio atronador.

—Jefe. —Marina se atrevió a hablar—. Danos al menos veinticuatro horas. Necesitamos tiempo para cotejar e investigar los datos de los libros de contabilidad. Cueto está en ello.

—Soltaron a la prensa, inspector. Los periodistas están a la caza de los detalles —intervino el agente aludido—. Tenemos que emitir un comunicado.

—¡Anda! Es verdad —gritó el gigante. Los ojos de Bedia refulgían en llamaradas—. Olvidé convocar una rueda de prensa. ¡Avisa a su majestad, al presidente del Principado y al sursuncorda!

El móvil de Bedia interrumpió el *tsunami*.

—¡No me jodas! —soltó Bedia concentrado en su llamada—. No me jodas —repitió dos veces más.

El equipo aguantaba la respiración en previsión de una reacción descontrolada del inspector. «Lo que nos faltaba», pensó Cueto llevándose la mano a la frente. Todos atendían expectantes las explicaciones del gigante.

—¡Otra reunión! ¡Van a acabar conmigo! —exclamó masticando las palabras al tiempo que salía del cuartel general.

«EL TRES ES el número celeste», pensaba Cueto observando de reojo a sus compañeras, Sirgo y Roldán, con la calma que deja el paso de un huracán. Tres agentes y un solo cometido. La experiencia de los años le aconsejaba volver sobre los pasos dados. «A veces uno anda tan ocupado en esquivar las piedras del camino que pierde el rumbo», rumiaba empeñado en concentrarse en algo que no fuera el dolor de muelas que lo martirizaba desde el amanecer. Cuando necesitaba concentrarse en un problema, Lino procuraba reunir todo aquello que se pudiera asociar, y así su mesa de trabajo acabó llena de informes, documentos y demás material sobre el caso. Los cuadernos con la doble contabilidad que habían encontrado en el San Pedro lo tenían preocupado. Empezaba a vislumbrar el perfil de empresario de Emilio Noval, y lo que intuía no pronosticaba nada bueno. Las cantidades reflejadas eran enormes para un negocio como el que se traía entre manos, con partidas regulares que figuraban como ingresos y, después, desaparecían.

A Sirgo le llamó la atención el cuaderno que Marina había encontrado en la habitación de Llara. La libreta descansaba ajena a todo sobre su mesa. La sostuvo un rato entre las manos sin abrirla. Recordaba el contenido de memoria. De su paso por la Escuela Nacional de Policía conservaba algunos conocimientos de grafología, unas sencillas nociones consiguieron despertar su curiosidad y la empujaron a seguir investigando sobre el tema. El estudio de la forma de la letra de un individuo revela mucho sobre él, de ahí que sea una de las técnicas más utilizadas en la investigación criminal para concretar el perfil psicológico de un delincuente.

Buscó una lupa, enterrada en el cajón de su escritorio, y abrió el cuaderno. La lente aumentó la última palabra: «Bricial» La mantuvo un buen rato sobre ella, como si estuviera esperando a que revelase los rasgos de la personalidad de la autora.

—Solo tenemos una palabra —dijo Cueto a su espalda y sin apartar la vista de la lupa.

—A veces es suficiente si la pones en contexto —sopesó Nora.

Las letras estaban bien proporcionadas, de trazo firme, sin titubeos y de tamaño medio. Bien encuadradas en el espacio de la cuartilla. Nora desplazó la lente sobre la letra «a». Los puntos sobre las íes guardaban la misma distancia.

—El situar la palabra tan centrada en el papel indica una proyección del Yo, del presente. Incluso como una forma de autocontrol. Mónica, en el momento de escribir, claro está, buscaba resaltar una idea muy ligada a ella. La presión sobre el papel muestra una personalidad fuerte, un tanto agresiva. Podría estar cabreada cuando la escribió. A lo mejor la palabra esconde más de un significado —dijo pensando en voz alta—. ¿Se os ocurre algo?

—Pudo ser una anotación para recordar el día de la excursión —apuntó Marina apelando a las explicaciones de Llara y repasando los titulares de la versión digital de *El comercio* de aquella misma mañana. «Cada vez son más rápidos», pensó con la tableta en la mano. En portada, la noticia del asesinato del relaciones públicas del hotel San Pedro la dejó fría.

—Más allá del nombre del lago, del pico o de la vega del Bricial, no se me ocurre nada digno de consideración. Es complicado saber lo que se cruza por la mente de una adolescente —indicó Cueto hojeando el cuaderno.

El fracaso de la búsqueda de Mónica Noval preocupaba a Marina. En su mente se tejían hipótesis que engarzaban la huida de la chica con cada uno de los implicados en los asesinatos. Barajaba posibles e inverosímiles móviles, incluida la posibilidad de que se hubiera convertido en la siguiente víctima del asesino. «A estas alturas, todo es posible. Incluso que esté muerta.»

—Y, ahora que estamos solos, vamos a tratar de ordenar las pistas qué tenemos. Hay que ponerse las pilas o Bedia nos va a echar a los leones —dijo Marina arrimando la silla a la mesa de sus compañeros—. Sabemos que Mónica se sentía amenazada. Según su amiga Llara, alguien va tras ella. Si aceptamos esta hipótesis, nos falta saber quién podría tener interés en seguirla y con qué fin. Lo que está claro es que ella lo entendió como una amenaza, porque desapareció. Yo habría hecho lo mismo si hubieran matado a mi padre. Aunque también creo en la conveniencia de aceptar la huida voluntaria, sin descartar otras posibilidades.

Y aquí enlazamos con la segunda pista, la doble contabilidad que Cueto está tratando de aclarar. Por los datos que maneja, intuimos una posible trama de blanqueo de capitales a través de empresas como la de Nelu Prado. Digamos que Emilio Noval podría usarlas como tapadera. Sería conveniente tener una charla más profunda con el señor Prado y ver qué puede contarnos al respecto. Lo que desconocemos es el origen de las partidas monetarias, y eso es muy importante.

Y la tercera nos sitúa en la relación entre las dos víctimas. Noval y Torres eran socios. Alguien tenía algo contra ellos.

—Las cuentas son opacas —aclaró Cueto intentando organizar la superficie de la mesa—. En la cuenta bancaria de la empresa apenas hubo variaciones los días anteriores al fallecimiento, pero encontré un extracto de un banco desconocido que estoy tratando de localizar y que me huele a paraíso fiscal.

—¿Tenía contratado algún seguro de vida? —preguntó Marina.

—Sí, uno corriente y por la cantidad mínima. Lo único destacable es la coincidencia de las mismas empresas en los dos cuadernos de contabilidad. Sin temor a equivocarme, puedo adelantar que Noval desviaba cantidades de dinero de origen desconocido hacia empresas como

SquadAstur o el Taranis. Algunas partidas son enormes y eso me mosquea.

—¿Drogas? ¿Trata de mujeres? —aventuró la agente por concretar aún más.

—De momento es imposible aclarar el origen. Seguiré con ello.

—Mi aportación tampoco es concluyente —intervino Sirgo quitándose la chaqueta y arremangándose la camisa, como si hubiera sufrido un repentino golpe de calor que a Cueto le pasó inadvertido, pero que a Marina le provocó un escalofrío. «¡Vaya chicarrona del norte», pensó la madrileña—. En el ordenador de Mónica los únicos correos que figuran son los que remite el instituto a los alumnos. También encontré algunas carpetas de fotos junto a los compañeros de clase y con su amiga Llara. Me llamó la atención que solo conserve dos fotografías de su madre y de su hermano. Una pena. A lo mejor las perdió todas durante el traslado desde Burdeos. Cacharreo a diario en el Instagram de sus colegas, y en el chat del instituto colgaron una fotografía nueva, en un cumpleaños. Ni rastro de Mónica. En cuanto a los *preppers,* sigo por redes a una asociación con domicilio social en Arriondas. En su página web lo más notable son dos *posts* en los que explican cómo conseguir agua potable en medio de un bosque o cómo deshidratar fruta para conservarla más tiempo. Ah, también convocan una reunión del grupo para la próxima semana y un seminario de supervivencia. Pedí amistad a alguno de sus contactos y estoy a la espera. Si consigo entrar en sus cuentas, seguro que averiguo algo más. —Nora lanzó el teléfono sobre la mesa y este se deslizó hasta chocar contra el teclado.

—¿Sabes si Roberto Torres tenía redes sociales? —preguntó Marina.

—No tiene, ya lo comprobé. Y es raro, porque Torres era joven. Pero el Taranis está en Instagram, en Facebook y en TikTok.

Los tres cruzaron miradas y entendieron que estaba todo dicho. Marina recogió la mesa y la mochila antes de enfundarse la cazadora.

—¿Te marchas? —preguntó Nora.

—He quedado con Margot —guiñó un ojo cómplice a Cueto—. Margot Michel. A ver qué puede contarnos la cuñada del señor Noval.

—Que tengas suerte —dijo el agente, cruzando los dedos y concentrándose de nuevo en sus papeles.

40

Margot Michel

En algún lugar entre Gijón y Urdax

C<small>UANDO</small> M<small>ARINA</small> <small>CONTACTÓ</small> con uno de los agentes de la Comunidad Foral de Navarra para solicitar información sobre Margot Michel, este la recibió de mala gana.

Lo único que sabían era que vivía en Urdax; un municipio perteneciente a la merindad de Pamplona. El agente dejó claro el tiempo invertido y perdido en la gestión que, según su criterio, debería haber resuelto la Nacional. Sin embargo, en cuanto Marina expuso el motivo por el que solicitaba su ayuda, un caso de doble asesinato, la actitud del policía cambió de forma radical. No solo aportó la localización actual de la cuñada del señor Noval, domicilio y resto de datos, sino que se ofreció a colaborar con ella en todo cuanto fuera necesario.

Tras varios intentos por contactar con Margot Michel, la mujer accedió a encontrarse con la agente, pero no en su pueblo ni en los alrededores. Según explicó, nadie debía verla en compañía de un policía. El encuentro se produciría a medio camino entre Urdax y Gijón, aprovechando unas gestiones de ella.

Marina conducía intentando sacarse de la cabeza sus problemas personales y centrándose en la investigación. Era un día claro, la luz del sol se filtraba a través de las nubes y reverberaba en su pupila con la precisión del hilo al traspasar el ojo de una aguja. La música en el interior del vehículo estaba tan alta que se escuchaba desde el exterior. Alejarse de comisaría le permitía respirar un poco de aire fresco. El fracaso en la búsqueda de Mónica tenía de los nervios al inspector. Parecía que a la chica se la hubiera tragado la tierra.

El encuentro se iba a producir en uno de los macroestablecimientos cada vez más frecuentes de la autovía. La agente estaba dispuesta a cualquier cosa con tal de conseguir su testimonio. Creía con firmeza que la señora Michel podría aportar alguna pista.

Cuando llegó al lugar, se encontró con un área de servicio completa: gasolinera, restaurante, hotel y tienda de productos típicos; una de esas paradas donde se puede disfrutar de un daiquiri o de un bocadillo de cecina. El espacio reservado al aparcamiento lo ocupaba un autobús solitario al que subía un grupo muy animado de escolares. La agente esperó a que se marcharan y estacionó con precisión entre las líneas recién pintadas. Cuando se bajó del coche se fijó en una Kawasaki Z1000SX de color rojo y suspiró con cierta envidia.

Margot Michel era motera desde la adolescencia, cuando cruzaba el paso fronterizo de Dantxarinea en una escúter prestada. Aunque vivían en Burdeos, su familia era originaria de Bayona, cerca de la frontera con España, y solían pasar los veranos en Urdax, el pueblo navarro del abuelo paterno. La proximidad a la frontera permitía cierta libertad de movimiento a los jóvenes con amigos franceses. Siempre que podían, Margot y su hermana regresaban a la villa de casas blasonadas y de pasado indiano. Agua y puente. La liberación que encontraban en los bosques cercanos se acrecentaba cuando cruzaban el puerto de Otsondo, camino del valle del Baztán. La frondosidad de los robles mecidos por el viento envolvía el paisaje con protección de madre. Cada vez que recorría el trayecto hacia la autovía y salía del valle, la asaltaba una sensación de indefensión. Urdax era su refugio, un hogar obligado en el que se había cobijada tras la muerte de su hermana y en el que se sentía a salvo. Solo aceptó reunirse con la policía con la condición de que fuera lejos de su zona de confort. Esa vez no iba a permitir que nadie la perturbase.

Marina accedió al interior del restaurante. Le pareció espacioso y diáfano, con grandes ventanales. Las mesas dispuestas de manera simétrica, a modo de tablero de ajedrez; contó al menos quince. Una barra modelo *infinity* separaba la zona de pedidos de la del comedor. Bocadillos de todos los gustos, calientes o fríos, cruasanes, sobaos, rosquillas, magdalenas, pinchos de tortilla, de jamón, de lomo con pimientos, zumo de naranja y licor de hierbas. El ambiente olía a una mezcla de café y boquerones en vinagre.

Un casco de moto sobre una de las mesas del fondo le indicó que era ella. La mujer envaró la espalda al verla y le hizo una seña para que se acercase.

—¿Margot Michel?

—Sí, sí —contestó con prisa y marcado acento francés—. ¿Le apetece un café?

La agente reconoció en ella los ojos de Mónica. Morena y estilizada, habría pasado por una mujer distinguida si no fuera por las manos ajadas, de uñas estropeadas, y la panoplia motera. El mono negro le daba un aspecto reservado, un tanto misterioso. Olía a perfume de flores, que a la agente le recordó el aroma de un ambientador.

—Perdone que la haya citado aquí —se disculpó arreglándose el cabello. Después se dirigió a la barra y regresó con dos tazas humeantes—. Una ha pasado por tanto que se ha vuelto desconfiada.

—¿Desconfiada? —preguntó Marina disolviendo el azucarillo en el café.

—Imagino que estamos aquí para hablar de mi familia —zanjó la mujer a la defensiva—, aunque ya no me queda nadie a quien llamar así. —Margot suspiró y dejó caer los brazos a lo largo del cuerpo, como si le pesaran.

—¿Por qué faltó al entierro de su cuñado?

Ella se bebió el café y se levantó para pedir un segundo.

—Es un asunto complicado para mí —dijo ya de vuelta y apoyada en el casco de la moto—. Mi hermana falleció hace cuatro años y mis padres se fueron años atrás. Y ¡menos mal! La vida los habría hecho sufrir mucho.

—¿Cuándo fue la última vez que vio a Emilio Noval? —Marina sacó la tableta y Margot clavó los ojos en la pantalla. Tardó un rato en reaccionar, tanto que la agente empezó a impacientarse.

—¿Qué quiere saber?

—Todo lo que pueda contarme de su relación con él.

—De acuerdo, vamos a terminar con todo esto —dijo la mujer enderezando la postura—. Lo confieso: estuve liada con mi cuñado estando los dos casados. Traicioné a mi hermana y ahora ella está muerta. —Margot apretó la mandíbula y Marina pudo comprobar los esfuerzos que hacía por dominarse. Aquella mujer acumulaba demasiada ira en su interior—. Por aquellos años todo era una mierda, mi matrimonio y el de él. O al menos eso me hizo creer. Emilio me citaba en hoteles de carretera y a horas intempestivas, y yo caí como una idiota porque me gustaba. Era un hombre encantador, seductor, romántico, detallista, que sabía cómo enredar a una mujer. Lo contrario de mi ex. Descubrí demasiado tarde que Emilio era el diablo con cara de gatito desvalido. Un verdadero hijo de... —Margot tragó saliva y se tomó unos segundos. A la agente le recordó a un volcán a punto de entrar en erupción—. Mi hermana lo denunció.

—¿Por qué lo denunció? —El interés de Marina creció de manera exponencial.

—Porque la maltrataba a ella y a los niños. Mi hermana sufrió violencia psicológica desde que se conocieron y maltrato físico hasta su muerte. Emilio vivía en casa de una hermana de su padre, en el mismo edificio que mi familia. Éramos vecinos. Él siempre tuvo una personalidad embaucadora y era muy fácil caer en su red. Mi hermana se enamoró perdidamente de él. La violencia física llegó cuando nació Mónica, según me confesó. Es verdad que, mientras mi hermana vivía, a los niños nunca los tocó, pero no hacía falta. Presenciar cómo tu padre pega a tu madre es peor que aguantar una paliza.

Margot inspiró con fuerza, como si temiera desfallecer.

—¿Noval era un maltratador? —Marina no daba crédito, aunque en su fuero interno esperase encontrar algo oscuro en aquel hombre de apariencia impecable.

—Misógino, machista y cruel. No sabe cuánto me pesa haber caído en su trampa —continuó evitando enfrentar los ojos de Marina—. Emilio y yo estuvimos liados poco antes de que mi hermana falleciera en un accidente de tráfico. Cuando se cansó de mí, porque solo fui una más en su lista interminable de conquistas, se encargó de hacérselo saber a mi exmarido. Emilio es vengativo; era vengativo y rencoroso. En una de nuestras citas, en lugar de acudir él, se presentó mi ex y me armó un escándalo de aúpa. Mi hermana se enteró de inmediato y, ¿sabe lo que hizo?

—Dígamelo usted —respondió Marina empezando a deshacerse de la imagen idílica de Emilio Noval. «Bedia tenía razón —pensó—. Demasiado bueno, demasiado guapo.»

—En vez de enfadarse, me propuso que me marchara con ella, porque ya había decidido abandonarlo. Quería irse lejos con los niños, a Italia o a Alemania. Un lugar donde empezar de nuevo. Entonces me confesó que Emilio era muy violento, incluso en presencia de los niños. La primera denuncia la retiró por miedo, porque él la amenazó muchas veces. Pensaba denunciarlo de nuevo y largarse. Por entonces yo andaba medio loca con el divorcio, mi ex se se había empeñado en joderme la vida. Una amiga me consiguió un abogado y me fue imposible marcharme con ella. El día del accidente me llamó para decirme que estaba harta. La sentí con fuerzas, ilusionada. Esa misma noche, *quel malheur!*, ella, Mónica y Jules salieron en su coche y un jabalí se cruzó en su camino. Mi hermana y Jules fallecieron en el acto. Mónica sobrevivió, aunque a veces creo que más le valdría haber muerto con ellos.

Margot jugueteaba con la cucharilla del café ajena al bullicio. Un grupo de jubilados había entrado en el local. Ella miró hacia otro lado y Marina pudo sentir su incomodidad.

—Podemos continuar fuera, si lo prefiere —le ofreció la agente al ver la zozobra de la mujer.

—No. Aquí estamos bien. Tengo poco más que contarle.

—Entiendo por sus palabras que la relación con Emilio quedó rota cuando dejaron de verse. Entonces, ¿por qué seguía enviándole obsequios?

Margot abrió mucho los ojos, sorprendida, y sin entender muy bien a qué se refería la policía.

—El vino —aclaró Roldán—. Usted enviaba botellas de un vino especiado al señor Noval.

—*Mon Dieu!* —se llevó las manos a la cabeza—. ¡Hace años que no elaboro ese vino! —gritó hecha una furia—. Déjeme que le explique. Mi ex es propietario de una empresa de transporte que trabaja con varias bodegas, y tiene muchos contactos porque es un gran empresario. Desde niña me ha gustado el mundo del vino, la uva, la vendimia. Uno de los clientes de mi ex conocía mi afición y me cedía la producción sobrante con la que yo elaboraba un vino casero, especiado y a base de frutas. Mi exmarido lo repartía entre sus clientes como obsequio, pero gustó tanto que en los últimos tiempos solo me dedicaba a su elaboración. Trabajé muchos años en la bodega de este cliente hasta que me divorcié, entonces mi exmarido lo amenazó con paralizar los envíos si seguía dándome trabajo y me despidió.

—¿Se encargaba usted sola de la elaboración?

—Sí, aunque la receta es un tanto complicada.

—¿Usaba especias?

—Para la elaboración del vino dulce en Burdeos usamos la uva *sauvignon* y *muscadelle*. El vino macera con frutas, como el higo, el melocotón, mango, piña, uvas y pasas, junto con determinadas flores y especias, como canela, clavo…

—¿Nuez moscada?

—Sí, nuez moscada. Es una mezcla intensa. El vino dulce hay que servirlo frío. Estoy segura de que le encantaría.

—Y si no era usted la que enviaba las botellas de vino, ¿de quién podía tratarse?

—¡Mi ex! Él es el único que tiene acceso a la producción y, además, ya le he dicho que es muy rencoroso. Tras el divorcio se quedó con la casa y yo tuve que volver al pueblo de mis padres. Su único objetivo era hacerme daño.

—La empleada del hogar asegura que lo enviaba usted —insistió Marina con intención de zanjar el asunto.

—Puede comprobarlo. Es fácil. —Margot le quitó la tableta a Marina de las manos y escribió en ella la dirección y el teléfono de su exmarido—. Él sigue en contacto con el dueño de la bodega. Investíguelo. Y de paso puede preguntarle por los negocios a los que se dedicaba mi cuñado.

Noval y mi ex eran socios. Mi exmarido le proporcionaba información de los empresarios con problemas financieros y entonces Noval aparecía como un administrador solvente y dispuesto al rescate, cuando su verdadero interés era construir un entramado cuya única finalidad era evadir impuestos.

—¿Tiene pruebas de ese delito? Sabemos que Emilio llevaba una doble contabilidad en su empresa.

—Podría proporcionarle el nombre de las empresas con las que trabajaban —dijo con resolución.

—Una cosa más. —La agente la miró directamente a los ojos—. Si Emilio maltrataba a su familia, ¿por qué dejó a su sobrina con él?

A Margot le cambió la expresión. Marina observó el gesto de dolor que le contrajo el rostro, como si alguien acabara de clavarle un puñal.

—Mónica... ah, Mónica —respondió dejando escapar un suspiro a medio camino entre la derrota y culpabilidad—. Nunca le caí bien. Y la cosa empeoró cuando se enteró de que había tenido una relación con su padre.

—Ella también es una víctima. —La agente intentaba entender cómo alguien abandona a un niño de su propia sangre sabiendo que vive un infierno.

—Mónica —continuó Margot—. ¿Cómo se lo explico? —Su mirada se perdió a través de uno de los ventanales—. Aquella fatídica noche, el accidente se produjo enseguida y no dio tiempo a echarlos en falta. Por eso nadie salió a buscarlos. El coche se precipitó por un barranco en pleno bosque y quedó disimulado entre los árboles. Los encontraron gracias a unos senderistas que avisaron a la policía. A Mónica la tuvieron que excarcelar los bomberos. Imagínese. ¡Sola, con el hermano y la madre muertos! La niña que salió de aquel vehículo ya no era la Mónica que yo conocía.

—¿En qué cambió?

—Desde ese día se rebeló. Se comportaba como un *kamikaze*. Se estrellaba contra todo, como si buscase el final. El dolor era tan insoportable que vivía buscando la muerte; peleas, drogas, alcohol, todo valía. Emilio temió que llamase la atención de la *Police Nationale*. Todavía planeaba la denuncia de mi hermana sobre su cabeza y eso podía perjudicar sus negocios. Por eso decidió regresar con su padre y establecerse en España. Ya le dije que toda esta desgracia coincidió con mi divorcio y, aun así, contraté a un abogado y solicité la custodia de Mónica. Un día Emilio se presentó en mi casa y me amenazó con matarla. No tuve más remedio que retirar la denuncia. Desde ese día, Mónica piensa que la abandoné y por eso no quiere saber nada de mí.

—Debería haber pedido ayuda a la policía. Mónica podría haber testificado y ratificado los malos tratos que había sufrido su familia —insistió la agente negándose a creer las explicaciones de la mujer.

—Me amenazó con matarla, ¿entiende? Y le juro que ese hombre era capaz de hacerlo —dijo Margot con toda la sangre fría que fue capaz de reunir. Marina supo entonces que había sacrificado a Mónica para salvarle la vida.

—Lamento informarle de esto, pero su sobrina lleva varios días en paradero desconocido —dijo con todo el aplomo que fue capaz de reunir. Margot se llevó la mano a la boca para ahogar un grito—. Estamos haciendo todo lo posible para localizarla.

—¿Puedo ayudar en algo?

—Vamos a necesitar toda la información de la que disponga sobre Noval y los negocios que mantenía con su exmarido. También nos sería de utilidad cualquier documento relacionado con la denuncia por malos tratos. Póngase en contacto con su abogado, prometo avisarla en cuanto aparezca —se despidió Roldán levantándose de la mesa—. Quizá necesitemos hacerle más preguntas.

—Puede llamarme cuando quiera. Estoy dispuesta a colaborar con ustedes —dijo ella estrechándole la mano.

Cuando la mujer salió del local, Marina pidió un segundo café, se acomodó en la silla y trató de imaginar el tormento por el que había pasado Mónica. Una adolescente en estado de *shock* tras un accidente de tráfico y atrapada junto a los cadáveres de su madre y de su hermano.

Empezaba a comprenderla, incluso el motivo de su fuga.

A no ser que estuviera muerta.

41

Seguir la pista

Gijón

Cuando Marina llegó a comisaría, encontró al inspector charlando con Nelu Prado en el pasillo, frente a la entrada del cuartel general.

—Buenas tardes —saludó con un apretón de manos.

—El señor Prado me decía que está dispuesto a colaborar con nosotros, ¿no es así? —apuntó el inspector.

El hombre sonrió y, a continuación, Bedia le hizo un gesto a Marina y a Nelu para que lo siguieran hasta la sala de usos múltiples.

El gigantón cerró la puerta, les ofreció asiento a ambos y se entretuvo en subir la persiana, acomodar las sillas y hasta jugueteó con el mando de la pantalla portátil colgada del techo.

—Este despacho es más discreto que la sala de interrogatorios. Lo digo para que entienda, señor Prado, que no hay cargos contra usted y que esto se limita a una simple charla. Necesitamos contrastar información delicada. El motivo por el que está usted aquí es porque su empresa aparece en unos documentos pertenecientes al señor Noval —dijo el inspector una vez acomodados.

Nelu arrugó la nariz en un gesto de incomprensión. Se había sentado al lado de Marina, el cuerpo inclinado ligeramente hacia delante y las manos entrelazadas.

—¿Encontraron a Mónica? —dijo con la aprensión del que espera una mala noticia.

—De momento, no. —El rostro de Bedia adquirió gravedad. La falta de pistas sobre el paradero de la chica lo tenía en vilo. El inspector temía que llegara el día en que tuviera que dar una mala noticia. «Parece que soy yo el que golpea cada vez que sucede una desgracia, aunque solo soy el mensajero», y pensó en la figura de un Hermes desprovisto de pies alados—. El motivo que nos trae aquí es otro.

Nelu respiró aliviado. Él también temía que llegase el día en el que le dieran una mala noticia.

—¿Trabajó usted para Emilio Noval?

—Emilio habló por mí y me contrataron de camarero en el hotel por unos meses.

—¿Tuvo algún problema con ellos?

—No. —La respuesta fue tajante.

—Un testigo afirma que fue usted quien se despidió tras una discusión con el señor Noval. —Marina recordó la conversación con Veli en la que esta había afirmado conocer una disputa entre los dos hombres.

—Emilio y yo teníamos puntos de vista diferentes. Marché del hotel por razones personales.

—¿Conocía a Roberto Torres? —Los agentes necesitaban encontrar un vínculo entre ambos.

—¡Joder! Esto es una locura. ¡Claro que lo conocía! Él me contrató en el hotel y lo veía por ahí. Cada uno a lo suyo.

—¿Conoce el Taranis?

—De oídas. No me gusta el ambiente.

—¿Por qué? —preguntó Marina sin creerlo. Si trabajaba de camarero, debería haber coincidido con Roberto en más de una ocasión. Además, todo el pueblo conocía el Taranis.

—Es un local de pijos y me repatea esa clase de gente.

Roldán esperó una explicación más precisa, pero la actitud de Prado era cada vez más fría.

—Vamos a los hechos —continuó el inspector—. El nombre de SquadAstur aparece en un libro de contabilidad paralela que encontramos entre las pertenencias del señor Noval. Nos gustaría que nos explicase esta circunstancia.

—Sabía yo que no me iba a traer nada bueno —comentó Nelu, como si le hablase al cuello de la camisa. Carraspeó y se reclinó sobre el respaldo de la silla—. Soy un hombre de campo, de pueblo y con los estudios justos para valerme por mí mismo. La idea de montar una empresa de rutas y naturaleza me sobrevolaba por la cabeza desde mozo. Ya saben que mis intereses están en la defensa del medio natural, con la que estoy implicado a muerte. Pero entendí tarde que montar una empresa no es moco de pavo. No basta con darse de alta en autónomos, ni pedir permiso al Ayuntamiento y todo ese jaleo de papeles. Cuando uno factura, aunque sea un euro, el papeleo se multiplica.

»Esto se lo digo porque andaba yo a saltos, tratando de llegar a fin de mes, cuando mi Llara se echó de amiga a Mónica y su padre se interesó por mi empresa. Pasó el tiempo y Mónica pasaba cada vez más ratos en casa, hasta el punto de que le monté una cama en la habitación de mi hija. Entonces Emilio me dijo que estaba agradecido porque yo cuidaba de su hija y, como sabía que andaba buscando una gestoría que me organizara los papeles, se ofreció a hacerlo él de manera informal y gratis. Yo solo tendría que echar una firma y listo. —Nelu hizo un inciso en el que pareció ordenar lo siguiente que iba a decir—. Desde ese día me olvidé del papeleo y, al cabo de unos meses, me dijo que en el San Pedro estaban buscando camareros. Nunca tuve experiencia en hostelería, pero él sabía que me faltaba el dinero. La empresa de rutas no...

—Ya, ya, no cubría los gastos. Nos hacemos cargo —lo interrumpió Bedia sentándose frente a él.

Marina escuchaba con atención y se preguntaba si el inspector conocía de antemano lo que Nelu iba a responder. Por la forma de atajar, entendió que tenía prisa por sacar conclusiones. El hombre pasaba por una situación idéntica a la de Emilio Noval: un padre viudo con una adolescente. Solo existía una circunstancia que los diferenciaba, y era el hecho de que las chicas preferían a Nelu antes que a Emilio. Por lo que sabían, Nelu no era un hombre al que se pudiera manejar fácilmente. Lo había visto en su casa y su hija lo respetaba. Nunca la había visto dirigirse a su padre con miedo, cosa que no le sucedía a Mónica con el suyo. El testimonio de Margot Michel arrojaba sombras oscuras sobre el pasado de la familia Noval. La muerte del maltratador suponía una liberación para ambas mujeres, tanto para Mónica como para Margot.

—Ahora que sabemos que Emilio Noval le facilitó la gestión de la empresa y que usted encontró trabajo fuera de la temporada de verano, aclámeme por qué dejó el trabajo —pidió Marina.

—Yo no me fui, me echó él. Descubrí que facturaba a nombre de SquadAstur lo que le daba la gana y los de Hacienda hicieron una inspección y acabé pagando una multa. Cuando le pedí explicaciones, lo negó todo. Discutimos, me insultó y se rio de mí. ¡Cómo me tocó las narices! Al día siguiente me llamó Torres y me dijo que pasara a por el finiquito. Se acabó el contrato. ¿Sabe lo que consiguió con su gestión? ¡Hundirme! Noval quebró SquadAstur. ¡Si no llega a ser por un amigo que trabaja conmigo sin cobrarme un euro estaría en la ruina! Ya le digo yo que soy de campo, pero imbécil no, y a mí aquello me olió muy mal.

—¿Solo discutieron? —Bedia estaba empeñado en contrastar el testimonio de Veli. Debía averiguar si la enemistad entre ambos podía ser suficiente para matarlo—. La Policía Local confirma que lo detuvieron.

—¡Y bien contento se quedó Berdayes! La bronca fue tan gorda que los empleados del hotel avisaron a la Local. Nada más enterarse de que era yo, Berdayes se presentó en el San Pedro y pasé la noche en el calabozo. Me tiene *enfilao*. Lo bueno es que Emilio no presentó denuncia y me soltaron al día siguiente. Tendría que haber visto su cara de satisfacción.

—¿Por qué se lleva mal con el agente Berdayes? —intervino Marina con total empatía hacia Nelu.

—Por temas familiares de hace tantos años que ya no tienen importancia —respondió encogiéndose de hombros.

—Por supuesto, ya no volvió a relacionarse con Emilio Noval —insistió Bedia. Nelu negó con la cabeza, como si intentara alejar un mal sueño—. Y, sin embargo, sí que mantuvo la relación con su hija. Además, entiendo que la muerte de Emilio le fue indiferente. Es más, usted pensaría que lo tenía bien merecido.

El inspector forzaba al máximo la conversación. Estaba tan harto de dar palos de ciego que se dejaba arrastrar por la necesidad de encontrar a un sospechoso que presentarle al Jefe Gris.

—¡Joder! —Nelu hundió la cabeza entre las manos y se mesó el cabello completamente desesperado. Se movía incómodo en la silla y volvía la cabeza hacia el lado contrario al que estaban los policías.

—Entienda que comprobaremos los datos con Hacienda e investigaremos las cuentas de SquadAstur. De momento, hemos terminado. Le agradezco su colaboración.

Bedia le estrechó la mano y salió del despacho.

—Espere. —Nelu se puso de pie y abrió los brazos con las palmas hacía arriba. A Marina le recordó a las estatuas de los santos suplicantes de las iglesias—. Pueden investigar cuanto quieran, yo mismo les daré lo que necesiten. Lo único que pido es que encuentren a Mónica. Tengo miedo de que le haya pasado algo irreparable, porque ya son muchos días.

Nelu era un hombre abatido. Marina se fijó en las profundas ojeras que le oscurecían el rostro. Su actitud era la de un padre intranquilo, un hombre apenado al que la desaparición de la chica le estaba pasando factura.

Bedia salió del despacho con cara de circunstancias mientras repasaba los detalles de la conversación, hasta que Cueto lo interceptó en el pasillo.

—Inspector, echa un vistazo a esto —dijo señalando con el dedo sobre unos folios. Por sus ademanes entendió que debía ser urgente—. Los apuntes de los libros de contabilidad del señor Noval son poco interesantes, pero fíjate aquí, aquí y aquí. Movieron cantidades enormes de dinero hacia una cuenta oculta perteneciente a un banco afincado en Panamá. Todos los movimientos los hizo Torres; parece que no era tan cuidadoso como Noval, porque solo figura su nombre. Lo que quiero decirte es que, entre todos, suman más de un millón de euros. Es imposible que las empresas de Emilio facturasen esa cantidad de forma regular, lo que me lleva a pensar en la procedencia del dinero.

—¿Extorsión? —apuntó Bedia muy interesado. Por fin encontraban algo sólido que investigar.

—Drogas, contrabando de tabaco, mafias. Esto huele mal. Creo que necesitamos ayuda de los especialistas para interpretar los datos.

—Estoy de acuerdo. Voy a ver a Gris. Reúne toda la documentación de la que disponemos y que solicite un informe a la UDYCO.

42

Confidencias en Vetusta

Oviedo

LA VIDA A veces va por libre.

Salvador Bedia estuvo a un tris de darse un atracón en su casa de comidas favorita. Uno de los buenos. Y con la única intención de ahogar un mal trago. Con un pie en la entrada del restaurante se detuvo, olisqueó y retrocedió espantado. Había llegado la hora de enfrentarse a sí mismo. Sabía de sobra que el mecanismo del empacho, lejos de funcionar, duplicaba el problema. Era el momento de replegar, rearmarse y volver a la carga.

«Si uno toma impulso, asegura el salto —se dijo empezando a encontrar cierto alivio al tomar el control—. Vamos bien, Salvador, vamos bien.» Felicitarse cuando conseguía un objetivo era uno de los consejos que le había dado su psiquiatra. Como contrapartida, el dolor de estómago acrecentó la ansiedad y la elevó con la potencia de un balonazo salido de la bota de un futbolista profesional. Podía sentir la opresión en la garganta y en el pecho. El corazón trabajaba a destajo, latía con intensidad y lo envolvía en oleadas de sudor. Hasta necesitó elevar la cabeza al cielo para permitir el paso del oxígeno.

Requejo y él se habían citado en Oviedo.

Obligarse a volver a la ciudad lo dejaba descompuesto.

Bedia miró con impaciencia el reloj. El forense se retrasaba, algo raro en él. La lluvia recién caída había barnizado el suelo de la plaza de la catedral de Oviedo, donde habían quedado. Un mensaje en el móvil lo informó del motivo de la tardanza de Arturo. Se había quedado sin batería en el coche.

El inspector recordó de otras épocas un bar de almuerzos generosos donde servían un café estupendo. El reloj confirmó que disponía de tiempo suficiente y se dirigió hacia allí.

Las calles estaban casi vacías a tan temprana hora de la mañana. El ambiente húmedo de la lluvia tatuaba churretones en las fachadas de los edificios colindantes a la catedral en forma de gruesas lágrimas. Pequeños regueros discurrían por entre los huecos del suelo empedrado y vertían sus nimias corrientes sobre las baldosas de la plaza. Muros de piedra y vetustos edificios que evocaban un pasado de peregrinos, albergues y platerías.

Una señora con un paraguas de un rabioso color amarillo le cortó el paso a la altura de la escultura de Ana Ozores, protagonista de *La Regenta*. La mujer se aferraba al mango como si fuera un salvavidas. Para cuando el inspector hubo superado el obstáculo, un grupo de *runners* atravesó la calle con sus flamantes deportivas y sus mallas ajustadas. Bedia siguió su evolución de reojo hasta perderlos de vista. Entonces chasqueó la lengua y bajó la cabeza con envidia.

Desde hacía días experimentaba un desasosiego que nada tenía que ver con la bulimia. Conocía bien aquella sensación y también era consciente de sus consecuencias. La última vez que la notó, su vida había dado un giro de ciento ochenta grados. El psiquiatra le había recomendado practicar algún deporte. «Además de perder peso, ganarás en salud», le había dicho. Sin embargo, aunque la recomendación le venía al pelo, Bedia era consciente de que la elección de practicar *kick boxing* había sido totalmente intencionada. Con el ejercicio controlaba mejor los ataques de gula y le servía para descargar tensiones. «Ánimo, Salvador, que no se diga», soltó buscando en el bolsillo de la gabardina un caramelo de menta. Se deshizo del envoltorio y se lo metió en la boca. La inmediatez del hambre se diluyó como por encanto.

La lluvia se transformó en simple *orbayu*.

Bedia continuó calle arriba hasta la plaza Trascorrales; siempre le había gustado el casco antiguo de la ciudad. La estrechez de sus calles sinuosas, de rincones ocultos y fachadas bien conservadas, permitían el trasiego de la vida sin complicaciones. Frente al antiguo mercado cubierto del pescado se detuvo y echó un vistazo al establecimiento que recordaba. Todavía era temprano y las sillas de la terraza estaban recogidas. En el interior, dos paisanos en traje de faena apuraban el café antes de incorporarse al tajo. Estudió con calma el entorno. Los mismos locales un tanto remozados. Al lado del bar habían abierto una vinatería. Comprobó con extrañeza que los recuerdos acudían sin dolor y, lo que era mejor, desprovistos de la ansiedad que le generaba el impulso de atiborrarse de comida. Antiguas juergas con compañeros de comisaría, encuentros rápidos tras una jornada agotadora en los que el trabajo quedaba ahogado en unas cuantas botellas de sidra.

«Hay que joderse», soltó con una carcajada.

La imagen de Rosa se materializó ante sus ojos.

Admitió que su mujer tenía algo que lo atraía con la oportunidad de una degustación gratuita de sidra. Le maravillaba su tenacidad, sus formas resolutivas y viscerales y, sobre todo, esa fragilidad a flor de piel, resultado de la dureza de las situaciones que les había tocado vivir.

El móvil protestó en el bolsillo.

«¿Dónde estás?» Arturo Requejo acababa de llegar al punto de encuentro. Apurado por la extrañeza de sus sentimientos, el inspector desanduvo el camino hasta la plaza de la Catedral. El forense lo esperaba muy sonriente y armado con un paraguas de color gris a juego con la montura de sus gafas.

—Siento la tardanza. —La mano de cuatro dedos buscó la de Bedia y este se lanzó a abrazarlo—. Vamos. Tengo noticias.

El forense se detuvo frente a la cristalera de un bar de toda la vida y escudriñó el interior haciendo visera con la mano.

—Está libre —dijo con satisfacción localizando su mesa favorita. El camarero lo saludó tras la barra y señaló la mesa vacía. Estaba claro que conocía a sus clientes porque, sin mediar palabra, cargó la máquina de café y se volvió hacia Requejo.

—Hoy somos dos. —La puntualización bastó para que el dueño del bar se concentrara en preparar los desayunos.

Tomaron asiento uno frente al otro en las viejas sillas de madera ubicadas junto a la cristalera. Al fondo, una pareja de jubilados jugaba al dominó. «Una mano de tanteo», advirtió Bedia. El más gordo estrellaba las fichas contra la mesa con mucha fuerza, como si con ello fuera a ganar la partida. El ambiente olía a café y a pincho de tortilla, en una mezcla que el inspector reconoció de otros tiempos en los que se empleaba a fondo en ganar una partida de dominó.

—¿Te vas a poner melancólico? —dijo el forense rasgando el papel del azucarillo y vertiéndolo en la taza de café.

El inspector lo miró con cara de asesino.

—Está bien, está bien, entremos en materia. —Requejo sacó una carpeta del portafolios y la depositó sobre la mesa.

Bedia apartó la vista del documento y se mantuvo a la espera. El forense alcanzó el informe y leyó algunas líneas con un breve murmullo mientras el inspector se rascaba la cabeza y comenzaba a juguetear con la cucharilla sobre la mesa. Tras una breve pausa, Requejo elevó los hombros y atacó el cruasán, se limpió la boca con una servilleta y se ajustó las gafas para comprobar que el desayuno de su compañero estaba intacto.

—¿Estás enfermo? —dijo con la vista sobre el cruasán brillante y jugoso.

—Tengo el estómago cerrado —respondió Bedia con una mueca de fastidio.

—¿En serio? La última vez que te escuché esa frase te largaste a Gijón. Sabes que puedes contar conmigo para lo que necesites. Si estás en un mal momento…

—Déjalo. Solo es una mala digestión. Pasará pronto.

La amistad que los había unido durante años y la complicidad desarrollada durante las partidas de dominó había construido entre ellos una relación a prueba de bombas. Nadie conocía el corazón de Salvador Bedia mejor que Arturo Requejo.

—Como quieras. Tengo algo que te va a interesar. —Sacó una nueva carpeta—. Creo que descubrí el arma con la que mataron a Noval y a Torres.

Bedia se irguió en el asiento. El discurso del forense lo tenía absorto.

—Para concretar, las heridas que ambos presentaban coinciden con un filo particular que, en el caso de Noval, provocó una fuerte hemorragia interna. Hice una comparativa detallada de las heridas cotejando las fotografías que tomé de los cadáveres. Mis conclusiones me llevan a pensar que el ataque se produjo con un cuchillo de una hoja inusualmente larga, compatible con un modelo de hoja de lanza de dos filos y bajada simétrica, pensado para clavar y perforar.

Bedia estaba boquiabierto.

—Y ahora es cuando vas a empezar a quererme de veras —añadió Requejo con una sonrisa seductora—. Consulté con un colega que trabaja para el ejército y me confirmó que las dimensiones del estudio anatómico coinciden con un modelo de navaja *spear point* o punta de lanza. Me explicó que ese tipo de filo es similar a los que utilizan los militares y que son los preferidos de los montañeros. Son idóneos como parte de un equipo de supervivencia o de rescate. Se trataría de un modelo profesional de cuchillo de hoja fija doble, realizado en acero inoxidable y con alto contenido en carbono, que coincide con un modelo de la marca vasca Aitor, especializada en cuchillería militar y deportiva. Deberías investigar por ahí.

—¡Joder, Arturo!

—Gracias al examen morfológico y, después de medir la profundidad y longitud de la herida, la relación con la fuerza ejercida, la posición de la víctima y la trayectoria, creo que es razonable afirmar que las víctimas no llegaron a ver el objeto con que las atacaron. El asesino es un profesional.

El inspector se revolvió incómodo en la silla mientras un rostro le acudía a la mente al escuchar la palabra «supervivencia».

De hecho, solo conocía a una persona que encajaba en el perfil y que podía tener un móvil para el crimen.

Nelu Prado.

Se levantó de la mesa como un resorte, sacó el móvil del bolsillo y salió del establecimiento para hacer una llamada.

—Cueto, Requejo encontró el modelo de la posible arma de los crímenes. Se trata de un cuchillo profesional que usan militares y montañeros. El único sospechoso que me viene a la cabeza es Nelu Prado. Tiene formación como *prepper* y una mala experiencia con el señor Noval. Pide la orden, me gustaría interrogarlo.

Bedia regresó al interior del bar con la frente perlada de sudor y dándole vueltas a los datos. Sabía que Nelu y Emilio se llevaban mal, pero tenía dudas sobre el móvil para el asesinato de Roberto.

—Creo que ya es hora de que nos sinceremos. —Requejo se ajustó las gafas y se cruzó de brazos viendo el malestar en el rostro de su amigo—. Hace demasiado tiempo que me esquivas. Mira, Salvador, ya no somos los chavales que ingresaron en el Cuerpo con pretensiones de cambiar el mundo, de limpiar las calles y de atrapar a los malos. Soñabas con una carrera meteórica, siempre quisiste llegar a comisario y todo salió mal. Últimamente estoy pendiente de tus movimientos. Los compañeros rumorean, me llegan comentarios, eso sí, todos buenos, aunque con un toque de mala leche y envidia, claro. Todavía hay a quien le jode que hayas enderezado tu carrera. Pero te veo flojo. ¿Dónde está el Bedia que conocí?

El gigante miró a su alrededor. Arturo tenía razón. Estaba en un momento delicado de su carrera y entendía que la vida le estaba ofreciendo una segunda oportunidad.

—Mi intención es salir del hoyo —dijo con voz grave—. Y creo que lo estoy consiguiendo. Ya no soy el que era, es verdad. Tampoco me mueven las mismas aspiraciones, porque me la suda llegar a comisario, incluso a inspector jefe. Ahora trabajo con un equipo de policías cojonudo y por los que nadie daba un duro. Me siento a gusto con ellos y conforme con ser su superior. Creo que llegó el momento de dejar de revolverme como una tortuga bocabajo y enfocar mi vida de una puñetera vez. Te vas a reír, pero de esta decisión tienen la culpa dos mujeres.

—¡Vaya, por fin dices algo interesante! —El rostro de Arturo se expandió con una sonrisa.

—Rosa y Marina —continuó rascándose la barbilla—. A Rosa ya la conoces, y yo acabo de descubrir que es la persona con la que quiero pasar el resto de mi vida. Ella siempre estuvo ahí, en los buenos tiempos y en los malos. Nos merecemos una segunda o una tercera oportunidad, ya perdí la cuenta.

»La otra es la agente Marina Roldán. Esta tía me enseñó lo que significa enfajar y asomar la cabeza, respirar a ras del agua, pelear hasta perder el aliento. ¡Joder! Ella es como éramos nosotros, solo que aún no lo sabe. Perdió la ambición, o más bien se la arrancaron. Es una agente muy válida, con las ideas claras y con madera de buena investigadora. Creo que encontré mi objetivo, Arturo: ser un buen marido para Rosa y un mentor para Marina.

—Brindemos por eso —dijo emocionado. El forense asaltó la barra y pidió dos zumos de naranja con unas gotitas de vodka *Absolut* y regresó con un brillo especial en los ojos—. Este fin de semana te vienes a cenar a casa con tu mujer. Una buena comida y la música del *Boss* de fondo, como en los buenos tiempos.

43

La detención de Nelu

Gijón

BEDIA SE DETUVO ante la puerta del cuartel general y escuchó la conversación que se desarrollaba en el interior. Nora hablaba de manera atropellada, cosa habitual en ella.

—Me topé con el Jefe Gris en la escalera y me advirtió que no está para monsergas. O le damos una prueba o va a soltar a Nelu Prado. Por lo visto, un grupo de ecologistas de la asociación a la que pertenece la está armando a las puertas de comisaría. Su abogado exige pruebas contundentes y solo tenemos indicios. Y, para colmo, mañana se presenta aquí el secretario de Estado de Seguridad con presupuesto para comprar drones. Exhibición incluida. Los compañeros dicen en los corrillos que viene a potenciar la lucha antiterrorista con esos cacharros, y nos blindaron el centro. ¡Imaginaos a Gris! Esta comisaría va a la cola en las estadísticas, con muy malos resultados. Estaba tan colorado que parecía que iba a explotar.

Marina rellenaba informes con un hartazgo considerable. Levantó la cabeza del teclado y se encontró con el rostro serio de Lino. Nada que ver con el entusiasmo que había derrochado al narrarle la escena de la detención de Nelu Prado con pelos y señales. Cueto tropezaba con las palabras en su intento por detallarlo.

—Tenías que verlo. —Se echó la mano a la frente y soltó un largo silbido—. ¡Un *crack*!, te lo digo yo. Ese tío es un *crack*. Durante el registro de la casa encontramos otro zulo. En un trastero se montó un escondite de la leche. ¡Con camas y todo! Si me pilla el apocalipsis, ya sé a dónde tengo que ir. Hice una lista con todos los objetos que requisamos. La Científica está analizando un cuchillo sospechoso que encontramos en el interior de una mochila. ¡Una pasada!

—¿Dijo algo cuando lo detuvisteis? —preguntó Marina.

—Nada. Agachó la cabeza y se quedó callado. La hija lloraba sin soltarlo de la mano. La señora Nieda se hizo cargo de ella.

—¿Qué indicios tenemos contra él, además del cuchillo? —Marina era incapaz de creer que fuera el responsable de las muertes, sobre todo de la de Roberto o, al menos, todavía ignoraban cuál era el móvil. «Delirante», pensó.

—El inspector quiere interrogarlo, pero el abogado es un listo y lo está retrasando todo lo posible. De momento lo único que puede incriminarlo es ese cuchillo, aunque se trata de un arma muy común, de esos que usan los cazadores y los adictos a la naturaleza. Hasta yo tengo uno parecido —afirmó con un mohín—. Las heridas en los dos cadáveres concuerdan con las que infligen ese tipo de navajas, y ya sabes que el inspector respeta mucho el trabajo del doctor Requejo.

—Aun así, de momento y a la espera del resultado del análisis que confirme que se trata del arma en cuestión, solo es un indicio. —Marina sabía de la admiración de Bedia por el trabajo del forense. Eran muchos los compañeros que confiaban a ciegas en sus conclusiones y, sin ponerlo en tela de juicio, pensaba que la tenencia de un objeto no convierte a alguien en sospechoso. Para inculpar al señor Prado haría falta una prueba contundente.

—No olvides que tuvo un encontronazo con Noval. Que le hundiera la empresa podría ser un buen motivo para acabar con él, por venganza. Aquí está la relación del contenido del zulo. —Cueto le acercó la lista.

Marina revisó el detalle de los objetos encontrados en el trastero y pensó que excedía el hábito puntual de acumular víveres para el invierno, como hacían la mayoría de los habitantes de los pueblos de montaña. «Pero, en una ciudad bien comunicada, ¿qué necesidad empuja a alguien a construir un refugio en el que ocultarse en caso de catástrofe? —se dijo—. Una cosa es ser un *prepper*, un fanático o un *ecolojeta*, como los llama Berdayes, y otra muy distinta es ser un asesino.»

—Estuve hablando con uno de la Local de Cangas de Onís. Y dudan de que Nelu sea el hombre que estamos buscando —apuntó Nora interrumpiendo la conversación—. En el pueblo lo tienen calado. En palabras del agente «es un tocapelotas». Aparte de organizar protestas, sentadas y manifestaciones, dicen que es una persona pacífica.

—Bastante tiene con las clases de supervivencia. A mí me parece un tipo normal —intervino Cueto, al que se le había atascado el bolígrafo y forcejeaba con él, trazando círculos sobre un trozo de papel.

—Un gran argumento —continuó Nora—. La mayoría de la gente piensa que su vecino, el que acaba de cargarse a la mujer o se lía a tiros en el atraco a un banco, es una bellísima persona. Precisamente esa clase de personas son las que pasan desapercibidas.

—Gente normal —apostilló Cueto.

—Gente normal —concedió Sirgo. La agente se cruzó de brazos y adoptó una actitud reflexiva—. El miedo que dejó la pandemia y las noticias catastrofistas sobre la guerra, las crisis migratorias y la falta de suministros, son circunstancias favorables para reunir a personas intranquilas. El número de seguidores de la forma de vida de los *preppers* y de las páginas web que difunden sus ideas, creció en los últimos meses. Son muchos los interesados en adquirir conocimientos ante la posibilidad de una nueva pandemia. Supongo que es una forma de tranquilizar la conciencia. Sin embargo, lo que de verdad me preocupa son esos individuos aislados, tipos obsesivos, como Nelu Prado. Gente con miedo capaz de transformar un trastero en un búnker.

La imagen de los sótanos de cemento de la Segunda Guerra Mundial cruzó por la mente de los agentes. Todo recordaba a otra época, a otro tiempo en el que el mundo vivía pendiente de un teléfono rojo.

—No estaría de más rastrear la procedencia del cuchillo. Sabemos que es un modelo profesional —apuntó Marina—. Podrías encargarte de localizar dónde se pueden adquirir. Céntrate en el oriente, pero no descartes ciudades grandes como Oviedo, Gijón o Avilés. Allí es más fácil pasar desapercibido.

BEDIA HABÍA ESCUCHADO la conversación, pero había evitado intervenir. El descubrimiento del zulo y la incautación del arma con la que posiblemente se perpetraron los asesinatos señalaban a Nelu Prado como sospechoso principal. Tal vez se alejaba del prototipo de asesino vengador; un hombre rudo y violento, a veces con un extenso historial delictivo. El hombre encajaba mejor en el perfil de un hombre inteligente, comprometido y capacitado para sobrevivir en situaciones extremas, y apto para pasar inadvertido. El inspector solo tenía una forma de comprobarlo, y era mantener una charla con él.

Nelu Prado dormitaba en una de las dependencias del calabozo, tumbado sobre un banco corrido y adosado a la pared.

—Parece cómodo —dijo el inspector nada más entrar.

—Dormí en lugares más duros —respondió Nelu abriendo un ojo—. Ya les dije a sus compañeros que andan equivocados. Yo no maté a Emilio.

—En su casa encontraron un cuchillo igual al que usaron para matarlo. —Bedia agradeció que Nelu fuera directo al grano. En ausencia del abogado, la intervención del inspector podría malinterpretarse y ponerlo en una situación comprometida.

—Usted lo dijo. Parecido, sí, pero no es el arma del crimen. Es un objeto básico de supervivencia. ¡Todo el mundo tiene uno!

—¿Por qué llevaba Emilio Noval la contabilidad de SquadAstur?

—Ya se lo conté el otro día —admitió Nelu con retranca y un tanto molesto—. La empresa da lo justo. Emilio me brindó la oportunidad de evitar un gasto que no podía permitirme. Como ya dije, fue un caramelo envenenado.

—¿Quiere decir que le ayudaba a defraudar?

—Quiero decir lo que quiero decir: soy autónomo, y Emilio gestionaba mis contratos y mi empresa como un favor.

—Cuéntemelo otra vez —ordenó Bedia entornando los ojos y muy concentrado en detectar hasta la más pequeña contradicción. Para entonces, Nelu se había incorporado del banco, parecía incómodo. Movía la pierna izquierda con un ritmo endiablado, al tiempo que se frotaba las manos sobre el pantalón para secarse el sudor.

—Emilio me dijo que estaba agradecido porque en mi casa siempre acogimos a Mónica. La chica pasaba temporadas largas con nosotros, y ocuparse de mi empresa era una forma de compensarme. Piqué como un idiota.

—¿Y no le parecía extraño que la chica prefiriese estar en su casa a vivir con su padre?

—Es amiga de Llara y se entienden bien. —Nelu le sostuvo la mirada a Bedia y se recostó contra la pared—. Usted no estaría aquí si tuviera una acusación sólida contra mí. No tienen pruebas por la sencilla razón de que yo no lo maté. El asesino de Emilio anda suelto por ahí, Mónica sigue sin aparecer y usted y yo aquí, charlando tranquilamente. Creo que los dos estamos perdiendo el tiempo —dijo el hombre poniéndose de pie.

Bedia lo enfrentó. Tan cerca de su cara que casi podían respirar el mismo aire.

—Berdayes dice que es usted un *comehierba*, un fanático al que se le fue la olla cuando murió su mujer, un pringado al que le gusta armar ruido y amigo de las causas imposibles. Como buen investigador que soy, uno de los más perspicaces, como sabrá, me pregunto, ¿por qué un buen hombre como usted se deja enmarronar de esa manera? Le compro que su hija y Mónica sean las mejores amigas del mundo y estoy dispuesto a tragarme que Noval le llevase las cuentas, pero estamos en que tenía un buen motivo para matarlo.

El rostro de Nelu experimentó una rápida transformación que lo arrastró desde la rabia hasta el borde de las lágrimas. El labio inferior del hombre temblaba y el movimiento se propagó como una lluvia fría por todo su cuerpo. Agachó la cabeza y se dejó caer en el banco.

—Si no fue usted, ¿a quién protege, señor Prado? —dijo Bedia sin retroceder un ápice.

Nelu permaneció callado y Bedia desistió.

A falta de las conclusiones de la Científica sobre el cuchillo, el asesino de Noval y de Torres seguía libre.

El inspector salió de comisaría como un toro y directo al gimnasio. Durante la siguiente hora, descargó su frustración contra un saco de arena.

44

La hija de la *bruxa*

CUETO HABÍA DESCUBIERTO algo.

—¿Quieres decir que Emilio Noval modificaba facturas? —preguntó Marina con interés. Lino sospechaba que el hecho de mantener una doble contabilidad de la empresa era señal de que tenía algo oscuro entre manos y, en consecuencia, si alguien había descubierto los tejemanejes del empresario, tendría un móvil para matarlo. Lo cierto era que el caso Noval había dado un giro de ciento ochenta grados y se enfrentaban a algo mucho más gordo de lo que pensaban.

—Lo que más me mosquea son las cantidades de dinero que trasladaba de unas empresas a otras, porque son cifras enormes. Todavía no sé muy bien cómo funciona el entramado, pero estoy seguro de que Noval manejaba demasiado dinero para un negocio como el suyo.

El agente recogió su mesa de trabajo, la dejó impoluta y abandonó el despacho. Marina decidió quedarse un rato más; Carlos acababa de avisarla de que, un día más, llegaría tarde a casa. Cada vez la convencían menos sus excusas. Nunca le había importado lo que hacía su marido con su tiempo, pero empezaba a sospechar que era algo que no quería compartir con ella. Aprovecharía para redactar el testimonio del tío de Corao que Bedia le pediría al día siguiente.

Mónica, Nelu, Veli, Roberto, Llara.

Todos estaban conectados por un hilo invisible que los unía de alguna manera. Cada uno formaba parte del puzle que, una vez resuelto, desentrañaría el asesinato de Emilio Noval. «Pero ¿dónde encaja Torres en todo esto?», pensó. A la agente le faltaban piezas. Cuanto más avanzaba la investigación, más crecía en ella la sensación de que olvidaban algo importante.

El verdadero móvil del crimen.

Roberto era una víctima. Si daba por buena la hipótesis que señalaba a Nelu como sospechoso, ¿cuál era el móvil? «¿La mala relación con Emilio? ¿O también tuvo un encontronazo con Roberto?», se preguntó.

«¿Dónde está Mónica?», repitió en voz alta.

La imaginó pálida, fría, rígida y con los ojos vidriosos, como un cadáver.

A la agente le sobrevino un desagradable escalofrío y decidió que ya había trabajado suficiente. Salió de la comisaría atravesando los pasillos silenciosos. Era la última de la planta en abandonar el edificio y el eco de sus pasos le reverberaba en los oídos. El turno de noche acababa de empezar y la reconfortó escuchar las voces de los compañeros que charlaban en el vestíbulo de la entrada.

La imagen de Mónica muerta no se le iba de la cabeza.

Se despidió con un «¡buenas noches!» y rebuscó en el bolso hasta dar con las llaves del coche. Caminó sin prisa por el aparcamiento. Hacía frío. Se ajustó al cuello las solapas de la cazadora y metió las manos en los bolsillos. La luz de las farolas iluminaba el suelo al pasar. El cielo estaba cubierto de nubes, según observó al seguir el vuelo de una polilla fuera del haz de luz. Gijón se preparaba para el descanso nocturno apagándose poco a poco, sin ganas.

A un par de metros de su vehículo, una voz infantil la hizo detenerse. Una niña avanzaba hacia ella, visible durante unos segundos bajo el foco de las farolas. La negrura la devoraba y volvía a aparecer en una existencia breve, cual ráfaga de luz. Cuando la tuvo delante, la calle enmudeció. El ruido de los coches, de los transeúntes, del alboroto lejano de una pandilla de adolescentes, menguó hasta desaparecer.

—Marina.

Escuchó una voz suave, fuera de lugar. Frente a ella se encontró a la niña de ojos grises del mercado de Cangas de Onís.

—Hola —respondió un tanto desconcertada.

—Solo vine a avisarte. A partir de ahora tienes que mantener la calma. Lo que va a ocurrir, aunque parezca malo, tenía que pasar tarde o temprano, y dentro de un tiempo verás que era natural que sucediera.

A Marina se le encendió una alerta. El lenguaje era inapropiado para una niña tan pequeña.

—¿Qué quieres decir? —dijo acercándose a ella—. ¿Por qué me sigues? ¿Quién eres? ¿Estás sola?

La agente buscó a su alrededor y comprobó que el aparcamiento continuaba vacío. Hasta las luces de la comisaría estaban apagadas. La niña se acurrucó bajo su manto de lana y comenzó a alejarse.

—¡Espera! No te vayas. —Marina fue tras ella hasta alcanzarla y la tocó en el hombro—. Dime al menos cómo te llamas.

—Me llamo Bricial —dijo con un brillo especial en los ojos—. Para los antiguos astures significaba «fuerte». Tienes que ser fuerte, Marina, tu vida va a cambiar muy pronto.

Y la niña se diluyó entre las sombras.

GIJÓN SE EXTENDÍA calle abajo. Las calles, húmedas por la lluvia, fulguraban bajo el impacto de las luces de su coche mientras Marina conducía de camino a casa. Paraguas en fila india por las aceras, charcos con olas, rodadas de barro en los alcorques de los árboles. El edredón nocturno se deslizaba sobre la ciudad con la delicadeza de una madre al arropar a su hijo; la ciudad protegía a los suyos con deferencia, noche tras noche; la oscuridad regresaba para morir con el primer rayo del amanecer; el crepúsculo conjuraba en su viaje las angustias primarias, las más terroríficas de todas.

De noche, los malos pensamientos se agigantan hasta la asfixia, y el suceso más nimio alcanza la estatura de un ogro amenazador. El tiempo de la noche es una huida para escapar de la muerte, lenta como espada de Damocles.

Gijón latía en Marina. La acompañaba. La había adoptado en su día y ahora la reclamaba como propia.

45

El presagio

EN GIJÓN AMANECIÓ un día espectacular. Frío y nublado, pero de esos que le hacen creer a uno que el universo es pacífico, luminoso y acogedor. Una mañana limpia, de un color gris tan brillante que dolía.

La calma duró una décima de segundo.

O lo que Marina tardó en darse la vuelta en la cama y encontrar vacío el lugar de Carlos. La tristeza que sintió era de esas que a veces se convierten en un hábito, se confunden entre la piel y se diluyen con el paso de la vida. Tardó en desperezarse unos segundos, tras los cuales encendió el móvil y la pantalla brilló con una ráfaga. Un número desconocido accionó la alerta.

Marina se incorporó, muy extrañada.

En la pantalla de su móvil apareció una ubicación acompañada de una frase. «Aquí se resuelve el misterio.»

El mensaje la dejó intrigada y pensó enseguida que se trataba de una pista sobre el caso, aunque Villaviciosa desencajaba con los escenarios que manejaban hasta ese momento.

El resto de la mañana transcurrió en comisaría. Marina parecía ausente, mantenía la vista fija sobre el teclado del ordenador y de vez en cuando trasladaba el foco hacia los recortes de periódico esparcidos sobre la mesa. En cada uno de ellos aparecían subrayados los nombres de Emilio Noval y de Roberto Torres. Ella los miraba sin ver y pensando en el mensaje que había recibido, hasta que Cueto se percató de su distracción.

—¿En qué anda esa cabeza? —dijo interesado y arqueando las cejas como refuerzo a su curiosidad. Ella le contó que había recibido un mensaje muy extraño y desde un número desconocido. Él estuvo de acuerdo en que merecía la pena investigarlo y salir de dudas. Estaban muy lejos de resolver el caso y cualquier pista les iría de perlas, así que decidieron trasladarse hasta Villaviciosa.

Al llegar al lugar señalado, Marina reconoció la casa. Había estado ahí solo una vez, pero estaba segura de que era la vivienda de la tía de Carlos. Se sorprendió al encontrar la fachada encalada, el tejado reparado y la entrada rodeada de macetas, en las que se intuía la dedicación y el cuidado. Ignoraba que estuviera habitada. Siempre había creído que, tras la muerte de la tía, la casa estaría abandonada.

En ese momento dudó de que aquello tuviera que ver con la investigación que se traían entre manos y le pidió a Cueto que la esperase en el coche. Por alguna extraña razón empezaba a sentirse incómoda.

Llena de dudas, llamó al timbre. Por el rabillo del ojo comprobó que alguien desde el interior descorría una cortina. La recibió una mujer risueña y de rostro amable. El relente del exterior hizo que se ajustara una bonita chaqueta de lana gris con la que se abrigaba.

—Perdone que la moleste, soy agente de la Policía Nacional y estamos haciendo una comprobación rutinaria por el barrio —dijo Marina mostrándole su identificación y totalmente desconcertada. Entonces percibió un sutil cambio en la mujer, que abrió mucho los ojos y retrocedió un paso. La había reconocido. Asunta dudó un instante, en el que se mordió el labio inferior mientras se daba tiempo a decidir qué hacer. Al final abrió la puerta y la invitó a entrar.

Las dos mujeres se encontraron frente a frente en el pequeño salón. La agente encontró un lugar extraño y al mismo tiempo acogedor, por eso pensó que decir la verdad sería la única forma de justificar su presencia en la casa.

—Esta mañana he recibido un mensaje con la ubicación de este domicilio, pero, si le soy sincera, no sé lo que significa. Mi equipo está inmerso en una investigación delicada y quizá usted podría sacarme de dudas.

—Me temo que no. —Asunta acababa de comprender la razón por la que Marina había acudido hasta Villaviciosa, y no era otra que la venganza de su hermana Encarna por haberla echado de casa. En tono amable invitó a Marina a sentarse, cosa que ella rechazó; se la notaba muy incómoda—. Lamento muchísimo esta situación y le pido disculpas por mi hermana. Fue ella quien contactó con usted.

Marina estaba cada vez más perdida y expectante por conocer la razón por la que se encontraba allí. El entorno le resultaba agradable, una estancia sencilla y colorista. Se fijó en que habían renovado la pintura y el suelo. Era como visitar un lugar donde nunca has estado, pero con una sensación familiar. La mujer bajó la cabeza y Marina reparó en la manera en que entrelazaba las manos, como si algo la perturbase de tal forma que fuera incapaz de encontrar las palabras adecuadas. El silencio entre ambas se tornó embarazoso, hasta que Marina reparó en una fotografía sobre el aparador en la que aparecían Carlos y la mujer que tenía delante.

Un interrogante se dibujó en su rostro, y se encontró de frente con el gesto desencajado de la otra.

—Lamento muchísimo que lo descubra de esta manera —dijo Asunta visiblemente abatida—. Asumo la responsabilidad de mi hermana, porque es una mujer trastornada. Hace unos días me exigió una suma de dinero que no tengo. Sabía que tarde o temprano iba a hacerme daño, pero no esperaba que se atreviese a tanto.

En la cabeza de Marina aparecieron numerosas preguntas. ¿Desde cuándo conocía Carlos a aquella mujer? ¿Por qué vivía en la casa de la tía? ¿Quién era su hermana? ¿Por qué tenía que enterarse de la infidelidad de su marido de una forma tan delirante?

Marina era incapaz de apartar la mirada del rostro de Carlos en aquella foto.

Y lo vio feliz.

Incapaz de pensar con claridad, se despidió de ella y salió de la casa. Necesitaba alejarse de allí y recuperar la calma.

Durante el viaje de regreso a Gijón se desahogó con Cueto y, mientras le contaba lo que había ocurrido, fue consciente de dos cosas: que la mujer de Villaviciosa estaba enamorada y que se había cumplido el presagio de Bricial.

Acababa de cambiarle la vida.

46

Abrir los ojos

«El *Nuberu* es el dios de las tormentas —pensaba Marina al notar cómo se le nublaba el ánimo—. Las dirige y las controla, y se ocupa de descargar el agua o el pedrisco a su antojo.»

El pensamiento disociativo era una técnica que practicaba a menudo como una forma de adaptación frente a un agente perturbador, un enfado o una situación adversa. Imaginaba al personaje mitológico sentado en una nube, cambiando de forma y moviéndose y deshaciéndose en el aire.

La creencia popular afirma que para librarse de él basta la presencia de un niño, cuya inocencia lo espanta. «Un niño o una niña», se dijo, y experimentó un fogonazo tras el cual la niña de ojos grises bordeó su subconsciente. Bricial.

«Tienes que ser fuerte», recordó su consejo.

A Marina se le secó la boca. Los latidos del corazón le golpeaban en el pecho como un eco de tambores lejanos. Por un momento se encontró confundida y desorientada. El tiempo pasó sin que fuera consciente de ello. «Así que era esto lo que te pasaba», dijo al pensar en Carlos y sin poder contener las lágrimas. El dolor fluyó por sus mejillas, le recorrió el rostro y le supo amargo. Se hizo un ovillo, se acurrucó entre las almohadas y dejó volar la mente lejos de allí, lejos del dolor que se le hacía insoportable, hasta el instante mismo en que su vida y la de su marido habían tomado caminos diferentes. Le resultó extraño admitir que aquello había sucedido hacía mucho tiempo, casi en otra vida, y permitió que los recuerdos la colapsaran con imágenes felices de risas y caricias de mucho tiempo atrás. Lamentó haber ignorado las señales y se permitió hundirse en la tristeza durante un rato eterno.

Cuando regresó al mundo real, la habitación acechaba extraña y hostil. Y el pasillo y el cuarto de estar, hasta la cocina, incluidos los platos que Carlos había amontonado sin recoger. Todo era diferente. El entorno la agobiaba, incapaz de reconocerse en él. Marina recorría las habitaciones como en una casa prestada, casi de puntillas.

Extraña en su propio hogar.

«Y ahora, ¿qué? —se preguntó sorprendida en medio del pasillo—. ¿Qué se supone que tengo que hacer?, ¿fingir que no sé nada? ¿O pedirle explicaciones?»

«¡Cómo he llegado hasta aquí!», gritó soltando un puñetazo contra la pared.

Hecha un torbellino entró en el cuarto de baño y abrió el grifo de la ducha. El sonido del agua transformó la habitación. El vapor empezó a velar los cristales de la mampara. Reparó en que había olvidado la ropa interior en la habitación y salió a buscarla. Cuando regresaba, una sombra al final del pasillo la hizo detenerse en seco.

—¿Carlos? —preguntó esperando verlo aparecer, pero el silencio la advirtió de que estaba sola.

Marina retrocedió con cuidado hasta su cuarto y rescató la pistola del cajón donde la guardaba. Con los nervios en tensión, salió de nuevo al pasillo. El ruido del agua le recordaba que había dejado el grifo abierto. Avanzó con decisión y entró en el cuarto de estar, en la cocina y, de nuevo, en la habitación, sin detectar ni rastro de la sombra.

Devolvió el arma a su lugar, divertida por el susto.

Pero al entrar en el baño intuyó una presencia. La sombra se escabulló por la rendija de la puerta y a ella la sobrecogió la imagen de Bricial, la hija de la *bruxa*. Con un movimiento rápido cerró el grifo, empujó la puerta del baño y se recostó contra ella para impedir la entrada.

«¿Qué me está pasando?», se preguntó con angustia.

En un intento por calmarse se empapó la cara con agua fría. En su cabeza se sucedían las imágenes del temporal y de la GREIM, mezcladas con el relato de la leyenda de los lagos de Covadonga y la infidelidad de su marido.

La historia de una niña abandonada a la que le negaron el auxilio. Un suceso estremecedor.

Y premonitorio.

«Tu vida va a cambiar muy pronto», recordó las palabras de la niña. Parecía que Bricial la había tomado con ella.

«¡Ya me ha cambiado la vida!»

«¿No tienes bastante?»

«¡Déjame en paz!», gritó como si pudiera oírla.

Nunca había creído en leyendas, apariciones ni vaticinios. Aventurar el futuro de otro quedaba fuera del alcance de su entendimiento. Así como el último grano se precipita en el interior de un reloj de arena, se dejó caer resbalando por la pared hasta quedar ovillada en el suelo.

Minutos más tarde recibió un mensaje de Carlos. Tenían que verse. Se vistió a toda prisa y se encaminó rumbo a la cafetería en la que habían quedado. Ella esperaba sentada ante la única mesa que había encontrado libre. Carlos entró en el bar con rostro serio y se sentó a su lado.

—Lo siento —dijo él con un nudo en la garganta—. Siento muchísimo que te hayas enterado de esta manera. Tendría que habértelo dicho hace tiempo.

Marina observó a su marido con frialdad. Era un hombre atractivo, eso era innegable, con ese aire despistado que le daba un aspecto juvenil. Ahora reconocía que debería haber zanjado la relación y contenido la urgencia por salir de Madrid. Para entonces su matrimonio ya estaba muerto y no supo verlo. Todavía la reconfortaba pensar que alguien la estaría esperando y que, cuando la pesadilla del acoso de su superior acabase, él la estrecharía entre sus brazos y todo volvería a ser como cuando se conocieron.

—Se llama Asunta —dijo él evitando mirarla a los ojos.

—¿Es la mujer con la que estuviste antes de que yo llegase a Gijón? —Él asintió. Marina recordó que se habían dado un tiempo en el que evitaron pedir explicaciones, pero, al retomar la relación, ella había asumido que su marido era un hombre libre en aquella época y volvió a confiar en él.

Marina echó mano de todo el aplomo que fue capaz de reunir.

—¿Por qué me mentiste? ¿Ella vive en la casa de tu tía, en Villaviciosa? —preguntó conteniendo las ganas de abofetearlo. Él se frotó la cara como si quisiera despertar de un mal sueño. El murmullo constante de las voces en el interior del bar resultaba opresivo. La gente mantenía conversaciones insustanciales, ajenas al mal trago por el que estaban pasando. El fluorescente que iluminaba el local transformaba los rostros en máscaras de cera. Por un momento, Marina deseó desaparecer, retroceder en el tiempo, pero la rabia y la curiosidad la mantenían expectante.

—La relación con Asunta continuó cuando llegaste. Me enamoré de ella y fui incapaz de dejarla. Decidí mantener esa doble vida porque creí que mi lugar estaba a tu lado. Sabía que me necesitabas. Sí, ya sé que es una excusa de mierda.

A Carlos le temblaba la voz. Buscaba las palabras para herir lo menos posible a Marina. Demasiados años juntos, demasiados momentos compartidos para borrarlos de un plumazo y, sin embargo, el destino había querido que acabasen allí, en un bar cualquiera y de la peor manera posible. A medida que Marina escuchaba la confesión de su marido, le resultaba más difícil contenerse. El hombre que tenía en frente le parecía un extraño. Carlos intentó tomarle la mano, pero Marina la retiró.

—Asunta es una buena mujer —continuó. Llegados a ese punto, lo correcto era confesar la verdad—. Cuando la conocí iban a desahuciarla de la casa en la que vivía con su hermana. Asunta encontró trabajo en Villaviciosa y en ese momento recibí la herencia de la tía, y la verdad es que no sabía qué hacer con la casa y se la cedí.

—¡Joder, Carlos! —A Marina se le quebró la voz.

La policía se levantó como un resorte y salió del bar. Necesitaba alejarse de él.

—Lo siento de verdad —dijo él corriendo tras ella, ya en la calle.

—¡Cállate! De momento es mejor que te calles —vociferó Marina con rabia—. Esto es una despedida. Confié en ti todos estos años y creí que serías incapaz de mentirme. Lo que más me duele es la forma en que ha sucedido y la cobardía que has demostrado al evitar afrontarlo.

Marina se alejó de él y caminó sin rumbo fijo, dio varias vueltas por las mismas calles, recorrió muchas veces el mismo trayecto y desembocó en una de las travesías que confluyen en el cerro de santa Catalina, junto a la escultura de Chillida, «Elogio del horizonte». Y entonces evocó las palabras de la niña.

«Tienes que mantener la calma. Lo que va a ocurrir, aunque parezca malo, tenía que pasar tarde o temprano, y dentro de un tiempo verás que era natural que sucediera.»

Por fin entendía el mensaje de Bricial.

En el momento más oscuro, el Cantábrico volvía a rescatarla. Aspiró con fuerza el aroma del salitre y fue capaz de vislumbrar el resplandor de una cerilla en forma de esperanza, porque la esperanza es un potente combustible para seguir adelante.

Un escalofrío la sacudió con fuerza hasta borrar todo rastro de compasión hacia sí misma.

Por fin había abierto los ojos.

«Ahora sí que va a cambiarme la vida», se dijo pensando en la niña Bricial y dando la espalda al mar.

47

Solo son truenos

Cangas de Onís

—Solo son truenos —advirtió Cueto sin prestar atención al eco que atravesaba las montañas. El día anterior, Lino se había hecho cargo de la situación de Marina y no había dudado en ofrecerle una habitación en su casa. En la intimidad del cuarto que su compañero le había cedido, ella encontró dos cosas aparentemente contradictorias: la soledad suficiente para recuperarse del fracaso de su matrimonio y la compañía de un buen amigo—. Tenemos encima una tormenta eléctrica.

Marina consideró la amenaza de las nubes mientras conducía el coche patrulla. Los nubarrones avanzaban como una jauría enfurecida con los lomos tapizados por los colores de los malos presagios, negro y gris. Hacía menos de una hora que habían decidido echar un vistazo en el cementerio de Cangas de Onís. Veli había contactado con Lino. La mujer seguía muy preocupada por Mónica y les había contado que la chica visitaba con asiduidad el cementerio, sobre todo cuando estaba alterada, porque las cenizas de su madre y de su hermano descansaban allí. La información de Veli sobre la afición de Mónica de visitar el nicho de sus familiares les pareció una nueva pista en la que debían indagar.

El estallido de un rayo iluminó la llegada de los agentes al camposanto. Fue un chispazo breve y veloz, exactamente a un tercio de la velocidad de la luz, y cayó muy cerca.

—Solo son truenos —repitió Lino.

El cementerio de Cangas de Onís se encuentra en el barrio de arriba, según comprobaron los agentes una vez estacionaron el coche patrulla y después de subir una cuesta pronunciada. La necrópolis corona un altozano a dos alturas separadas por una escalinata. Tumbas ornamentadas y panteones de caliza se alzan entre ramos de flores frescas y montañas acolchadas por pastos y bosques.

Los policías accedieron por la entrada de vehículos. El entorno se presentaba un tanto desangelado con la única presencia del sepulturero, un hombre rubio con el pelo aplastado por detrás, de facciones abultadas y aspecto somnoliento. Cruzó dos frases con Cueto y señaló hacia la hilera de nichos. La pareja no tuvo ningún problema para localizarlos. En la lápida encontraron una sencilla inscripción con el nombre de ambos. La ausencia de flores resaltaba el color grisáceo de la piedra.

«No sé qué vamos a encontrar aquí», se dijo Roldán. Pero algo en su interior la avisaba de que el más mínimo detalle podría ponerles sobre la pista del paradero de Mónica.

—Lino, debemos buscar con atención. Puede parecer una pérdida de tiempo, pero no nos quedan muchas opciones. Abre bien los ojos.

Repasaron las filas de sepulturas, algunas decoradas con vírgenes y santos, otras rodeadas por flores marchitas o chafadas por el último chaparrón. Lajas de piedra gris y lápidas de mármol. Hasta que Marina vio a Cueto detenerse ante el nicho de la madre y del hermano de Mónica, y observar con interés el resalte decorativo de la losa. Los nichos descansaban sobre un muro de caliza, pero ahí no encontraron ninguna pertenencia de la chica, ni señal alguna de que se la hubieran llevado a la fuerza. «Quizá el único interés de la muchacha era sentarse y charlar con su madre», pensó Marina.

Lino se apoyó sobre el muro mientras repasaba el perfil que enmarcaba el nicho con el dedo.

—¿Qué estás haciendo? —preguntó Marina interesada.

—Creo que esta piedra está suelta.

—Déjame ver. —Haciendo pinza con los dedos y sin presionar demasiado, la agente desprendió una parte y descubrió un hueco en el muro. Los agentes intercambiaron una mirada y ella procedió a asomarse antes de meter la mano—. ¡Aquí hay algo!

Marina extrajo una lata metálica de esas que contienen unas deliciosas galletas de mantequilla y están decoradas con flores y frases en francés. Al abrir la caja descubrieron varias hojas de papel reunidas con una cinta de raso. La agente leyó la única que quedaba suelta.

Salut, maman.

Es probable que no venga a visitarte en los próximos días, alguien me persigue y debo prepararme. ¿Recuerdas la habitación del pánico que papá tenía junto al garaje de casa? Aquí también construyó una igual. Será mi refugio de supervivencia. Cuando todo pase, volveré para contártelo. Ojalá la policía encuentre pronto al que me persigue. Si no lo consigo, nos veremos en el cielo.

Je ne t'oublie pas. No te olvido.

Los agentes permanecieron en silencio y muy sorprendidos. Ese era el motivo por el que Mónica acudía al cementerio; se desahogaba escribiendo notas a su madre.

Marina deshizo el nudo y leyó con prisa las demás cartas. El sufrimiento de la chica traspasó el papel y los agentes se miraron sobrecogidos. Resultaba difícil imaginar el horror de permanecer atrapado en un vehículo tras sufrir un accidente en plena noche junto a los cadáveres de tus familiares. Sin contar con la tragedia que suponía tener la obligación de convivir con tu maltratador. «¿Qué fuerza mantenía cuerda a Mónica?», se preguntó Marina.

—Creo que hemos encontrado una pista importante. Aquí dice que se estaba construyendo un zulo. ¡Joder! Por eso no la encontramos en el escondite de los lagos de Covadonga —dijo Marina leyendo de corrido.

—¿Crees que la chica estará escondida en ese zulo? —preguntó Cueto inspeccionando el hueco y sin ocultar la euforia que le producía el hallazgo—. Pero ¿dónde?

—¡En su propia casa! —exclamó Marina con los ojos desorbitados y agitando el pedazo de papel—. ¡Mira! En esta carta dice que su padre había construido una habitación del pánico y que la estaba reacondicionando como un refugio de supervivencia.

Repasaron juntos las seis cartas y ambos concluyeron que era necesario registrar de nuevo el domicilio de los Noval.

—Llama a Bedia, que envíe refuerzos, y dile que nos encontraremos en casa de Mónica —dijo Marina mientras abandonaban el cementerio y corrían hacia el coche patrulla.

—Acabo de enviarle una fotografía de las cartas —apuntó el compañero corriendo tras ella.

Ajenos a la explosión del rayo sobre el vértice de la montaña, los agentes solo escucharon el sonido del trueno.

Era su última oportunidad.

48

La habitación del pánico

Villanueva

EL VEHÍCULO POLICIAL en el que viajaban el inspector Bedia y la agente Sirgo estacionó junto al de Cueto, mientras que Roldán lo hizo frente a la casa de la familia Noval. Los agentes bajaron de ellos con prisa y con un elevado nivel de tensión. Una descarga extra de adrenalina, equivalente a la que se obtiene al escuchar el pistoletazo de salida en una carrera de obstáculos. La llegada brusca de los vehículos de la Policía Nacional a Villanueva despertó el interés de los vecinos y pronto aparecieron los primeros curiosos.

«Volver al principio —reza un proverbio oriental—, si quieres descubrir la verdad.» El regreso a la casa de los Noval hizo que Marina se fijase en algunos detalles. Las altísimas verjas de seguridad de la entrada permanecían abiertas de par en par. El césped había crecido de manera prodigiosa y en algunas zonas rebasaba el bordillo de piedra que lo rodeaba, un fenómeno que todavía la sorprendía. Asturias es un vergel donde hasta la más insignificante semilla brota con profusión y transforma una triste pradera en un lugar digno de dioses. La propiedad estaba envuelta en un halo de silencio, como si supiera que la vida de sus dueños se había interrumpido de manera brusca.

Cueto y Bedia iban por delante. El inspector se aseguró de que todos llevaban los chalecos antibalas. Sirgo y Roldán cerraban la comitiva, pendientes de cualquier movimiento extraño.

El gigante levantó la mano y señaló hacia su izquierda, en dirección al edifico auxiliar. Nora y Marina obedecieron y se dirigieron hacia el garaje mientras Cueto intentaba abrir la puerta principal. Forcejeó unos minutos con la cerradura, pero no consiguió abrirla. Bedia dividió los efectivos, él continuaría por el ala derecha y Cueto por la izquierda. Los agentes dieron un rodeo a la casa en busca de una ventana abierta o de un resquicio por donde colarse. La orden del juez les otorgaba carta blanca para inspeccionar la propiedad. Poco después se encontraron en la parte posterior del jardín.

Las ventanas del piso superior también estaban cerradas y no se percibía ninguna luz encendida. La cortina de la ventana que daba al cuarto de estar permanecía algo descorrida, tal y como recordaba Bedia de la inspección anterior. Sin previo aviso, se encendieron los focos exteriores, repartidos por el perímetro de la casa y el jardín. Cueto aproximó las manos al cristal de la ventana más próxima para evitar el resplandor y escudriñó el interior, que parecía tranquilo.

Nada que revelase la presencia de Mónica.

—¿Qué hacemos? —preguntó Cueto pendiente de Bedia y esperando una orden como agua de mayo. La voz de Sirgo desde el garaje los alertó. El inspector desenfundó la pistola y Cueto lo imitó segundos antes de precipitarse hacia la luz encendida del garaje. Comprobaron que el cuarto de herramientas era precisamente eso, un espacio cuadrado embutido en filas de estanterías de acero abarrotadas de todo tipo de pertrechos. El garaje estaba tan ordenado que parecía imposible que un mecánico o un aficionado al motor trabajaran allí, más bien respondía al capricho de alguien a quien no le importaba malgastar el dinero. La puerta que lo conectaba con la casa se abrió y Sirgo asomó la cabeza indicándoles que la siguieran.

Los policías franquearon la puerta y se encontraron en el pasillo interior de la casa, aquel que Bedia recordaba haber atravesado la primera vez y en el que confluían diferentes estancias: la cocina, el aseo y, al fondo, el cuarto donde había aparecido el cadáver de Emilio Noval.

Sirgo informó a Bedia de que la casa estaba vacía, tal y como habían comprobado al acceder a la planta superior. Entonces abrió la puerta del aseo en la planta baja y, ante el asombro de todos ellos, apareció Marina rastreando palmo a palmo un extraño espacio en el suelo, contiguo a un lujoso plato de ducha. A la policía le había extrañado una pequeña rejilla de ventilación en un lugar poco habitual. Sabía que las habitaciones del pánico suelen situarse en espacios disimulados o secretos. El empeño de la agente tuvo éxito y en el borde de la pared encontró una ranura que se prolongaba por toda la longitud del plato de ducha.

Con ayuda de una maza que Sirgo había localizado en el garaje, golpeó la superficie con pequeños toques. Estos surtieron efecto y todos pudieron ver que se trataba de una puerta acorazada y perfectamente encastrada.

—¿Crees que Mónica podría estar ahí dentro? —preguntó Bedia haciéndose cargo de la situación y recordando el escueto texto de la carta de la chica a su madre.

—Es posible. Al menos es lo más parecido a un zulo que hemos encontrado, pero nadie responde a los golpes. Seguro que se trata de una cámara insonorizada. Si nos atenemos a la información de las cartas, esta debe de ser la habitación del pánico de la que hablaba Mónica. De todas formas, vamos a intentar abrirla.

Marina gritó en varias ocasiones el nombre de Mónica sin resultado. La policía palpaba el perfil de la puerta en busca de una irregularidad o de cualquier mecanismo oculto que permitiera la apertura desde fuera, pero desistió poco después.

—Sirgo, contacta con el parque de bomberos de Cangas de Onís y explícales la situación. Necesitamos un cerrajero especialista que abra esta puerta —ordenó Bedia.

En la calle, el corrillo de vecinos atentos a la llegada de la policía creció cuando se sumó la presencia de los bomberos. El sonido de la sirena atraía a los paisanos como el aroma de una buena fabada. Una pareja de bomberos entró en la vivienda con dos enormes bolsas de herramientas y, tras unas explicaciones rápidas del inspector, procedieron a examinar el perfil de la puerta.

—Parece que tuvimos suerte —dijo uno de ellos—, solo tiene una cerradura. Este modelo de puerta se atasca con facilidad y, algunas, como es el caso, tienen cierre electrónico con clave para cerrarlas desde dentro. Los propietarios que instalan una puerta como esta en el interior de una vivienda suelen usar el cuarto como caja fuerte y guardan los objetos más valiosos de la familia, pero al utilizarlo poco se olvidan de la contraseña. Si te equivocas tres veces, la cerradura se bloquea. Probaremos primero con la llave maestra, y esperemos no tener que usar la pata de cabra para hacer palanca, porque el firme está reforzado con hormigón.

El compañero rebuscó en una de las bolsas y extrajo una llave decodificadora cuya forma llamó la atención de Marina. Una pieza de metal alargada que el cerrajero manejaba con pericia. El bombero insertó la llave en el ojo de la cerradura y accionó la palanca inferior de arriba abajo hasta que la llave encajó. Repitió la operación varias veces y la giró para situarla en la posición inicial, hasta que la llave se ensambló por completo. Bastó un simple empujón y la puerta cedió, dejando al descubierto un cuarto oscuro.

Los bomberos se retiraron de inmediato ante la orden de avance de Bedia. La primera en entrar fue Marina, pistola en mano, seguida del inspector y de Sirgo.

La oscuridad en el interior era completa. Sirgo encendió la linterna del móvil al tiempo que Marina gritaba.

—¡Mónica!

Un gemido los puso en alerta y un subidón de adrenalina sacudió el cuerpo de los agentes.

Habían encontrado el zulo.

El haz de luz se deslizó sobre el contorno de las paredes. La habitación cuadrada estaba rodeada por las mismas estanterías que amueblaban el garaje, y olía a cerrado. «A fruta en descomposición», afinó Sirgo. Roldán palpó el perfil del muro para orientarse y tropezó con un camastro. El foco de luz iluminó el rostro de una persona.

Era Mónica.

Marina se acercó hasta ella y le tocó la frente. La encontró tibia, pero la joven no respondía al requerimiento de los agentes ni al estímulo luminoso. A continuación, comprobó el pulso y el aliento de la chica.

—Está viva. Llama a una ambulancia —pidió a su compañera.

Mientras Nora contactaba con los sanitarios, Cueto fue a la cocina a por agua. Marina retiró con cuidado el cabello del rostro de la joven y, al notar el contacto, Mónica abrió los ojos.

Observó entonces el espacio claustrofóbico, rodeado de estanterías pertrechadas con todo tipo de objetos. La sensación que producía se parecía mucho a la de un encierro forzoso, más que a la que proporciona un refugio. Latas de conserva, ropa de abrigo y un par de cajas vacías. Sin lugar a dudas, la intendencia resultaba escasa para resistir durante un espacio prolongado de tiempo.

En una bolsa de plástico, Sirgo encontró el origen del olor que impregnaba el espacio: un puñado de manzanas mordisqueadas y podridas. Lo cerró con cuidado para entregárselo a la Científica como prueba, al igual que las prendas de ropa.

—Te hemos estado buscando —dijo Marina mientras Mónica bebía con avidez—. Enseguida llegará la ambulancia, pero explícanos qué ha pasado. ¿Cuánto tiempo llevas aquí?

—Me quedé encerrada —respondió la chica temblando y con un hilo de voz—. Tengo hambre.

Bedia le ofreció uno de sus caramelos de menta con gesto de resignación.

—Vine a casa a traer el material de supervivencia. —Poco a poco, Mónica iba recuperando las fuerzas—. Estoy preparando un refugio en el cuarto blindado de mi padre y andaba ocupada organizando las estanterías cuando escuché ruidos en la casa. Alguien entró, subió a la planta de arriba y escuché cómo revolvía los armarios y arrastraba los muebles. Me asusté mucho porque hacía días que notaba que alguien me perseguía y pensé encerrarme aquí hasta que se marchara. Esperé varias horas y, cuando quise salir, me di cuenta de que la contraseña de la cerradura había cambiado. Estaba tan histérica que probé demasiadas veces, y al final se bloqueó.

—¿Y cómo aguantaste aquí dentro? —A Sirgo le pareció alucinante mantenerse vivo entre cuatro paredes.

—Con el agua del bidón —dijo la chica— y un paquete de barritas energéticas que fui racionando hasta que se terminaron.

—¿Y el móvil?

—Aquí dentro no hay cobertura.

—¿Para qué usaba tu padre una habitación blindada?

—En ese arcón —señaló con evidentes signos de debilidad— guardaba documentos importantes. La verdad es que no me encuentro bien.

La joven se desmayó en los brazos de Marina en el momento en que los enfermeros entraban en la casa. En una primera exploración confirmaron que estaba deshidratada y un tanto desnutrida. De no haber llegado los agentes, habría muerto de sed o de hambre.

—Todo el mundo buscando hasta debajo de las alfombras y estaba encerrada en su propia casa —soltó Cueto sin creer que la hubieran encontrado.

—¿Te crees su versión? —preguntó Bedia con unos ojos de topillo que recalcaban su interés.

—¿Por qué no voy a creerla? —dijo Marina enarcando las cejas. Era evidente que la chica había sido incapaz de salir de allí—. Ya sabes que la respuesta más simple es la buena. Su versión parece coherente. No veo nada extraño en que se asustase al escuchar ruidos y se quedara encerrada ahí dentro.

—Ahora que lo dices, arriba encontré una silla en medio del pasillo. Eso concuerda con la versión de Mónica de que alguien estuvo revolviendo la casa —aportó Sirgo.

Bedia estaba pendiente en todo momento de Marina mientras revisaba el interior del cuarto con especial interés, incluso salió hacia el garaje para regresar con una barra metálica y se dispuso a forzar el arcón que había señalado la chica.

—Sabemos que un individuo persigue a Mónica, pero no tiene interés en matarla porque podría haberlo hecho en cualquier momento. —La agente pensaba en voz alta, intentando entender la situación—. Y si Mónica no era el objetivo, ¿qué andaba buscando el intruso? Por alguna razón que ignoramos se dedicó a vigilarla. ¿Por qué? ¿Por qué registró la casa? ¿Qué buscaba?

Marina se volvió hacia los compañeros que escuchaban sus disquisiciones, apiñados debido a las reducidas dimensiones del cuarto. Con un último empujón, la cerradura saltó. La agente levantó la tapa del arcón y encontró varias carpetas en su interior. Abrió una de ellas y hojeó el contenido: facturas y albaranes junto con una lista de nombres y un paquete de forma rectangular envuelto con cinta americana. Alcanzó el bulto con cuidado y miró desconcertada a los compañeros.

—Puede ser hachís o cocaína —intuyó Bedia, y todos asintieron.

—Cueto. —Marina se dirigió al compañero con rostro serio e incapaz de ocultar su preocupación. Lo que acababan de descubrir superaba con mucho sus expectativas—. Deberías repasar con atención estos papeles. Creo que hemos encontrado lo que andábamos buscando. Lo más seguro es que se trate de droga. Deberíamos dar parte al Jefe Gris y que lo valore la UDYCO.

Los agentes salieron de la casa de los Noval y cargaron en el vehículo oficial el arcón con los documentos. Antes de meterse en el coche, Bedia se subió los pantalones y desplegó una sonrisa de Duchenne, una de esas espontáneas y sinceras que eleva las mejillas y produce arrugas alrededor de los ojos.

—Buen trabajo —dijo palmeando la espalda de Cueto y ofreciendo la mano a Sirgo y a Roldán—. ¡Tengo un equipo cojonudo!

49

Una superviviente

Gijón

LOS MÉDICOS DEL hospital de Cabueñes confirmaron a la policía que Mónica Noval presentaba signos de deshidratación y una ligera desnutrición, compatibles con el aislamiento involuntario que había sufrido. La buena respuesta de la paciente facilitó la recuperación y fue dada de alta sin complicaciones.

La circunstancia de la detención de Nelu hizo que fuera Veli la que se encargase de las chicas, de Llara y de Mónica, hasta que se resolvieran las pruebas sobre el cuchillo que habían encontrado en la propiedad del *prepper*. El Toru se había comprometido a hacerse cargo de la empresa «el tiempo que hiciera falta», según verbalizó al visitarlo en los calabozos de la comisaría. Pese a sus diferencias, Nelu apreciaba el compromiso del montañero. Si no hubiera sido por él, habría sido incapaz de reflotar el negocio.

Por orden de Bedia, Marina citó a Mónica ese jueves para tomarle declaración. La joven llegó acompañada de la empleada de hogar, y las tres se reunieron en una sala pequeña y bien iluminada, gracias a un amplio ventanal. Acomodadas en torno a una mesa, la agente situó en el centro su teléfono y activó la aplicación de la grabadora.

—Declaración de Mónica Noval —comenzó Marina acercándose al micrófono—. Evelina Nieda asiste a la declaración de Mónica Noval en calidad de tutora, al tratarse de una menor, y en sustitución de Nelu Prado, por estar detenido —dijo aclarando el protocolo. Por nada en el mundo permitiría que todo se fuera al traste por una formalidad—. Mónica, quiero que entiendas que esto no es un interrogatorio, así que puedes dar por terminada la declaración cuando consideres oportuno.

Ante el asentimiento de ambas, Marina empezó con las preguntas.

—¿Cómo te encuentras? —La policía buscaba la atención de la adolescente. La chica parecía tranquila, salvo por el pequeño gesto de juguetear con las puntas de los dedos. Presentaba unas bolsas pronunciadas bajo los ojos y el rostro despejado, y llevaba el cabello retirado de la cara.

—Mucho mejor.

—¿Qué sucedió para que te encerrases en el cuarto acorazado de tu casa? ¿Cuánto tiempo llevabas ahí dentro?

Ella la miró sin verla y el movimiento de los dedos aumentó. Pánico. «Está tratando de controlar el miedo», interpretó Marina.

—Cuando mataron a mi padre empecé a sospechar que alguien me seguía. Al principio pensé que se trataba de una paranoia, pero un día, en el Llanu'l cura, escuché a alguien que hablaba por teléfono. Creo que dijo algo así como que había perdido el rastro de la chica, pero que sabía dónde encontrarla. Estoy segura de que estaba hablando de mí. —Los nervios hacían que Mónica acentuase la erre gutural del francés, casi como si hiciera gárgaras, al tiempo que proyectaba los labios hacia afuera en forma de O.

—¿Pudiste verlo?

—No, estaba oscuro y tenía tanto miedo que solo se me ocurrió salir corriendo hasta llegar a casa. La verdad es que, cuando mataron a Roberto, pensé que la siguiente sería yo.

—Háblame de tu relación con Roberto.

—Era el socio de mi padre y su mano derecha. Un poco chulito, pero simpático. El Taranis funcionaba muy bien. Él siempre decía que mi padre no confiaba mucho en él porque era más listo, aunque yo creo que le tenía un poco de envidia, pero conmigo se portaba bien. En cuanto le dije que necesitaba dinero para mis cosas me contrató de camarera. Me hacía falta para comprar un equipo completo de supervivencia —aclaró enseguida. La chica explicó que Llara y Nelu eran muy importantes para ella. Ellos le habían inculcado el amor por la naturaleza y le habían enseñado a sobrevivir. Durante un buen rato defendió con vehemencia la inocencia de Nelu que, según sus palabras, se había comportado como un buen padre.

—¿Tienes alguna idea de quién pudo acabar con la vida de tu padre y con la de Roberto?

Mónica negó en silencio.

—¿Tenían deudas?

—Es posible. Mi padre manejaba muchos negocios, pero, si las tenía, nunca habló de ellas.

La agente se acercó a Mónica.

—Las dos estamos cansadas —dijo con gravedad—. Durante los últimos trece días has tenido pendientes de ti a todas las fuerzas de seguridad del Principado, por eso necesito que seas sincera y que colabores con nosotros. Dime, ¿cómo te quedaste encerrada en el cuarto acorazado?

Mónica llenó los pulmones de aire y con cara de fastidio contestó por segunda vez a la pregunta.

—Estaba colocando las provisiones de la mochila en la estantería y escuché ruidos en la casa. En la planta de arriba había alguien arrastrando muebles, y abría y cerraba los cajones. Me asusté mucho, me escondí en el cuarto y accioné el cierre automático, pero, cuando decidí salir, la contraseña falló. Alguien la había cambiado.

—¿Quién conocía la clave?

—Mi padre, Roberto y yo.

La agente disimuló su sorpresa y dirigió la atención hacia Veli, que se removía incómoda en la silla.

—¿Roberto tenía acceso al cuarto blindado?

—Cuando cerraba el Taranis, algunas noches se pasaba por casa. Una vez yo aún estaba despierta y escuché a mi padre pedirle que guardase unos documentos, porque Roberto conocía la clave de seguridad. Lo mismo la cambió él después de que matasen a mi padre.

—¿Cómo has podido aguantar tanto tiempo ahí dentro?

—Gracias a lo que aprendí con Nelu y a un par de bidones de agua y una caja de barritas de chocolate. Creo que no volveré a comer chocolate en mi vida. Mi padre era un obseso de la seguridad. En nuestra casa en Burdeos también teníamos una habitación del pánico. El cuarto está bien acondicionado, con un respiradero en el techo para renovar el aire. Es el lugar perfecto para construir un refugio, aunque nunca imaginé que me quedaría encerrada. Si hubierais tardado un poco más, estaría muerta.

La joven bajó la cabeza y Veli se apresuró a abrazarla. Pensar en la posibilidad de una muerte lenta y agónica superaba todos los miedos imaginables.

—Quiero que recuerdes cuál fue la última vez que viste a tu padre con vida.

Mónica perdió el color del rostro y empezó a temblar sin control. Las lágrimas escapaban de sus ojos, aunque intentase contenerlas. Después de unos minutos rompió a llorar en silencio.

—La noche que mataron a papá discutimos, como siempre. Estaba muy pesado porque no me dejaba teñirme el pelo de violeta como yo quería y se negaba a darme el dinero para la peluquería.

—¿Estaba bebiendo?

—Creo que no. A mi padre le gustaba el vino dulce y lo tomaba antes de cenar. Todavía era pronto cuando me marché.

—¿Te refieres al vino dulce de la tía Margot?

La actitud de la chica cambió. Irguió la espalda y cruzó los brazos en actitud defensiva. Veli la observaba mientras estrujaba una bufanda de colores que había colgado en el respaldo de la silla. Hundía los dedos en el tejido como si estuviera aferrada a la barra de seguridad de una montaña rusa.

—Ya no es mi tía. Yo no tengo familia —contestó airada.

La mención de Margot Michel provocó el desprecio de Mónica.

—¿Sabías que tu padre la amenazó con matarte si seguía adelante con la denuncia para conseguir tu custodia? —A la agente le pareció que ya iba siendo hora de que Mónica conociera el sacrificio de su tía, porque la situación era tremendamente injusta para las dos. A Mónica la privaba de su familia, y a Margot del único vínculo con su hermana—. Sabemos lo que le hizo tu padre a la familia, los malos tratos y las vejaciones a las que sometía a tu madre y que prolongó sobre ti. Margot decidió luchar por ti, porque eres importante para ella. Si retiró la denuncia contra él, fue para protegerte. Ella también fue víctima de tu padre.

La adolescente miró a Veli y después ocultó el rostro entre las manos. La mujer la abrazó con ternura mientras lloraba en silencio.

—Y yo no hice nada. ¡Cómo si fuera sorda y ciega! —solló Veli, que a duras penas podía articular una palabra. Ahora comprendía la rebeldía de la joven, la rabia y la violencia con que actuaba. Mónica era como un animal herido que arremete contra todo el que intenta acercarse—. Sabía que ella y Emilio discutían, que peleaban por cualquier cosa, pero nunca vi que le pegara.

—Lo hacía cuando estábamos solos y por cualquier motivo. Por el pelo, por las notas, por las peleas en el instituto. Una de las peores palizas que me dio fue por ir maquillada —sollozó Mónica.

Marina decidió entonces cambiar de estrategia. Por las muestras de nerviosismo de la chica intuía que iba a resultar muy difícil encontrar la manera de conectar con ella. Aquel era un entorno hostil y decidió mostrarse más cercana. Mónica necesitaba encontrar en ella a una aliada.

—Quiero que entiendas que estoy aquí para ayudarte, para ayudaros —dijo con voz tranquila—. Dices que estuviste en casa aquella noche, que discutisteis, y ¿qué pasó después?

—Me fui. Nada más. Quedé con Llara y con los chicos.

—¿Viste algo raro? ¿Un coche? ¿Alguien sospechoso?

—No vi nada. —La chica se enfundaba de nuevo la coraza para evitar el daño.

—Hiciste el camino hasta Cangas de Onís por la senda fluvial y perdiste el móvil. —La policía cambió de posición, se arrellanó en la silla, cruzó las piernas y juntó las manos abiertas, uniendo las puntas de los dedos por encima de la rodilla.

—Sí, se me cayó del bolsillo, me di cuenta al llegar al bar.

—Lo perdiste porque ibas corriendo, ¿por qué huías?

—Estás intentando demostrar que maté a mi padre —respondió desafiante—. ¿Crees que también maté a Roberto? Soy una chica traumatizada, víctima de malos tratos, vivo en un entorno hostil desde que era una niña, tengo que esconderme para mantenerme con vida y, ¿qué hace la policía? Perder el tiempo con preguntas que no conducen a ninguna parte. —A medida que hablaba iba elevando el volumen de la voz—. Imagino que quieres oír que odiaba a mi padre. Odiar no es la palabra adecuada. Lo que sentía por él era miedo. Como lo siento ahora que está muerto.

La tensión se había elevado peligrosamente. Veli volvió a abrazarla y le acariciaba el pelo para que se calmase. «Yo cuidaré de ti», le decía entre lágrimas.

Marina comprobó que la asistenta era lo más parecido a una madre para la chica. La agente dejó que Mónica se desahogase con ella. A veces, la fuerza del amor nos sorprende con su resistencia. Una potencia inabarcable que no entiende de convencionalismos, que no distingue entre razas, edades o sexos, que ignora la condición social y germina hasta en los lugares más atroces y en las situaciones más crueles. Es imparable e inabarcable.

La agente las observó al salir de la comisaría. Veli rodeaba a Mónica en un abrazo, y supo lo necesario que es el amor para curar las heridas más profundas.

De camino al despacho recibió una llamada. El número que vio en la pantalla de su móvil le provocó una gran impresión.

—Hola, Marina —reconoció la voz de su cuñado—. ¿Cómo estás? Ya sé que no hablamos desde hace años, pero es que Elena te necesita y me ha pedido que contacte contigo. Ha sufrido un accidente de tráfico y está ingresada en la UCI.

Marina colgó y el silencio la envolvió como si el tiempo se hubiera detenido. Los recuerdos la alcanzaban en oleadas, dejándola exhausta.

Elena era su hermana y la necesitaba.

50

Punto de inflexión

EL SECRETARIO DE Estado para la Seguridad anunciaba su presencia en el Principado y había elegido Gijón para presentar un paquete de inversiones tecnológicas.

A primera hora, Bedia tomaba café en un bar muy cerca del foco mediático y sin apartar la vista del televisor. La imagen mostraba una nube de periodistas rodeando a las autoridades en el acceso a la comisaría de Moreda. Todos con los uniformes impecables. Los altos mandos de la Nacional flanqueaban al secretario de Estado, y en segundo plano sonreía el Jefe Gris. «Estás hecho un pincel», pensó como si pudiera oírlo. Los reporteros fotografiaban el evento y algunos esperaban su turno para conseguir una declaración. La noticia cumplió el tiempo estipulado en antena y dio paso al siguiente reportaje.

Bedia perdió el interés.

Un grupo de obreros, mono azul, zapatos de trabajo y cartera al hombro, entraron en el bar vociferando en mitad de una animada conversación. El camarero les sirvió el almuerzo sin preguntar, que consistía en unas barras de pan tostado con tomate rallado y rematadas con lonchas de jamón, bollería y café en taza grande. El inspector apretó la mandíbula, alcanzó su taza de café y se trasladó al lado más tranquilo de la barra.

El teléfono móvil lo rescató de una recaída. El Jefe Gris reclamaba con urgencia su presencia en el despacho, y Bedia salió hacia allí como si lo persiguieran mil demonios.

Marina y Cueto entraban por la puerta de comisaría cuando los sorprendió la orden del inspector.

—Roldán. Cueto. ¡Conmigo!

El rugido del gigante retumbó en el vestíbulo y todos los policías presentes clavaron la mirada en ellos. Los agentes aludidos obedecieron y lo siguieron hasta el despacho del comisario.

Gris estaba acompañado por un agente que esperaba sentado sobre el pico de la mesa. Marina se fijó en él y no encontró nada reseñable. Un tipo moreno, de mediana estatura y gesto plácido, que bien podía significar que había dormido lo suficiente o que acababa de desayunar y estaba satisfecho. Bedia decidió situarse junto a la puerta y recostado sobre la pared, mientas Marina y Cueto tomaban asiento.

—Les presento al inspector jefe Collado, del Grupo II de la UDYCO. Collado, el inspector Bedia y los agentes Roldán y Cueto. Si le parece informe usted a mis agentes del motivo de su presencia en esta comisaría, que yo tengo una mañana de locos —dijo llevándose la mano al bolsillo de la camisa sin encontrar el paquete de tabaco.

—Buenos días a los tres. —La voz del inspector jefe Collado tenía la modulación perfecta para no quitarle el ojo de encima, con un marcado acento malagueño.

La efectividad del Grupo II de la UDYCO era conocida en todas las comisarías del país. Marina sabía que operaba en Andalucía, en la zona de la Costa del Sol, de ahí su extrañeza por la presencia del agente en el norte. En el año 2018 la guerra entre bandas procedentes del narcotráfico llegó al litoral malagueño y la Policía Nacional reclutó a algunos de los mejores agentes dedicados a la investigación de mafias, a quienes dirigía un experimentado inspector en la lucha contra el crimen organizado a nivel internacional. Los buenos resultados en el esclarecimiento de los asesinatos por encargo y la detención de la mayoría de los sicarios, les hizo ganar fama de grupo de élite.

«¿Qué hace aquí?», se preguntó la agente segundos antes de escuchar la respuesta.

—Mi presencia en Gijón se debe a la petición de apoyo que llegó por parte del comisario a raíz de los indicios que su unidad encontró al investigar el doble asesinato del señor Noval y el señor Torres. El comisario remitió los documentos y demás material, junto con las sospechas del posible móvil, y nosotros activamos la investigación. La doble contabilidad y el entramado que el señor Noval realizó a través de una serie de empresas que detallamos en el informe, confirman un caso de blanqueo de capitales. Creemos que Noval blanqueaba dinero procedente de la droga, cocaína para más señas, en connivencia con el señor Torres. La clave la encontramos en un extracto bancario de una cuenta opaca que nos condujo hasta Panamá, en la que el señor Torres realizó una serie de reintegros de elevadas sumas de dinero. Sospechamos que a espaldas de Emilio Noval. Todo apunta a que eran socios y que el uno actuó con el desconocimiento del otro. Si damos por cierta esta hipótesis y nos fijamos en el *modus operandi* con que se cometieron los crímenes, podemos afirmar que llevan la firma de un profesional, sobre todo en el caso de Torres.

—¿Quiere decir que Torres sacó dinero de esa cuenta sin que Emilio lo supiera? —preguntó Bedia, que había dejado de sujetar la pared y atendía muy concentrado, empezando a intuir un posible móvil.

—Es nuestra principal hipótesis —contestó el inspector jefe repartiendo un dosier con los resultados de sus pesquisas—. En uno de los documentos que nos remitió el comisario, aparece el nombre de un narcotraficante al que acabamos de detener; una ramificación de la última operación de tráfico de drogas en la costa marbellí. El operativo se saldó con la incautación de veinte kilos de cocaína y doce personas detenidas. La banda se servía de empresas implicadas en el blanqueo para elaborar facturas falsas y así enmascarar el origen del dinero ilícito. Estamos convencidos de que uno de esos empresarios era Emilio Noval.

»Estimamos que el dinero blanqueado asciende a más de doce millones de euros. Como les digo, uno de los integrantes de esta banda acusada de narcotráfico, blanqueo de capitales y falsedad documental confesó que la red se extendía por varias provincias, entre las que se encuentra Asturias. Como pueden comprobar en el informe que acabo de entregarles, la suma de dinero que supuestamente extrajo Torres de la cuenta de Panamá coincide en el tiempo con los envíos de cocaína. Creemos que cometió el error de robar a los narcotraficantes y ellos se vengaron, lo que ratifica su muerte como un ajuste de cuentas. Respecto a la identidad del asesino, la hipótesis factible es la existencia de un sospechoso, un individuo a sueldo y con orden de deshacerse de los dos.

—¿Contamos con el perfil del sujeto? —preguntó Marina con la esperanza de que encajase con alguno de los sospechosos, aunque ninguno de ellos coincidía con el prototipo de un asesino a sueldo.

—Me temo que no. La única pista sobre este hipotético individuo es que entra en acción con un objetivo concreto y a las órdenes de los narcos. Suele ser una persona que pasa desapercibida y que, en cuestión de días, desaparece. En un asesinato ordinario solemos trabajar con los testigos, pero en este tipo de operaciones no sirven de nada y, si dicen algo, mienten.

—Pues va a ser como buscar el comienzo del arcoíris —dedujo Cueto.

—¿Es hombre o mujer? —insistió la agente, a quien la noticia había impactado de veras.

—En principio, el perfil del asesino por encargo responde al sexo masculino, pero no sería la primera vez que detenemos a una mujer. Lo cierto es que es muy peligroso.

Los tres agentes pensaron a la vez en el Taranis. Encajaba con que Emilio quisiera diversificar el negocio. Lo más probable era que Torres comprase la droga a los narcotraficantes y la distribuyera en la discoteca. De esa manera, la labor principal de Noval consistiría en camuflar los beneficios que el narco obtenía de la venta de la mercancía mediante facturas abultadas que registraba en las diferentes empresas legales. Hasta el día en que a Torres se le ocurrió quedarse con parte del dinero y los narcos ordenaron eliminarlos.

El inspector jefe Collado había conseguido despertar la admiración de Marina. Descubrió en su pose a un hombre meticuloso y exhaustivo, cumplidor de la metodología al pie de la letra.

—Lamento no ser de más ayuda, pero cualquier dato que pudieran necesitar, cuenten con ello —añadió Collado.

Gris despidió a los agentes agradeciéndoles sus esfuerzos, y los tres se percataron de cómo la atención del comisario regresaba de inmediato sobre el inspector de la UDYCO, a quien agasajó con una caja de puros.

—¡Narcotráfico! —soltó Cueto lanzando la gorra sobre la mesa de trabajo y llevándose la mano a la frente—. ¡Joder con el señor Noval!

La agente Sirgo, extrañada de encontrar tan solitario el cuartel general, se hallaba concentrada en su labor de conseguir pruebas del presunto maltrato sobre Mónica a través de las redes sociales. Levantó la cabeza del móvil, sobresaltada al escuchar el lamento de Cueto.

—El listo de Emilio recibía la mercancía y se la pasaba a Roberto, y este a los camellos que trabajaban en el Taranis, jóvenes contactados por la zona. Nadie mejor que los jóvenes de la zona para atraer clientes —resumió Marina tras haber leído en voz alta el informe, a fin de hacer partícipe a Nora de los avances y, de paso, ordenar la información que acababa de aportar el mando de la UDYCO—. Y el dinero que obtenían lo facturaban como eventos o emitían facturas falsas a cargo de empresas como SquadAstur. Nuestro cometido ahora es encontrar a un sicario que opera en Asturias con órdenes concretas para cargarse a Noval y a Torres.

Marina se sentó frente al ordenador, sacó con calma la tableta de la mochila y se entretuvo en ordenar la mesa de trabajo mientras reflexionaba. La historia de la compra de la droga y del blanqueo de dinero le parecía alucinante.

—Esto lo cambia todo —dijo después de un rato mirando a Bedia y reclamando la atención de los compañeros—. Conocer cómo Emilio Noval conseguía la droga y el dinero, y cómo lo blanqueaba a través de diferentes empresas aporta una nueva perspectiva sobre los asesinatos. El asesino de Noval y de Torres podría pasar por cualquiera, incluido alguien de su entorno. Un individuo lo bastante cercano a las víctimas como para conocer sus hábitos y sus horarios, tan habitual como para abrirle la puerta de tu casa sin sospechar nada y tan cruel como para matar a la entrada de una iglesia.

—Alguien con el objetivo de saldar deudas —anunció el inspector, encantado con las observaciones de Marina y sosteniendo entre las manos el informe de la Científica con los resultados del análisis del cuchillo—. Y para complicarnos un poco más la vida, ya podemos descartar a nuestro sospechoso favorito, Nelu Prado. El arma que encontramos en el zulo está limpia.

51

La escalera número veintiuno

Marina se miró en el espejo antes de salir de casa, se peinó con la mano el cabello bien tirante y lo recogió en un moño bajo, y después se enfundó el abrigo y salió a la calle. Necesitaba el permiso del inspector para ausentarse unos días. «Precisamente ahora», pensaba confundida y mezclando los problemas en su cabeza. A cada cual más urgente.

El inspector acababa de estacionar el vehículo en comisaría cuando la vio llegar. Un velo de oscuridad ceñía el rostro de la agente. Caminaba con las manos en los bolsillos del abrigo y la cabeza gacha.

—¿Una mala noche, Marina?

—No más que otras, Salvador —contestó sin la convicción habitual.

—Eres una mujer con suerte, y yo, tu hada madrina —dijo ajeno a la desazón de ella. Marina correspondió dándole la espalda, con la vista puesta en la entrada de la comisaría—. Tengo buenas noticias. Acaba de llamarme el Jefe Gris, parece que las explicaciones de la UDYCO lo calmaron y nos da cuartelillo. Puse vigilancia en casa de Nelu Prado, no me fio; Veli y las chicas estarán bajo custodia hasta que aparezca el culpable.

Entonces descubrió las lágrimas en sus ojos. Marina se agachó a limpiarse los zapatos, gesto que al inspector le confirmó su angustia, y decidieron caminar juntos por el paseo del Muro. El mar formaba remolinos espumosos en la superficie, y al inspector le recordó al contenido de una gaseosa agitada. El viento se había calmado y soplaba lento, casi de puntillas. El paso de las nubes deslucía el cielo con jirones. Bedia experimentaba la incomodidad del recién llegado a una sala abarrotada de gente. Ella estaba lejos. Notó cómo le temblaba la comisura de los labios y se decidió.

—¡Suéltalo, Marina! ¡Suéltalo! —dijo con voz seria y mesándose la barbilla.

—Salvador, tengo que irme a Madrid. Mi hermana ha sufrido un accidente de tráfico —soltó como el que arroja un fardo al fondo del mar—. Se llama Elena —continuó Marina a borbotones—, y hace demasiado tiempo que no hablamos. Ella es, ¿cómo decirlo? Impulsiva, consentida, el ojito derecho de la familia y la única que me apoyó en mi empeño de ser policía. Ahora, en el momento más inoportuno, se le para la vida. Tengo que ir a Madrid. El accidente ha sido grave. Ya sé que estamos en medio de una investigación y que necesitamos a todos los efectivos disponibles, pero Cueto y Sirgo están pendientes de todo. Siento que necesito a mi familia. La historia con Carlos se acabó y quiero recuperar mi pasado. Si tengo una oportunidad para construir un futuro, este es el momento.

—¿Cuándo te vas? —dijo él sin esperar más explicaciones.

—El vuelo sale esta noche. Al ser sábado, no me ha resultado difícil encontrar plaza. Ya he comprado el billete.

Marina se dejó abrazar. Se apoyó en el pecho del gigante y deseó con todas sus fuerzas experimentar la calma que recordaba. Él la estrechó, la acunó, la protegió con la efectividad de una muralla. El tiempo se ralentizó, acompasado por los latidos de ella, y continuaron el recorrido hasta alcanzar la escalera número veintiuno de la senda costera.

—Me gusta este número —dijo Bedia con la vista puesta en el cartel indicador que adornaba la farola. La escalera número veintiuno se encuentra frente a la playa de los Mayanes, entre los salientes rocosos del mayán de tierra y el mayán de mar. A esas horas de la mañana, los gijoneses que andaban por allí todavía se demoraban en sus ejercicios; corredores, ciclistas y jubilados los rebasaban sin prestar atención a la pareja—. ¿Sabías que a esta playa también se la conoce como la de los Vagones? Los paisanos más viejos cuentan que a finales de verano recogían en vagonetas el *ocle* de las tres piscinas naturales que conforman la playa. Son algas de ribazón que el mar arrastra durante los temporales, por cierto —aclaró divertido al ver la cara de extrañeza de Marina—. Las corrientes y el viento se encargan de depositarlas en la costa. Te gustaría verlas, son de un color rojo intensísimo.

—Entonces el veintiuno será nuestro número de la suerte —dijo ella intentando recuperar el ánimo—. Gracias, Salvador.

Aquella noche Bedia acompañó a Marina al aeropuerto. Permaneció de pie tras la cristalera con vistas a la pista hasta que el avión se perdió en un cielo negro y, con la preocupación atenazándole las tripas, emprendió el viaje de regreso a Gijón.

Noche.

Autovía industrial.

El inspector encendió la radio y en el interior del vehículo comenzó a sonar el estribillo de una melodía conocida, *No surrender*, de Bruce Springsteen. Las notas evocaron otro tiempo y un lugar familiar. A golpe de dominó y en casa de Requejo, la voz del *Boss* mejoraba el ambiente. La negrura de la autovía por delante y flanqueada por la luz ambarina de las farolas. La marcha de su mejor agente en un momento clave para la investigación del caso lo dejaba desorientado. Sabía de la necesidad de ella; un matrimonio fracasado y ahora la preocupación por la vida de su hermana. Motivos suficientes para regresar a Madrid.

La vista fija en las líneas blancas sobre la calzada.

Luz, oscuridad. Luz, oscuridad. Luz, oscuridad.

Un único camino. Una única dirección.

Well, we made a promise we swore we'd always remember.
No retreat, baby, no surrender.
Like soldiers in the winter's night.
With a vow to defend.
No retreat, baby, no surrender.

—¡Jodido Bruce! —soltó con un toque sobre el volante, y apagó la radio.

«No retrocedas, no te rindas.» La voz grave del poeta resonó en su cabeza y le infundió ánimo. «Hicimos una promesa», se repetía tarareando la canción y pensando en los ideales de juventud que lo habían motivado a ingresar en el Cuerpo. Gracias a su equipo estaba comprometido a cambiar de rumbo, a superar el trauma y a mantener a raya la bulimia. Ahora estaba donde siempre había querido estar, liderando un equipo de buenos agentes y al cargo de casos interesantes que resolver.

Era el momento de demostrar de qué pasta estaban hechos.

«Hicimos una promesa y juramos que siempre la recordaríamos. Aun en las noches más oscuras del invierno, mantendremos nuestros votos. No retrocedas. No te rindas.»

52

La luz de Madrid

Madrid

EL OLOR DEL hogar se reconoce aun diluido en otros. A pesar de la lejanía, del tiempo y de la costumbre.

El viento soplaba débil y arrastraba el aroma de la polución envuelto en el crudo invierno de la capital. Al bajar del avión, Marina confirmó su certeza: regresaba a casa, al ruido, a las prisas, al cemento, al asfalto, a las luces de neón y al tráfico infame con chirridos de impaciencia. A la tibia luz del invierno en Madrid. Al olor a frito, a cerveza, a cocido, a croquetas de la abuela y a patatas bravas. Al soniquete estridente del camión del tapicero, del afilador, del último *hit* de reguetón a todo volumen en un coche tuneado. Al barullo de un mercado de barrio, a la presencia inconfundible del camión de la basura. A las largas colas en la panadería, en el cine, en el estanco. A los escaparates llamativos y tramposos. A las terrazas de moda con piscinas imposibles y cócteles multicolores. A los parques almohadillados de columpios inocuos. A las bandadas de cotorras verdes, devorando con sus enormes nidos cedros centenarios. A la ausencia de gorriones, a los excrementos de perro y a los restos del botellón. A los grafitis improvisados y a las bicis eléctricas.

«Pisar el suelo de Madrid es algo superior a tocar el cielo», leyó en el luminoso de una marquesina. «Si no te mata», pensó con una sonrisa.

Esperó con impaciencia el amanecer, consciente de que cualquier intento de acercarse a su hermana supondría ascender un peldaño más en su precario equilibrio emocional. Aquel iba a ser un encuentro incómodo, demasiados años alejadas y sin saber la una de la otra, y en un momento crítico. La preocupación por el estado de salud de Elena anulaba otras prioridades, y lo único que la animaba era saber que había sido ella la que había necesitado verla.

Desde un bar situado enfrente del hotel esperó la llamada de su cuñado. El local, de estética castiza, conservaba el friso de madera hasta la mitad de la pared y un papel pintado de un verde desmayado que había conocido mejores tiempos. Aquí y allá resistían viejas fotografías con rostros sonrientes de personajes anónimos, colgadas junto a anuncios de bebidas espirituosas ya desaparecidas. Mesas y sillas de madera oscura y olor a bodega. Hasta aguantaba la decoración de guirnaldas de papel del último San Isidro. Un bar de barrio con gente de barrio en el que alguna vez se colaba un turista despistado y atraído por el olor del cocido madrileño que emanaba de las entrañas del establecimiento.

Observó tras el cristal a la gente caminar con prisa. «Qué pronto se acostumbra una a lo bueno», se dijo añorando Gijón. Por primera vez cayó en la cuenta de la cercanía de la Navidad al fijarse en la decoración, que se balanceaba de un lado a otro de la calle. Madrid latía inmersa en la vorágine, en una suerte de huida desesperada en la que todo el mundo se concentra en moverse de un lado a otro y a toda velocidad, donde el paso de los ancianos molesta y entorpece, el tiempo se consume con la gula con que se ataca una bolsa de patatas fritas y un atasco se convierte en el único respiro del día. Pese a todo, la luz de Madrid se filtra en el corazón con la indisolubilidad de un tatuaje. En la soledad de la ciudad siempre hay un espacio en el que los marginados pasan desapercibidos y el anonimato es privilegio de sus habitantes. «Ni contigo ni sin ti», pensó tarareando la canción.

Con un sorbo de café imaginó la espera como un espacio gris y anodino, unas veces amenizado con música y otras con silencio. Estaba tan abrumada por los problemas que era incapaz de pensar con claridad. Las mentiras de Carlos, la incertidumbre sobre la salud de su hermana, las incógnitas de los asesinatos de Noval y de Torres.

La llamada repentina de su cuñado hizo saltar su inseguridad.

El silencio en los pasillos del hospital le resultó inquietante. La razón por la que la agente era incapaz de relajarse estaba muy lejos de aquellas paredes asépticas. La agitación que sentía era tal que hubiera podido estremecer el agua de un océano. Su cuñado se encontraba en la sala de espera de la uci y la recibió con una sonrisa. Marina empezó a plantearse en qué miserable momento decidió alejarse de ellos.

—Solo permiten la visita de una persona y por poco tiempo —dijo como si estuviera disculpándose. Marina lo abrazó y entró en la zona restringida.

Accedió a la habitación donde su hermana se recuperaba en una cama. Elena yacía escayolada de cintura para abajo, con numerosos moratones en los brazos y una herida que le abarcaba el lado derecho de la cara. Conmovida por lo aparatoso de los vendajes, la sorprendió su placidez, el rubor en su rostro y el corte de pelo, porque su hermana siempre lo había llevado largo. Acercó una silla y le sostuvo la mano. Su hermana abrió los ojos y se llevó la mano a la cabeza.

—¿Te gusta mi nuevo *look*? —Elena abrió los brazos para recibirla y las hermanas se fundieron en un abrazo silencioso.

—¿Cómo estás? —le preguntó Marina emocionada.

—Viva. —La herida del lado derecho de la cara le impedía mostrar una sonrisa completa y, aun así, sus ojos brillaron para gritar que se alegraba de verla—. Estoy feliz por volver a verte, lo necesitaba. El conductor que provocó el accidente falleció en el acto, iba borracho, creo que ni se enteró. Ha sido un milagro. Un trozo de la chapa del otro vehículo impactó contra el mío y me golpeó en la cabeza. Me salvé por un centímetro. Tengo la pelvis y las piernas rotas y no puedo estar con mi hijo, pero estoy segura de que voy a conseguir superar esto.

—Y yo necesito que me perdones. —Sin ser consciente de ello, Marina añoró la complicidad que habían compartido durante años y se lamentó de haberse apartado de su familia. Poco a poco, comenzó a hablarle de su vida, desde el infausto momento en que decidió alejarse. Verbalizó el acoso, la desesperación, la culpa, y le contó que su matrimonio había terminado. Lamentó haberse perdido la maternidad de Elena y los primeros años de su sobrino. Rememoró para ella su huida a Gijón y cómo había logrado encontrar su espacio—. No entiendo cómo he podido ser tan idiota. Tú eras la única que me defendía de los ataques de papá.

—Recuerdo una vez —dijo Elena con una sonrisa—, tú tendrías catorce años y yo doce, y ya estabas decidida a ser policía. Papá nunca entendió tu vocación. «¿De dónde ha sacado esta cría tanta tontería?», decía muy enfadado. Pero eres muy cabezota. Creo que yo era la única que sabía que lo conseguirías. Papá estaba ciego, ni siquiera supo reconocer tu valía al ser la primera de tu promoción. Lamento que me apartases de tu vida cuando necesitabas apoyo, quizá lo hiciste para evitarme disgustos, pero me habría gustado ayudarte y que estuvieras aquí cuando nació mi pequeño. Te encantará conocerlo. Y, dime, ¿ahora eres feliz?

Marina abrió su corazón hasta lo más íntimo, incluso aquello que no se atrevía a pensar: el vuelco de su vida con el vaticinio de la niña Bricial. Al escuchar el nombre, Elena abrió mucho los ojos y Marina narró con voz suave y solo para ellas la leyenda de los lagos de Covadonga. Cuando terminó estaba agotada y tan feliz como no se había sentido nunca.

—¡Dios mío! Creo que conozco a Bricial, de ojos grises y carita redonda, aunque no me dijo su nombre. —Elena aferró las manos de Marina con fuerza, sobrepasada al escuchar el relato de su hermana—. Estuvo conmigo en el coche después del accidente y mientras me rescataban. Me hablaba en susurros y trataba de tranquilizarme. Hasta este momento creía que lo había soñado. A mí también me dijo que iba a cambiarme la vida. Parece que el vaticinio se ha cumplido y por eso estás aquí.

La catarsis se había completado. Reconciliarse con la ciudad y con su pasado era necesario para emprender el camino que había profetizado la hija de la *bruxa*.

—Necesito volver a verte pronto —suplicó Elena.

—Esta Navidad la pasaremos juntas. Te lo prometo. —Y Marina selló su promesa con un abrazo.

«¿SE PUEDE AMAR y odiar una ciudad al mismo tiempo?», se preguntó mientras esperaba un taxi de vuelta al aeropuerto.

«A Madrid, sí», se contestó.

53

Conexión Arriondas

Cuatro semanas desde el asesinato de Emilio Noval
Arriondas

LA DEGRADACIÓN DEL tiempo de luz durante el invierno perturba el estado anímico y hace descender los niveles de serotonina. Una condición que dispara la ansiedad.

Un Cueto asqueado y preocupado desplegaba la artillería sobre la mesa de trabajo. Observaba los folios alineados al milímetro con las diferentes listas que había ido confeccionando a lo largo del proceso, convencido de que encontraría la clave para descubrir al asesino. La vista saltaba de uno a otro; enumeraciones interminables, datos con nombres, lugares, fechas y números de teléfono bailaban ante sus ojos sin sentido, mientras se preguntaba «¿quién es el asesino?».

Se llevó las manos a la cabeza y se atusó el pelo. Levantó un instante la vista y permitió que resbalara a su alrededor. El cuartel general había adquirido carácter de trinchera. El corcho de la pared amenazaba con caerse, inclinando el peso hacia la mesa. Montones de informes y carpetas con documentación de la UDYCO se apilaban en sillas alineadas contra la pared, y las pantallas de los ordenadores parpadeaban de vez en cuando para recordarle que continuaban vivas. Algo llamó su atención en uno de los documentos, repasó con rapidez los datos que contenía y se dio cuenta de que era una falsa alarma.

Decepción y rabia.

«Es temprano todavía —se dijo navegando entre líneas—. Nora y Marina están al caer.» Consultó el reloj como si pasara revista imaginaria a los compañeros. «Y Bedia…»

Bedia entró en el cuartel general. Las arrugas de la frente se pronunciaban con insolencia, como un aviso a navegantes del temporal que lo agitaba. La desesperación campaba a sus anchas.

Nora, sin embargo, parecía inmune, porque se incorporó al trabajo de muy buen humor. Cueto la observó con desprecio y un punto de envidia sin entender su actitud. ¡Con la que tenían encima!

—Inspector. —La voz cantarina de Nora rechinaba tan discordante como un grito en un velatorio, aunque ella continuaba inmutable—. Creo que encontré algo —dijo con el móvil en la mano—. Llamé a las tiendas especializadas en material deportivo y de montaña de todo el Principado y restringí la lista a tres.

El inspector lanzó un «¡bah!» y abandonó el despacho. Los agentes se miraron sin comprender. A esas alturas y después de un tiempo de convivencia, pensaban que el cíclope Bedia era un ente que escapaba a toda racionalidad.

Sonó el móvil de Cueto.

—Buenos días —escuchó la voz animada de Marina—. Ya estoy operativa. Ponme al día.

—Buenos días —escuchar la voz de su compañera cambió por completo el ánimo del policía—. Espero que tu hermana se recupere pronto. Por aquí hay pocos avances. Nora estuvo rastreando la procedencia del arma y dio con tres posibles puntos de venta.

La aludida se acercó a Cueto con impaciencia y le quitó el teléfono para hablar directamente con Marina. Había elaborado una relación de los comercios en los que se podía adquirir el arma con el que se habían perpetrado ambos crímenes, y que encajaba en la descripción del forense. Comprobó que existía una tienda especializada en Oviedo y otra en Gijón, pero en la zona oriental solo vendían material profesional en Cabrales y en Arriondas.

—Como dice el compañero, limité a tres las pistas a seguir: una en Cabrales, otra en Arriondas y una tercera en Gijón. Acabo de hablar con los propietarios de la tienda de Gijón y la de Cabrales, y en ninguna vendieron un cuchillo como ese. Y mira que en Cabrales, con el atractivo de la ruta del Cares, la afluencia de montañeros es importante y están acostumbrados a proveer de material a profesionales del alpinismo y a montañeros de élite.

—¿Y la de Arriondas? —se interesó Marina.

—Llevo llamando desde ayer y no hay forma de localizar al dueño.

—Yo me encargo. Me paso por la tienda y averiguo si saben algo.

En Arriondas, a la agente la sobrecogió de nuevo el poder reparador de los espacios abiertos, la frescura de los pastos y el aroma de los bosques encastrados en las faldas de las montañas. Desde que vivía en Asturias, a Marina los ríos le parecían un vecino más. A veces ruidosos como una algarada a la hora de la siesta, a veces lentos, como el tiempo de espera en el consultorio del médico. Débiles, frágiles, emperifollados, con porte de océano o tan consumidos que la palabra «río» se queda grande. La mayoría de las veces en las que tenía uno cerca, le gustaba recostarse en la barandilla de un puente y clavar la vista en un punto fijo del cauce para seguir su trayectoria hasta perderlo. «Los ríos son vidas que van al mar», decía el poeta. Sin embargo, Marina creía que algunos tampoco alcanzan su meta, como la mayoría de los sueños. La presencia del Sella a su paso por Arriondas conserva ese halo mítico de los ríos históricos, pensaba con admiración al evocar el evento del Descenso Internacional del Sella en el día de *Les Piragües*.

Apartó el interés en el río y se centró en la dirección que Nora acababa de enviarle al móvil. Era un tanto liosa y a Marina le costó varias vueltas encontrar la tienda de material especializado. Cuando se detuvo frente a la fachada pensó que se había equivocado. El comercio en sí era un almacén pequeño, con un escaparate mínimo y atiborrado. Destacaba un letrero en el que podía leerse «Ferretería Sella». El comercio estaba cerrado, pero mientras la agente se distraía con la cantidad de objetos que se superponían unos a otros en el ridículo escaparate, un hombre mayor, garrota en ristre, sacó del bolsillo una anilla cuajada de llaves y abrió la tienda. Ella supuso que sería el propietario y entró detrás de él.

El hombre iba distraído y, al notar su presencia, soltó un taco para, a continuación, situarse detrás del mostrador, lo que provocó que a Marina le acudiera a la memoria uno de esos bares antiguos, con láminas de madera y perfil metálico.

—¿Vende usted este modelo de cuchillo? —La policía mostró al mismo tiempo su identificación y una fotografía en el móvil.

El dueño de la tienda atendió primero a la acreditación y luego al móvil.

—¿Cuántos quería? —preguntó dando la espalda a la agente y colocando un manojo de destornilladores en una de las estanterías.

—¿Recuerda cuántos ha vendido y a quién?

El hombre siguió a lo suyo, ordenando los pedidos atrasados. Se subió en una banqueta y elevó hasta la cuarta balda de la estantería varios rollos de cinta americana. Solo cuando estuvieron en su lugar, apartó la banqueta y se dirigió a Marina.

—Aquí vendemos mucho material.

La parquedad del hombre empezaba a tocarle las narices. Tendría que sacarle la información con un sacacorchos, pensó reparando en uno de los modelos expuestos junto a la caja registradora.

—¿Cuándo fue la última vez que vendió uno de estos? —Con toda la paciencia que fue capaz de reunir, le mostró otra vez la fotografía y esperó.

—Hará más de seis meses. Las navajas que usan los paisanos por aquí son más sencillas, no estas moderneces.

—¿Recuerda a quién se lo vendió?

—Uno a mi vecino y el otro, al Toru.

La respuesta la sorprendió. Tanto, que necesitó unos segundos para asimilar la información; incluso llegó a pensar que se trataba de personas diferentes. A lo mejor el apodo era algo habitual. Con cara de no querer creer lo que acababa de escuchar, Marina quiso concretar.

—¿Se refiere a Gabino Alvarado?

—Gabino se llama, del apellido ni idea. El Toru va mucho por la asociación de montañeros, pero hace meses que no lo veo.

El hombre señaló con la garrota en dirección a la pared de la izquierda. Suponía que la agente se orientaría, como si consultase una brújula. Todavía desconcertada, Marina se despidió de él y enfiló en la dirección que marcaba la punta de la garrota. Varios metros más allá se detuvo a consultar la localización en el móvil. «El Toru también es un *prepper*, encaja que se hiciera con uno de esos cuchillos —se dijo repasando a toda velocidad los pocos datos que conocía sobre el montañero—. Vamos de sorpresa en sorpresa.»

La fachada de la asociación lucía un grafiti de dimensiones colosales. La recreación de una montaña nevada y una expedición de montañeros sobre un fondo gris, contrastaba con el color verde fluorescente del resto de la pared. Una puerta camuflada del mismo color hacía las veces de entrada. A la agente la recibió un chaval con acné, barba difusa y estética montañera. Por sus ojos vidriosos y la forma en que trastabillaba al hablar, intuyó que estaba fumado.

—Estoy buscando al Toru —dijo Marina muy seria.

—No está —contestó el chaval con una medio sonrisa al ver que se trataba de una mujer. Marina le devolvió un gesto cínico y se identificó disipando así la expresión del muchacho—. Marchó a Cangas.

—¿A Cangas de Onís? —preguntó para confirmar el dato—. ¿Y qué está haciendo allí?

—Ni idea.

—¿Necesitas que te recuerde con quién estás hablando? —preguntó Marina desplegando chulería.

—Sí, a Cangas de Onís. Marchó cabreado y dijo que iba a solucionar algo de una vez por todas. Es un cabestro, por algo lo llaman así —concedió, riéndose de su propia gracia.

Sin perder tiempo, la agente contactó con Cueto.

—Acabo de confirmar que el único cuchillo que se vendió en la tienda de Arriondas lo encargó Gabino Alvarado, el Toru. ¿qué sabemos de él?

—Un momento, que aviso a Nora y le digo que busque información sobre él por si estuviera fichado. Te llamo en un rato.

Marina esperó con una sensación extraña, porque no conseguía dilucidar la conexión entre el caso y Gabino. Un tipo que, por otro lado, le caía simpático. A los pocos minutos recibió la llamada de su compañera.

—El tal Alvarado figura en un parte de la Policía Local durante una redada en un pub del puerto de Gijón en 2018, un par de multas y dos amonestaciones por desorden público y por hacer botellón en la playa. Nada destacable, hasta que comprobé los antecedentes: fue condenado por tráfico de drogas y, además, aparece en la plantilla del Taranis. El Toru trabajó como personal de seguridad antes de hacerlo para Nelu Prado —dijo la agente leyendo con rapidez en la pantalla de su ordenador.

—¿Estás segura? —A Marina la sorprendió un escalofrío. El perfil no encajaba para nada con la imagen que se había hecho de él tras la subida a los lagos. «¿Un vigilante de seguridad con antecedentes que encarga un arma profesional en una tienda pequeña?», pensó dándole vueltas—. ¿Y si contrataron al Toru para dar un escarmiento a Noval y a Torres? ¡Joder, Nora!, dime que estamos pensando en lo mismo.

—Lo que yo pienso es que podríamos haber dado con el sicario.

—Dadme algo más y me voy a Cangas de Onís, a ver si tengo suerte y podemos interrogarlo —dijo Marina sintiendo burbujear la sangre.

De nuevo escuchó la voz de Nora.

—«Gabitoru» es su nombre de usuario en Instagram. Es uno de los que aparece en las fotografías junto a Mónica en la piscina, ¿te acuerdas? Del grupo de *preppers* de Arriondas. Cueto me confirma que su nombre figura en los documentos de Noval. Creo que nos tocó el premio, Marina. ¡Es él! Voy a decírselo a Bedia; si la UDYCO lo tiene en su base de datos, tenemos luz verde.

«Las casualidades no existen —pensó Marina conteniendo el temor a estar equivocada—, pero haberlas, *haylas*, y, cuando son muchas, es por algo. Un tipo que trabajó en el Taranis como vigilante de seguridad, que encarga un arma idéntica a la del asesino, que aparece entre los proveedores de Noval y con antecedentes por tráfico de drogas. ¿Fue él el encargado de perpetrar las dos muertes?», pensó. A la agente le costaba decidirse, aunque en su cabeza se acababa de encender una alarma con la potencia de la sirena que anuncia un bombardeo. ¿Qué pinta un tipo que se hace llamar el Toru tan cerca de la hija de una de sus presuntas víctimas?

Marina subió al coche patrulla. El trayecto desde Arriondas hasta Cangas de Onís le llevó menos de un cuarto de hora, y antes de llegar al Puentón, detuvo el coche. No tenía ni idea de por dónde empezar a buscar. Movida por la impaciencia, marcó el número del inspector con la urgencia de un maremoto.

—Imagino que estás al tanto de todo —dijo al contactar con Bedia—. Me preocupa Mónica. Acabo de hablar con Veli y me ha dicho que las chicas han quedado con los amigos en la Casa Dago. Ha intentado ponerse en contacto con ellas, pero ninguna de las dos atiende el teléfono, y lo peor de todo es que hemos identificado al que puede ser el sicario. Sabemos que está en Cangas de Onís. Tengo una corazonada terrible.

54

A pulso

Gijón

LA TENSIÓN CRECÍA a escalones en el cuartel general. Cada llamada fallida al número de Mónica elevaba el nivel de preocupación entre los compañeros.

—Tiene el móvil apagado o fuera de cobertura —repetía Nora sin despegar los ojos de la pantalla.

—Es muy raro —murmuraba Cueto con aprensión e incapaz de verbalizar sus sospechas en voz alta por temor a conjurar la mala suerte.

La atención de Bedia saltaba del reloj de pulsera a la pantalla del ordenador.

—La UDYCO acaba de confirmar la identidad de Gabino Alvarado, relacionado con las bandas que operan en la Costa del Sol desde 2018. Hace un año que le perdieron la pista. Por lo visto, se encarga de los trabajos sucios. Es un cabrón de cuidado. —Bedia sujetaba la ansiedad con la tensión que controla las bridas de un caballo desbocado. Los viejos fantasmas asomaban la cabeza y la sensación de volver a cagarla le zumbaba en los oídos con la insistencia de un moscardón. El inspector rememoraba con aprensión otro momento con el funesto presagio de un cuervo; otros compañeros, otras víctimas.

No podía permitir que la historia se repitiera.

—¡Nora! Pon al corriente al comisario, necesitamos refuerzos, y avisa a los efectivos de la Local de Cangas de

Onís. Están más cerca. Voy a contactar con Marina. Salimos ya.

Se acercó a Cueto muy nervioso y con una seña se lo llevó aparte y le dijo en confidencia:

—Lino, la cosa pinta mal, ese tío es peligroso. —Cueto sintió en sus carnes la angustia del inspector. Nunca lo había visto tan alterado. Pero también experimentó una secreta satisfacción, por fin había conseguido la confianza del atlante. Se la había ganado a pulso.

—No te preocupes, Salvador —dijo con la mayor convicción que pudo, aunque por dentro sentía la misma desazón—, que de esta salimos.

55

La escoria del mundo

Cangas de Onís

MEDIA HORA ANTES de que Marina llegara a Cangas de Onís, Mónica transitaba por la avenida de Covadonga frente a la Casa Dago, porque había quedado en reunirse con Llara y el resto de amigos. Un vehículo negro ralentizó la marcha hasta situarse a su altura, el conductor bajó la ventanilla y llamó su atención. Cuando Mónica reconoció a Gabino, se retiró los cascos y lo saludó sin detenerse. El vehículo continuó en paralelo a ella siguiéndole el paso hasta el cruce de la calle, y luego el conductor atravesó el coche en la calzada.

—Vamos a tomar algo. Te invito. —El hombre mostraba sus músculos a través de una fina y ajustada camiseta, inmune a las bajas temperaturas. El rostro de facciones redondas y cejas pobladas exhibía una generosa sonrisa.

Mónica sonrió, se giró hacia el lado opuesto de la calle y comprobó que sus amigos no habían llegado todavía. Le tentó la idea de tomar algo con el montañero; el hombre había estado muy pendiente de ellas durante la ausencia de Nelu y le caía bien. Entonces pensó en sus amigos, le apetecía mucho más pasar la tarde con ellos. A bote pronto, inventó una excusa rápida e hizo el ademán de cruzar, pero en ese momento en el móvil de Gabino se activó una llamada.

Mónica escuchó con claridad el aullido del lobo.

La chica clavó sus ojos en él, completamente paralizada. Era el mismo sonido que había escuchado en el *Llanu'l cura* cuando sintió que alguien la seguía.

Gabino Alvarado era el hombre que la perseguía.

El tipo comprendió que lo había descubierto, se bajó del coche dando un portazo y la sujetó por el brazo.

—¿A dónde crees que vas? ¡Sube al coche! Tienes algo que me pertenece. Solo quiero que me lo devuelvas y te dejaré en paz.

Mónica forcejeó con él intentando escapar, pero él la sujetó por el cuello, le retorció el brazo y la arrastró hasta el vehículo.

Llara acababa de llegar a la Casa Dago y buscaba un hueco donde aparcar la moto cuando localizó a Mónica junto a un coche que recordaba haber visto en muchas ocasiones en el aparcamiento del Taranis. Reconoció entonces al conductor y llamó a Mónica intentando captar su atención. Se fijó entonces en que Gabino trataba de introducirla en el coche a la fuerza y sintió que algo raro estaba ocurriendo. Aceleró sin dudar y se dirigió hacia ellos dando gritos.

La proverbial aparición de tres hombres, alertados por las voces de la chica, hizo que increparan a Gabino.

—¡Eh, tú! ¡Qué haces! —Los hombres se encararon con él y el Toru fingió una charla amistosa. Sin embargo, la actitud nerviosa de Mónica los puso sobre aviso y siguieron recriminándolo hasta que se enzarzó con ellos en una discusión. El alboroto congregó a los curiosos, que empezaron a arremolinarse en la acera, lo que permitió a Llara llegar con la moto y rescatar a Mónica, momento que las chicas aprovecharon para escapar a toda velocidad.

Con el susto en el cuerpo enfilaron la N-625 en dirección al puerto del Pontón. Mónica, aferrada a la cintura de su amiga, buscaba la manera de pedir ayuda y pensó en Marina. Marcó con rapidez el número de la agente, que en ese momento atravesaba la localidad de Cangas de Onís sin saber por dónde empezar a buscar.

—¡Gabino Alvarado nos persigue! —gritó Mónica en cuanto Marina descolgó el teléfono. La conversación se perdía, entrecortada por la escasa cobertura, que menguaba a medida que el valle se estrechaba. Pero a Marina le bastó oír el nombre del sujeto para comprender que la chica estaba en apuros. La policía contactó de inmediato con el cuartel general y Nora envió la geolocalización del móvil, que señalaba la N-625.

La agente se dirigió hacia allí a toda velocidad.

Cerca de la localidad de Tornín, la nieve y las últimas lluvias caídas habían provocado varios argayos, con deslizamiento de rocas sobre la carretera. Llara iba tan pendiente de escapar lo más lejos posible de aquel energúmeno que no vio la piedra. La rueda trasera reventó y perdió el control. Consiguió enderezar la moto en el último momento, pero eso no evitó la caída. Tras el accidente y con el corazón desbocado, las chicas comprobaron que estaban bien, ya que solo habían sufrido algunas magulladuras. Acuciadas por el miedo y completamente desconcertadas, Llara reparó en que se encontraban muy cerca del desvío que abre la ruta hacia la olla de San Vicente. Conocían el terreno porque en verano acudían a bañarse en las aguas del río Dobra. El bosque les pareció un buen lugar para esconderse y corrieron hasta el camino sin pensarlo.

Poco tiempo después, el coche de Gabino Alvarado enfilaba la carretera hacia el Pontón. Descubrió la motocicleta accidentada en el arcén, frenó en seco y se bajó del vehículo para inspeccionar. Ni rastro de las chicas. La carretera continuaba hasta el puerto por un estrecho paso de montaña.

Escudriñó el terreno, consultó el mapa y decidió entonces que la única vía de escape pasaba por internarse en la senda del Dobra, y optó por seguirla.

Los datos en el móvil de Marina saltaban uno detrás de otro; Cueto volcaba toda la información útil de la que disponían. En la subida hacia el Pontón, Marina descubrió un vehículo negro estacionado en el arcén junto a la moto de Llara. Detuvo el coche, revisó el vehículo y envió la matrícula a Nora. Su preocupación creció al comprobar el estado de la moto, las chicas podrían estar heridas. La eficacia de Sirgo se puso de manifiesto en la rapidez con que comprobó la identidad del dueño del vehículo, Gabino Alvarado.

El sicario iba tras ellas.

El GPS marcaba una vereda conocida como olla de San Vicente. Marina envió su localización a Cueto y se dispuso a seguirla.

La senda del río traza, durante el primer kilómetro y medio, un recorrido practicable entre un bosque de ribera que discurre en paralelo al río. La agente dejó atrás un puente medieval. El sendero remontaba y se alejaba del río para entrar en una zona de pastos hasta alcanzar una pista forestal.

Ya era casi mediodía cuando observó que se convertía en un camino estrecho y aparecían las primeras piedras. Antes de continuar, comprobó que la ubicación de su móvil estuviera activada, consciente de que los compañeros tratarían de localizarla. Debía de ser cauta y calcular muy bien cada paso. El trabajo en equipo había dado buenos resultados, conocían la identidad y el objetivo, el quién y el porqué del que iba tras las chicas. Marina pensaba que a Gabino Alvarado solo lo movía un deseo: acabar con la vida de la última testigo, porque estaba convencido de que la adolescente era la única que podía identificarlo como el sicario responsable de los dos homicidios.

A medida que avanzaba, el sendero se estrechaba. Marina atravesó varios tramos en los que tuvo que esquivar algún escollo imprevisto, como una roca de grandes dimensiones o un tronco cruzado en el camino que impedía el paso. El suelo se tornó irregular con tramos de piedra suelta y llenos de raíces, lo que dificultaba el avance de la policía.

El viento soplaba con intensidad, pero no lograba empujar las nubes que cubrían el cielo. Marina marchaba con la respiración entrecortada; el sudor le ceñía la camiseta al cuerpo y el corazón le latía a más de ciento cincuenta pulsaciones por minuto. Las zonas de umbría almacenaban la lluvia caída convirtiendo el limo en terreno resbaladizo. Solo escuchaba el sonido de sus botas al hundirse en el barro y su propio resuello. Sabía que iba a enfrentarse a un hombre muy peligroso. Con la visión parcialmente oculta por la profusión de árboles, escuchó un gemido y descubrió a Llara intentando salir del río. La chica estaba empapada y se quejaba del tobillo. Con el terror dibujado en la cara, explicó que se había caído al tropezar con una raíz, y Marina urgió a Mónica a esconderse porque el sicario iba a por ella.

—Quédate aquí, mis compañeros llegarán pronto —le dijo Marina, comprobando la herida y sin perder tiempo.

El río dibujaba una curva que se prolongaba en una playa de arena. Los granos de piedra crujían bajo las botas de la agente. Al final del recodo, Marina observó movimiento entre las ramas de los árboles. Desenfundó el arma y se detuvo a escuchar.

Una sombra se recortó sobre el agua.

Para tener mejor visibilidad ascendió por el terraplén que la erosión del río horadaba con cada crecida, pero la vegetación en aquella zona era mucho más espesa e impedía la visión. Pronto alcanzó el final del sendero.

Había llegado a la Olla de San Vicente.

El río caía en cascada hasta formar una poza que permitía el baño en un entorno idílico. Descendió hasta casi tocar el río y descubrió a Gabino Alvarado tratando de bordear la laguna. A continuación, localizó a Mónica. La chica había conseguido trepar hasta una piedra justo por encima de la cascada.

—¡Alto! ¡Policía Nacional! —La agente se lanzó hacia el hombre. Él giró la cabeza hacia ella y siguió corriendo. Marina lo alcanzó sin reparar en la envergadura del individuo y lo golpeó con la culata en la cabeza. Él se revolvió y, antes de que pudiera reducirlo, le arrancó el arma de un manotazo.

El sicario intentó sujetarla por el cuello, pero ella se zafó propinándole un codazo en el estómago. A continuación, descargó una patada en la boca del hombre, que cayó al suelo y se aferró a las piernas de la policía haciendo que perdiera el equilibrio. Ya en el suelo forcejearon con golpes y puñetazos.

Marina se empleaba a fondo, pese a que tenía todas las de perder; el tipo la superaba en fuerza, pero no estaba dispuesta a rendirse. Con un movimiento rápido recuperó la pistola y le apuntó con ella a la cabeza. Él se incorporó y la retó. Con el rostro bañado en sudor y una sangre fría como Marina nunca había visto, se acercó hasta apoyar la frente contra el cañón del arma.

—¡Ríndete! ¡Esto se acabó! —exclamó la policía jadeando y sin bajar la guardia.

Con una maniobra eficaz, el sicario la alcanzó por el brazo y se lo retorció hasta que ella soltó la pistola. El dolor descargó con la potencia de un rayo. Entonces Marina descubrió un reguero de sangre que manaba de una herida en el cuello del sicario y sin dudarlo hundió los dedos en ella. El hombre bramó de dolor y eso consiguió apartarlo de ella por un instante, para luego volver a embestirla lleno de rabia.

La policía perdió el equilibrio y él aprovechó para subirse encima mientras le atenazaba el cuello con las manos. Ella forcejeaba intentando zafarse de la mano que le impedía respirar.

Una última bocanada antes de perder el conocimiento.

A Marina le extrañó que la primera imagen que le acudió a la mente cuando pensó que iba a morir fue la de su equipo: Bedia, Lino, Nora; luego visualizó a Carlos, y el último pensamiento fue para su hermana. Se lamentó de tener que marcharse sin despedirse.

Demasiado lejos. Demasiado tarde.

Fue en ese momento cuando escuchó un chapoteo y el crujido de las piedras al chocar unas contra otras. Una sacudida enérgica y el sicario se derrumbó sobre ella. Mónica acababa de asestarle un fuerte golpe en la cabeza con la rama de un árbol, a modo de bate de béisbol.

—¿Estás bien? —preguntó Mónica sosteniéndola, mientras Marina boqueaba como un pez. La chica ayudó a levantarse a la policía y esta procedió a esposar a Gabino Alvarado.

Un descompuesto Berdayes llegó jadeando hasta ellas. El policía local había acudido a la llamada de Bedia.

—¡Estuvo cerca el muy cabrón! —dijo propinando una patada al detenido y palmeando la espalda de Marina—. Pero deberías haber esperado a los refuerzos. Obraste de manera imprudente.

—Qué alegría verte, Berdayes. Siempre de buen humor. Me encanta que te preocupes por nosotras —soltó Marina achinando los ojos con cinismo.

—Ya veo que os apañáis bien y no necesitáis mi ayuda. Al final resulta que el *comehierbas* este era el asesino.

—Está bien reconocer los errores. Te dejaste llevar por los prejuicios sin probar los hechos, como debe hacer un buen policía —dijo Marina dejando patente su enfado y echándole en cara las sospechas sobre Mónica.

—Lo que pasa es que no soy investigador, solo soy un modesto policía local que hizo todo lo posible por ayudar a los expertos policías nacionales en la resolución del caso —replicó en tono de falsa modestia.

—Claro que sí. —Una pícara sonrisa de triunfo cruzó la cara de Marina.

BEDIA CONDUCÍA A toda velocidad el coche patrulla por la N-625, absorto en sus pensamientos. Cueto había recibido una comunicación de Marina informando de que acababan de detener al sospechoso. El terror a que se repitiera la misma situación de años atrás todavía pesaba en su ánimo, al tiempo que especulaba con la apariencia ambigua y traicionera de algunas personas.

«El vidrio caliente tiene la misma apariencia que el vidrio frío —se dijo convencido—. El mal es un experto en camuflaje. Monstruos con vidas respetables, admirados e insignes vecinos, aclamados empresarios, gente de bien, alimentan engendros repugnantes capaces de aniquilar a los de su propia sangre por dinero. Hombres que maltratan a las mujeres. La escoria del mundo.»

56

La verdad del sicario

Gijón

Dos DÍAS DESPUÉS de la detención del Toru, las incógnitas continuaban abiertas.

Bedia observaba a Gabino Alvarado tras la ventana de espejos. La sala de interrogatorios era un cuarto estéril de paredes vacías; tres sillas, una mesa y una cámara de techo. El detenido descansaba la vista sobre la mesa y jugaba con los dedos entrelazados. De vez en cuando miraba a su alrededor o hacia el techo. Nada en su postura corporal delataba inquietud, parecía estar acostumbrado a ese tipo de situaciones.

El inspector hacía tiempo ocupado en voltear un vaso de papel mientras esperaba a que acabara el registro del piso que el Toru tenía alquilado en Arriondas. De momento habían encontrado un arma que coincidía con el modelo del cuchillo.

Marina había hecho un gran trabajo. Enfrentarse a un tipo como ese requería una gran dosis de sangre fría. El tiempo corría en su contra; la UDYCO estaba avisada y el inspector jefe Collado, de camino. Necesitaba interrogar a Alvarado antes de ponerlo a disposición judicial, solo así podrían conocer los detalles de las muertes. Sabía de memoria lo que debían preguntarle, no en vano, había pasado la noche en blanco repasando hasta lo más mínimo. La prioridad era conocer las razones que habían motivado las muertes de Noval y de Torres, solo entonces podrían cerrar el caso. Le había prometido a Rosa unos días de libertad, ella y él, solos y lejos de la comisaría, y a su mujer se le habían saltado las lágrimas.

El Jefe Gris entró en el cubículo donde Bedia esperaba.

—¿Alguna novedad? —se le notaba intranquilo. Nunca antes se había preocupado tanto por un caso, claro que nunca antes habían tenido entre manos a un delincuente de tal envergadura. Que la Unidad del Oriente colaborara con la UDYCO en el desmantelamiento de una banda criminal dedicada al blanqueo de dinero procedente del tráfico de drogas, era algo inaudito.

Bedia le ofreció un café al comisario que este rechazó con prisa, y continuó dándole vueltas al vaso de papel. En confidencia, y vía Arturo Requejo, sabía que el primer informe de la Científica daba por buena la coincidencia del grupo sanguíneo de Torres con la sangre encontrada en el cuchillo del detenido. Habría que esperar, no obstante, al análisis de ADN, porque los resultados aún tardarían unos días. Sin embargo, no habían encontrado ninguna coincidencia con restos biológicos de Noval, algo normal, si presuponían que a Emilio lo había matado varios días antes que a Roberto y que podría haber limpiado el arma.

Los siguientes en visitar al inspector fueron Marina y Cueto. El frío en los rostros indicaba que llegaban directamente de la calle y, como una deferencia, les sirvió un café.

—¿Está todo listo? —preguntó la agente calentándose las manos con el vaso y pegada al cristal de espejo.

—Centraos en el objetivo del interrogatorio, nada de elucubrar, solo hechos. Quiero una narración detallada de cómo y quién planeó las muertes. Intentad que responda a todas las preguntas sin presionar; si se enroca, la jodemos. Estos tíos se las saben todas y va a pedir un abogado.

Dejadle claro que esto no es un interrogatorio, es una charla informal y que, si colabora, obtendrá beneficios.

Marina se volvió con un mohín en forma de sonrisa. Una forma como otra cualquiera de disimular la responsabilidad de tener que interrogar a semejante bestia.

Cueto entró el primero, se presentó y luego a Marina. El detenido le dedicó un beso lanzado al aire que ella ignoró. ¡Qué diferente del montañero jovial con quien había compartido misión en los lagos! ¡En la vida habría pensado que trataba con un asesino! Se sentaron enfrentados y ella abrió su tableta, mientras que Cueto hacía lo propio con una carpeta llena de documentos.

La cámara de grabación permanecía apagada.

—Voy a ir por partes, señor Alvarado. Se le acusa de pertenencia a banda criminal, tráfico de drogas y blanqueo de dinero. En el registro de su casa encontramos un arma, un cuchillo profesional de características singulares y que encaja con el arma implicada en un asesinato —dijo Marina con rostro serio. Las imágenes de la detención en la Olla de San Vicente estaban frescas en su retina—. Le informo de que tenemos pruebas suficientes para acusarle de varios delitos por los que va a pasar una buena temporada en la cárcel.

El Toru recostó los antebrazos sobre la mesa y apretó los labios. Las esposas chirriaron sobre el metal. Marina comprendió que el interrogatorio iba a ser complicado.

—Aquí falta gente, no veo a mi abogado —dijo con una sonrisa cínica.

—No se preocupe por eso, si quiere un abogado, tendrá un abogado. Esto solo es una conversación entre amigos —añadió Marina replicando la misma sonrisa—. Nosotros somos más majos que los de la UDYCO. Si colabora, hablaremos bien de usted y ya sabe lo que eso implica.

—Le interesa llevarse bien con nosotros —añadió Cueto—. Los cabecillas de la banda están detenidos y tienen buenos abogados. Usted es el verso suelto, el que saca la basura y del que se puede prescindir. ¿Cree que su jefe está pensando en usted? ¿Está seguro de que le va a ayudar a salir de esta? Él ordena y usted obedece, y luego, si algo sale mal, usted asume las consecuencias. Así funciona esto.

El Toru se removió en la silla y se quedó absorto mirando al techo. «Ya sabes lo que esa gente le hace a los chivatos», pensó. Marina había visto ese comportamiento muchas veces en los camellos que trapichean por los barrios de Madrid. La mayoría callaba por miedo e intuyó lo que estaba pensando el detenido. No quedaba más remedio que echar mano de su elocuencia para convencerlo.

—Sabe que si colabora con nosotros intentaremos conseguir para usted beneficios penitenciarios y, con suerte, una rebaja de la condena. Creo que está en una buena posición, porque el objetivo de la UDYCO no es usted; ellos buscan al jefe de su jefe, al pez gordo. Estoy de acuerdo con el compañero en que usted es un saco de mierda, pero un saco de mierda que puede ayudarnos a sacar de la calle a un saco de mierda aún más grande. Aprovéchese. No tiene muchas opciones —dijo Marina desplegando una encantadora sonrisa—. Díganos quién encargó la muerte de Emilio Noval y de Roberto Torres y empezamos a negociar. Sabemos que usted fue el ejecutor. Tenemos la coincidencia del grupo sanguíneo de Torres con la sangre encontrada en el cuchillo y restos de ADN que estamos cotejando con Noval.

—¿Dos asesinatos? ¡*Mecagüenmivida!* —estalló golpeando con las esposas sobre la mesa y encarándose con Marina—. El pijo de Torres, vaya, pero ¡al otro no le toqué un pelo! —El Toru se había puesto de pie y amenazaba con todo el cuerpo—. ¡Cuando llegué a casa de Noval, ya estaba muerto! —continuó a voz en grito—. No pienso cargar con ese marrón.

—Tenía el encargo de hacerlos desaparecer —dijo Cueto—. No trate de engañarnos.

—Os voy a contar una historia de terror —acabó admitiendo después de varios minutos en los que el silencio en aquella sala se espesó como el cemento—, pero no me sacaréis ni un nombre.

Cueto y Marina se miraron y asintieron.

—El jefe llegó a Asturias para ampliar el negocio desde Málaga. Trabajé con él otras veces y no tuvo queja —dijo el Toru con el cuerpo apoyado sobre la mesa y el mentón proyectado hacia los agentes, en actitud agresiva—. Buscaba a alguien que lo ayudase con trapicheos. Nos hablaron de un genio de los negocios llegado de Francia y con orígenes turbios, y lo reclutó.

—¿Te refieres a Emilio Noval? —preguntó Marina, y él asintió.

—Después de un tiempo, el jefe empezó a sospechar que algo fallaba con Noval desde que se asoció con el tal Torres, porque faltaban cantidades regulares de dinero. Noval decía que necesitaba a Torres y sus contactos de la discoteca, pero el jefe estaba mosca. Durante el último año me encargó un seguimiento y lo cazamos. El jefe no se anda con gilipolleces. Me dijo que convenciera a Noval de lo bueno que sería para todos recuperar la pasta. Esa noche fui a casa de Noval con la intención de sacarle la verdad, aunque fuera a hostias. ¡Menudo cabrón! Pero no tuve ocasión. Cuando llegué, la puerta de la casa estaba abierta y ese mamón me miraba con ojos de pez muerto sentado en el sillón. ¡Parecía una broma, joder! Parecía que estuviera diciendo: «Llegas tarde». Me largué de allí con un buen cabreo. Alguien se tomó la revancha antes que yo. Tengo la prueba. Fotografíe el cadáver para justificarme ante el jefe. Así que no me vais a cargar ese muerto, yo no lo maté.

Cueto fingió ordenar los papeles y Marina prolongó el silencio mientras imaginaba a Bedia detrás del espejo y con cara de interrogante. Aquella información había caído como un jarro de agua fría. «¿Quién mató a Emilio Noval?», se preguntaron a un tiempo. Con más incertidumbres que certezas, Cueto continuó el interrogatorio.

—¿Dónde consiguió el arma? —El agente situó sobre la mesa una fotografía del cuchillo y se la mostró al detenido.

—Soy un hombre preparado y entrenado para superar situaciones límite. Para eso sirven ese tipo de herramientas.

—Sabemos que trabajó como guardia de seguridad en el club Taranis. ¿Qué relación tenía con el dueño, Roberto Torres?

—El Roberto era un fanfarrón y un imbécil.

—¿Quién dio la orden de matarlo?

—No voy a dar nombres.

—Si Noval era el cabecilla de la trama, Torres solo era una víctima —insistió Cueto.

—¡Una víctima! ¿Cómo llamaría a alguien que se gasta el dinero que no es suyo? Se lo jugó todo, el muy *atontao*, y lo perdió todo. —El Toru se rio con ganas. Había entrado en el juego y estaba cómodo.

—Dice que Torres se gastó el dinero de la droga y su jefe ordenó liquidarlo. ¿La muerte de Torres fue un ajuste de cuentas? —quiso concretar Marina.

—Cuando fui al jefe con el cuento de lo de Noval, no me creyó hasta que vio el cadáver en la foto. No le gusta que se rían de él. La muerte de Noval atrajo a la policía. Tenía que actuar rápido. Quedé con Roberto en el hotel. El imbécil estaba allí, esperándome con esa cara de pijo que gastaba. Primero trató de mentirme, decía que él no se jugó la pasta.

Me dijo que convenció a Noval para multiplicar las ganancias, que tenía un buen plan en el que todos ganaban. Se creía muy inteligente el anormal. Su plan era invertir en criptomonedas. Dijo que en los últimos meses daban unos beneficios de la leche, pero Noval se negó.

—Es una apuesta peligrosa —observó Cueto—. La volatilidad de ese tipo de inversiones conlleva mucho riesgo.

—¡Y tanto! ¡El muy *pringao* lo perdió todo! —soltó el Toru con un nuevo golpe sobre la mesa—. Noval se merece estar muerto porque cometió el error de descuidar el negocio y dejarlo en manos de un idiota.

—¿Qué pasó con Torres? —Marina estaba impaciente por conocer el final de la historia.

—No tengas prisa, guapa, estamos entre amigos, ¿no? —Gabino mostró una sonrisa de oreja a oreja y la agente mantuvo el tipo. Por nada del mundo le iba a dar el gusto de intimidarla.

—Continúe, haga el favor —terció Cueto.

—Roberto me contó que en los últimos meses falló el negocio de las criptomonedas esas, pero me dijo que recuperaría la pasta. Le dije que el jefe no iba a tener tanta paciencia y entonces la cagó, se hizo el chulo y me amenazó. Dijo que tenía documentos que implicaban al jefe y que, como no lo dejásemos en paz, los entregaría a la policía. Y lo dejé en paz. ¡Ya lo creo! ¡Qué mejor paz que delante de una iglesia!

El Toru soltó una sonora carcajada y Marina contuvo un escalofrío. El recuerdo con la imagen de Roberto de rodillas y en medio de un charco de sangre la revolvió.

—¿Por qué seguía a Mónica? —centró de nuevo el interrogatorio.

—Registré el Taranis y no encontré ni rastro de los papeles. Al principio pensé que Torres iba de farol, pero luego caí en que los encontraría en casa de Noval. Seguro que la hija podría llevarme hasta ellos.

—¿Estuviste en casa de Noval?

—¡Dos veces! Tiene un casoplón. Podría quedarme a vivir allí.

Marina giró la vista hacia el espejo, intuyó el rostro contrariado de Bedia y confirmó que el miedo de Mónica era fundado. Ahí tenían la prueba de que la había seguido y de que había registrado su casa.

—Bonita historia, sí, señor —terció Cueto—. Entenderá que todo eso tendremos que comprobarlo.

—¡No me jodas! Sabéis que solo es una charla informal. —El detenido clavó los ojos en Marina y desplegó una sonrisa cínica que helaba la sangre—. Una quedada entre colegas. ¿O voy a tener que llamar a mi abogado?

Eso fue lo último que escucharon los agentes antes de abandonar la sala de interrogatorios. El desconcierto era total. Por fin conocían la identidad del asesino de Roberto Torres, pero seguían ignorando quién era el culpable de la muerte de Emilio Noval.

57

La carta de Llara

Villanueva

ESE VIERNES, MÓNICA llegó temprano a su casa, soltó la mochila en el pasillo y entró en la cocina atraída por el suave aroma de la nuez moscada. Besó a Veli en la mejilla y robó una de las croquetas que acababa de freír.

—Veli, ¿sabes algo de Llara? —preguntó Mónica con la boca llena—. Faltó al insti. La estoy llamando y no contesta. Lo mismo está mala.

—No sé nada y ¡deja ya las croquetas!

Mónica salió de la cocina y subió a la habitación. Volver a su casa y entrar en ella sin el terror a una nueva paliza le resultaba raro. La presencia de Veli empezaba a llenar el vacío. Desde que detuvieron al Toru, la asistenta y la adolescente compartían la vivienda. La mujer intentaba compensar la ausencia de cariño de los últimos años y hacerse perdonar por su falta de atención.

La chica se ajustó los cascos y se dejó caer sobre la cama. Al cabo de un rato, recordó que había olvidado la mochila en la planta de abajo, quería enseñarle a Veli un trabajo de Historia del que estaba muy orgullosa. Bajó para recuperar la mochila y, al sacar su carpeta, vio caer un sobre cerrado. En el remite, el nombre de Llara y el dibujo de un corazón. Abrió el sobre intrigada y encontró una carta.

A la mejor amiga:

Cuando leas esto ya estaré lejos. Lejos de verdad. Pero siempre te llevaré conmigo. Eres mi mejor amiga. Si te escribo es porque mi padre quiere que tengas pruebas para alejar de ti las sospechas de la policía. El contenido de esta carta te libera de toda responsabilidad por la muerte de tu padre.

No más palizas, amiga. Ni golpes ni gritos ni humillaciones. Veli cuidará de ti. Tu padre tuvo el final que merecía.

Ahora ya puedo contarte que no eras la única que sufrió la violencia del monstruo. Empezó casi desde que nos hicimos amigas. Me miraba de una forma extraña, a veces se recreaba observándome de arriba abajo y parecía que me estaba contando las costillas.

Emilio era un degenerado.

No sé cómo contarte esto, amiga, ni si algún día podré superarlo. Un mes antes de su muerte, una tarde que estabas enferma y Veli te llevó al médico, yo me acerqué a tu casa, porque habíamos quedado para estudiar juntas. Cuando llegué, tu padre me recibió con demasiada amabilidad. Estaba muy raro y me dio miedo. Me dijo que era guapa, que debía estar orgullosa por despertar el interés de hombres como él; hombres importantes y con poder de verdad.

Te juro que quise marcharme, me sentía agobiada. Le advertí que estaba confundido, que yo no pretendía tener una relación con él por nada del mundo. Enseguida comprendí qué era lo que buscaba. Intentó besarme y lo rechacé. Forcejeamos. Su intención no era otra que forzarme. Me acorraló en el cuarto hecho una furia y, como no conseguía reducirme, empezó a golpearme. Estaba tan asustada que solo atiné a defenderme con una plancha que vi sobre la mesa. Como todavía estaba caliente, la arrojé sobre él y escapé.

Al llegar a casa, mi padre notó que algo había pasado. Yo solo sentía vergüenza. Estaba tan nerviosa que no sabía lo que me pasaba. Al final se lo conté todo. Te prometo que nunca lo había visto así. Tú sabes cómo es, el mejor padre del mundo, pero creo que llegó al límite de su aguante. Me dijo que lo solucionaría, aunque nunca pensé que sería de esa manera.

Es hora de que conozcas la verdad.

La noche que murió tu padre, el mío fue a tu casa. Estaba harto de que Emilio lo tratase como un trapo. Primero lo engañó, utilizó su empresa para sus negocios hasta que lo arruinó y, no contento con eso, intentó forzar a su hija. Necesitaba enfrentarse a él. Borrar esa imagen de buena persona y enfrentar al monstruo. Tuvieron una conversación violenta. Emilio lo insultó, lo humilló. Mi padre tuvo que escuchar cosas horribles, oírle decir que iba a hacer conmigo lo que le diera la gana. Mi padre me explicó que en ese momento comprendió que no serviría de nada denunciarlo. Nadie nos creería. Emilio era un hombre con mucho poder. ¿Quién iba a creer a un *prepper*?

Si soy sincera, no lamento lo que pasó. Lo tenía merecido.

Amiga, quisiera estar cerca de ti y poder abrazarte. Siento tener que marcharme. No nos queda más remedio que abandonar el pueblo, lo más lejos posible y desaparecer. Me voy sabiendo que estás en buena compañía, Veli cuidará de ti.

Con esta confesión alejarás las sospechas de la policía y todo el mundo sabrá qué clase de persona era Emilio Noval. Dile a la policía que registren el zulo de los lagos; encontrarán la respuesta que buscan detrás de unas latas de comida.

Me gustaría pensar que algún día nos encontraremos, pero yo sé que no será así.

Es lo mejor para los tres.

Te deseo una vida feliz.

Tu amiga,

Llara

58

La noche que murió Emilio Noval

Esa noche...

Poco antes de la hora de la cena, Emilio Noval contemplaba el cielo emborronado que se extendía sobre el jardín como un edredón mullido. Las gotas de vapor de agua se condensaban deslizándose por el perfil de las montañas en una avanzadilla de la niebla. Alguien quemaba rastrojos. El aire olía a ceniza, lo que estimulaba su nariz con un molesto picor. El foco del incendio boqueaba tras consumir parte del matorral, pero todavía emitía fogonazos anaranjados que teñían las nubes.

El relente de la noche invitó a Emilio a resguardarse, primero bajo el alero y después en el interior de la casa. Le molestaban sobremanera las noches de niebla.

Consultó el teléfono móvil y lo abandonó con desidia sobre la mesa. Se ató el delantal, batió un par de huevos y se preparó una tortilla francesa para cenar. Ya instalado en el cuarto de estar, para diluir la soledad, decidió ambientar la triste tortilla con música. Encendió el equipo y seleccionó un vinilo. Mala decisión. Los melancólicos *rifts* del *Rambling on my mind* en la guitarra de Clapton, su músico favorito, lo enervaron. Apenas unos cuantos acordes y apagó el equipo. No estaba de humor y decidió que cenaría en silencio.

La cena fue breve e incómoda. La discusión con su hija le había provocado dolor de cabeza. Emilio salió del cuarto y depositó el plato sucio en el interior del fregadero. Ya de regreso, se detuvo en el salón y localizó su ordenador, olvidado sobre uno de los sillones. Acababa de recordar que al día siguiente era martes y que la asistenta estaría en la casa. Podría pedirle que cocinara uno de esos arroces que se le daban tan bien. Encendió el portátil. En ese momento, un golpe seco procedente del exterior lo distrajo, pero continuó sin darle importancia.

Emilio regresó al cuarto de estar con una botella de vino dulce en la mano. Se sirvió un vaso y lo dejó sobre la mesita auxiliar. Olfateó y se relamió. Le apetecía saborear antes de acostarse ese vino especiado, regalo de su cuñada francesa. Minutos después escuchó el timbre de la puerta. «Mónica tiene llave, aunque con la bronca de antes y la espantada, lo mismo la olvidó», pensó al tiempo que su cerebro elaboraba una explicación para aquella visita inesperada. El timbrazo se repitió. Antes de abrir, descorrió la cortina y echó un vistazo. La niebla que comenzaba a posarse en el suelo lo emborronaba todo. Dudó un momento antes de reconocer a la figura que esperaba detrás del cristal y abrió la puerta.

Nelu se envaró al ver a Emilio tras la cortina. La ira, la tristeza y la indefensión dieron paso a la firmeza.

La decisión estaba tomada. Ya era hora de enfrentarse al monstruo.

La fina línea entre el bien y el mal serpenteaba en su cabeza. Quería plantar cara a Noval y poner en evidencia al hombre idolatrado y respetado por todos. Siempre había pensado que todo agresor debe pagar ante la justicia por sus actos, sentir en sus carnes al menos una parte del dolor que ha infligido.

Nelu buscaba reparación.

—Tardabas mucho en aparecer por aquí. —Las palabras salieron de la boca de Noval con desprecio.

—Entonces, ya sabes a lo que vengo.

Los dos hombres entraron en el cuarto de estar. El empresario tomó asiento en su sillón favorito, mientras Nelu se movía nervioso por la habitación. Trataba de encontrar las palabras con que abordarlo. Emilio mantenía la calma, estaba en su terreno y bebía con parsimonia un licor con un intenso aroma a nuez moscada. Un olor dulzón que embotaba los sentidos.

—No vine a perder el tiempo —dijo Nelu disimulando la incomodidad que le producía estar frente a él—. Reconozco que mi primera intención era darte una paliza, como merece un malnacido como tú, pero eso solo me complicaría la vida.

—Veo que vienes en son de paz—ironizó Noval.

—Te juro que removeré cielo y tierra hasta demostrar qué clase de hombre eres, y luego hablará la justicia. Sé muchas cosas de ti. Voy a denunciarte por maltrato, intento de agresión sexual y blanqueo de dinero. Se acabó la buena vida. ¡Dentro de nada te verás con el culo en la calle!

—¿Has terminado? —preguntó Emilio, impasible—. Nelu, Nelu, Nelu, siempre fuiste un idealista. ¿Te atreves a venir a mi casa para decirme cómo tengo que comportarme? ¿Tú?, ¿un desgraciado muerto de hambre?, ¿un pobre diablo con trazas de aventurero?, ¿un pelele incapaz de mantener a su familia? —Nelu sintió el amargor de la bilis en la boca—. Soy un hombre con mucho poder, más del que te imaginas, aquí y al otro lado de la frontera. Desconoces con qué tipo de gente me codeo. ¿De verdad crees que puedes detenerme?

La rabia de Nelu alcanzó cotas de tempestad y Emilio comenzó a reírse de él. Se levantó del sillón y lo enfrentó.

—¿Crees que voy a renunciar a perderlo todo, incluida la custodia de mi hija? La zorra de mi mujer no supo apreciar las ventajas de una vida a mi lado. La muy perra trató de quitarme a mis hijos y lo pagó caro.

—¡Maldito seas! —gritó Nelu agarrando a Emilio por la pechera—. No me conoces bien. No temo a nada ni a nadie.

—Voy a hacer lo que me dé la gana —continuó Emilio desafiante—. ¿A quién van a creer si me denuncias? ¿Al empresario respetado, querido y temido por todos o a la niñata de tu hija que va provocando con sus ropas ajustadas y enseñando las tetas?

Nelu reaccionó con rabia e intentó golpear a Emilio en la cara, pero este lo esquivó mientras lo retaba con una sonrisa cínica.

—¡Pobre diablo! Podría hacerte desaparecer con solo mover un dedo. A ti y a tu hija.

Ante la amenaza, un velo negro cubrió la razón de Nelu. Con un movimiento instintivo y sin pensar, este liberó el cuchillo de la funda adosada a su pierna y lo hundió en el pecho de Emilio.

Con la respiración entrecortada y un temblor cada vez más evidente en las manos, Nelu observó el cuerpo Noval sobre la alfombra. Consternado por el desenlace, lo devolvió al sillón de flores azules y se detuvo a contemplarlo. La ira desapareció, dejándolo exhausto. Necesitó tiempo para volver a la realidad y entender lo que había hecho.

Antes de marcharse, reparó en un objeto brillante prendido de la chaqueta del empresario que refulgía en medio de una gran mancha de sangre: la insignia del benefactor.

Nelu la sostuvo entre los dedos y, de un tirón, la arrancó de la chaqueta de Emilio.

«No la mereces», le espetó y salió de la casa.

59

Las dudas de Mónica

Retornó el ocaso y una Mónica insomne lloraba a ratos de rabia, a ratos de desesperanza. La acusación de la carta de Llara era tan horrible como imposible de asimilar. ¿Cuánto odio más sería capaz de acumular hacia su padre? Hasta después de muerto continuaba acosando, sometiendo, provocando un miedo tan profundo que temía ser incapaz de superar. La noche regaba sus miedos y estos crecían hasta confundirla. «¿Qué hago?», se preguntaba aferrada a su cojín favorito. Como siempre había hecho desde el accidente, habló con su madre y, entre hipos, le leyó en bajito la carta de Llara, buscando consejo. Su corazón y la razón eran incapaces de entenderse. Solo era una adolescente perdida, inexperta y sola.

Por un lado, daba las gracias a Nelu por haber derrotado al monstruo, pero la confesión de su amiga la dejaba horrorizada. El malo había conseguido que el bueno traspasara la línea y se convirtiera en un asesino. Una muerte justificada y merecida. Sin embargo, nadie, ni siquiera la muerte, podía reparar el dolor que su padre había infligido a su madre, a su hermano y a ella. No había respetado ni a su mejor amiga.

Su padre era un maltratador, delincuente y mentiroso. ¿Merecía la muerte? «¡Sí!, ¡sí!, ¡sí!», se repetía Mónica una y otra vez. Se había hecho justicia, pero no de la mano adecuada.

Pensar en Nelu le desgarraba el corazón. Ese hombre se había comportado como un buen padre para ella y, por ese motivo, tener que denunciarlo le rompía el corazón. Sin embargo, eso era precisamente lo que Llara le estaba pidiendo con aquella carta. Que hiciera lo correcto, como siempre les había enseñado.

Él pensaba que cada uno está obligado a defender aquello en lo que cree, por encima de todo. Cuando hablaba de las injusticias y los abusos que se cometían contra la naturaleza, de los desastres consentidos, de las negligencias de algunos contra el medioambiente, siempre decía que se debían establecer prioridades, estar preparados y señalar sin miedo a los infractores. Se había ganado muchos enemigos a causa de sus ideales. Nelu no era un hombre violento, pero nadie sabe cómo va a reaccionar cuando tocan a su familia.

«¿Qué debo hacer, mamá? —preguntó a través de la ventana y con la vista sobre el cielo estrellado—. Ocultar la carta a la policía, aun a riesgo de continuar siendo sospechosa, o entregar la carta y delatar a Nelu.»

Si optaba por la primera, un inocente iba a cargar con la culpa de la muerte de su padre, aunque se tratase de un peligroso asesino. La policía seguiría investigando y el caso permanecería abierto. Buscarían nuevas pistas, nuevos sospechosos entre los que siempre se encontraría ella.

Si entregaba la carta, la policía perseguiría a Nelu y a Llara. Ellos habían sido su familia, le habían dado cobijo y la oportunidad de alejarse del maltrato de su padre. Nelu le había enseñado a valerse por sí misma, a respetar la naturaleza, a ser consciente del poder perturbador del ser humano sobre el medioambiente. Con ellos había aprendido a estar preparada para cualquier catástrofe, a procurarse alimento en mitad del bosque y a esconderse en un medio hostil. Ellos le habían descubierto la necesidad de apoyar

aquello en lo que uno cree y a no rendirse. ¿Cómo iba a trai-
cionarlos?

El llanto y el sueño la vencieron.

La primera luz del amanecer la descubrió aferrada al
cojín y con la carta de su amiga apretada contra el corazón.

Mónica se levantó de la cama y fue hasta el cuarto donde
Veli dormía.

—Veli. —Despertó a la mujer con un beso—. Tengo que
contarte algo.

60

A tientas hacia la luz

Gijón

NADA MÁS TERMINAR de leer la carta de Mónica, Marina pasó del desconcierto a la evidencia. Sostenía entre sus manos la confesión que señalaba al culpable de la muerte de Emilio Noval.

¡Y no era otro que Nelu Prado!

El *prepper* había cometido el crimen, y Mónica había actuado con responsabilidad. El ejemplo y la educación que Nelu le inculcó mientras estuvo a su cuidado, daba sus frutos. La adolescente se había comportado con madurez y denunciado un hecho punible. Prado era un hombre comprometido con sus ideales, al que el dolor acorraló y que se había visto abocado a usar la misma violencia que le repugnaba. Ojo por ojo, la ley del Talión.

Marina intuía el grado de esfuerzo que le habría costado a Mónica entregar la carta de su amiga Llara con la revelación sobre su padre. Después de lo que sabía sobre Emilio Noval, a la agente le era inevitable empatizar con ellas. Dos adolescentes víctimas de un hombre cruel.

BEDIA CONVOCÓ A la unidad en el cuartel general con carácter de urgencia. Sirgo, Cueto y Roldán se personaron de inmediato. Lo primero que hizo el inspector fue leer en voz alta la carta de Llara y, al terminar, observó una por una la

411

reacción de los agentes. Todos pasaban del estupor al desconcierto.

—La dificultad de este inesperado doble caso es manifiesta —dijo el inspector con voz serena pero firme—. Tras la confesión de Gabino Alvarado, todavía quedaba pendiente la resolución del primer crimen. Y esta carta inculpa a Nelu Prado. Lo que acabáis de escuchar contiene una doble acusación: por un lado, de asesinato y, por otro, un intento de violación. El documento constituye en sí mismo un indicio. A falta de pruebas concluyentes, porque os recuerdo que todavía no apareció el arma del crimen, nuestro deber es comprobar la veracidad de lo que aquí se expone. Si nos atenemos al relato de Llara Prado, lo que motivó la reacción del señor Prado fue un intento de agresión sexual hacia ella. La gota que colmó el vaso, porque la inquina de Nelu hacia Emilio Noval se materializó a raíz de los engaños del empresario para hacerse con la empresa SquadAstur con fines ilícitos. Lamentablemente, el documento no tendrá validez ante un juez si no va acompañado de una prueba contundente. Para ganar tiempo, acabo de emitir una orden de búsqueda y captura contra Nelu Prado por todo el territorio nacional.

Los agentes fueron testigos de la transformación de Bedia. El atlante se abalanzó sobre el corcho en el que colgaban los datos de los dos crímenes y arrancó con rabia las fotografías prendidas con chinchetas.

—¡*Mecagüenlamadrequemeparió!* —bramó con tal fuerza que temblaron hasta los cimientos de la comisaría. El inspector era la viva imagen de un gigante fuera de control—. ¡Lo tuvimos delante todo el tiempo! Me engañó como a un novato. ¡Dos veces! ¡Dos veces estuvo en esta comisaría! Me tragué lo del cuchillo y la discusión con Emilio. ¡Lo único que me faltó fue contratarlo como guía para hacer una ruta de montaña!

Con la ira desatada y chorreándole por los ojos ordenó:

—Mañana a primera hora, vosotros dos vais a subir a los lagos de Covadonga y vais a registrar el zulo —dijo señalando con el dedo primero a Cueto y después a Roldán—. ¡No quiero veros por aquí hasta que encontréis una prueba contra él!

A PRIMERA HORA, Lino y Marina pusieron rumbo a los lagos de Covadonga. La subida, ya por la carretera habitual, los condujo hasta el aparcamiento de Buferrera. Pocas nubes velaban la cima, todavía con restos de bruma sobre los lagos. Equipados con ropa de montaña y mochilas preparadas para cualquier eventualidad, el ánimo de los agentes oscilaba entre la impaciencia por cerrar el enigma de la muerte de Noval y las amenazas de Bedia.

La ruta que marca el recorrido a los turistas estaba despejada, aunque todavía resistía la nieve sobre los pastos. Avanzaron campo a través hasta la majada de Belbín y alcanzaron la vega del Bricial. «¡Qué diferente de la vez anterior!», pensaba Marina. La ausencia de viento y la retirada parcial de la nieve permitía contemplar los árboles y las rocas, hasta le pareció avistar una pareja de quebrantahuesos volando en círculos sobre las montañas.

La agente avanzaba delante de Cueto marcando el camino y en silencio. El escenario de los lagos la perturbaba con el recuerdo siempre presente de la niña Bricial.

A buen paso transitaron por la Vega del Texu hasta localizar el lugar exacto del zulo. Marina se desorientó por culpa de una irregularidad en el terreno que la retirada de la nieve había dejado al descubierto. Gracias a un cortante en la roca descubrió el pliegue sobre la laja de piedra que protegía la entrada del zulo. La expectación se elevó con una subida de adrenalina al entrar en el espacio angosto de la cueva.

Marina encendió el foco de la linterna frontal y deslizó el haz de luz sobre las cajas apiladas contra la pared. Todo estaba tal cual lo recordaba de la última visita.

—La carta de Llara decía que encontraríamos las pruebas detrás de las latas de comida —recordó Cueto activando la linterna y enfundándose unos guantes.

Los dos observaron con atención el angosto espacio en el que apenas podían moverse sin tropezar el uno con el otro. Velas, cerillas, cuerdas y una caja de pilas, todo dispuesto en perfecto orden. Aprovechando un hueco en la pared, el *prepper* había construido una estantería donde almacenaba víveres y latas de comida. Marina retiró una de las cajas y, con ayuda de Cueto, las apiló unas sobre otras. Apartó con cuidado la última y, en ese momento, una piedra adosada a la pared se desprendió y dejó al descubierto un agujero.

Los agentes cruzaron una mirada y, tras el asentimiento de su compañero, Marina introdujo la mano en la oquedad. El corazón le latía a toda velocidad. Palpó con cuidado la pared de piedra y tropezó con algo blando. Al sacarlo comprobaron que se trataba de una bolsa de arpillera. La luz de los dos focos coincidió sobre ella. Marina la abrió con impaciencia y, ante sus ojos, apareció un cuchillo similar al que encontraron en la casa de Gabino Alvarado. Lo guardaron con cuidado de no contaminar la prueba y descubrieron que algo refulgía en el fondo de la bolsa. Cueto rescató un objeto pequeño, redondo y plateado, que situó bajo la luz de la linterna.

—La insignia del benefactor —murmuraron a un tiempo, reparando en la imagen de la Cruz de la Victoria y en el lema *Minima urbium, maxima sedium*.

Lino sonrió satisfecho. Acababan de encontrar las pruebas que incriminaban a Nelu Prado.

—¡Ya lo tenemos, Marina! Estoy seguro de que la Científica no tendrá problema en encontrar la coincidencia de la tela de la chaqueta con los restos de lana en el enganche de la insignia —observó Cueto, incapaz de contener la emoción.

—Cierto, por fin conocemos la verdad sobre lo que ocurrió. Pero tú y yo sabemos que nadie podrá detener a Nelu Prado. Ahora mismo podría estar observándonos desde cualquier risco o haber huido tan tranquilo a más de cien kilómetros de aquí —apuntó Marina una vez en el exterior y mientras se quitaba los guantes de látex—. Nelu es un superviviente, un hombre entrenado para desaparecer. Nadie mejor que él es capaz de sobrevivir en las circunstancias más adversas; las conoce tan bien como a sí mismo y, además, lleva consigo su bien más preciado, su hija, y la protegerá hasta la muerte. Estos objetos bastarán para dar carpetazo al caso, aunque estoy convencida de que nunca los encontraremos.

Los dos agentes coincidían en que la posibilidad de dar con ellos era remota.

Marina se perdió en el perfil del monte, incapaz de explicar lo que sentía, pero allí estaba. La sensación añorada y certera de haber hallado algo especial. En ese momento fue consciente de que ya no se sentía como una extraña en aquella tierra. Hay ocasiones en las que uno tarda una fracción de segundo en darse cuenta de que algo ha cambiado y de que no hay nada más reconfortante que sentirse en casa.

El entorno de los lagos de Covadonga la había reconciliado consigo misma. ¿O fue el brillo de la roca de vetas rosadas, en el que creyó distinguir la sombra de la hija de la *bruxa*?

61

La mañana después de la tormenta

Víspera de Navidad

MARINA SACÓ LA última caja con sus pertenencias del interior del maletero de su coche, subió hasta el piso que acababa de alquilar y la dejó en el pasillo, con el descargo de estar dando el paso hacia una nueva etapa de su vida.

Con buen ánimo se encaminó hasta la playa de San Lorenzo. El olor del mar le arrancó una sonrisa. Como una desesperada, corrió hasta la barandilla que bordea el paseo del Muro y se aferró a ella. La marea alta se había comido la playa. El espectáculo presentaba un mar sereno.

Sin soltarse de su amarre, elevó la vista y la fijó en un punto indefinido del horizonte. Inspiró y llenó los pulmones con el aroma del Cantábrico. Parpadeó muchas veces, como si ese gesto limpiador fuera capaz de devolverle la realidad de la que había despertado de una manera tan brusca.

Necesitaba mirar hacia adelante. Continuar con su vida.

Pensó entonces en los sinsabores, en las malas jugadas y en los errores cometidos. El pasado escarbaba en su ánimo y se abría hueco hasta dejarla expuesta, desnuda y magullada. Descubrió que lo más doloroso era que había olvidado la ambición y las metas con las que siempre había soñado.

Emprendía ahora un nuevo camino.

«A veces hay que seguir, como si nada, como si nadie, como si nunca.»

Cuenta la leyenda, que una niña llamada Bricial falleció una noche de tormenta.

Dicen que pidió ayuda y que nadie, salvo una mujer, se apiadó de ella.

Se rumorea que era la hija de una *bruxa*.

Y que se aparece a aquellos a los que les va a cambiar la vida.

Se encontró su rastro en las majadas, en las villas y en los prados. Hay quien asegura haberla visto y quien niega su existencia.

Lo único cierto es que Bricial siempre será el tercer lago, un lago fantasma.

Agradecimientos

LA MEMORIA DEL *tejo* supuso el comienzo. El ascenso de un escalón quimérico superado con grandes dosis de esfuerzo, trabajo y resistencia. *El tercer lago* añade un plus de emoción, un reto intelectual de superación y aprendizaje o, al menos, así espero que se reciba. De cualquier manera y pese a la soledad propia de los que elegimos como expresión el arte de la escritura, he tenido grandes apoyos en esta aventura.

Mis gracias son para Antonio, mi amigo de siempre y compañero de vida, por compartir la parte racional que a mí me falta.

En este rastro de gratitud incluyo a mis hijas, Lucía y Paula, porque por ellas soy.

A Lorena y a Raúl, por vuestro aliento.

A mis padres, aquí y en cualquier lugar a donde vayan.

El agradecimiento se extiende a ediciones MAEVA, a Núria Ostáriz y a Mathilde Sommeregger por vuestros consejos para mejorar esta novela, y a todo el equipo por confiar en mi trabajo.

A mis lectoras cero: Violeta, mi talismán, y Maite, mi amiga del alma y asturiana de pro.

A los que generosamente me han acogido, difundido y alentado en las redes sociales y a los lectores anónimos que no dudaron en ocupar su tiempo con esta recién llegada.

A todos esos lectores y lectoras les dedico cada una de mis historias.

El perfecto *prepper*,
por Nelu Prado

Querido lector:

Si HAS LLEGADO hasta aquí, seguro que te resulta familiar mi nombre, así que podemos ahorrarnos las presentaciones. Ya conoces el final de la novela El tercer lago, el cómo y el porqué. Si no es así, te aconsejo que leas primero la historia antes de saciar tu curiosidad. Para empezar, te diré que estamos programados para sobrevivir. Yo soy un buen ejemplo.

A lo largo de la evolución, cada especie ha desarrollado habilidades extraordinarias para reconocer y enfrentarse a circunstancias peligrosas. La vida en comunidades, cada vez más grandes y con más comodidades, minimizan la necesidad de aprovechar estas capacidades. Pero estoy seguro de que eres capaz de recordar alguna situación en la que el instinto de supervivencia te ha salvado la vida.

¿Estarías preparado para enfrentarte a un terremoto, a la caída de un meteorito, a un estado de guerra, a la erupción de un volcán, a un tsunami, huracán o pandemia? ¿Cuánto tiempo serías capaz de sobrevivir?

El conjunto de pautas de reacción que en los animales, contribuyen a la conservación de la vida es a lo que llamamos instinto de supervivencia. Esta conducta se produce generalmente de forma automática; la persona o animal actúa, no piensa, simplemente reacciona frente a una situación de peligro. Y no, no hace falta ser un prepper ni un entusiasta de las maratones extremas para sentir curiosidad o para imaginar cómo te desenvolverías en un bosque, en el mar, en un desierto o en alta montaña. Para sobrevivir solo necesitamos una cucharada de habilidad, cuarto y mitad de fortaleza y un buen puñado de suerte. Por estas razones, no está de más estar prevenidos.

Permíteme ahora que refresque tu memoria con las palabras de Marina en la novela:

«—Por fin conocemos la verdad sobre lo que ocurrió. Pero tú y yo sabemos que nadie podrá detener a Nelu Prado. Ahora mismo podría estar observándonos desde cualquier risco o haber huido tan tranquilo a más de cien kilómetros de aquí —apuntó Marina una vez en el exterior y mientras se quitaba los guantes de látex—. Nelu es un superviviente, un hombre entrenado para desaparecer. Nadie mejor que él es capaz de sobrevivir en las circunstancias más adversas; las conoce tan bien como a sí mismo y, además, lleva consigo su bien más preciado, su hija, y la protegerá hasta la muerte. Estos objetos bastarán para dar carpetazo al caso, aunque estoy convencida de que nunca los encontraremos.

Los dos agentes coincidían en que la posibilidad de dar con ellos era remota».

—Acepta, pues, estos consejos… quizá un día de estos te harán falta.

Si conseguimos sobrevivir las primeras setenta y dos horas, tenemos la mitad del camino andado. Para eso es muy importante no olvidar la regla del tres:

Puedes sobrevivir tres minutos sin aire,
puedes sobrevivir tres días sin agua,
puedes sobrevivir tres semanas sin comida.

Y puedes empezar por tener a mano una mochila con lo imprescindible.

¿Qué meto en la mochila? Solo aquello que necesitas para pasar los tres próximos días fuera de la comodidad de tu hogar. Usa el sentido común y evita los «por si acaso».

• Agua: mínimo un litro por persona y un sistema para potabilizar agua, como pastillas depuradoras o un sistema de filtrado.

• Comida: preferentemente liofilizada, como las raciones de emergencia, barritas energéticas o galletas que aporten alta energía (algunas duran hasta diez años) y frutos secos.

• Fuego: mechero, yesca, kit para hacer fuego. Esto cabe en una caja pequeña.

• Luz: velas, linternas con pilas o dinamo, luces químicas, una linterna de mano y una frontal. Cinta reflectante y fotoluminiscente, de dos a tres metros. Es útil pegarla en los bordes de la mochila para hacerte visible.

• Radio: de bolsillo, con dinamo o mp3 con radio y sus respectivos cascos, y un cargador solar portátil para el teléfono.

• Muda de ropa: un impermeable o poncho de un color llamativo, ropa de abrigo, gorro (tanto para el sol como para el frío), camisetas (de manga larga y corta), pantalones de repuesto, calcetines, ropa interior, guantes y una manta térmica.

• Saco de dormir.

• Un par de zapatillas de recambio.

• Herramienta multiusos.

• Silbato.

• Botiquín: artículos básicos como vendas adhesivas, tiritas, tijeras, esparadrapo, pañuelos de papel y toallitas húmedas. Antihistamínico, incluso un autoinyector de epinefrina, guantes de látex, gel desinfectante, toalla, agua salina o solución fisiológica. Importante complementar con medicación personalizada y analgésicos. Protector solar y repelente de insectos.

• Gafas de sol.

• Información personal: documentación personal identificativa, DNI, información sobre enfermedades crónicas y fotocopias de carnés de conducir, tarjeta de la Seguridad Social, pasaportes, lápiz y papel. Toda guardado dentro de una bolsa estanca o incluso plastificado. Todo lo que sea importante en papel porque, en situación de catástrofe, lo primero que falla es la tecnología. En una tarjeta de memoria USB guarda los documentos escaneados y cualquier información que necesites.

• Dinero en efectivo.

• Objetos personales: este es un apartado en el cual cada uno es libre de añadir lo que crea conveniente. Es recomendable tener una copia de la llave de casa.

• Sistemas de comunicaciones: un pequeño walkie talkie de VHF nos permitirá escuchar las frecuencias de los equipos de Emergencias, así como enlazar con otros dispositivos y personas. Es bueno tener anotadas en papel las frecuencias de Emergencias.

• Linterna y un frontal. Eso sí, asegúrate de que tengan pilas nuevas.

• Mapa de tu ciudad y provincia (en papel o tela, claro) con información sobre el transporte público.

• Haz una lista con los números de contacto de emergencia, amigos y familiares.

• Una mascarilla que cubra nariz y boca.

Es preferible colocar los artículos pesados en el fondo de la mochila, con cuidado de acomodar cerca de tu cuerpo la ropa. Asegúrate de que la parte que descansa sobre la espalda sea blanda y cómoda. El saco de dormir debe ir atado en el fondo. En los bolsillos laterales y externos es mejor tener a mano las cosas que se necesitan con frecuencia, (brújula, mapa, gafas de sol, protector solar, repelente de insectos, navaja de bolsillo y una linterna).

Deseo de corazón que nunca tengas que cargar con esta mochila, pero, ya sabes, creo firmemente que lo mejor es estar preparados.

Aquí puedes comenzar a leer el
siguiente libro de Marta Huelves

25 de agosto de 2023

No QUERÍA ESTAR allí.

No quería escucharlo.

No quería conocer la verdad.

El hombre de la camisa blanca albergaba la esperanza de estar equivocado.

Sin embargo, la sospecha se le había incrustado en el velo del paladar.

LA OSCURIDAD TOTAL de la estancia envolvía a dos hombres situados uno frente a otro y sentados en un suelo de losetas mordisqueadas. Un frío húmedo y viscoso traspasaba la ropa hasta tocar la piel. Estaban encerrados en un sótano oscuro y hermético. Sin ventanas, sin ventilación. La única salida era una puerta metálica, cuyos anclajes se hundían en el suelo y convertían aquellas cuatro paredes en un agujero sellado. Los dos eran conscientes de que estaban encarcelados, aislados y sin posibilidad de pedir auxilio. Lo habían intentado todo antes de caer desfallecidos.

Tal vez fuera el golpe que uno de ellos había recibido en la cabeza o el aire irrespirable que los cercaba hasta asfixiarlos lo que complicaba su situación. El hedor proveniente de un sumidero abierto en un rincón les abrasaba la garganta. La tensión crecía hasta acelerar los latidos del corazón. Ambos sabían que se trataba de un momento crucial, por eso irguieron la postura y miraron a su alrededor, como el que sondea el terreno antes de avanzar. Estaban viviendo sus últimas horas.

El hombre de la camisa roja permanecía quieto, doblado sobre las piernas y con la cabeza entre las manos. Era la viva imagen de la desesperación.

El hombre de la camisa blanca presionaba un pañuelo sobre la herida de su cabeza, mientras movía la pierna izquierda con la cadencia de una gota de agua. Conocía tanto a la persona que tenía enfrente que podía descifrar sus pensamientos. Pero, en contra de lo que esperaba, el hombre de la camisa roja levantó la cabeza y lo enfrentó:

—No sé cuánto tiempo vamos a estar encerrados aquí, ni siquiera si llegarán a tiempo de rescatarnos. En cualquier caso, disponemos de pocas horas. Los gases que respiramos acabarán por matarnos. Así que, voy a contarte una historia —dijo, enjugándose la frente, y se inclinó hacia él palpando en la oscuridad. Tocó su reloj y una luz azulada rompió la negrura durante un instante—. Vas a estar tentado de pensar que lo hago para exculparme, pero, como comprobarás cuando termine, es necesario para contestar a todas tus preguntas. Te lo debo —y continuó con una súplica—. Solo te pido que me prestes atención.

—¡Cómo te gusta que te escuchen! Procura no adornar demasiado el relato, como haces siempre.

El hombre de la camisa roja tensó la espalda y entrelazó las manos. Para contar aquella historia necesitaba adoptar un tono de narrador que le diera la suficiente distancia de los hechos, a modo de cuento. Pensaba que el momento crítico que estaban viviendo así lo requería. Llenó entonces de aire los pulmones, se aclaró la voz y comenzó.

Noche de San Juan de 1997
Llanes, Playa de Toró. Asturias

—En la noche de San Juan de 1997 —comenzó el hombre de la camisa roja—, un grupo de amigos llegó a la playa de Toró, en Llanes, sorteando a los que celebraban sentados alrededor de las piedras, excitados por el ambiente festivo y de verbena. La arena los recibía húmeda y fría, esponjosa todavía por el chaparrón que acababa de caer.

»Las familias se reunían en corros en torno a pequeñas hogueras con el objetivo de recibir al solsticio de verano. Los chavales sondearon el terreno y eligieron un lugar a los pies del camino que conduce a los acantilados. Habían estado saltando desde las rocas hasta el mar esa misma tarde, en una suerte de reto irresponsable que repetían con frecuencia. Eran jóvenes, la mayoría no pasaba de los veinte y el sabor a libertad rezumaba por sus bocas. El murmullo del mar acompañaba la fiesta con su ir y venir. La lluvia había agitado la superficie de las olas y la espuma se encabritaba antes de morir en la arena. La sal manchaba los vasos de sidra, que algunas manos elevaban conteniendo el líquido escanciado con pericia. Sidra, cánticos y hogueras. El relente nocturno aflojaba ante el calor del fuego purificador de la Noche de San Juan.

»Podría hablarte de cada uno de ellos, pero solo nos interesan dos: Suso Estrada y Julia Morán.

Un imperceptible movimiento tensó la piel bajo los ojos del hombre de la camisa blanca, que seguía con interés desigual la historia debido al fortísimo dolor de cabeza.

—El chico —continuó el hombre de la camisa roja—, Suso, era el único hijo de un empresario muy importante de Llanes. Un chaval de familia adinerada que acababa de cumplir veinte años. Alto, de complexión atlética y con un gesto de adulto que desdecía su rostro de facciones aniñadas. Destacaba porque tenía madera de líder y se relacionaba con los hijos de la élite de la sociedad asturiana. Suso Estrada fanfarroneaba con heredar el negocio de su padre en cuanto acabase los estudios de Administración y Dirección de Empresas que había comenzado en Londres. Un tipo jovial, guapo y despreocupado, pero en extremo competitivo.

»Ella era diferente a las demás. Una chica del montón y poco preocupada por su aspecto, pero muy inteligente. Una estudiante brillante, observadora, metódica y tan desafiante como él. Julia procedía del entorno rural y vivía con su abuela tras haberse quedado huérfana. A ella le gustaba de él esa pedantería que mostraba ante los demás, pero nunca con ella. El carácter de Julia Morán era un tanto impredecible. Disfrutaba de la velocidad, las noches de fiesta y cualquier reto que pusiera a prueba sus límites físicos. Y ahí coincidieron. La rivalidad entre ellos era tal que la adrenalina hacía saltar chispas. Una atracción física y mental que funcionaba sola.

»Como te digo, uno de los pasatiempos de la pandilla de amigos era lanzarse al mar desde los acantilados. Cuanto más alto y más abrupto era el cortante, más unidos se sentían. La pareja se retaba mientras sus compañeros grababan en vídeo los saltos. Lo único que ambos tenían claro era que su relación tenía poco recorrido y que sus vidas discurrirían por caminos diferentes. El riesgo formaba parte del disfrute y ninguno estaba dispuesto a renunciar a ello.

»La noche de San Juan de 1997, Suso estaba pletórico. Por fin había conseguido vencer a Julia en un salto kamikaze que dejó a sus amigos sin aliento. Esa noche bebieron, cantaron y quemaron en la hoguera los apuntes del curso anterior. Por supuesto, danzaron y saltaron sobre el fuego en un ritual de purificación.

»Según avanzaban las horas, la euforia de los primeros momentos cedió el paso a los efectos narcóticos del alcohol. Suso se acercó a Julia y le susurró al oído. El contacto despertó la química entre ellos de manera salvaje y decidieron alejarse del grupo en busca de intimidad. Él condujo su coche por una carretera apartada del bullicio festivo y se detuvo en un camino solitario. La pasión se desató. Los besos adolescentes se desbordaron sobre la piel como algo inevitable y acabaron haciendo el amor. Al terminar se quedaron dormidos el uno sobre el otro.

»Ella despertó poco antes del amanecer. Tenía la boca seca y unas molestas ganas de orinar, así que salió del coche y caminó entre los árboles en silencio. Todavía resultaba imperceptible la silueta de la sierra del Cuera. Atrás quedaba el barullo de la fiesta, y pronto sonarían las primeras gaitas y se reunirían los coros y los danzantes en la plaza del pueblo para festejar la llegada del verano. La hojarasca del camino acompañaba sus pasos. Venus iluminaba el cielo nocturno. Era sin duda un momento perfecto.

»Pero había algo que la inquietaba. Un sentimiento de culpa en la boca del estómago que le hizo tomar conciencia de que pronto se separaría de Suso. Mientras avanzaba por el bosque, pensaba en él. A veces se maravillaba de la conexión

428

que había entre ellos. Sin duda habría podido enamorarse, o quizá ya lo estaba un poco. Tal vez había sido un tanto irresponsable al acostarse con él. Al fin y al cabo, tomarían caminos distintos tras el verano. Estaba decida a marcharse del pueblo y a buscar un futuro mejor. Nada ni nadie la detendría. Ni siquiera él.

»Andaba en estos pensamientos cuando escuchó el rumor del agua. La sed le secaba la boca. Descubrió entonces una fuente de la que manaba un chorro abundante. En el preciso instante en el que se acercó a beber, la primera luz del amanecer incidió sobre el agua. Los destellos del sol se desparramaban con brillos multicolores. Julia introdujo las manos en el agua y bebió hasta quedar saciada. En ese preciso momento, un temblor extraño recorrió su columna vertebral y cayó de rodillas sujetándose el vientre. El terror la estremeció y una certeza se instaló en su cabeza.

»Antes de salir corriendo en dirección al coche presa del pánico, supo que estaba embarazada.

El hombre de la camisa blanca tosió y se aclaró la garganta para intervenir, pero el de la camisa roja se lo impidió.

—Antes de que digas nada, te ruego que escuches esta historia.

Continúa en tu librería

No vas a poder dejar de leer y recomendar estas dos novelas de la serie del Oriente Astur

Los enigmáticos bosques de Asturias se convierten en tierra de leyenda y en el escenario ideal para una novela negra

Colombres, Oriente de Asturias. La plácida vida de Berta Vega se ve trastocada cuando secuestran a su hija durante cuarenta y ocho horas, y luego la liberan a más de cien kilómetros de su casa. Todo se complica cuando se perpetra un segundo secuestro que pone en jaque a la policía. La inspectora Roldán, de la Policía Nacional de Gijón, y la cabo Herrero, de la Guardia Civil de Colombres, cuentan con una valiosa pista: la sustancia hallada en la sangre de las víctimas, un potencial alucinógeno utilizado desde tiempos ancestrales que se extrae del árbol del tejo.

**La magia de una noche llena de superstición
une pasado y presente en una oleada de crímenes
en el Oriente de Asturias**

Noche de San Juan, años noventa, Llanes. Dos jóvenes pasan la noche juntos en el bosque. Al amanecer, ella bebe de una fuente. El primer rayo de sol incide sobre el agua, un reflejo conocido como Flor de Agua al que se le atribuyen poderes.

Día de San Juan, 2023. La Brigada del Oriente se reúne para afrontar un caso: un joven ha sido asesinado, y en el interior de la boca de la víctima encuentran un pedazo de madera con el dibujo de la flor de agua. Intrigas, supersticiones y asesinatos con un elemento en común se entrelazan en el desenlace de la Trilogía Brigada del Oriente.